Wer hätte geglaubt, dass Mainstream-Fantasy mal Realität wird…

Martin Lloyd

OZEAN

Roman

Ich bedanke mich bei allen die mir im Leben
geholfen haben – Ihr wisst wer Ihr seid!!

Impressum

Bibliografische Information der Deutschen
Nationalbibliothek:

Die Deutsche Nationalbibliothek verzeichnet diese
Publikation in der Deutschen Nationalbibliografie;
detaillierte bibliografische Daten sind im Internet über
http://dnb.dnb.de abrufbar.

© 2022 Martin Lloyd

Herstellung und Verlag: BoD – Books on Demand,
Norderstedt

ISBN: 978-3-7568-2060-3

„Der kategorische Imperativ ist also nur ein einziger und zwar dieser: Handle nur nach derjenigen Maxime, durch die du zugleich wollen kannst, dass sie ein allgemeines Gesetz werde."

Immanuel Kant, Kritik der reinen Vernunft, Grundlegung zur Metaphysik der Sitten, Übergang von der populären sittlichen Weltweisheit zur Metaphysik der Sitten, AA IV, 421

275

Der aktuelle Platz fühlte sich sicher an, erhöht, guter Ausblick, aber selbst kaum erkennbar. Es war einer der starken, tragfähigen Äste eines amerikanischen Tulpenbaums am Rand eines großen Waldstücks. Im oberen Drittel hatte man ausreichend Abstand vom Boden, um nicht direkt gesehen zu werden, keine Aufmerksamkeit auf sich zu ziehen und doch einen guten Ausblick hatte, je nachdem wie man sich die Blickposition durch die Blattlücken einteilte. Leise bewegen war erforderlich, damit man unbemerkt blieb.

Die herbstliche, goldgelbe Färbung hatte teilweise schon begonnen, doch war es ein warmer Tag im Spätsommer. Adam beobachtete das Treiben unter sich. Nachdem er den Obey River in Tennessee überquert hatte, war er in eine Sackgasse von Monstern gelaufen. Hier ging irgendetwas vor sich, das Ausweichen auf den Baum war die logische Konsequenz gewesen.

Nun sah er die bewirtschaftete Lichtung unter sich. Ein einfaches kleines Holzhaus in einem bereits vergessenen Baustil, als wäre es schon zur Besiedelungszeit entstanden, als hätten Europäer sich hier mit ihren Planwagen niedergelassen und ein einziges Haus in der Nähe des Flusses gebaut. Hier konnte man frisches Wasser holen, Nahrung aus dem Wald beziehen und die freie Fläche bewirtschaften.

Die Farbe des Hauses war rundherum am Abblättern. Normalerweise würde man von einem verlassenen Haus ausgehen, aber nicht mehr in der jetzigen Zeit. In der neuen Zeitrechnung am Tag 275 konnte alles möglich sein. Vielleicht waren die Monster im Haus oder Menschen hatten sich verschanzt. Es wäre möglich, denn die Fenster waren mit Holzbrettern vernagelt, aber auch diese Maßnahme schaute nicht frisch aus. Die Fenster hätten vor Jahren zugenagelt werden können, trotzdem konnte es ein aktueller Unterschlupf sein, denn warum sollten die Monster sonst hier herumirren.

Selbst die Fenster des leicht aus dem Boden stehend Kellers waren vernagelt worden und das sogar sehr gut. Lichteinfall in den Kellerräumen war nicht mehr zu erwarten. Das Haus hatte wenige Meter Abstand zur Waldgrenze und war auf der Rückseite und gegenüberliegend von Mais umgeben. Der Mais war schon voll ausgewachsen und wartete darauf abgemäht zu werden. Doch wer sollte den Mais mähen? Diese Zombies wohl kaum, also stand der Mais geduldig neben dem Häuschen und bat viele mögliche Optionen für eine Gefahr oder einen Hinterhalt. Heutzutage musste man auf alles aufpassen.

275… Das war Adams Zählung… es war ungenau, denn bereits zuvor gab es Probleme, aber da war es offiziell, da war der Untergang der modernen Zivilisation aus seiner Sicht besiegelt worden. Er musste es wissen, denn er war dabei gewesen und hatte es gesehen. 275 Tage, das schien so weit weg, als wenn es Jahrzehnte her war. Wo war er zu der Zeit gewesen, fragte er sich. Arkansas musste es gewesen sein, nicht unweit von der texanischen Grenze. Und jetzt, wo war er jetzt. Der Obey River in Tennessee, also war er nicht weit weg von Kentucky, aber das war im Norden, er wollte nicht in den Norden.

Bevor er den Fluss überquerte war er auf einer Straße, es war die Nummer 111 Richtung Norden. Als er das Schild sah wo Columbia und Sommerset angeschrieben waren, beschloss er nach rechts abzubiegen. Denn wenn er die Grenze von Tennessee nach Kentucky überschritten hätte, dann wäre das derselbe Breitengrad, der die Grenze zwischen North Carolina und Virginia darstellte. Das wäre wohl zu weit gewesen, denn das Ziel war Virginia, um präziser zu sein Norfolk, Virginia, in der Nähe des berühmten Virginia Beach, auf dem er sich wohl nicht ausrasten konnte. Ein Sun on the Beach Cocktail in Hawaii-Shorts am Virginia Beach zu trinken, das wäre jetzt ein Traum.

Lautes Krachen riss Adam aus seinen Gedanken, gefolgt von Schüssen, laute Schreie und dem statischen Stöhnen der Zombies, die Jagd auf Futter machten. Adam verlagerte seine Position auf dem Ast, damit er besser sehen konnte. Eine Gruppe Personen kam aus dem Waldstück unweit vom Haus entfernt. Er konnte sie gut sehen. Zwei Frauen vorneweg, sie hatten Kinder bei sich, mehrere Kinder. Dahinter kam ein Mann, weitere hörte man im Wald schreien und wieder Schüsse abgeben.

‚Virginia Beach, Norfolk, immer nach rechts, dort wo die Sonne aufgeht, nichts unternehmen, du hast einen Plan, nicht abweichen, Virginia Beach, dort ist es was du willst…‘ flüsterte Adam zu sich selbst in seinen Gedanken. Wieder Schüsse und noch mehr Geschrei. ‚Der Lärm lockt sie an ihr Idioten. Sowas sollte man wissen, wenn man am Tag 275 noch lebt. Warum seid ihr nicht leise?‘

Zu spät. Der Lärm hatte weitere angelockt, sie aus ihrer Stase geweckt, aus den Maisfeldern kamen sie wie man sie früher nur aus Comics oder gut gemachter Hollywoodinszenierungen kannte. Körper, die offensichtlich tot waren, die verwesten, von denen sich die Haut vom Gesicht löste, nur mit verdreckten, blutverschmierten Kleidungsstücken bedeckt, welche sie trugen als sie gestorben waren, bevor der zivilisationsendende Fehler gemacht wurde und sie anfingen wiederzukommen.

Ein kleines Mädchen schrie, sie hatte die Zombies gesehen, sie hatte Angst, verständlich für ihre jungen Jahre. Wie alt hätte Adam sie geschätzt, fünf Jahre, sechs Jahre. Schreiend rannte sie in das Maisfeld.

„NEEEEIIIIINNNNNNN…" schrie eine der Frauen und rannte dem Mädchen hinterher. Die andere Frau war schockiert, überfordert mit der Situation. Ein weiteres Kind rannte blindlings weg, keiner war hier, um zu helfen. Ein Junge wich ängstlich zurück und drückte seinen Rücken an die Hausfassade, so konnte ihm wohl von hinten nichts auflauern. Das dritte kleine Kind rannte dem zweiten nach, ein Teenagerjunge brüllend hinterher. Ein Mann sah das Chaos hinter sich, schrie noch etwas hinterher was Adam nicht verstehen konnte, dann kam sein Schmerzensschrei, ein Zombie hatte ihn wohl tief in den Arm gebissen.

Eine Faszination für Adam, mit welcher Genialität der Virus mutiert war. So sehr diese Zombies auch verfaulten, Zähne und Verdauungstrakt wurden immer regeneriert und funktionierten einwandfrei. Natürlich nicht so gut wie bei einem Menschen. Irgendwann mussten sie ja gänzlich verfaulen, aber es war faszinierend, wie lange es dadurch verzögert werden konnte. Einmal gebissen war es das Ende, es ging bergab, er würde sterben, nicht an dem Virus, sondern an der Infektion, für die es kein Heilmittel gab, außer man riss den infizierten Teil weg, aber das war schwierig, wenn man den Rücken gebissen wurde. Auch das war aus Sicht von Adam faszinierend, als wenn der Biss wie bei einer Schlange nicht gleich wirkte, aber das Gift das Opfer irgendwann dahinraffte, damit man es essen konnte.

Begleitet von unkontrolliertem Geschrei gemischt aus Zorn und Verzweiflung fing ein zweiter Teenagerjunge an auf Zombieköpfe einzuschlagen. Adam konnte die Blätter der Maisstauden wackeln sehen, wie die Erwachsenen oder Halb-Erwachsenen die Kinder verzweifelt suchten. Ein schlimm angeschlagener Mann taumelte aus der letzten Baumreihe in die Lichtung, es war ein Bär von einem Mann, aber auch ihm ging irgendwann die Kraft aus und eine Horde Zombies fiel über ihn her. Begleitet von Todesschreien zwangen sie ihn zu Boden und begannen sich an seinem noch lebenden Körper zu laben.

‚Virginia Beach, Norfolk, Osten... du mischt dich nicht ein, du musst weitergehen...' Adam ließ keine anderen Gedanken zu. Er kannte das Spiel bereits und es half niemanden, wenn er sich einmischte. Diese Menschen waren bereits dem Tode geweiht, vermutlich schon gebissen, gaben es aber nicht zu und starben unbemerkt, nur um nachher für alle überraschend die Gruppe zu zerfleischen. Er hatte nicht die Zeit, die Kraft, die Ressourcen, um jeden zu retten, manchmal musste man die Leute eben sterben lassen. Zusätzlich war er abgestumpft, das war er schon vor Tag 0, das war er viele Jahre zuvor, im Zuge der Kriege, der Hungersnöte, der Dinge, die er gesehen hatte, der Experimente. Er schätzte menschliches Leben nicht mehr, es war ihm egal was passierte.

Während er diesen Gedanken folgte, folgten seine Augen einem Vorgang, der nicht zu den bisherigen Zombieangriffen passte. Der Junge am Haus, der sich immer noch mit dem Rücken an die Fassade presste, ging langsam seitlich der Wand entlang, um die Ecke und zur Veranda. Bis dahin gab es nichts was Adams Aufmerksamkeit wecken hätte können, doch dann war etwas komisch. Eine Hand schoss von hinten hervor, als der Junge schon fast an der Veranda vorbei war. Es war eine dreckige Hand, ein dreckiger Unterarm, aber kein Zombiearm, denn dieser Arm war frisch und lebendig. Dieser Arm presste sich über den Mund des weißhäutigen Jungen mit den rötlichen Haaren und der Stupsnase. Es schien dem Jungen selbst zu schnell zu gehen, denn er reagierte verhalten, fast stockend. Eine zweite Hand erschien mit einem Holzknüppel in der Hand, welcher von oben schnell und hart auf den Kopf des Jungen herunterrauschte.

Augenblicklich wurde der Körper des Jungen schlaff, bewusstlos sackte er in sich zusammen. Nur kurz konnte Adam ein bärtiges Gesicht erkennen, welches sofort wieder im Haus verschwand und den bewegungslosen Körper des Kindes ins Haus trug. Das ergab keinen Sinn, aber jetzt in der neuen Zeitrechnung eigentlich wieder schon. Das war Adam schon einige Male aufgefallen. Keine Exekutive, keine Legislative, keine Judikative, niemand der einen zur Rechenschaft ziehen würde. Alles war verschwunden seit dem Tag 0. Menschen taten Dinge, die sich früher keiner gedacht hätte. Adam hat Kannibalen gesehen, Menschen die Leichen als Zaun verwendeten, Menschen die andere als Sklaven hielten oder zum Spaß zu Tode quälten. Zivilisation, Sozialität, Empathie waren in Pandora's Box zurückgetrieben worden und Wut, Zorn, Hass, Selbstsucht, Maßlosigkeit wurden geholt und ihnen wurde gefrönt. Ein Kind zu schnappen und verschwinden zu lassen, wäre nur ein weiterer Punkt in der Liste Gräueltaten, auf welcher die Menschheit ihr wahres Gesicht seit Tag 0 gezeigt hat.

Wieder musste Adam seine Position ändern, um etwas zwischen den an die Fenster genagelten Brettern zu sehen und er hatte Glück, er sah etwas. Der Junge lag regungslos am Boden auf seinem Bauch. Der Mann knebelte das Kind, dann band er Arme und Beine zusammen, alle vier Extremitäten verschnürte er miteinander. Kurz verschwand er aus dem sichtbaren Bereich und ein Seil fiel von oben auf das Kind. Der Bärtige erschien wieder, schnürte das Seil um die bereits gefesselten Extremitäten und nachdem er wieder verschwunden war, konnte Adam sehen, wie der Körper nach oben gezogen wurden, bis auch dieser nicht mehr zu sehen war.

Er konnte es nicht sehen, aber die Frau, die, seit das erste Kind weggerannt war, in einer Schockstarre draußen stand, die Frau mit ihren großen wuscheligen Haaren und ihrer schwarzen Haut drehte sich und konnte wohl aus ihrer Position erkennen wie das arme, hilflose Geschöpf in diesem Haus gefangen war. Sie riss ihre Augen auf und schlug sich die Hände vor den Mund. Die Starre schien sich gelöst zu haben. Sie holte ein Messer aus dessen Halfter am Gürtel, rannte zur Veranda und versuchte die Türe aufzumachen, während Adam gespannt beobachtete.

Wieder war ein Schrei zu hören, von einem kleinen Mädchen, es war wohl von Zombies geschnappt worden. Nein-Rufe folgten und Schüsse, niemand bemerkte die Situation am Haus, aber der Bärtige merkte, dass jemand an seiner Tür war. Die Frau schaffte es die Türe zu öffnen, sie drang ein und schaute nach oben, ein Schrei war zu hören. Nichts. Adam wanderte so gut es ging auf dem Ast herum. Immer noch nichts.

‚Virginia Beach, Norfolk, Virginia Beach, ach Scheiß drauf, ich muss das sehen…' Adam kletterte den Baum nach unten und suchte weiter eine Möglichkeit, um in das Haus zu sehen. Er erkannte immer nur Teile der Körper und weit und breit kein Kind, nur die zwei Erwachsenen. Es wirkte als würden sie kämpfen. Mit einem Schlag auf den Unterarm entglitt der Frau das Messer und bekam ein anderes von dem Bärtigen in den Bauch gerammt. Der dunkelhäutige Teenager draußen suchte die Frau und schrie ihren Namen. „Denise… DENISE!" schrie er nach Leibeskräften. Er bewegte sich zum Haus, blieb stehen, suchte die Gegend ab. „Denise", er schaute zum Haus, ein Zombie kam unerwartet von hinten, der Teenager verlor den Halt und fiel zu Boden, der Zombie vergrub seine Zähne in den Oberarm des Jungen.

‚Virginia Beach…' Adam hatte die Augen geschlossen, presste sie zusammen. „Virginia Beach, Norfolk…" flüsterte er erstmal leise vor sich hin. Er blickte wieder auf und sah wie die Frau am Boden lag, Blut schoss aus ihrem Bauch und rann über ihre Kleidung und auf den alten schäbigen Holzboden, welcher voller Dreck, Bretter und sonstigen Materialen war. Sie zitterte, schaute ängstlich nach oben, um den Todesstoß zu erhalten, der Mann beugte sich über Sie, hob seinen Arm und holte nun mit einer Axt bewaffnet zum finalen Schlag aus.

Der Blick wanderte wieder nach unten, Adam schaute auf den mit Moss bedeckten Ast dieses majestätischen Tulpenbaums. Wie viele Jahre er wohl schon auf dem Buckel hatte, wie viele Tiere wohl schon auf diesem Ast gesessen hatten, seit wann der Baum so groß und mächtig war, dass so viel Moos auf ihm wachsen konnte, fragte sich Adam. Er versuchte sich vorzustellen, wie hier noch kein Baum stand, wie ein einzelner Samen durch Zufall dort in der dreckigen Erde landete und versuchte zu keimen, einen Kampf auf Leben und Tod mit anderen Pflanzen austrug, welche ihm Wasser und Licht stehlen wollten, wie er sich mit Glück durchsetze und über Jahrzehnte immer mehr wuchs.

Glück. Tja, das war es was früher und heutzutage zum Leben, nein zum Überleben notwendig war. Nicht nur Überlebenskünstler sein, sondern Glück haben, zur richtigen Zeit am richtigen Ort, wenn ein Feind dich fressen will im korrekten Augenblick eine Bewegung machen, damit einen die tödlichen Reißzähne verfehlten. Wie oft mussten Vorfahren des Menschen durch Glück überlebt haben. Hatte die Frau nun Glück oder Pech und der Junge der hilflos an der Decke zu hängen schien. Wie war es mit dem Teenager dessen Fleisch gerade vom Oberarm gerissen wurde und dem Bärtigen, der eine Frau abstach und ein Kind geschnappt hatte und mit ihm nun tun konnte was er wollte. War es Adams Bruder auch so ergangen, als er damals in Kindesalter verschwunden war. Seine Eltern hatten sich nie von dem Schock erholt und Adam war von dem lieblosen Elternhaus zum Militär geflüchtet, wo es Struktur und Regeln gab und man Anerkennung für Leistungen bekam und nicht ignoriert wurde, weil ein anderes und zufällig verwandtes Kind verschwand. Hatte sein Bruder auch mal in den Fängen eines Wahnsinnigen von einer Decke gehangen, fragte sich Adam.

‚Virginia Beach, Norfolk, Hafen, Virginia Be… Tu endlich was.' Sein Kopf befahl und sein Körper reagierte. Adam rutschte nach vorne und sprang auf den Ast unter ihm, dieser war auch moosig, nass und glitschig, aber er war gut geworden und konnte sich darauf ausbalancieren, ohne zu fallen. Den Bogen vom Rücken geholt, ein Metallpfeil mit Platinspitze aus dem Köcher, angelegt auf das Ziel, jetzt war er auf richtiger Höhe, konnte in das Haus schauen, die Axt hatte sich schon in Bewegung gesetzt, ausatmen, loslassen… Sssshhhhhhh

Der Pfeil schoss mit unglaublicher Geschwindigkeit und Präzision durch die Luft. Ein Klirren war zu hören, also waren wohl doch noch ein paar Scheiben in den vernagelten Fenstern. Bevor die Axt den halben Weg zurücklegen konnte, hatte der Pfeil die Schläfe des Bärtigen erreicht. Die Metallspitze bohrte sich durch den Knochen des Mannes, als wenn man mit einem heißen Messer in Butter sticht. Nachdem der Pfeil lebensnotwendige synaptische Bahnen des Großhirns durchdrungen und zerstört hatte, verließ das Geschoss zur Gänze des Feindes Kopf und stach nach getaner Arbeit an der Holzwand neben den Stiegenaufgang ein, um sich dort auszuruhen, bis er wieder gebraucht wurde. Der Körper des Mannes verlor an Spannung, genauso wie der Junge zuvor als er bewusstlos geschlagen worden war, und fiel durch die Wucht des Pfeiles nach hinten, wobei er versehentlich das Befestigungsseil des Jungen löste, denn Adam sah nur noch wie das Paket von der Decke von der Erdbeschleunigung getrieben nach unten rauschte und man den dumpfen Aufschlag am Holzboden hörte.

Vier Pfeile später, welche Zombies in der Umgebung töteten, sprang Adam vom Baum auf den Waldboden, an dem schon erste Ausläufer der Wiese zu sehen waren. Bodendecker und Löwenzahn versuchten sich in der Nähe des Baums heimisch zu machen und wuchsen etwas langsamer als deren Schwestern im freien Feld, da sie sich im Gegenteil nicht den ganzen Tag an der Sonne laben konnten. Adam bewegte sich schnell und präzise wie einer seiner Pfeile durch das hochgewachsene Gras, vorbei an dem Mann, der bereits gestorben und teilweise gefressen war, zu dem Teenager der jammernd am Boden lag, neben ihn ein bewegungsloser Zombie mit einem Pfeil im Kopf.

Getrieben von Instinkten und gelernten Abläufen packte er den Burschen und zerrte ihn wimmernd über die Veranda in das Innere des Gebäudes. Es sah verheerend aus, als wenn das Haus unbenutzt war und trotzdem konnte man anhand von den geöffneten Dosen und den herumliegenden Decken und Büchern erkennen, dass hier länger jemand gelebt hatte. Die Frau wand sich am Boden vor Schmerz, sie verlor unerwartet sehr viel Blut und Adam war sofort klar, dass ein Organ oder eine wichtige Blutversorgung getroffen worden sein musste. Bei dem gefesselten Jungen war ebenfalls Blut um seinen Kopf verteilt.

Offenbar hatte der Mann ihn nicht gerade, sondern schräg nach oben gezogen und der war nicht auf die freie Fläche nach unten gefallen, sondern an der Stelle wo Bretter frei herumlagen. Die Gesamtsituation war extrem ungünstig, vor allem da Zombies sich auf das Haus zubewegten. Ihm war klar, jetzt musste er schnell reagieren.

Die Frau, Denise, blickte ihn entsetzt an, unklar ob der Mann sie töten wollte oder der rettende Pfeil von ihm kam. Adam hatte keine Zeit darüber nachzudenken, ihre Gefühlswelt zu verstehen, er musste handeln und sollte sie sich wehren, dann wusste er, dass sie keine Gefahr für ihn darstellte. Sein Hirn erstellte eine Prioritätenliste mit einem zugehörigen Plan, während seine Muskeln ausführten. Mit einem harten, gezielten Faustschlag nahm er dem Teenager das Bewusstsein. Aus seinem Rucksack holte er einen kleinen Flammenwerfer, eine Art Bunsenbrenner und stellte die Flamme an. Über der Flamme erhitzte er eine sehr breite Metallklinge. Da dies zu lange dauerte, nahm er zwei Stapel Bücher und stütze damit die Klinge und ließ die Flamme dazwischen das Metall zum Glühen bringen auch auf die Gefahr eines möglichen Hausbrandes.

Schnell sprang er zur Frau und schaute auf die Wunde. Sie blickte ihn nur verwirrt an und wollte was sagen, aber er zeigte ihr mit dem Zeigefinger, dass Ruhe angebracht war. Mit einer Geschwindigkeit, welche die Frau extrem überraschte, bewegte er sich zum Hintereingang. Drei Hiebe und zwei Zombies am Boden, sofort ging er zur Veranda und drei weitere Zombies wurden zur Ruhe gebracht.

Wieder im Haus hob er die Axt hoch und bevor die Frau auch nur reagieren konnte, ließ er das Werkzeug mehrmals perfekt nach unten rauschen und trennte den gesamten rechten Arm des Teenagers ab. Sie wollte aufschreien vor Entsetzen, aber Adam zeigte ihr wieder Ruhe zu bewahren. Mit der heißen Klinge verbrannte er die Wunde, damit der Junge nicht ausbluten konnte. Versorgung war später angedacht, falls es nicht sowieso schon zu spät war.

Adam kontrolliert ob der Teenager soweit für die nächsten Schritte versorgt war, hob ihn hoch und trug ihn schnellen Schrittes ins Obergeschoss, um ihn in einem Seitenzimmer auf einem schmutzigen Bett abzulegen. Sehr schnell war er wieder unten und kontrollierte den weißen Jungen, der von der Decke gefallen war. Es war viel schlimmer als er erwartet hatte. Der Kopf des Jungen landete auf einem Nagel von einem der unzähligen Bretter am Boden und hatte sich unglücklicherweise genau in sein linkes Auge gebohrt. Das Auge war hinüber, das war sofort klar und er hatte sehr viel Blut verloren. Zusätzlich hatte er eine klaffende Platzwunde am Hinterkopf vom Schlag des Bärtigen, welche bereits voller Dreck war.

Die nächsten Zombies waren am Anmarsch und Adam konnte keine Rücksicht auf die Schmerzen und Gefühle des Jungen nehmen. Er hob ihn hoch und machte sofort einen Druckverband um das verletzte Auge. Als ein Rückgang des Blutverlustes erkennbar war, packte er ihn und trug ihn ebenfalls nach oben, um ihn auf ein zweites Bett zu legen. Er machte sich nicht mal die Mühe den Jungen loszubinden, dieser blieb bewusstlos und gefesselt am Bett liegen. Nun war die Frau an der Reihe.

Unten angekommen war die Frau über den Boden gerobbt, sie hatte sich vor Zombies, die schon im Haus waren, in Sicherheit gebracht. Sie hatte nicht die Kraft, um sich schnell zu bewegen oder umzudrehen, so rutschte sie mit ihrem Hintern über den Boden, verteilte ihr Blut auf dem Holz und machte ihre alte Jeanshose noch dreckiger als sie schon war.

Wsshhh... Wsshhh... Zweimal war das Geräusch zu hören und zweimal folgten der dumpfe Aufschlag des Körpers am Boden, gefolgt vom lauteren Geräusch, als der abgetrennte Kopf des Zombies aufschlug. Adam hatte mit seiner Machete zweimal ausgeholt und sie war scharf genug, um von einem so zerlumpten Zombie die bereits verfaulten Fleischfasern und das Rückgrat im Halsbereich zu durchschneiden. Mit zwei Hieben in den am Boden liegenden Köpfen stoppte er deren noch vorhandenen Beißreflexe.

Er beugte sich zu ihr und betrachtete die stark blutende Wunde.

„Ich muss die Blutung stoppen und das muss schnell gehen. Damit." er zeigte auf die aufgeheizte Klinge, welche seit der Versorgung des Teenagers wieder über der Flamme positioniert war.

Denise schossen tausend Dinge durch den Kopf, doch eines schien ihr schnell klar zu werden. Niemand sonst half ihr, nur dieser Fremde. Er hatte sich um die beiden Jungs gekümmert. Sie konnte selbst nichts tun, entweder verbluten oder hoffen, dass dieser Mann es ernst meinte. Sie nickte zustimmungsvoll, dann packte sie ihn am Arm, als er schon auf dem Weg zum Messer war.

„Aber kein Knockout wie bei Maurice. Ich bleib bei Bewusstsein." flüstere sie zu ihm.

Adam musterte ihr Gesicht. Sie meinte es ernst. „Wenn du schreist, wird es schwieriger."

„Ich schreie nicht." ihre Miene war entschlossen.

Darauf hatte Adam nichts zu erwidern. Wenn sie schrie und alles aus dem Ruder lief, dann würde er abhauen. Eine tote Frau, ein toter Teenager und ein toter Junge mehr fallen in der Statistik des Weltuntergangs nicht auf. Niemand wird es wissen, niemand wird es nachlesen können auf Wikipedia und er wird damit leben können und müssen.

Er nickte, holte das Messer, vorsichtig schob er ihre Bluse und ihr darunter befindliches Unterhemd hoch. Sie nickte nur als er ihr das Zeichen gab, dass es so weit war. Sie holte einen Fetzen aus ihrer Hosentasche und steckte es in ihren Mund. Die Klinge verschmorte das Fleisch, ein mieser Gestank stieg auf. Denise presste ihre Hände zusammen, biss in den Fetzen, stöhnte mit voller Kraft und versuchte nicht zu schreien, sie schluckte es runter und ihr Körper zitterte. Sie war kurz davor aufzugeben, in Ohnmacht zu fallen, den Schmerz gewinnen zu lassen, während jeder Muskel in ihrem Körper voller Qualen anspannte und zu zucken begann.

Das Messer verschwand wieder und sie ließ ihren Kopf nach hinten auf den Boden fallen. Sie atmete tief, versuchte den Schmerz weg zu atmen. Trotz ihrer dunklen Hautfarbe konnte man das tiefschwarz verschmorte Fleisch sehen, doch es blutete nicht mehr. Aber sie hatte viel Blut verloren und war am Ende ihrer Kräfte. Zitternd lag sie am Boden und wartete darauf, dass es besser wurde, aber es wurde nicht besser und die nächsten Zombies waren am Anmarsch.

Adam war überrascht, denn er kannte den Schmerz, wenn man eine Wunde ausbrannte. Sein erstes Mal war bei einem Kriegseinsatz im Nahen Osten gewesen und da hatte ihm ein Kollege nach einem Durchschuss auf diesem Weg die Blutung gestoppt. Ironisch, da ein paar Tage danach genau dieser Kamerad angeschossen und in einem Graben verblutet war, denn er konnte sich nicht selbst helfen und bis er gefunden wurde, war es zu spät gewesen. Beim zweiten Mal hatte er es sich selbst zugefügt, aber da war er bereits älter, kräftiger und durch die Experimente im Labor widerstandsfähiger als ein gewöhnlicher Mensch gewesen. Diese schwarze Frau war aber noch bei Bewusstsein. So stark und robust wirkte sie zu Beginn nicht, aber der erste Schein konnte auch trügen und beim Ausbrennen einer Wunde nicht zu schreien und nicht in Ohnmacht zu fallen, das war selten. Offenbar war es doch berechtigt, dass jemand wie sie am Tag 275 noch lebte. Sie schien Survival-Skills zu besitzen, die man zu Beginn nicht sah, eine Überlebenskünstlerin wie man sie brauchte.

Aber sie war so gut wie bewegungsunfähig, daher packte er sie und trug sie die Stiegen nach oben, in einem derartigen Tempo, dass sie merkte was für ein kräftiger Mann er war und er offensichtliche Eigenschaften besaß, die nicht jedem Menschen innewohnten. Das Zimmer mit den beiden Kids hatte noch eine Couch, auf welcher er Denise absetzte. Unten konnte man schon wieder eingedrungene Zombies hören.

Er schloss die Türe von innen und warf den danebenstehenden Schrank um, damit die Tür halbwegs blockiert war. Adam ging zum Fenster, brach zwei Bretter mit einer kräftigen Handbewegung raus. Nun war Denise klar, dass dieser Mann gewisse Superkräfte haben musste, denn niemand konnte Bretter so aus einer Wand reißen. Kurz überflog er die ihm erkennbare Umgebung. Einiges bewegte sich und es waren vermutlich alles diese Monster, die Toten umherirrend.

Bevor er aus dem Fenster kletterte, schaute er so vertrauensvoll wie im möglich war zu den bewusstlosen Kids und dann zu Denise. „Wartet kurz, ich räum schnell zusammen und komm dann wieder."

Denise versuchte zu lächeln, aber der Schmerz war noch viel zu präsent, daher nickte sie mit verzerrten Lippen und schluckte angestrengt die Qualen nach unten. Für Adam war die Reaktion ausreichend, sie würde in ihrem Zustand nicht mal aufstehen können. Dann kletterte er über die Fassade und sprang auf den Rasen hinter dem Haus. Jetzt machte er das, was er offenbar am besten konnte: Zombies köpfen.

****

Bedacht reinigte Adam die Klinge seines großen Ritterschwertes, das er extra aus einer ihm bekannten Sammlung entwendet hatte. Der Besitzer hatte nichts dagegen, da er bereits ein Zombie war. Adam liebte dieses Schwert, denn es war kein originales Sammlerstück aus der europäischen Antike oder dem Mittelalter. Es handelte sich um ein Replikat, mehr zum Ausstellen und Angeben, aber trotzdem ein richtiges Schwert. Metall, mehrmals erhitzt, gefaltet und geschmiedet, scharf und geeignet, um sich zu verteidigen. Das hatte Adam getan, sich verteidigt, und jetzt reinigte er es von den Zombieüberresten, welche auf der schönen Klinge kleben geblieben waren. Dafür musste ein Stück Stoff, vermutlich ein Putzlappen, der in einer Ecke gelegen hatte, herhalten.

Zuerst hatte er die Zombies rund um das Haus erledigt, dadurch die Aufmerksamkeit derer im Haus und an der Tür mit den Verletzten auf sich gezogen. Langsam und mit stöhnenden Geräuschen kamen sie die Treppe herunter und bahnten sich wieder den Weg nach draußen. Derweil konnte er die Zombies, welche aus dem Wald kamen, unschädlich machen. Nach denen von den Feldern, wurden noch die letzten vom Haus ausgeschaltet.

Dann wartete er, freistehend auf der Wiese vor dem Haus, die Augen geschlossen, und lauschte den Umgebungsgeräuschen. Ungewohnte Stille umgab ihn, keine Geräusche der Zivilisation, keine Geräusche, die man vom Anfang des Ausbruchs kannte, aber auch keine Tierlaute. Der Wind in den Blättern der Bäume und das Rauschen des nicht allzu weit entfernten Baches waren zu hören. Das einsame Schreien eines Vogels, der nicht sichtbar war. Kein Stöhnen und Grunzen, kein Schnaufen, kein Knacksen von verfaulten Schritten auf dem Boden.

Nach 15 Minuten bewegungslosen Ausharrens war sich Adam sicher, kein Zombie war in unmittelbarer Nähe. Erst nachdem das Haus von toten Kadavern befreit war, musste Lizzie gereinigt werden. Adam wusste nicht warum, aber als er das Ritterschwert erstmal geschwungen und einen Zombie damit getötet hatte, dachte er an diesen Namen. Lizzie war seine metallische Beschützerin. Warum eigentlich nicht. Und Lizzie wollte sauber sein.

Die Kadaver draußen mussten verbrannt oder vergraben werden, aber das kostete Zeit und es war bereits abends. Neben Zeit kostete es aber vor allem Kraft, Kraft die er jetzt nicht hatte und auch nicht aufbringen wollte. Das Haus konnte man für eine Nacht halbwegs sichern, soweit war ihm das klar. Aber wollte er überhaupt in dem Haus bleiben. Nicht wirklich. Aber er hatte diesen Fremden geholfen, jetzt zu stoppen wäre eine halbe Sache und Adam hasste halbe Sachen.

Da er keine Lust hatte gegen den umgeworfenen Kasten zu kämpfen, stieg er wieder über das Fenster ein. Kein

Vorsprung, eine gerade Holzfassade mit Holzfensterbänken und trotzdem stieg er mühelos über das Fenster ein. Für Denise wirkte es, als ob der Boden draußen auf der Höhe des Fensters war und dieser Mann einfach nur durch das Fenster marschierte, als wie durch eine kleine Öffnung in einen Heizraum. Aber vielleicht waren auch nur ihre Augen verschwommen aufgrund der Schmerzen in ihrem Körper.

Der Kasten war schnell wieder aufgestellt, dann kontrollierte Adam die Wunde und das umliegende Gewebe von Denises Bauch. Fasziniert sah er die Vielfalt an Farbtönen in einem eigentlich einzigen dunkelbraun, wenn nicht fast schwarz. Doch die Wunde war dunkler, schwärzer hätte man sagen können. Nicht die Wunde, sondern der verbrannte Teil, doch rundherum ergaben sich neue Farbnuancen. Er rümpfte die Nase. Sein Blick sprach bereits Bände.

„So schlimm?" keuchte sie eine Frage heraus.

Adam fuhr sich mit den Händen über die kurz geschorenen Haare und dann durch den kurzen Bart. Sein Bart hatte so ziemlich die gleiche Länge wie seine Haare und war auch so dicht. Es wirkte als hätte er ein Fell und nicht Haare, die länger werden konnten.

„Sag es einfach grad heraus." sie hatte keine Lust ihr Todesurteil in Geschenkpapier verpackt zu bekommen.

„Schlimm ja…" es kam eine bedeutende Pause, Adam liebte diese Pausen, auch wenn er sie unbewusst machte. „Aber auch lösbar."

Doch kein Todesurteil. Denise atmete teils erleichtert aus, der Rest blieb ihr wegen der schlimmen Situation im Hals stecken. Sie fühlte sich nicht gut, ihr ganzer Körper brannte.

„Es kann kein Organ betroffen sein, sonst wärst du vermutlich schon tot, oder zumindest kein ganz wichtiges, aber du blutest noch immer. Innerlich. Das ist nicht gut. Ich muss es aufmachen, die Blutung stoppen und wieder schließen. Mach ich das nicht..." seine wichtige Pause kam, „stirbst du vermutlich." Die zweite Pause musste länger sein. „Finde ich die Blutung nicht, oder brauche zu lange, um diese zu finden, oder ist sie zu groß um sie zu schließen..." die dritte Pause musste genauso wichtig sein wie die ersten beiden, „stirbst du vermutlich auch."

„Meine Auswahl ist sicher sterben oder vielleicht sterben." fasste sie schnell mit heiserer Stimme zusammen.

Adam nickte nur. Er verzog keine Miene und schaute ihr kaum in die Augen, sondern immer nachdenklich auf ihren Bauch.

„Na worauf warten wir dann. Dieser Tag ist genauso gut, um zu sterben, wie jeder andere."

Erst rümpfte Adam wieder die Nase, dann drehte er seine Augen langsam zu ihren, er schaute bedächtig. „Es wird weh tun."

Denise nickte nur. Normalerweise wollte sie einem weißen Mann nicht vertrauen, aber was hatte sie schon für Alternativen in dieser Zombiewelt.

„Nein, nein... das war nicht nur so gesagt... es wird richtig weh tun, sehr weh tun, denn ich habe weder Anästhesie dabei, noch alles Nötige an Werkzeug, noch eine vertiefte Ausbildung in diesem Bereich. Ich werde länger brauchen und wenn du überlebst, dann wirst du viel Blut verloren haben. Der Heilungsprozess wird ewig brauchen und es wird sehr viel Kraft kosten."

„Hilfst du mir, wenn ich es überlebe?" was hätte sie sonst Fragen sollen, das war es doch worauf es ankam. Ihre Stimme wurde immer leiser und brüchiger.

„Ja... das kann ich machen."

„Bist du ein Arzt oder warst du ein Arzt?"

Adam schüttelte den Kopf.

„Aber du kennst dich damit aus?"

„Mhm…" er nickte „militärische Ausbildung."

Denise schloss die Augen, sie holte tief Luft: „Na, dann gib dein Bestes." Sie versuchte zu lächeln, aber es war mehr gequält und wenig überzeugend.

Kurze Zeit später hatte Adam das Haus auf alles Brauchbare durchsucht, nur den Keller nicht, aber er hatte was er brauchte. Ein Zimmer im Obergeschoss hatte einen Tisch, auf welchen er Denise absetze. Er hatte eine Flasche Whiskey gefunden. Typisch für diese Gegend. Es war eigentlich nicht Whiskey, es war ein Bourbon, so sagte man hier dazu. Im Prinzip war es egal, denn es war Alkohol, gut zum sich Betrinken, Motor reinigen, anästhesieren und desinfizieren.

Er nahm einen kräftigen Schluck, nicht mehr, denn er wollte klaren Kopfes bleiben und eine ruhige Hand bewahren. Denise bekam mehr, einiges mehr. Dann half er ihr sich flach auf den Rücken zu legen. Sie dachte er würde gleich zu schneiden anfangen, aber bevor sie reagieren konnte, da hob er ihren Kopf an den Haaren hoch und schlug ihn mit dem Hinterteil so auf die Tischplatte, dass sie sofort das Bewusstsein verlor. Er band ihre Hände seitlich an den Tischrahmen und die Beine an die Tischfüße, für den Fall, dass sie munter wurde und versuchte herumzuschlagen in einem abrupten Anfall von Schmerzen. Dann schob er ihre Bluse und das Unterhemd nach oben, goss Bourbon über die Wunde und öffnete sie langsam mit einem Messer, welches einem Skalpell am nächsten kam.

Über eine Stunde brauchte er und wie erwartet verlor sie einiges an Blut, aber als er abschloss, war die Blutung gestoppt, die Wunde geschlossen und sie atmete noch. Auch wurde sie nicht munter, die Vorsichtsmaßnahmen wären nicht erforderlich gewesen. Adam spürte Erschöpfung in ihm hochsteigen. Bisher hatte er einiges Zombies beseitigt und anschließen hochkonzentriert an dieser Frau operiert und er hatte noch zwei weitere Patienten. Er musste wohl seine Erschöpfung noch rauszögern.

Der Teenagerjunge Maurice, welcher vermutlich ihr Bruder war, der war der nächste. Viel konnte er nicht machen, denn der Arm war klar abgehackt und die Blutung gestoppt. Er reinigte die Wunde und verband alles wieder. Der Junge war noch immer komplett ohne Bewusstsein. Sein Körper arbeitete hart, war kochend heiß und schwitze so stark, dass Adam mit Einträpfeln von Flüssigkeit in den Mund versuchte der Dehydration entgegenzuwirken. Leider hatte er keine Infusionsmöglichkeit bei sich. Hier konnte er nicht mehr tun, es war abzuwarten, ob der Biss schon das Immunsystem angegriffen hatte oder es noch eine Chance gab.

Zu guter Letzt holte er den kleinen weißen Jungen, entfesselte ihn komplett und kontrollierte die Verletzung im Gesicht. Er blutete noch leicht, das Gewebe war beschädigt und der Augapfel war eindeutig zerstört. Hier war nichts mehr zu retten, aber es gab keine sichtbaren Verletzungen des Kopfes, des Hirns oder der umliegenden Bereiche, auch keine Schwellungen. Adam reinigte auch hier die Wunde, entfernte den Rest des Auges, stoppte alle Blutungen und verband alles nach bestem Wissen und Gewissen.

Alle drei Patienten im Zimmer im Obergeschoß untergebracht, versorgt, mit Bettlaken zugedeckt, war es nun an der Natur, an den Reserven der Körper die Schäden zu reparieren und die Wunden zu heilen. Glücklicherweise waren zwei Betten und eine Couch vorhanden, so dass er alle untergebracht hatte. Adam war guter Dinge als er noch einmal die Runde schaute. Er hatte eigentlich keine Zeit dafür, er hätte weitermüssen, den Stützpunkt suchen, aber sein Bauch sagte ihm, es war richtig hier zu helfen. So oft hatte er Hilfeschreie ignoriert, war weitermarschiert, doch hier hatte niemand um Hilfe gebeten, niemand gerufen, doch sein Instinkt hatte ihm gesagt was zu tun war und der war bisher immer ein guter Berater gewesen.

Wären Adams Kopf und seine Gedanken und Gefühle darin wie bei einem Gipfeltreffen der vereinten Nationen an einem Tisch im Kreis versammelt, so hätte sein Instinkt, seine Intuition einen der wichtigsten Plätze und würde die Führungsarbeit leisten und da er selten falsch lag, würden die anderen Gefühle am Tisch zuhören und ihm Vertrauen schenken.

Die Sonne versteckte sie langsam hinter den ersten Baumwipfeln und man merkte wie der nächtliche Schlaf begann sich wie eine Decke über das Land auszubreiten. Adam spürte die Müdigkeit in seinen Knochen, es war Zeit zu ruhen. Er holte einen Sessel, welchen er gegenüber der Türe positionierte. Der Raum war mit vier Leuten eigentlich überfüllt, aber für eine Nacht sollte es reichen. Die Türe sicherte er wieder mit dem Kasten und die Fensterläden konnte er jetzt, nachdem die Bretter rausgerissen worden waren, problemlos schließen.

Als er auf dem Sessel saß, gegenüber der Türe, diese anstarrte und den Geräuschen lauschte und dabei auf Gefahren aufpasste, ließ er den Tag Revue passieren. Der Morgen bei dem verlassenen Wohnwagen auf dem verwahrlosten Parkplatz, der Marsch durch die Äcker, Wälder und über die Route 111, Überquerung des Obey River, das Versteck auf dem Tulpenbaum und dann die Beseitigung der Zombies und die Rettung dieser drei Seelen, auch wenn sicher die dreifache Menge gestorben war, doch besser drei gerettet als niemanden. Mit diesem Gedanken schloss er ab und fiel auch in einen erholsamen Schlaf, doch ein Ohr immer bereit, um Gefahren zu identifizieren.

Es war ein tiefer Schlaf, was aber wichtiger war, es war ein guter Schlaf, erholsam, gesundheitsfördernd. Er öffnete seine Augen, der Blick wanderte durch das schäbige dreckige Zimmer. Links ein Bett neben dem Fenster, darauf ein schwarzer Teenager, bewusstlos. Vor ihm neben der Türe eine Couch mit einer schwarzen Frau darauf, ebenfalls bewusstlos, vor der Türe ein alter Kleiderkasten, umgeworfen. Rechts ein kleineres Bett, darauf ein weißer Junge, noch nicht im Teenageralter, genauso bewusstlos. Keine Bewegungen, keine Geräusche, nicht mal ein Zwitschern von Vögeln, welche jemanden aufwecken hätten können. Tiere sind nicht intelligent, aber klug und lernen zu überleben, Geräusche locken Zombies an, entweder du bist leise oder Essen. Es war daher ruhig, überall.

Der Tag hatte viele Tätigkeiten vor sich und so räumte Adam auf, reinigte ein wenig das Haus, versorgte die Patienten, achtete auf die Zufuhr von Wasser, stapelte die Kadaver der Zombies außen, genauso die Leichen der Gruppe vom Vortag und des Bärtigen, dessen Leben er so schnell genommen hatte. Der Fluss war voller Fische, denn Zombies waren zu langsam, um sie zu fangen und sie reagierten auf Geräusche. Der Fluss war laut, Rauschen, das alles überdeckte. Hier konnte man kein Essen finden als Zombie, also gab es nie Zombies an Flüssen, man war viel sicherer als im freien Gelände. Fischen konnte Adam gut und so hatte er ausreichend Essen beisammen, als der Tag voranschritt.

Nachmittags, als er wieder nach den Patienten sah, da erwiderte jemand seinen Blick. Denise schaute ihn benommen an und Adam war abermals erstaunt was diese Frau aushielt, nicht viele hätten den Schlag und die Operation so weggesteckt und schon gar nicht einen halben Tag später das Bewusstsein erlangt.

„Wie ist es gelaufen?" fragte sie mit einer noch krächzenderen Stimme als am Vortag.

„Bisher überlebt." antwortete Adam. „Also sind die anderen Szenarien wohl nicht eingetreten."

Er kontrollierte ihre Schwellung am Bauch, diese war deutlich geringer geworden. Er lächelte und musste nichts zusätzlich sagen, sie wusste was er meinte und lächelte so gut es ging zurück. Dann schaute sie zu den beiden Jungs. „Und da?"

„Beide am Leben, versorgt, aber noch immer ohne Bewusstsein." Währenddessen betrachtete er nochmals die beiden Betten. „Ich habe Essen und Wasser geholt. Ich denke zur Stärkung wäre das wichtig. Ich bringe es später hoch." fuhr er fort. „Möchte nur vorher etwas kontrollieren."

„Was denn?" wollte Denise wissen.

„Ich habe Geräusche aus dem Keller gehört. Möchte nur verhindern, dass wir auf einer Horde Zombies sitzen. Wer weiß was der Irre hier zuvor so getrieben hat."

Denise nickte nur, dann hustete sie und krümmte sich vor Schmerz. Ihr Hinterkopf schmerzte ebenso, sie strich sich über die Beule und erinnerte sich, wie er sie auf die Tischplatte geschlagen hatte. Ihr Blick wurde vorwurfsvoll.

„Besser so, als mit Schmerzensschreien noch ein paar tausend Zombies anlocken." verteidigte er sich.

„Eine Vorwarnung wäre schön gewesen." sagte sie, als sie sich aufsetzte und versuchte aufzustehen.

„Was wird das?"

„Ich dachte wir checken den Keller."

„Nicht wir... ICH!" betonte Adam deutlich.

„Ich muss mich bewegen und geh mit." schoss sie zurück.

„Genau das Gegenteil musst du. Du musst rasten."

„Ich kann nicht noch länger auf dieser blöden Couch liegen. Mein Arsch wird flach. Ich kann nicht riskieren, dass ich meine schönen Rundungen verliere." Sie hielt ihm ihre Hand hin, er sollte ihr beim Aufstehen helfen, was er auch tat und dabei ihre Rundungen kontrollierte. Sie grinste trotz der Schmerzen beim Aufstehen. Schön, dass man in der Zombieapokalypse Männer jeglicher Hautfarbe noch ein wenig manipulieren konnte.

Adam hatte keine Lust mit ihr zu streiten, also half er ihr die Treppe runter in das Erdgeschoss und zeigte ihr die neuen Vorräte. Dann suchte er nach seinem Bunsenbrenner. Als er ihr diesen zeigte, sagte er kurz und bündig: „Keine Taschenlampe."

****

Modriger, fauliger Geruch stach in Adams Nase, nachdem er die Kellertüre geöffnet hatte. Modrig wunderte ihn nicht, so nahe an einem Fluss war ein vor Jahrzehnten errichteter Stein-Boden-Keller immer feucht und roch modrig. Aber der faulige Gestank war unüblich, zu unüblich für einen gewöhnlichen Keller, allerdings nicht unüblich für einen Keller in der modernen Zeitrechnung „Zombie".

Während Adam die Holzstufen nach unten schritt, nahm der stechende Gestank zu, aber es war unbekannter Gestank, weder Zombiegeruch noch ein fauliger Keller allein. Er legte seine Hand an die Wand und spürte die Oberflächenfeuchtigkeit an den jahrzehntealten Flusssteinen, welche den Kellerraum bildeten, vermischt mit dem Dreck und dem Moos, das sich gebildet hatte. Langsam tastete er sich seinen Weg nach unten.

Erst am Ende der Treppe zündete er seinen Miniflammenwerfer und begann die Umgebung auszuleuchten. Der Geruch war ganz unten noch intensiver, die Geräusche deutlicher. Es waren ungewohnte Laute, Adam war unklar was genau es sein konnte, aber ein Tier war es kaum. Ein Stöhnen war es auch nicht, es war schwer zu identifizieren, aber das Zombiestöhnen klang etwas anders. Der Gestank war äußerst intensiv. Adam fragte sich was der bärtige Mann hier wohl getan hatte.

Der Lichtschein der Flamme wanderte der Wand entlang, warf Gesehenes in einen dunklen Schatten, um Neues zu zeigen. Flusssteine, alt, moosig, überzogen mit Spinnweben und plötzlich… Adam schrak kurz zurück, noch gefasst, aber ein EKG hätte einen Anstieg der Menge an Herzschlägen zeigen können. Zu weit weg, um es zu erkennen, daher bewegte Adam sich wieder etwas näher an die Nische gegenüber der Treppe. Er hatte es richtig gesehen, da war Haut, aber etwas war falsch, unter der Haut sah er Knochen und diese waren verdreht. Adam entschied sich wieder Abstand davon zu nehmen und weiterzusuchen.

„War da etwas?" fragte Denise noch auf einer der obersten Stufen stehend. Sie hielt sich mit der rechten Hand den verletzten Bauch und die mit jedem Herzschlag pochende Wunde, mit der linken Hand stütze sie sich an der feuchten Kellerwand.

„Ja, aber ich muss erst noch was suchen."

„Was denn?" wollte sie wissen.

„Ein Aggregat!" war Adams kurze Antwort mit einem scharfen Ton, der sagte ich muss jetzt suchen und hab keine Zeit zu quatschen.

Er spürte, wie der Gestank sich langsam in seine Sinne einnistete. Es war intensiv und teilweise betäubend, man hatte das Gefühl nicht ausreichend Sauerstoff in die Lunge zu bekommen, sondern darin zu ersticken. Das Gefühl bei jedem Atemzug war bedrückend.

„Warum sollte hier ein Aggregat sein?" Denise hatte den

scharfen Ton ignoriert, sie wollte wissen was vor sich ging.

Langsam drehte sich Adam zu ihr um und schaute die Treppe nach oben, der Bunsenbrenner erhellte sein Gesicht. „Der Typ, der hier gelebt hat, der hat hier irgendetwas getrieben, hier im Keller, und ich glaube, dass er sich auch deswegen den Jungen, der jetzt kein Auge mehr hat, schnappen wollte."

„Justin." unterbrach Denise ihn. „Der Junge heißt Justin."

„Gut für ihn. Trotzdem war Justin nur ein Teil des Ganzen. Ich glaube der Typ hatte hier im Keller was am Laufen und ich will wissen was, solange ich hier im Haus bleibe. Nicht, dass der Kerl hier Zombies gehalten hat und die kommen irgendwann nach oben und essen uns während wir schlafen. Aber egal was er hier gemacht hat, er hat es nicht im Dunkeln gemacht. Es gibt schon länger keinen Strom mehr und was denkst du wie er so weit ab vom Schuss schon früher hier im Keller Strom hatte?"

„Ein Aggregat!" antwortet Denise.

„Ein Aggregat!" gab Adam zurück. Er drehte wieder um und suchte weiter. Er musste langsam gehen, denn es war ein Erdkeller, der Boden war matschig, die Feuchtigkeit war auf den Boden getropft und hatte einen Brei gebildet, der nun bleiern an den Schuhen hing und jeden Schritt schwieriger machte. Einige Male stieß Adam gegen etwas, was am Boden lag, ein Stuhl, eine Kiste, noch eine Kiste. Dann fand er endlich was er suchte, bevor der Gestank seine Gedanken übermannen konnte.

Ein Diesel-Aggregat, hier mit der offenen Flamme im Detail zu suchen, war keine gute Idee. Sinnvoll war es den Bunsenbrenner in sicherer Entfernung abzusetzen. Dann suchte Adam nach einer Startmöglichkeit, tastete gefühlvoll mit seinen Händen den Motorblock ab, dann spürte er den Griff der Startschnur. Das Aggregat war wie eine Kettensäge zu starten.

Mit Bedacht wählte er eine sichere Standposition und startete den Versuch den Motor in Gang zu setzen. Immer wieder zog er an der Schnur. Einmal, zweimal, dreimal... nichts tat sich. Nach knapp zwanzig Versuchen, fragte sich Adam, ob denn überhaupt ausreichend Treibstoff in dem Aggregat war, vielleicht war es leergelaufen, nachdem er den Pfeil durch den Kopf des Hausbesitzers geschossen hatte. Doch wie sollte er das überprüfen ohne eine feuerlose Lichtquelle zu besitzen.

Als er seinen Atem wieder gefunden hatte, startete er erneut. Wsch, die Schnur schoss aus dem Motorblock und wieder zurück hinein. Wsch und wsch und wsch und ratatatata... Das Aggregat hatte wohl doch noch Leben in sich. Adam riss noch zwei Mal an der Schnur, immer mehr hörte er wie der Motor versuchte in Fahrt zu kommen. Wssscchhh... ein dritter, kräftiger, intensiver Zug an der Schnur und der Motor sprang endlich an. Langsam stotterte er vor sich hin und kam immer mehr auf Touren, bis er endgültig in seinem vollen Lauf war, was dessen fortgeschrittenes Alter noch hergab.

Mehrere lose Glühbirnen im Keller flackerten im Takt zum Stottern des Motors und versuchten dann halbwegs durchgängig zu leuchten. Adam konnte hören wie Denise erschrak und entsetzt die Hand vor ihren Mund schlug. Behutsam drehte er den Bunsenbrenner ab, behielt ihn aber in der Hand, denn falls das Aggregat ausfiel, wollte er nicht im Dunkeln stehen.

Zuerst blickte er zu der Nische, wo er die Haut gesehen hatte. Dort war ein Mensch, ein sehr junger Mensch, männlich, vollkommen nackt und umgedreht mit den Füßen ausgespreizt an eine Metallstange befestigt. Der Körper hing vollkommen gerade nach unten, die Hände hinter ihm an einen Haken an der Wand angebunden. Der Mund war geknebelt. Der Bursche war aufgrund seiner körperlichen Entwicklung bereits in seinen Teenagerjahren, aber nicht viel älter. 15 oder 16 Jahre hätte Adam geschätzt, wenn ihn jemand gefragt hätte. Der Junge wackelte immer wieder hin und her und gab die Geräusche von sich, die Adam laufend gehört hatte. Deshalb klang es nicht wie ein Zombie, da er durch diesen Ballknebel grunzte. Das Geräusch an sich ließ für Adam aber nicht viel Hoffnung übrig, denn wenn er so klang, war er wohl schon tot.

Rechts von der Nische stand ein Bett mit Metallrahmen, darauf eine alte, dreckige Matratze und darauf ein Mädchen, ebenfalls nackt, mit allen v#Vieren an die Bettpfosten gebunden. Ebenfalls ein Knebel in ihrem Mund. Sie bewegte sich nicht, lag bewegungslos auf dem Bett, ein großer roter Fleck getrockneten Blutes rund um ihren Schritt. Das Bett war gut ausgeleuchtet und es standen zwei Kameras auf Stativen am Ende des Bettes und auf der Seite, um wohl den Missbrauch genau zu dokumentieren.

‚Spitzenidee!' dachte sich Adam sarkastisch. ‚Und wenn du keinen Treibstoff für das Stromaggregat mehr hast, wie schaust du die Videos dann an. So würde ich auch meine Energiereserven nutzen, wenn die Zivilisation den Bach runter gegangen ist. Vermutlich ist sie es deswegen auch, wegen Trotteln wie dem toten Sack, den er so leichtfertig ausgeknipst hatte.'

Noch weiter rechts an der gegenüberliegenden Wand waren massenweise Geräte befestigt. Viele waren von landwirtschaftlichem Gebrauch, aber auch einige, welche man klar nur in gewissen Kreisen bekommen konnte, um Menschen zu quälen. Neben 2 morschen Schränken war ein Tisch, auf welchem weiteres Werkzeug und Folterinstrumentarium lag und darunter war ein Käfig für Hunde und in dem Käfig lag ein Kind, gut verschnürt und genauso bewegungslos wie das Mädchen auf dem Bett. Geknebelt und die Augen verbunden lag das Kind auf dem Gitterboden des Käfigs, die Hände am Rücken zusammengebunden und die Beine ebenso gut verschnürt.

Denise stöhnte, ihre linke Hand an die nasse Kellerwand gedrückt, langsam versagten ihr die Knie und sie sackte mit ihrem Hintern auf die morschen Treppen, wobei sie ein wenig Moos bei der Abwärtsbewegung von der Wand riss. Sie versuchte zu sprechen, aber ein Kloß von der Größe einer Grapefruit steckte in ihrem Hals. Adam deutet ihr, dass sie nichts sagen müsste. Er war ein Mann, zusätzlich trainiert, um schlimmes zu sehen, was er über die Jahre auch hatte. Daher war er gefasst, aber ihm war klar, wie emotional eine verwundete Frau, deren Bruder in einem Koma lag, reagierte bzw. zu reagieren hatte.

Begleitet von dem selbigen Schlürfgeräusch wie auf dem Weg zum Aggregat, watete er wieder zum Ende der Treppe und beobachtete den Körper des Teenagers. Dunkle Kopf- und Körperbehaarung, bereits großflächig verteilt, die Beine waren fast zur Gänze behaart. Dieser Junge war schon ziemlich sicher über 16 Jahre alt. Noch immer gab er die verstörenden Geräusche von sich und wackelte in seiner Fesselung. Adam legte die Hand vorsichtig auf den Oberkörper des jungen Mannes.

Mit enttäuschendem Blick und zugehöriger Tonlage sagte er: „Eiskalt. Also tot." Denise nickte, noch immer an ihrem Kloß im Hals schluckend. Adam ging in die Knie, holte ein Outdoor-Messer aus seiner Tasche und schob es dem Teenager vom Wirbelansatz langsam in das Kleinhirn. Die Bewegungen und Geräusche stoppten. Denise würgte vor sich hin, unterbrochen von Schluchzen.

Wieder inklusive Schlürfen ging Adam zum Bett und berührte das Mädchen ebenfalls auf der Brust. Sie war maximal 11 oder 12 Jahre alt. Diesmal strahlte sein Gesicht, als der zu Denise blickte. „Lauwarm." Er stoppte und fühlte weiter. „Und ich spüre einen Herzschlag. Sie lebt noch." Beide tauschten Überraschung und Freude mit ihren Blicken aus.

Schnell ging er zum Käfig. Erst als er angekommen war, sah Denise von ihrer Position, dass da noch jemand war, ein kleiner Junge, maximal zehn Jahre alt. Adam berührte was er durch den Käfig an Haut erreichen konnte. „Der ist auch noch warm und ich kann Atembewegungen sehen."

„Die zwei können wir noch retten, wenn wir schnell reagieren."

„Worauf warten wir dann noch?" Die Frage war rhetorisch und der Kloß im Hals war verschwunden, nicht runtergeschluckt, sondern durch die positive Nachricht zwei von drei Kindern retten zu können aufgelöst. Denise hatte wieder ein Ziel vor Augen und vergaß den pochenden Schmerz in ihrer Bauchgegend.

****

Zwei Stunden später lagen zwei Kinder, ein Mädchen und ein Junge, ärztlich versorgt je in einem Bett in einem Nachbarzimmer von Maurice und Justin. Denise war glücklich, auch wenn alle vier Kinder bzw. drei Kinder und ihr Teenager-Bruder bewusstlos waren, so waren doch alle am Leben und so gut versorgt wie in der aktuellen Zeit noch möglich.

Adam war draußen, wo er die Leiche des toten Jungen aus dem Keller vergrub. Er sollte ein Grab bekommen und nicht verbrannt werden, wie sonst üblich für Zombies. Aus unerklärbaren Gefühlen heraus wollte Adam diesen Körper herkömmlich vergraben. Nachdem er die anderen beiden Kids nach oben gebracht und versorgt hatte, die beiden anderen gecheckt hatte, wurde der Keller nochmals genau auf alles Nützliche inspiziert. Adam hatte ein fotografisches Gedächtnis und wusste noch genau wie der Keller aussah und was sich darin alles befand. Was er umgehend brauchen konnte, hatte er nach oben gebracht, dann hatte er den Generator ausgeschalten, damit er Treibstoff sparen konnte. Zuletzt hatte er den armen Jungen aus seiner Fesselung befreit, den Körper in eine Bettdecke gewickelt und ihn zum Waldrand getragen, wo er ihn angemessen bestatten wollte.

Nach erbrachter Leistung saß Adam auf der Veranda und lauschte der Ruhe gestört von einem leichten Rauschen des nahen Obey Rivers. Die Ruhe bezog sich nicht auf absolute Ruhe, sondern das Fehlen von Tiergeräuschen und noch besser von Zombiegeräuschen. Denise stapfte ihre

Wunde haltend nach draußen und setzte sich mit schmerz-verzerrtem Gesicht auf die andere Seite der Bank.

Auch sie lauschte der unbekannten Ruhe frei von dem Ge-stöhne der Untoten, doch sie verspürte eine ungute Stille, sie musste etwas sagen.

„Danke." stammelte sie langsam mit fast gebrochener Stimme hervor.

Adam reagierte zunächst nicht, blickte Denise nach Se-kunden des Wartens, welche sich viel länger für sie an-fühlten, an und fragte: „Wofür?"

Sie starrte ihn verwirrt an. War es ein Scherz gewesen oder wusste er tatsächlich nicht, wofür sie sich bedankte? Sie wollte es nicht herausfinden und ihre Gefühle einfach verbalisieren. „Danke für das Retten meines Lebens, das Leben meines Bruders und der anderen Kids, für das Be-seitigen aller Zombies, uns sicher halten und uns medi-zinisch versorgen und das alles, ohne eine Gegenleistung zu fordern."

„Bisher zumindest." ergänzte sie. „DANKE für alles." sag-te sie mit Nachdruck.

Danke. Ein Wort was Adam nicht gewohnt war, er befolg-te Befehle und dafür gab es kein Danke, sondern ein, so erwarten wir das. Früher Befehle von oben, heutzutage von sich oder zumindest einem Plan, dem er beschlossen hatte zu folgen, ein Plan von jemand anderen, ein Plan, der nur funktionieren konnte. Was sonst hätte heutzutage noch funktionieren können.

Seit langer Zeit lächelte er, das erste Mal seit einer Ewig-keit. Er wusste nicht wann das letzte Mal gewesen war und er wusste nicht was er antworten sollte. „Gern ge-schehen." Mehr fiel ihm dazu nicht ein.

„Warum hast du uns geholfen?" Es war ihr wichtig, denn das fragte sie sich schon seit sie nach der Operation munter geworden war. „Wir sind vollkommen fremd für dich, wir kennen uns nicht, aber trotzdem hast du uns geholfen."

„Phew." Adam atmete einmal tief durch. „Es hat sich richtig angefühlt. Bitte frag mich nicht was genau, ich kann es nicht sagen. Ich habe kaum gedacht, sondern gehandelt, als ich gesehen hab wie der Junge…" er überlegte verzweifelt wie der Name war, er hatte Probleme sich Namen zu merken.

„Justin!" half ihm Denise wiederum.

„Ja, genau, als ich gesehen habe wie Justin von dem Mann geschnappt wurde, da hat irgendetwas in mir gesagt, reagiere und ich hab das getan." Er sah ein wenig Enttäuschung in ihrem Gesicht oder er interpretierte ihre Müdigkeit falsch. „Sorry, aber es war leider nicht mehr. Ist wohl einfach dein Glückstag."

„Generell ist heutzutage kein einziger Tag mehr ein Glückstag, aber wenn man die Maßstäbe neu einstellt und nichts mehr mit früher vergleicht, dann ist heute bzw. sind gestern und heute meine Glückstage."

Adam erwiderte mit einem Lächeln und starrte dann wieder auf die Maisfelder. Er war offensichtlich nicht der unterhaltungsfreudige Typ und Denise verspürte wieder den Drang etwas zu sprechen, die Ruhe zu stoppen.

„Ich hätte nie gedacht, dass es noch ein Glückstag wird." fing sie an vor sich hinzubrabbeln. „Das war alles nicht so geplant. Keine Ahnung wie ich hier gelandet bin, obwohl ich nicht mal weiß, wo genau ich bin."

„Tennessee" erklärte ihr Adam trocken.

„Oh, okay. Danke. Ich komme aus Louisiana, aus Gonzales, das liegt zwischen New Orleans und Baton Rouge, nicht unüblich für ein schwarzes Mädchen. Hatte meine ganze Familie dort. Meine Eltern sind zügig nach dem

Ausbruch gestorben, keine Ahnung was Onkeln und Tanten getan haben, meine Großeltern waren schon vorher tot. Naja, also habe ich Maurice geschnappt und Zuflucht gesucht. Am Anfang war das kein Problem. Das Militär hatte einige Stützpunkte, aber die sind alle schnell gefallen und wir waren wieder auf uns gestellt. Ich habe mich dann mit Maurice immer wieder Gruppen angeschlossen, aber es war immer das gleiche Lied. Angeführt von kräftigen Männern, die für ihren Schutz von mir sexuelle Gegenleistungen eingefordert hatten und... naja, um Maurice zu schützen, habe ich immer wieder eingewilligt, aber dann ist das ganze auseinandergebrochen. Entweder durch Machtkämpfe in der Gruppe oder von Rivalen von draußen oder es waren die Zombies. Ich war sicher in fünf Gruppen in so kurzer Zeit. Und dann die letzte hier, alles Idioten, haben ein Lager im Wald aufgeschlagen, wir haben die Zombies erst gekommen gesehen, als sie schon neben uns waren, viel Geschrei und Geballer. Es waren sicher über zehn Kinder in der Gruppe. Vermutlich alle tot. Justin... hmmm... Justin war ein Junge, um den ich mich kümmern wollte... War klar, dass ich nicht seine Mutter bin, er ist sowas von weiß und ich... naja, du siehst ja meine Schokofarbe, hätte nie so einen weißen Jungen bekommen können, mal abgesehen davon, dass ich etwas zu jung wäre für einen Jungen von elf Jahren. Er hat seinen Vater sehr früh verloren, war offenbar beim Militär, aber das hat dem auch nicht geholfen. Seine Mutter starb vor wenigen Wochen und ich dachte ich könnte ihm helfen, aber in dem Chaos hier und dann war Maurice weg. Ach, ich bin so dumm... ich hätte Maurice nehmen sollen und weiter nach Norden rennen."

Sie schlug ihren Kopf hinter sich an die Holzverkleidung und blickte auf das Unterdach der Veranda, von der Witterung vergilbt und von Insekten bewohnt. Widerlich wer hier noch essen wollte und konnte, vor der Zombie-Zeit.

„Warum Norden?" fragte Adam.

„Alle haben gesagt nach Norden, da ist es kalt und der Virus kann nicht überleben in der Kälte."

Adam lachte lautstark los, so sehr hatte sie ihn noch keine Gefühlsreaktion zeigen sehen. „So ein Blödsinn."

„Warum? Was weißt du darüber?"

Langsam drehte er seinen Kopf und blickte Denise tief in die Augen. „Ich weiß in einem sozialen Umfeld und dem Akt des Kennenlernens sollte ich nun nach deiner Geschichte jetzt auch mein Leben wiedergeben. Wie ich in Texas aufgewachsen bin und dann im Erwachsenenalter… Aber das werde ich nicht, ich will nicht, ich kann nicht und ich nochmals werde nicht und ich erkläre auch nicht warum. Der Norden ist Blödsinn. Der Virus überlebt mehr Temperaturen als der menschliche Körper. Woher ich das weiß ist nicht wichtig, ich weiß es."

„Okay. Dann frag ich das nicht. Aber noch die eine Frage: Wohin gehst du dann?"

„Diese Frage ist akzeptabel." Adam lachte nochmals leicht auf. „Osten. Norfolk, Virginia."

„Was? Warum?" Denise war extrem überrascht.

„Kann ich nicht erklären. Muss da noch etwas erledigen."

Die Schmerzen hatten sie müde gemacht, sie wollte sich nicht weiter auf eine Diskussion einlassen, obwohl sie wusste irgendwann eine Erklärung einzufordern. „Okay. Ich verstehe und frage nicht weiter." Adam nickte. „Ich muss mich jetzt hinlegen." ergänzte sie.

Der Sonnenuntergang stand unmittelbar bevor. „Wir sollten uns alle ausrasten." bestätigte Adam. Er half ihr in das Gebäude, ins Obergeschoss in ihr neues Bett und verriegelte dann das gesamte Haus von Neuem, bevor er sich selbst wieder auf seinen Sessel begab.

„Uiuiui…" begleitet von einem Seufzer und Kopfschütteln war Adams Reaktion. Er hatte gerade die Wunde von Maurice gecheckt. Direkt nach dem Aufstehen und Frühstück von dem bisschen Essen das da war, hatte er entschieden alle seine Patienten zu überprüfen. Erst die beiden neuen Kids vom Keller und anschließend die beiden Kids von Denise.

„Was soll das Geräusch und das ‚uiuiui'? Das hilft mir nicht weiter."

Adam reagierte nicht auf Denise, sondern ging vor ihr in die Hocke, schob ihre Bluse hoch und kontrollierte ihre Wunde. Dann zog er die Luft tief durch seine Zähne ein, atmete leicht verzweifelt aus und ließ sich auf seinen Nachtsessel nieder. Es war eigentlich kein bequemer Sessel, in der alten Welt hätte er sich unwohl gefühlt, aber heutzutage so an der Wand positioniert, bot er Komfort und Sicherheit, Adam fühlte sich darin wohl. Am Tag 277 der neuen Zeitrechnung war der Sessel seit zwei Tagen sein Ruhepol.

„Bitte erklär mir was Sache ist. Keine Verschönerungen."

„Gut." Adam setzte sich an die Sesselkante und holte tief Luft. „Deine Wunde schaut aktuell noch gut aus. Ich kann nicht sagen, ob es noch interne Probleme gibt. Ich vermute aktuell nicht, das Bauchgewebe ist nicht hart, also passt das. Daher gehe ich davon aus, dass du genesen wirst, wenn du keine Infektion bekommst, was aber ohne Medikamente der Fall sein wird. Eine Infektion heißt ich hätte mir die Operation sparen können, denn dann wärst du schmerzfreier am Boden verblutet, aber naja…" er atmete wieder tief durch. „Das Mädchen," er zeigte in das gegenüberliegende Zimmer „sie wird es nicht schaffen, zu viele Blutungen, der Junge aber vermutlich schon. Die zwei Kids hier," jetzt bewegte er seine Hand im Raum in dem sie sich befanden, „die werden es wohl auch nicht schaffen."

Bereits bei der Information des unvermeidlichen Todes des Mädchens hatte sich Denise an die Bettkante zu ihrem Bruder gesetzt, am Ende der Rede hatte sie Tränen in den Augen und die Hand vor den Mund geschlagen. Sie wusste nicht was sie sagen sollte und konnte auch nichts sagen, der Kloß vom Vortag aus dem Keller war zurück. Ein unangenehmes Schweigen erfüllte den Raum, ihr fiel nichts ein, sie begann einfach zu schluchzen, während Adam einfach vor sich hinstarrte.

Dann schoss sein Kopf auf, seine Augen weiteten sich. „Moodyville!" er lächelte als er das sagte.

„Was ist da?" Denises Stimme klang von ihren Tränen erstickt.

„Als ich unterwegs war und die Route 111 verließ, zeigte mir der letzte Wegweiser Moodyville an. Es kann sich nur um eine kleine Kommune handeln, aber das kann auch ein Vorteil sein. Weniger Leute, weniger Zombies, weniger Plünderer, eventuell finde ich da die Art und Menge an Medikamenten, welche wir brauchen." Sein Blick wanderte von Denise zu Maurice und dann zu Justin. „Ehrlich gesagt ist eine weitere Überlegung obsolet. Dein Bruder hat bereits eine beginnende Infektion und Fieber, Justin hat ein schweres Trauma am Kopf und das Mädchen hat extreme Verletzung im Genitalbereich und dem Verdauungstrakt und einhergehend offensichtlich hohe Mengen an Blut verloren. Das Ableben ist für alle drei am Wahrscheinlichsten. Ich muss Medizin besorgen, ansonsten kann ich hier nichts mehr tun."

Er erhob sich von seinem Sessel. „Jetzt gleich?" fragte Denise überrascht, noch immer mit schluchzender Stimme.

„Natürlich. Zeit ist ein bestimmender Faktor bei eurer medizinischen Versorgung." Bevor Denise reagieren konnte, war Adam zur Tür raus und die Treppe runter. Schnell wie immer packte er alles zusammen was er brauchen konnte und organisierte alles an Essen und Versorgungsmittel für Denise und die Patienten. Er gab ihr Instruktionen zum

Wechseln der Verbände und Kontrollen der Temperaturen und der generellen Versorgung in einem komatösen Zustand. Er verriegelte alle Eingänge, da er über das Fenster im Obergeschoss austeigen wollte.

Als er bereits einen Fuß aus dem Fenster hatte, hielt Denise ihn an seinem rechten Arm fest. Ihre Blicke trafen sich und Denise fragte: „Wirst du denn zurückkommen?"

Adam lachte lautstark los, so laut, dass es normalerweise jeden im Raum aufwecken hätte müssen, aber Maurice und Justin blieben regungslos in ihren Betten. Er schaute ihr tief in die Augen. „Vertrau mir. Wenn ich finde was wir brauchen, dann wird alles gut." Er strich ihr überraschend über die Wange, wandte sich ab und sprang aus dem Fenster. Denise beobachtete die Bewegungen der Maisstauden, bis sich seine Bewegungen in der Ferne verloren.

283

„Unser letzter Patient ist munter!" lächelte Denise, als sie Adam in der schäbigen Küche am dreckigen Esstisch fand, wo er für ihre Augen nicht nachvollziehbare, aber offenbar nützliche Alltagsgegenstände für eine Zombiewelt erstellte. Sie konnte kein einziges graues Haar auf seinem Kopf erkennen und fragte sich wie jung dieser Mann wohl war oder ob er einfach schon älter war und gute Gene hatte.

Er blickte nachdenklich von seiner Arbeit hoch, wo er gerade eine Angel erstellte, um im naheliegenden Fluss sein Glück bei den Fischen zu probieren. Nachdem sein Hirn von dem letzten Handgriff weggeschalten hatte, lächelte er zu Denise. „Das ist gut. Hat sie schon gesprochen?"

„Bisher kaum. Sie ist noch sehr schwach. Calvin ist bei ihr, damit jemand gewohnter in ihrer Umgebung ist."

„Gut… gut…" er stand auf und ging um den Tisch zur Tür. Glasscherben zerbrachen am Boden, als er darauf trat.

„Ich hätte nicht gedacht, dass sich alle Kids in fünf Tagen erholen, aber diese jungen Körper halten einfach noch etwas aus."

Adam war bereits im Gang und auf dem Weg nach oben, als ihn Denise am Ärmel festhielt und ihm einen dicken Kuss auf die Wange gab: „Danke." Sie strahlte über das ganze Gesicht. „Danke fürs Zurückkommen und alle Retten."

Da er nicht so gut mit Worten war, sondern besser mit Taten, erwiderte er nur mit einem Lächeln. Es war lange her, dass sich jemand bedankt hatte oder er sah wie sich jemand freute. Es fühlte sich gut an. Nachdem Denise die knarrende Holzstiege nach oben gerannt war, folgte Adam für ihn ungewöhnlich langsam und dachte nochmal über alle Geschehnisse nach.

Vor sechs Tagen war er nach Moodyville aufgebrochen. Nach Norden war schwieriges Terrain, nur der Fluss und keine Straßen oder Wege, also war er nach Osten über eine bewaldete Kuppe gegangen. Eine Stunde und sieben niedergeschlagene Zombies später war er auf eine Straße gekommen, der er nochmals über eine Stunde nach Norden gefolgt war. Moodyville war sehr klein, zu klein, denn er hatte keine Medikamente gefunden, aber dafür den Hinweis auf das Byrdstown Medical Center, was nun aber westlich und ein wenig nördlicher lag. Eine Straße hatte direkt nach Byrdstown geführt.

Weitere zwei Stunden später war er angekommen, alles war verlassen, er hatte keine Anzeichen von lebenden Menschen gefunden. Offenbar waren die meisten in Autos Richtung Großstädte und Militärbasen geflüchtet. Das war der größte Fehler, denn dort warteten Horden von Zombies, um alles aufzuessen, was ankam. Da saßen die Leute mit ihren Kindern am Rücksitz in ihren Autos und fuhren sich selbst und den Nachwuchs wie auf einem Buffet in die Mäuler der Untoten. Was für eine grauenvolle Art zu sterben, wenn man noch am Leben war und einem das Fleisch vom Körper gegessen wurde. Adam hatte es sehr oft gesehen und gehört, Schmerzensschreie begleitet vom Gestöhne der Zombies und das Geräusch, wie Haut und Fleischfasern abgerissen wurden. Überall Blut und dann noch der Geruch, unerträglich dieser faulige Geruch der immer um die Zombies in der Luft lag. Mit einer guten Nase konnte man eine Zombiegruppe schon ausreichend früh genug riechen, aber das war wohl für viele keine Option, denn alle brachten sich der Reihe nach in die Situation gegessen zu werden, wie Adam entsetzt festgestellt hatte.

Im Medical Center hatte Adam interessanterweise nicht wirklich viel gefunden, aber ein paar Häuser weiter hatte jemand die Medikamente, Verbandsutensilien und noch vieles mehr gehortet. Sogar ein Weg dahin war erkennbar gewesen, sonst hätte Adam es nicht so schnell gefunden. Alles war er brauchte und noch viel mehr, Essen in Dosen, Pulver zum Aufkochen, Waffen. Vermutlich musste Adam nochmal dort hin, denn er hatte nicht alles tragen können. Der oder die Personen, welche so gehortet hatten, waren tot, er hatte alle Leichen gefunden. Ein Mann hatte so wie es aussah die gesamte Familie erschossen und dann sich selbst, nachdem er so gut vorgesorgt hatte. Dessen Unglück war Adams Glück gewesen.

Mit allen notwendigen Produkten in einem Rucksack und zwei Tragetaschen hatte er den Rückweg abgekürzt und ging nach Süden querfeldein und dann entlang des Obey Rivers bis er wieder, einen Dreivierteltag nach seinem Aufbruch, bei dem kleinen Häuschen zwischen den Maisfeldern und neben dem Wäldchen angekommen war. Denise hatte ihn voller Freude empfangen, erzählte wie es den Kindern ging, woraufhin er Medikamente verabreicht und noch ein wenig nach bestem Wissen und Gewissen herumgedoktert hatte.

So wie es aussah hatte er alles richtig gemacht. Zuerst wurde der Junge vom Keller munter, Calvin, neun Jahre alt wie er erzählte bzw. sie dann herausfanden, denn er wurde mit seiner Schwester Chestine und seinem älteren Bruder Charles kurz vor dem Ausbruch der Zombie-Apokalypse gemeinsam mit seiner Mutter hier in dieses Haus gebracht. Wie Adam es erwartet hatte, waren die Kids als Vergnügungsspielzeug im Keller festgehalten und deren Mutter bereits wenige Tage nach deren Gefangennahme getötet worden. Calvin schien in diesen neun Monaten viel gesehen zu haben, denn seine Beschreibungen der sexuellen Handlungen des Mannes, den sie „Sam" nennen sollten, waren sehr detailliert.

Der Junge schien bereits zu Beginn merklich traumatisiert. Zwar hatte er selbst nur teilweise mit den Aktivitäten von Sam zu tun gehabt, aber das schien nebst dem Gesehenen ausreichend gewesen zu sein. Calvin sprach immer davon was er alles mit dem Mann tun hatte müssen, wo er ihn anfassen musste und selbst berührt wurde, doch die Beschreibung der Schändung seiner Schwester war so explizit, dass Denise kurzweilig den Raum verlassen musste. Dahingegend hatte Sam offenbar auch deutlich sadistische Ausprägungen gehabt und schien Gefallen daran gefunden zu haben Charles körperlich, aber auch sexuell zu quälen. Calvin stoppte seine Beschreibungen erst, als ihm durch die Beschreibungen der Situation klar wurde, dass nicht nur seine Mutter, sondern auch sein Bruder und fast die gesamte Welt tot waren. Er erfuhr von dem Ausbruch des Virus, von den schlimmen Dingen, die passierten, den schrecklichen Nachrichten zu Beginn, bis der Reihe nach alles offline gegangen war und zu guter Letzt die restlichen Überlebenden versuchten auch weiterhin am Leben zu bleiben. Als Calvin klar wurde, dass er nun alleine mit seiner komatösen Schwester war, niemand sonst außer dem großen Mann und der schwarzen Frau kommen würde und er nie wieder zu sich nach Hause und seinen Spielsachen und Videospielen kommen würde, da wurde er ruhig, sogar angsteinflößend introvertiert.

Kurze Zeit später erwachte Justin. Es war ein schwieriges Unterfangen, denn obwohl er Denise als vertrautes Gesicht in seinen ersten wachen Minuten hatte, so musste ihm recht zügig beigebracht werden, dass er sein linkes Auge verloren hatte. Nicht der Verlust alleine war zu ertragen, denn es war noch ein langer Prozess vor ihm, die körperlichen Schmerzen würden eine lange Zeit in Anspruch nehmen und dann hatte er zu Lernen mit einem Auge zu leben, zu sehen und zu überleben. Auch wenn ihm dies nicht direkt gesagt wurde, so war es ihm nach kurzer Zeit selbst klar geworden und schlug deutlich auf sein Gemüt. Justin lag deprimiert in seinem Bett und wartete auf ein Wunder oder eine bessere Nachricht, wovon beides nicht zu erwarten war.

Adam hatte kein väterliches Gespür, um dem Jungen zu helfen, ihn wieder aufzubauen, ihn auf die Gefahren aufmerksam zu machen. Er war ein elfjähriger Junge kurz vor der Pubertät, sowas wollte er sowieso nicht hören. Vor allem ließ sich Adam von der Stiege stoppen, denn es war nicht nur eine alte Holzstiege, sie war extrem alt und brüchig und mehr als die Hälfte der Stufen krachten, wenn man darauf trat. Es war aber nicht ein einfaches Knarren, das Geräusch war unnatürlich laut. Man musste ein jederzeitiges Versagen einkalkulieren, aber das bereitete ihm nicht die großen Sorgen, auch nicht, dass der Lärm die so notwendige Genesungsruhe der Patienten störte. Was Adam am meisten störte war der laute Widerhall, welcher sich mühelos durch die maroden Wände und Fenster ins Freie verbreitete und ungewünschte, verwesende, nach Menschenfleisch trachtende Monster anlocken konnte. Diesen Umstand im Hinterkopf nutzte er so wenig wie möglich die Stiege und befahl dies auch allen anderen. Da er seine Zeit meist im Erdgeschoß oder im Freien verbrachte, hatte er kaum Optionen, um Justin zu trösten und ihn für künftige Aufgaben zu motivieren.

Zwischenzeitlich hatte er sogar gehofft, dass Justin und Calvin miteinander spielen oder zumindest reden würden, aber weit gefehlt. Jeder lag in seinem Bett, schlief, weinte und schlief wieder. Adam hatte, als er noch in Byrdstown gewesen war, ein paar Häuser durchforscht und Kleidung für die Kids mitgenommen. Es war nicht viel, aber da der Junge und das Mädchen aus dem Keller keine Kleider anhatten, war er sich bewusst, besser wenige unpassende Fetzen, als gar nichts. Glücklicherweise fand man immer ein Haus, in dem Leute mit Kindern gewohnt hatten und niemand hatte wohl auf der Flucht die Kleiderschränke ausgeräumt.

Aufgrund seiner fehlenden väterlichen Gefühle gegenüber den beiden Jungs, versuchte Denise so gut wie möglich auf diese einzuwirken, half ihnen bei ihren täglichen Problemen, Justin mit dem kaputten Auge und den damit verbundenen Schmerzen und Calvin psychisch, auf dass alles besser werden würde. Dann, zwei Tage später, erwachte Maurice zur Freude von Denise, allerdings mit brutalem Beigeschmack. Nicht nur, dass der Verlust seines Arms ihn schockierte, so fühlte sich sein Körper beim Aufwachen an, als wäre er in einem Autounfall verwickelt gewesen. Nicht nur der blutige Stumpf an seiner Schulter schmerzte, alles schmerzte und die Schmerzmittel halfen fast überhaupt nicht. Seine Schreie und sein Gewimmer schlugen sich noch negativer auf die beiden anderen Jungs nieder.

Oben an der letzten Treppe angekommen, stellte sich Adam die Frage, ob das Mädchen es schaffte die Stimmung noch weiter nach unten zu reißen oder ob sie für eine Kehrtwende sorgte, denn Denise verströmte trotz der letzten harten Tage eine unglaubliche Freude über die Tatsache, dass sie 100% der Kinder retten konnten und alle, inklusive ihr selbst, zwar mit körperlichen Defiziten und Schmerzen, aber in Summe wohlauf waren.

Während Calvin begeistert lächelte und an Chestines Bettrand auf und ab hüpfte, strahlte Denise über das ganze Gesicht und zeigte auf das Mädchen, welches sehr geschwächt und verwirrt umherblickte. Adam nahm gegenüber von Calvin am Rande des Bettes Platz und musterte das Mädchen genau.

„Hallo Chestine." sie blickte ihn verwirrt an. „Mein Name ist Adam. Keine Angst, du bist hier in Sicherheit. Wie geht es dir?"

Sie blickte weiterhin verwirrt vor sich hin, dann schaute sie nochmals tief in Adams Augen. „Durstig." sagte sie mit krächzender Stimme.

„Kann ich mir deine Verbände bitte anschauen?" fragte Adam und Chestine nickte während sie gierig aus der Flasche trank, die ihr Denise gereicht hatte. Gutes frisches Wasser aus dem angrenzenden Fluss oder so frisch es eben sein konnte heutzutage. „Nicht so gierig!" tadelte er sie. „Du bist dehydriert und es ist nicht gut, wenn du zu schnell trinkst. Dein Körper muss sich daran gewöhnen. Mach einen Schluck und dann warte ab wie es sich anfühlt." Er war der Meinung auch jungen Menschen und Kinder die Begründung für eine Aussage oder eine Vorgabe zu geben, denn Leute, die verstanden, hielten sich eher daran. Auch hier war es so, Chestine nippte kurz am Wasser und ließ den Schluck dann auf sich wirken.

Nach einer genauen Kontrolle aller äußerlichen Stellen, Flecken, Wunden und Verbände, jagte er Denise und Calvin aus dem Zimmer und erklärte Chestine, was für Körperbereiche er nun untersuchen musste, aber sie war darüber nicht im Geringsten schockiert. Offenbar war der ihr zugekommene Missbrauch derart intensiv und extrem gewesen, dass eine Untersuchung durch einen Fremden, der auf sie wie ein Arzt wirkte, fast einem willkommenen Vorgang glich. Adam erledigte die Prozedur so professionell wie er konnte und war äußerst zufrieden, mit seiner Leistung selbst und den Heilungsfortschritten. Nun konnte er sich sicher sein, dass alle vier Kids im aktuellen Zustand überleben würden, was jedoch nichts über den Status ihres Fortlebens in einer Zombiewelt voraussagte.

Nachdem er die Tür geöffnet hatte, fiel ihm Denise um den Hals, noch bevor er etwas sagen konnte, doch sagte sein Grinsen offenbar alles. Sie schmatzte seine Wange ab und er versuchte mit den Worten „Ist ja gut" wieder behutsam ein wenig Abstand zu schaffen. Er hatte Berührungen noch nie gemocht. Heutzutage kam noch hinzu, dass Hygiene noch weniger möglich war als noch in zivilisierten Zeiten und er dachte dabei nicht nur daran unerträgliche Gerüche ertragen zu müssen. Immerhin waren am Tag 283 keine Hygieneartikel mehr im Umlauf und Adam fragte sich, wie Leute in der Zombiewelt sich ihre Hände nach dem Toilettengang reinigten.

Wenn man ums Überleben kämpfte und in einem Supermarkt nach Essbarem, wie Konserven, suchte, dann stand man nicht plötzlich in der Reihe mit Seife und Duschgel und suchte nach Desinfektionsmittel für die Hände. Er hatte auch noch nie jemanden gesehen, der nach dem Ausschalten von Zombies, wo massenhaft Überreste der Untoten auf allen Körperteilen hängen blieben, ein kleines Fläschchen aus der Hosentasche ziehen und sich die Hände desinfizieren, was aber doch sicher ein faszinierendes und cooles Bild darstellen würde, wenn man so darüber nachdachte.

Als Adam diese Gedankengänge in Windeseile erledigt hatte, versammelte er alle im Raum von Chestine, denn sie sollte am wenigsten von allen ihr Bett verlassen. Der Raum war schäbig, die Tapeten hatten sich bereits vor Jahren, also vor den Zombies, von den Wänden durch eindringende Feuchtigkeit gelöst, dahinter war altes, teilweise morsches Holz. In einer der Ecken, im Übergang der Wand zum Dach, war dermaßen viel Feuchtigkeit eingedrungen, dass kleine Pilze auf der Holzoberfläche gewachsen waren. Der Raum hatte zwei Betten, zwei große Schränke, einen Tisch und einen verdreckten Kronleuchter in der Mitte. An dem Tisch waren drei Holzstühle, welche genauso alt und verdreckt waren wie der Rest des Raumes und eigentlich des ganzen Hauses. Denise nahm Justin mit sich auf das freie Bett von Calvin, der gleich mit verschränkten Beinen daneben Platz nahm und unschuldig und erwartungsvoll zu Adam blickte.

Erst als Maurice auf einem Stuhl saß und sich schmerzergriffen neben seinem abgetrennten Arm den Brustmuskel rieb, fing Adam an, denn seiner Meinung nach war es Zeit die Situation für alle zu erklären. Auch wenn Chestine erst munter geworden war, so sollte jeder, auch die kleinsten Kinder, wissen was in der Welt los war, was hier los war und welche Chancen hier jeder hatte. Es war unklar, ob diese Botschaft die Stimmung heben sollte, doch sah Adam es als seine Pflicht darüber zu sprechen. Immer noch in seinem Hinterkopf schwirrten die Worte ‚Virginia Beach‘ und ‚Norfolk‘, welche ihn nicht los ließen, doch musste er noch die weiteren Genesungsschritte der Kinder abwarten. Es war also an der Zeit jedem zu sagen woran er oder sie war und wie hoch Überlebenswahrscheinlichkeiten mit den vorhandenen Verletzungen und Verstümmelungen waren.

291

Es waren zwei starke Gewitter über Kentucky und Tennessee gezogen und hatten auch das kleine, verwitterte Holzhaus am Obey River getroffen. Diese zeigten die Schwachstellen des Gebäudes sehr gut auf. Der Keller stand unter Wasser und somit auch das Stromaggregat. Adam vermutete dies nicht mehr retten zu können und während der alles so sturmfest wie möglich machte, stellte er sich die Frage warum dieser bärtige Typ, also Sam, hier gewohnt hatte, warum er geblieben war und zeitgleich alles verwahrlosen ließ, denn es waren mehr als 291 Tage notwendig, um ein Gebäude in diesen Verwitterungsfortschritt zu bringen. Eventuell hatte Sam hier nicht gelebt, sondern war erst hierhergekommen, zu so einer Art Zweithaus oder Ferienhaus, als er die Familie entführt hatte, weil sie in Familienbesitz war und sich nie jemand darum kümmerte, aber es optimal war hier Menschen zu quälen. Dies würde für immer ein Rätsel bleiben, genauso wie Sam es geschafft hatte das Aggregat am Laufen zu halten und den Keller benutzbar, bei derartigen Regenfällen, welche sicher nicht die ersten in 291 Tagen an diesem Ort gewesen waren.

Ab dem Zeitpunkt, wo der Wasserspiegel die dritte Stufe überschwemmte, beschloss Adam nicht weiter die Rettung des Aggregats zu versuchen, denn wofür sollte er es benutzen. Niemand wollte in den Keller, nicht die beiden Kinder, aufgrund der Erinnerungen, nicht Denise, wegen dem was sie dort gesehen hatte und die anderen Kids waren mit sich selbst beschäftigt.

Acht Tage waren vergangen, seitdem alle Kinder munter geworden waren und sie machten alle gute Heilungsfortschritte, physisch und psychisch auch. Es half ihnen darüber untereinander zu sprechen, doch Adam hatte einiges mitbekommen. Maurice hatte am wenigstens zu erzählen, was er nicht schon wusste. Woher sie stammten, wie er und seine Schwester geflüchtet waren und die Wege bis hierher, wo er seinen Arm verloren hatte. Damit hatte er sehr zu kämpfen, denn es war unklar, wie er so überleben sollte und was er noch an Waffen benutzen konnte.

Zwei zusätzliche Trips nach Moodyville und Byrdstown hatte Adam unternommen, um Medizin, Nahrung und Kleidung zu ergattern. So konnten sich alle frisch einkleiden, doch Maurice hasste es, wie sein Stummel bei einem T-Shirt kaum zum Vorschein kam. Justin kämpfte immer noch mit der Tiefenwahrnehmung, er war immer noch sehr am Boden, vor allem, weil er sich für alles die Schuld gab, denn wie dumm musste man sein in seinen Augen sich so von einem Mann von hinten schnappen zu lassen. Er war kein kleines Kind mehr und wurde, ohne bemerkt zu werden niedergeschlagen und ins Haus gebracht. Das Argument von Denise, dass sie ihn schnell gefunden hatte, ließ er nicht gelten, auch nicht warum sein Auge weg war, weil er von der Decke gefallen war, weil im Kampf das Seil durchgeschnitten wurde, denn er wäre nie dort gehängt, wenn er sich nicht so leicht überrumpeln hätte lassen.

Über die Tage weichte Justin allerdings immer mehr auf und erzählte von seiner Herkunft, Marietta, einem Vorort von Atlanta in Georgia. Wie der Schulbus von Zombies angegriffen wurde und er mit seiner Schwester entkommen konnte, sie aber bereits gebissen wurde und dann qualvoll starb, selbst zum Zombie wurde und sein Vater sie endgültig erschlagen musste und das kurze Zeit, nachdem er mit eigenen Augen sah, wie ein kleinstes Kind im Kindergartenalter von Zombies zerrissen und gegessen wurde. Diese neue Welt war nicht für das Überleben kleiner schreiender Kinder gemacht und während einer kleinen Unaufmerksamkeit lief der vierjährige Junge vom Auto weg und bevor sie ihn wieder fanden, waren die Zombies da. Zwar hatten die Eltern nie darüber neben Justin gesprochen, aber er wusste, wie sich beide gegenseitig Vorwürfe machten. Sein Vater tat alles, um diesen Fehler gut zu machen, und beschützte daher seine Frau und sein letztes Kind mit aller Gewalt, aber er versuchte es zu sehr und innerlich fraß ihn das Wissen auf, dass er seiner kleinen lieben Tochter mit einem Hammer mehrmals auf den Kopf geschlagen hatte. Sein Tod war vermutlich zur Hälfte Suizid mit der Freude endlich von diesen Gedanken erlöst zu sein. Seine Mutter folgte bald danach und Denise nahm sich ihm an, aber das wusste Adam bereits. So wenig Lebenswillen er auch hatte, je mehr Zeit er mit den anderen verbrachte, umso mehr Zuspruch bekam er und jetzt versuchte er endlich das beste mit einem Auge zu machen.

Weitaus brutaler waren die Geschichten von Chestine und Calvin. So wie es aussah waren bereits Berichte über diesen neuen Virus in den Nachrichten, aber Adam zählte es noch nicht zur neuen Zeitrechnung, denn die alte Weltordnung war noch in Takt. Von deren Vater gab es schon lange kein Lebenszeichen mehr, also fuhr deren Mutter bei all den Informationen über unheilbare tödliche Krankheiten voller Angst zu Verwandten. Ursprünglich aus Charlotte in North Carolina stammend, wollte die Mutter irgendwo in die Nähe von St. Louis, wollte aber in Tennessee einen Zwischenstopp bei einer Freundin einlegen. Sie kannte sich nicht aus und fragte einen netten Mann um Hilfe, der sich später als Sam entpuppte. Er behauptete laut Erzählung, dass er vorfahren und sie zu ihrer Freundin geleiten würde, da er diese kannte. Je länger sie fuhren, umso skeptischer wurde ihre Mutter. Sie stoppte das Auto und Sam drehte um. Deren Mutter wollte kein vertieftes Gespräch suchen, sondern den Typen loswerden und ihren Weg alleine finden, doch gab es keine Chance mehr. Sam kam zum Auto und sprühte ein Gas in das Auto, keiner konnte schnell reagieren und als die beiden Kids munter wurden, waren sie bereits in dem Keller, in dem Adam und Denise sie fanden.

Genau einmal sahen sie ihre Mutter noch. Sam tötete sie vor den Augen der drei Kinder, um deren volle Aufmerksamkeit zu haben und sie mit deren Angst kontrollieren zu können. Wo und wie er die Leiche entsorgt hatte wussten beide nicht. Dann wurden die Stories intensiver und Adam wollte nicht im Detail darüber denken, er sagte auch nicht viel dazu, außer, dass es nicht deren Schuld war und sie nicht zu viel darüber nachdenken und es als Vergangenheit abstempeln sollten, doch Denise war nicht begeistert davon und wollte die Kinder alles erzählen lassen, denn nach ihrer Meinung heilten die Wunden so besser. Viel bekam Adam dann nicht mehr mit, außer Themen wie die Schmerzen die Sam dem ältesten Jungen Charles zufügte, da er aufgrund seiner sadistischen und homosexuellen Neigungen es genoss einen Teenager zu quälen.

Calvin wurde oft betäubt, da er nicht so viel mit ihm machen wollte bisher und Chestine bekam das ab, was man keiner Frau wünschte und schon gar keinem kleinen Mädchen. Charles starb offenbar kurz bevor er gefunden wurde, aufgrund der Position, in der ihn Sam hinterlassen hatte. Es schien also wollte er ihn wieder quälen und dann nach kurzer Zeit wieder befreien, aber nachdem Adam ihn tötete und es über einen Tag dauerte, bis sie in den Keller gingen, war es zu spät. Aber niemand machte Adam Vorwürfe, denn alle wussten, wo sie ohne ihn wären.

Die Zombiemärsche in der Zeit waren gering. Adam musste in Summe vielleicht knapp 20 Zombies töten. Der so stark angrenzende Mais war ihm ein Dorn im Auge, optimal für Zombies, um unbemerkt bis zum Haus zu kommen. Der Wald war ebenfalls eine Problemzone, aber erstens nicht zu beheben und nicht so dicht, wäre der Mais weg, hätte er nur noch diese eine Stelle zu beobachten. Er kümmerte sich um eine bessere Befestigung des Hauses und die Sicherung der Umgebung, während Denise sich um Nahrung kümmerte. Mit der Zeit wollten die Kinder mithelfen und begannen kleinere Arbeiten, wie Zusammenräumen oder Unterstützung bei der Zubereitung von Essen.

Für Adam stellte sich nun noch folgende Frage: Wie viel Energie sollte er noch in diese Arbeiten stecken, bis er nach Norfolk weiterziehen würde?

26 Tage brauchte Adam, um seine Frage beantworten zu können. Jetzt war es an der Zeit, nur stellte sich eine neue Frage: Wie sollte er es den anderen beibringen?

Doch auch das Problem sollte sich von alleine lösen.

Die Kinder aus dem Keller hatten von Adam erfahren an welcher Stelle er deren großen Bruder beerdigt hatte. Chestine stand andächtig vor dem Erdhaufen, ihre Hände vor ihrer rosa Bluse, welche Adam aus Byrdstown mitgebracht hatte, gefaltet. Sie wusste nicht wo ihr Vater war, hatte keine Ahnung wo Sam die Überreste ihrer Mutter hingebracht hatte, aber so konnte sie mit ihrem Bruder reden, denn jetzt war sie die älteste und musste sich um ihren kleinen Bruder kümmern, der anstatt mit seiner Schwester zu beten in unmittelbarer Nähe auf einem Ameisenhaufen herumstocherte. Er wollte nichts mehr von alledem hören, sondern war nur verärgert, dass ihn alle im Stich ließen und er jetzt fast alleine war.

Denise versuchte währenddessen ihrem Bruder Möglichkeiten mit nur einem Arm zu zeigen. Das konnte Adam in einer kleinen Verschnaufpause durch das Küchenfenster sehen. Er selbst war beim Abmähen der vertrockneten Maisstauden, um es den Zombies schwerer zu machen, sich dem Haus unbemerkt zu nähern. Er wischte sich den Schweiß von der Stirn, auch wenn es anfing kälter zu werden und der Herbst immer näher kam, so war es eine schweißtreibende Arbeit.

Die Sense, welche er in einem Schuppen nebenan am Gelände fand, hoch erhoben und bereit für den nächsten Schwung, um den harten verdorrten Stiel zu durchtrennen, erkannte er eine Bewegung im Augenwinkel. Blitzschnell schoss er herum, denn er dachte instinktiv an einen Zombie, doch es war Justin, der sich fast lautlos genähert hatte. Adam hatte noch immer die Sense über seinem Kopf, bereit für einen tödlichen Schwung, egal ob

Pflanze, Zombie oder Kind. Dementsprechend verschreckt blickte Justin zu seinem Retter hoch.

Langsam nahm Adam die Sense herunter, stellte sie mit dem Stiel auf den Boden und lehnte sich fast schon zu cool an deren Griff: „Was kann ich für dich tun junger Mann?" fragte er mit der glücklichsten Stimmlage, die er zusammenbrachte, als wenn er sein ganzes Leben darauf gewartet hatte in einer Zombiewelt hier in Tennessee ein totes Maisfeld von der Vertikalen in die Horizontale zu bringen.

„N... Nichts..." stotterte der Junge los. „Ich..." er hielt kurz inne und dachte verstohlen nach, nahm nochmal allen Mut zusammen, um seine Schüchternheit und seine neuen Angstzustände seit seinem Attentat zu überwinden, und startete nochmals von vorne: „Ich wollte fragen, ob ich dir bei etwas helfen kann."

Noch bevor Adam begann, brabbelte Justin plötzlich unkontrolliert los: „Ja, natürlich bin ich nicht sehr hilfreich mit nur einem Auge. Ist mir schon klar. Aber ich dachte halt, ich meine, irgendwann muss ich ja lernen mit einem Auge was zu tun und ich dachte, dass vielleicht... also innen kann ich nichts tun und Denise ist mit ihrem Bruder beschäftigt und eventuell hättest ja du..." er stoppte, schaute mit einem glasigen Auge zu Adam. „Das war eine blöde Idee." er senkte den Kopf, wandte sich ab und marschierte Richtung Haus.

„Hab ich gesagt, dass du mir nicht helfen kannst?" hörte er Adam sagen. Er drehte sich um und hatte einen überraschten Blick. „Ja. Du kannst mir gerne etwas helfen, aber die Sense ist noch zu früh. Du kannst aber Tiefenwahrnehmung mit dem Auge testen. Sammle die Stauden zusammen und wirf sie da drüben neben dem Wald auf einen Haufen." Er zeigte mit dem Finger auf die Stelle, die er meinte.

Kein weiterer Satz war erforderlich, Justin lächelte und begann sofort zu arbeiten. „Pass aber auf, dass nicht unerwartet etwas aus dem Maisfeld kommt. Halte die Ohren offen und versuch immer alle Geräusche um dich herum zu identifizieren. Du brauchst nicht mutig sein, sondern schlau. Horche und wenn du ein Geräusch hörst, was nicht der Wind im Mais ist, dann kommst du sofort zu mir. Könnte ein Tier sein, aber wenn es ein Zombie ist, dann bist du schlecht beraten auf ihn zu warten. Verstanden?"

Justin nickte gehorsam, hob Stauden auf und schaute dabei mit seinem gesunden Auge laufend Richtung Maisfeld. Dann trug er einige Stauden auf seine Umgebung achtend zum Waldrand. Adam musste grinsen wie schnell und einfach Kinder reagierten ohne alles zu hinterfragen und er arbeitete schnell und fleißig obwohl der keine Tiefenwahrnehmung mehr haben konnte. ‚Einfaches Gemüt' dachte Adam, das mochte er, und so fing er an weiter den Mais abzumähen.

Es dauerte eine Weile, sicher über 30 mal Maisstauden zum Waldrand tragen und wieder zurück, aber dann blieb Justin stehen, beobachtete Adam, bis dieser wiederrum darauf aufmerksam wurde und stoppte und fragte diesmal ohne zu zögern gerade heraus: „Warum hast du mich gerettet?"

Diese Frage überraschte ihn, denn er hätte eher etwas bezüglich dem Verlust seines Auges erwartet. Kurz hielt er inne, der Schweiß war in der Rinne seiner Wirbelsäule zu spüren und kitzelte, wenn Tropfen für Tropfen nach unten bis zum Bund der Hose rann. „Ich kann dir jetzt nicht sagen es war gewollt, da ich euch alle so gekannt hatte und ich wusste ich muss euch retten. Ehrlich gesagt kann ich es selbst nicht sagen. Ich war in dem Baum." Adam zeigte mit dem Finger auf den Tulpenbaum hinter dem Haus, Justin folgte der Richtung und schaute sich alle Baumwipfel an, die er in dem Bereich sehen konnte. Er wusste nicht genau welcher Baum. „Der dort drüben." Diesmal ging er zu Justin und zeigte ihm was für einen Baum er meinte.

„Ah… ok." Justin nickte.

„Wie gesagt, ich war in dem Baum." fuhr Adam fort. „Ich habe gesehen wie du dich zum Haus bewegst, wie der Mann mit Namen Sam dir auflauerte und dich bewusstlos schlug und ich dachte, das kann ich nicht zulassen. Es war Intuition." Er sah den etwas traurigen Blick des Jungen, aber war nicht geübt darin positiv zu reagieren. „Tut mir leid, aber es war Zufall. Es hätte auch sein können, dass ich weiterziehe und euch eurem Schicksal überlasse. Das war wirklich einfach Zufall und Glück für euch."

„Mhm…" Justins Stimmlage war leise und wieder schüchtern. „Verstehe. Und trotzdem Danke."

„Du brauchst dich nicht immer zu bedanken."

Justin war verlegen, er blieb unbeholfen stehen und drehte seinen rechten Fuß ein wenig hinter ihm auf dem Vorderteil des Schuhs hin und her. „Und jetzt?"

„Was jetzt?"

„Wie geht es jetzt weiter? Was tun wir? Was ist noch alles von uns zu erledigen?"

„Es freut mich, dass du fragst." Das war ein optimaler Einstieg für Adam. Er war überglücklich über diese zufällige Situation. „Ich muss nach Norfolk. Das ist am Meer und das wird noch einiges an Zeit in Anspruch nehmen. Mit den Aktionen hier habe ich doch schon Zeit verloren und ich muss sehr bald weiter."

Justin nickte. „Was ist mit uns?"

„Ja, das ist eine gute Frage. Ich denke nicht, dass ihr so weit seid, euch zu bewegen und ich denke auch wenn ihr euch von hier wegbewegen könntet, wärt ihr zu langsam und sehr hilflos bei einer Zombieattacke. Daher solltet ihr hier bleiben."

„Alleine? Ohne dich?"

„Ja klar. Ich organisiere euch Essen, das Haus machen wir einbruchsicher und ein bisschen jagen und verteidigen kann Denise wenn erforderlich."

„Verstehe." sagte Justin wieder leise. Er wirkte noch introvertierter als zuvor, sein Blick war nach unten gesenkt, seine rötlichen langen Stirnfransen hingen ihm über das gesunde Auge und den Verband für den Teil wo mal sein linkes Auge war. „Warum musst du den unbedingt nach..."

„Norfolk"

„Nach Norfolk?" beendete Justin die Frage.

„Ich habe beim Militär gearbeitet und wir haben dort einen Militärstützpunkt. Das weiß eigentlich niemand da es ein geheimer Stützpunkt ist, also psssst..." Adam legte seinen Finger auf die Lippen und Justin musste kurz lächeln. „Wir haben entschieden, dass wir im Falle einer Katastrophe, und das hier ist eine, uns dort alle treffen. Ich war auf dem Weg dorthin und bin hier durchgekommen, als ich auf euch gestoßen bin. Euch zu helfen war die richtige Entscheidung, aber ich muss jetzt weiter, denn die warten dort sicher schon alle auf mich und brauchen meine Hilfe."

„Weil du Wissenschaftler bist?"

„Was? Nein, wie kommst du denn auf so etwas?"

„Du weißt so viel von der Zombiewelt."

Das stimmte, denn er hatte bereits einiges erzählt in den letzten Tagen, eigentlich mehr als er sollte, aber die Fragen hatten Adam immer wieder in die Situation getrieben ad hoc passende Angaben zu tätigen und manchmal hatte er ohne lange darüber nachzudenken Wissen, geheimes Wissen, heraus geplappert. Nachher ärgerte er sich stundenlang über sich selbst, murmelte vor sich hin, hoffte, dass ihn niemand für verrückt hielt, aber wer war in der Zombiewelt schon noch „normal".

„Ja, aber nur, weil ich beim Militär gearbeitet habe. Aber das Wissen kann in Norfolk weiterhelfen, um die aktuelle Situation zu verbessern, um die Zombies vielleicht wieder loszuwerden."

Diese Information war Justin neu, wieder dachte er ein wenig nach und bekräftigte Adam zu dessen Verwunderung. „Ok, das verstehe ich. Wenn das so ist, dann musst du natürlich nach Norfolk, damit die Zombies vielleicht verschwinden. Du musst uns hier zurücklassen. Das verstehe ich."

Adam war überrascht, er spürte eine unangenehme Hitze in sich aufsteigen, war er etwa durchschaut worden? „Hast du denn keine Sorgen, wie ihr ohne mich hier überleben könnt?" Er musste nachhaken, der Sache auf den Grund gehen, weshalb dieses Kind ihm zustimmte. War er naiv und schätzte die Situation falsch ein? Hatte er Suizidgedanken, da er sein Auge verloren hatte? Konnte er überhaupt verstehen, worum es ging? Wurde er vorab dazu angestiftet so zu reagieren?

„Natürlich!" antwortete Justin. Der Junge zog einmal lautstark Rotz seine Nase hoch, die aufgrund der kalten Morgentemperaturen und der nun unerwarteten Hitze im Herbst zu rinnen begann. Trotzdem machte sich Adam Gedanken, ob es Vorboten einer schlimmeren Infektion sein könnten. Süß war der Junge immer noch, allerdings jetzt ein kleines bisschen weniger. „Du musst uns hier lassen, du hast ja keine Wahl wenn du das hier alles beenden kannst und wir sind ja nur eine Last. Was ist schon der Preis von ein paar wenigen Menschenleben, wenn du alle anderen retten kannst?"

Jetzt war es Adam klar, es war letzteres, jemand hat ihn vorbereitet so zu reagieren und das konnte nur eine Person gewesen sein: Denise.

„Komm mit." Justin war überrascht, dass das Gespräch so schnell abgebrochen wurde. Adam stürmte ums Haus und der Junge hatte Mühe nachzukommen.

In Windeseile betrat er die Küche, Denise versuchte Essen zuzubereiten, Maurice saß am Esstisch und betrachtete den Stummel wo mal sein Arm war. „Warum hast du ihm gesagt er solle so antworten?" fragte er laut und zeigte auf Justin, der endlich nachgekommen war, sich auf einen Stuhl im Eck des Raumes setzte und Luft holte. Denise hatte kurz aufgeschrien, sie hatte nicht mit so einer stürmischen Aktion gerechnet. Verwirrt schaute sie zu Adam.

„Was ist?" fragte sie vollkommen aus dem Konzept gebracht.

„Warum möchtest du, dass Justin so antwortet?"

Denise blickte Adam verwirrt an, es war offensichtlich, sie hatte keine Ahnung wovon Adam sprach, daher hakte dieser nochmals nach: „Justin hat mir zugestimmt."

„Zu was denn?" fragte Denise, immer noch Verwirrung in Gesicht und in ihrer Stimmlage.

„Sags ihr!" befahl Adam dem Jungen, der noch immer tief atmete.

„Adam…" er musste immer wieder tief Luft holen, er war noch immer nicht ganz fit. „hat gesagt er müsse uns verlassen…" tief atmen „und nach Norfolk gehen…" nochmals tief atmen „und uns hier alleine zurücklassen…" wieder tief atmen „und ich habe ihm dabei Recht gegeben."

Die Verwirrung war nicht mehr im Gesicht von Denise zu sehen, jetzt war es Verwunderung, aber nur sehr kurz, denn man konnte auch ohne der Kenntnis von Gesichtserkennung den Zorn in ihr hochsteigen sehen, der sich in lautem Schreien entlud. „WAS? Du willst uns alleine lassen? Du willst uns hier krepieren lassen, damit du in Norfolk sehen kannst wie all deine Kameraden schon vor Wochen abgekratzt sind?" Dann wandte sie sich immer noch voller Zorn an Justin. „Und du gibst ihm bei dem Scheiß auch noch Recht?"

Obwohl ihre Hautfarbe ein intensives Schwarz hatte, war Adam davon überzeugt für einen kurzen Augenblick ein Rot zu sehen, Zornesröte, die man sonst nur bei weißen Menschen sehen konnte. Justin war vor Angst zusammengeschreckt und saß ängstlich in seinem Stuhl. Adam nahm sich den nächsten Stuhl am Tisch, setzte sich langsam als wenn er in einem Schock wäre nieder. Währenddessen kamen Chestine und Calvin, von Denises Schreien aufgeschreckt, in die Küche gerannt. Maurice blickte bisher nur unglaubwürdig in die Runde und hatte dabei kein Wort von sich gegeben.

Als Adam so geschockt und verwirrt vor sich hinschaute, legte Denise wieder nach. „Sag etwas. Fällt dir nichts mehr ein? Warum hast du uns eigentlich gerettet, wenn du uns jetzt den Zombies zum Fraß vorwerfen willst? Diese ganze Arbeit uns alle versorgen und gesund pflegen und jetzt willst du einfach abhauen."

„Du willst abhauen?" fragte Calvin, seine Augen wurden ganz glasig.

„Ich meine das ergibt doch keinen Sinn. Dann hättest du uns gleich verrecken lassen können. Das wäre humaner gewesen, als uns hier zu lassen und uns warten zu lassen, wann der nächste Zombie einen Teil aus uns heraus frisst."

„Wir werden sterben." Calvin fing an zu weinen, machte kehrt und rannte die Treppe nach oben.

„Na toll. Jetzt weint der Kleine auch noch." motzte Denise Richtung Adam.

Dieser erwiderte ihren Blick. „Das ist doch nicht meine Schuld. Du hast doch gesagt, dass ihr sterben werdet und nicht ich. Ich habe bisher nur gesagt, dass Justin mir zugestimmt hat bei der Info, dass ich nach Norfolk gehen muss."

„Du hast ihm zugestimmt?" fauchte Chestine zu Justin,

der sich jetzt noch mehr am Stuhl zusammenzog und seine Knie zum Kinn holte und leicht wippte.

„Ach, jetzt ist es also noch meine Schuld." entgegnete Denise der Aussage von Adam. „Was soll ich denn annehmen deiner Meinung nach? Ich selber bin unerfahren im Zombie jagen und töten, genauso wie im Essen organisieren. Du willst mich zurücklassen mit einem Jungen mit nur einem Auge, einem Mädchen, das nach Monaten der Vergewaltigungen nicht mal richtig gehen kann, ihrem kleinen Bruder, der zu jung für einfach alles ist und meinem verkrüppelten Bruder, der mit nur einem Arm gar nichts mehr kann."

„Hej." schrie Maurice auf. „Verdammt noch mal."

„Ist doch wahr." gab Denise zurück.

„Na und. Musst du das so ehrlich hier rausbrüllen? Ich meine ich sitze hier auch noch." gab Maurice zurück.

Unerwarteterweise antwortete Adam darauf nicht mehr. Mit leicht stoischem Blick saß er auf dem schäbigen Stuhl. Ein sehr alter Stuhl aus Eichenholz war das, rustikal, die Farbe blätterte ab, ein halbrunde Sitzfläche umgeben von einem Rahmen der bei jeder Bewegung knarrte. Adam benutzte den Stuhl ungern, Geräusche dieser Art waren heutzutage nicht mehr erwünscht. Die dünnen, spitzen Stuhlbeine ließen leichte Abdrücke im Holzboden, welche aber in der generellen Intensität der Beschädigungen untergingen. Er starrte äußerst stoisch vor sich hin und wandte dann seinen Blick zu Justin, der noch immer mit angezogenen Beinen auf seinem Holzstuhl saß und vor und zurück wippte.

„Was ist jetzt? Willst du nichts darauf sagen?" fragte Denise Richtung Adam. „Hat es dir die Sprache verschlagen?"

Er sah sie kurz mit einem Anflug von Ungläubigkeit an. „Du hast also nicht mit Justin vorher darüber gesprochen." sagte er leise und leicht unbeholfen.

„Was hätte ich besprechen sollen?" Denise war ratlos, sie konnte Adams Gedankengang nicht folgen.

Bedacht wandte sich Adam zu Justin. „Warum hast du das draußen gesagt?" fragte er den unsicheren Jungen.

Justin antwortete nicht, er blieb in seiner Haltung sitzen und starrte weiterhin verängstigt vor sich hin. Erst nach einiger Zeit, welche sich für alle wie Stunden anfühlte, hob er seinen Blick und fixierte Adam, allerdings gab er noch immer keine Antwort.

„Sei jetzt nicht so schüchtern. Sag es mir. Warum hast du das zu mir gesagt?" hakte Adam nach.

„Weil es so ist!" endlich gab Justin eine zögernde Antwort. „Ich verstehe das. Wenn du uns zurück lässt, dann wirst du vermutlich schneller an dein Ziel kommen." Die Antwort war sehr kühl und klar formuliert, unerwartet genau für ein Kind in diesem Alter.

„Was für einen IQ hast du?" fragte Adam gerade heraus.

„Keine Ahnung!" gab Justin zurück. Allein, dass er wusste, was IQ bedeutete, machte Adam sehr neugierig, aber er brauchte nicht lange nachbohren. Justin gab schnell preis worum es ging. „Meine Lehrer haben mir das nie gesagt. Dad sagte ich weiß offenbar viel und bin schlau und deshalb sollte ich zwei Jahre überspringen."

„Verstehe. Alles klar." erwiderte Adam.

Denise war sehr überrascht, diese Information war ihr neu. Sie hatte bereits in der ersten Zeit in dieser neuen Gruppe bemerkt, dass dieser Junge sehr begabt war, aber er wurde von vielen Personen beschützt und hatte wenig Kontakt mit Denise. So konnte sie ihn nicht im Detail kennen lernen, erst gegen Ende, vor der Situation in dem Haus, in dem sie jetzt waren, kümmerte sie sich mehr um ihn und stellte fest, dass er nicht dumm war, aber ihr war nicht bewusst, dass er zwei Jahre einfach so überspringen konnte. Doch bevor sie darauf reagieren konnte, wurden sie alle durch das Geräusch einer Klingel unterbrochen.

Die Verwendung der Klingeln war eine Idee von Justin gewesen, welche Adam dann umgesetzt hatte. Sie hatten ein paar alte Klingeln oder eigentlich Glocken, wie man sie von den Eingangstüren aus alten Kramerläden kennt, um den Eintritt neuer Kunden zu signalisieren, in einem Abstellraum neben dem Kellerabgang gefunden. Justin hatte die Idee Seile zu spannen und wenn Zombies über diese Fallen stolpern würde man die Glocken kurz hören. Eine einfache und geniale Idee und das von einem so jungen Kopf.

Abwartend schaute Adam die Runde. „Und jetzt?" fragt er.

„Was? Wartest du auf uns?" fragte Denise zurück.

„Die Glocke hat gebimmelt. Entweder Zombies, potenzielles Essen oder menschliche Feinde sind da draußen, außer es war zufällig der Wind. Das heißt schnell reagieren, raus gehen, observieren und dementsprechend agieren."

„Und du willst, dass das einer von uns macht, oder was?" Denise war mehr als überrascht.

Adam schüttelte den Kopf. Die Situation war bei weitem nicht so wie er das wollte. Er erhob sich von dem Stuhl begleitet vom Krachen des Holzes. Beim Verlassen des Hauses packte er die Axt, die neben der Eingangstür an die Wand gelehnt wurde. Es waren zwei Zombies zu sehen, welche durch den Fluss gekommen waren. Vermutlich waren es mehr und nur die zwei hatten es bis auf das andere Ufer geschafft. Die nassen Klamotten verrieten, wie tief sie im Wasser waren, Adam vermutete bis zu den Schultern.

Die Axt für einen fatalen Schwung gehoben, marschierte er in die Richtung der zwei wandelnden Kadaver. Bei einem konnte man eine schlimme Bisswunde an der Wange erkennen, ein weißer Mann, vermutlich in seinen 30igern, recht füllig, stolperte in seine Richtung. Adam sah, wie der Körper versuchte die Wunde zu heilen, doch das beendete er mit einem Hieb. Der Zombie fiel zu Boden, ein zweiter Hieb mit der Axt und der Kopf war abgetrennt.

Der zweite Zombie war eine junge Frau gewesen, vielleicht Anfang 20, dünn, die Kleidung ließ darauf schließen, dass sie bei einem Konzert oder einem netten Abend in einem Restaurant oder einer Disco gestorben war. Ihr fehlte komplett die rechte Gesichtshälfte, der Augapfel hing noch an ein paar Fäden und baumelte über dem vom Fleisch befreiten Kiefer. Die Zähne sahen fantastisch aus. Ein faszinierender Effekt des Virus. Bevor er anfing den Körper wieder zusammenzubauen, wurden die Zähne rundumerneuert, damit die Zombies Essen reißen konnten. Ein Effekt der Adam sehr wichtig vor kam, denn in all den Zombiefilmen seiner Jugend hatte er sich immer gefragt, wie es möglich war, dass Zombies verrotteten, aber trotzdem Teile aus lebenden Menschen essen konnten. Hier war seine Antwort direkt vor ihm und diesen Anblick beendete er, als der die Axt benutzte, um der Zombiefrau den Kopf zu spalten.

Während der Zombiekörper zu Boden fiel, fragte sich Adam ob die Frau mit ihren Augen sehen konnte und wenn ja, ob sie mit dem herumbaumelnden Auge ihre eigenen Zähne anschauen konnte. Diese Frage beantwortete er sich nicht, sondern reinigte die Axt, reparierte die Glockenfalle. Auf dem Weg zum Haus sah er Denise und die Kids auf der Veranda stehen und ihn beobachten, wie der die Zombies stoppte. Seine Handbewegung war eindeutig, sie sollten alle wieder in das Haus gehen.

Als wieder alle in der Küche waren, Maurice wieder am Tisch, Chestine beim der Eingangstüre, Justin mit angezogenen Beinen auf dem Stuhl und Denise an der Anrichte lehnend, legte Adam die Axt auf den Küchentisch und drehte eine kleine Runde in der noch viel kleineren Küche. Als Denise die Unterhaltung von zuvor wieder starten wollte, hob Adam seine Hand, um sie zu gleich zu stoppen. Mit ernster Miene schaute er alle Anwesenden an, denn Calvin war offensichtlich noch immer in seinem

Zimmer. Denise wollte sich nicht stoppen lassen, war aber von Adams kommenden Aussage mehr als überrascht.

„Gut, dann bleibe ich." sagte er und ihr Mund blieb vor Überraschung offen stehen.

„WAS!" schrie sie so laut, dass Adam sie überrascht anblickte.

„Ich dachte du würdest dich freuen." warf er ihr abwertend zurück.

„Das tue ich auch, aber ich verstehe jetzt echt nur noch Bahnhof."

Adam lachte, er lachte richtig laut und intensiv, dieses Lachen erfüllte den Raum, als er fertig war, holte er nochmal tief Luft. „Willst du eine Erklärung?" Bevor Denise nicken konnte, sprach er weiter.

„Ihr könnt euch ja wirklich null versorgen. Wenn die Glocke läutet reagiert ihr nicht, keiner weiß wie man jagt oder Zombies tötet, aber noch schlimmer, wie man Menschen stoppt, denn es gibt da draußen noch genug lebende Irre, welche euch umbringen würden oder stattdessen etwas Schlimmes antun möchten." Er holte tief Luft. „Alles was ihr hier sagt stimmt. Ich weiß nicht ob noch jemand lebt und was in Norfolk los ist. Wenn sie mich dringend brauchen würden, hätten die Verantwortlichen schon lange nach mir gesucht. Ich habe keine Ahnung, ob ich dort gebraucht werde, aber hier werde ich gebraucht. Ihr seid wirklich eine einzigartige Truppe und jeder bringt etwas Wichtiges in die Gruppe mit und das ist zu Nutzen."

Wieder drehte er eine kleine Runde in der Küche und kratze sich dabei über den Hinterkopf. Dann deutete er auf Justin „Brains hier hat gute Ideen, er ist intelligent, das kann man ausbauen. Der hier..." sagte er als er auf Maurice zeigte „hätte mal Footballstar werden können, groß und muskulös. Ein fehlender Arm sollte uns nicht stoppen. Du..." nun schaute er genau zu Denise „eine junge selbstsichere Frau, die das Potential hat eine gute Köchin und tödliche Jägerin zu werden." Dann drehte er sich zu Chestine. „Noch jünger und hat ein Märtyrium überlebt, was ich bisher kaum gesehen habe, schon gar nicht in dem Alter. Du bist zäher als die Pilze, die meine Mutter gekocht hat. Und dein Bruder auch."

Eine weitere Runde in der Küche. „Ich bleibe, aber ihr lernt. Alles, schnell, präzise. Jagen, ausnehmen, kochen, überleben und töten und ich meine TÖTEN. Alles was getötet werden muss, egal ob Zombie, Mensch oder Tier und das mit allem was man eben gerade zur Verfügung hat, von großer Waffe bis hin zur Stecknadel. Ihr werdet alle kleine Riddicks werden, welche von nichts umgebracht werden können." Dann schaute Adam nochmals jeden in die Augen: „Und dann werden wir gemeinsam als Killertruppe nach Norfolk gehen und einen Weg finden in Frieden weiterzuleben. Deal?"

Maurice sprang auf und stimmte gleich lautstark zu. Chestine lächelte und stimmte mit Denise zeitgleich ein. Justin sah mit wässrigem Auge vom Stuhl hoch und schüttelte seinen Kopf. „Wie soll ich das machen mit nur einem Auge?" schluchzte er heraus.

„Du hast noch ein gesundes Auge und alle anderen Sinne und auch einen gesunden Körper. Ich bringe dir bei alles zu Nutzen. Und wir brauchen dein Wissen, deshalb wird es dir am schlimmsten gehen, denn du wirst alles lernen wie die anderen und dann auch noch jedes Buch lesen, was wir finden." gab Adam zurück.

„Und ich beschütze dich dabei." sagte Calvin, der plötzlich die Küche betrat und Justin anlächelte. „Ich habe euch von draußen belauscht, sagte er in die Runde."

„Wissen wir!" sagte Adam.

„Ich bin auch dabei, sagte Calvin. Ich will keine Angst mehr haben, ich will diese Zombies töten können. Alle von ihnen!"

Die Bewegungen wurden immer schneller, die Schläge präziser. Justin schwang den Übungsstock über seine Schulter, packte diesen wieder fest mit der rechten Hand und schlug auf die Vogelscheuche vor sich, welche als Gegner diente. Ohne Vorwarnung kam ein Holzstock von hinten links und traf ihm am Hinterkopf. Begleitet von einem Schmerzensschrei drehte sich Justin weg und dann in die Richtung des Angriffs, seine langen Stirnhaare fielen ihm vor das gesunde Auge. Mit einer Hand zog er diese weg und der Stock traf ihn mit voller Wucht auf den Mund und seine Wange.

„Ahhhhh…. Verdammt noch mal." schrie er auf. „Was soll das?"

„Du bist nachlässig." antwortete Adam, der nun mit seinem Stock in der Lehrmeister-Haltung neben ihm stand. „Angriffe können jederzeit kommen."

„Ich habe nur ein Auge, verdammt." fluchte Justin zurück.

„Erstens keine Schimpfworte deswegen, zweitens ist es egal wie viele Augen zu hast, der Angriff kam von hinten und drittens hätte der zweite Angriff abgewehrt werden können, wenn du nicht die Zeit mit deinen Haaren verschwenden würdest."

„Lass meine Haare aus dem Spiel, die sollen so ausschauen." Justin wurde lauter, sein Atmen wurde schneller und Schamesröte stieg ihm ins Gesicht.

Chestine, welche ihre Übungen bereits vollführt hatte und nun ihrem kleinen Bruder half, stoppte und beobachtete die beiden. Justin bemerkte die Aufmerksamkeit und wurde noch energischer. „Wie meine Haare ausschauen kann dir doch scheißegal sein." fauchte er Adam an, während sein Kopf merklich an Rot zunahm. „Jeden Tag der gleiche Mist. Mir haust du eine nur weil ich ein Auge habe, als wenn ich dadurch besser werden würde." nun schrie er fast.

Mit gerunzelter Stirn und hochgezogenen Augenbrauen antwortete Adam noch immer mit ruhiger, aber bestimmter Stimme. „Ich sagte nicht fluchen und deine Augenanzahl ist nicht von Relevanz. Du wirst nur besser werden, wenn ein erheblicher Teil deiner Zeit fürs Haare richten in Training fließen würde. Schau dir Chestine an, sie wird täglich besser."

„LECK MICH!" schrie Justin ihn an und rannte ins Haus.

Währenddessen war Denise, welche vorher noch alles beobachtet hatte, an Chestine herangetreten und teilte ihr mit, sie solle mit Clavin weiterüben. Als diese wieder ihre Übungen starteten, näherte sie sich vorsichtig Adam und schaute ihn mit zur Seite geneigtem Kopf an. Adam erwiderte ihren Blick. „Was?"

„Justin ist jetzt 13. Er entwickelt sich. Hier ist nur ein Mädchen in seinem Alter und er möchte ihr imponieren." sagte sie mit verständnisvoller Stimme.

„Das ist mir klar. Aber falls es noch niemand bemerkt hat, es gibt keine Gesellschaft mehr, niemand postet Fotos von Frisurstylings auf Instragram. In der Zombiewelt imponiert man durch Überlebensskills, Tötungsmengen, Essensbeschaffung..."

Denise atmete für eine Frau typisch durch, dieses Atmen sagte schon, ich spreche mit einem Mann, also einem großen Kind, das aber sensibel auf Input reagiert, also muss ich ganz einfühlsam und langsam mit ihm sprechen. „Er ist 13, Adam. Er versteht das nicht. Denk doch mal nach was du getan hast, wie du 13 warst."

„Ich war in der Militärschule mit Kurzhaarschnitt und habe gelernt allein in der Wildnis mit nur einem Feldmesser zu überleben." kam wie aus der Pistole geschossen als Antwort zurück.

„Guuuuuut. Vielleicht war das ein schlechtes Beispiel. Versuch mal folgendes, zeig ihm, dass du ihn verstehst, auch wenn du es nicht tust und zeig ihm dann deinen Weg auf, dass Chestine vielleicht das imponiert was du vorher alles gesagt hast."

„Mhm." Adam nickte und marschierte zum Haus. Denise wandte sich wieder den anderen beiden Kindern zu. Ihr hingen die Worte von Adam noch im Kopf. Man überzeugt heutzutage einen Partner mit Überlebensskills, mit Töten. Ein möglicher Partner fürs Leben muss wie in der freien Wildbahn sehen, dass man den Nachwuchs beschützen konnte, das hatte er wohl so gemeint.

Ein wenig Übung täte ihr nicht schlecht, sagte sie sich selbst. „Kommt schon ihr zwei C's. Ich mache mit. Greift mich an."

Hinter Adam sprangen ein Mädchen und ein Junge schreiend an diesem lauwarmen, sonnigen und angenehmen Maimorgen auf Denise in dem Kampf. Er ignorierte das, in Windeseile betrat er das alte verkommene Haus. Maurice machte sich gerade in der Diele bereit für sein Training. Er war oben ohne und legte sich ein Ledergeschirr an, welches Adam mit seiner Hilfe angefertigt hatte. Es war so konzipiert, dass er es allein anschnallen und wieder lösen konnte. Dafür war Adam in einen Nachbarort gewandert, Albany in Kentucky. Es hatte ihn zwar nochmals einen halben Tag gekostet dorthin zu kommen und alles Notwendige zu finden, aber es hatte sich gelohnt.

Es war ein Gurt, den man zum Klettern benutzen konnte, aber auch für die Arbeitssicherheit gedacht und offensichtlich hatte der Besitzer Leder im Vergleich zu den modernen Kunststoffgurten bevorzugt. Im Bereich des Stummels hatten sie einen Lederüberzug erstellt, eine Art Ärmel für einen amputierten Teil. Es war zwar nicht mehr viel von seinem ehemals rechten Arm übrig, aber der Stummel musste trotzdem perfekt eingepasst werden. Darauf war eine Verlängerung montiert, die mit den Riemen am Stummel und der Schulter fixiert wurde. Am

Ende der Verlängerung gab es einen Stahlring, den Adam angefertigt hatte, mit einer Halterung. Maurice konnte verschiedenste Arten von Werkzeugen daran befestigen. Denn Adam war klar, dass ein Stichwerkzeug als Oberarm unpraktisch und kaum benutzbar wäre, aber eine Unterkonstruktion aus Stahl, welche den Oberarm ersetzte, ein Ersatzgelenk für den Ellbogen und als Unterarm jede Art von Werkzeug, damit konnte Maurice ein ausgezeichneter Jäger werden.

Als Maurice das Geschirr befestigt und eine lange Klinge, nachdem er ein T-Shirt angezogen, in der Halterung fixiert hatte, stoppte Adam kurz. „Justin?"

„Der ist hochgerannt in sein Zimmer. Was war denn?"

„Unwichtig. Der Vormittag ist schon halb um, geh raus und trainiere, ansonsten ist deine Schwester bald besser mit einem Messer als jemand, der es am Körper angebaut hat."

„Woah. Ok Mann. Du bist schlecht drauf. Verstanden. Bin schon draußen um Vogelscheuchen zu erschlagen." Maurice wollte nicht länger im gleichen Raum, ja sogar Haus, sein wie Adam und rannte schnell durch die Eingangstür. Adam folgte ihm mit seinen Augen, blickte dann zur Stiege und ging in den oberen Stock.

Justin saß in seinem aktuellen Zombiewelt-Kinderzimmer und blickte verstohlen mit seinem gesunden Auge aus dem Fenster. Man konnte ein, zwei Tränen auf seiner Wange erkennen. Adam versuchte trotz seiner Abgebrühtheit und seines Unverständnisses das kindliche und jugendliche Verhalten des Knaben vor ihm nachzuempfinden. Er versuchte sich in dessen Haut zu versetzen, wie es wohl sein musste, wenn man ein Mädchen in der Nähe hat, dem man imponieren will und vor versammelter Mannschaft offensichtlich eine Rüge bekommt. So gut es Adam möglich war, ging er langsam und behutsam in das Zimmer, welches, obwohl von Denise und den Kindern bereits so gut wie möglich aufgemotzt, noch immer schäbig und herabgekommen wirkte und einen modrigen Geruch an sich hatte.

„Also…" Weiter kam er nicht und wurde umgehend von Justin unterbrochen.

„Lass mich in Ruhe." fauchte er zurück. „Als hättest du mich nicht schon genug gedemütigt? Ich will nicht mehr mit dir reden. Geh raus und kümmere dich um deine Vogelscheuchen."

„Justin. Du musst dir das folgendermaßen vorstellen…"

„Ich muss mir gar nichts vorstellen. Ich wollte Chestine doch nur einen Trick zeigen." gab Justin langsam und mit zittriger Stimme zurück.

Das Gesicht des Jungen war wieder abgewandt. Adam versuchte es sich nochmal vorzustellen wie sich der Junge fühlte, wie es war wenn man als Teenager in einer Zombie Welt lebte wo das einzige Mädchen, das man im Umkreis von 100 Meilen beeindrucken könnte, zufälligerweise neben einem existierte. Es war schwer für Adam nachzuvollziehen, warum man in diesem jungen Alter nach der Anerkennung eines jungen Mädchens strebte.

Als Adam selbst noch in diesem Teenageralter gewesen war, kam sein Vater zu ihm und schleppte ihn in die Wildnis, wo er ein Überlebenstraining absolvieren musste, wo er sein Essen selbst jagen, ausnehmen und am Lagerfeuer zubereiten musste. Weder zu dieser Zeit noch zu einer späteren waren seine Gedanken an Sex, Fortpflanzung oder Partnerschaft geknüpft. Adam versuchte sich Denises Worte in den Kopf zu rufen, er solle erst verstehen bevor er agiert oder reagiert, trotzdem war es ihm kaum möglich zu verstehen was Justin gerade fühlte.

Adam war natürlich klar, dass er selbst nicht der Standard war. Es stellte sich allerdings die Frage, was heute noch als Standard definiert werden konnte. Wie hatte man sich zu verhalten als männlicher Teenager in einer Zombie-

Welt, wenn die Anzahl der Mädchen im gleichen Alter, die als potentielle Partnerinnen in Frage kämen, in der Umgebung von vermutlich 300 Meilen zwischen eins und zwei lag? Eher bei eins, denn das war eine bereits nachgewiesene Zahl.

Hier stellte sich die Frage, ob Justin nur so empfand, weil Chestine vermutlich das letzte Mädchen war, welches er kennenlernen würde oder ob es tatsächlich eine Verbindung zwischen den zweien gab. Zum jetzigen Zeitpunkt hatte Adam beschlossen dieser Frage nicht tiefer nachzugehen, sie war zu philosophisch, sie war zu subjektiv. Aktuell stellte er sich eher die Frage, wie er einen so jungen Menschen wieder aufrichten konnte, dem genauso wie ihm selbst klar war, dass er zwar in einer schrecklichen und aussichtslosen Welt lebte, aber trotzdem jeden Tag aufstehen und ums Überleben kämpfen sollte. Dabei musste man jedoch abwägen, ob all das es denn wirklich wert war, jeden Tag aufzustehen?

Für ihn selbst war die Frage schnell beantwortet. Er, Adam, war wichtig, er war eine Schlüsselperson, er musste nach Virginia Beach, um das nächste Kapitel einzuleiten, aber was war das Ziel für einen Zwölfjährigen? Diese Frage stellte sich noch weitaus philosophischer in den Vordergrund, weshalb Adam sie sofort beiseiteschob und versuchte Justin positiv zuzureden.

„Justin." fing er nochmals mit kräftiger energischer Stimme seinen Satz an, so dass der Junge ihn im Affekt anblickte. „Ich weiß ehrlich gesagt nicht wie du dich fühlst, ich will es auch nicht wissen. Um ehrlich zu sein tue ich mich so oder so schwer den Gedankengang eines jungen Menschen wie dir in so einer Welt nachzuvollziehen. Ich weiß nur eins, ich hätte weiterziehen können, ich hätte versuchen können der Bestimmung, die mir meiner Meinung nach zuteilwurde, nachzueifern. Stattdessen bin ich geblieben. Ich bin geblieben, um dich und all die anderen auszubilden, euch zu helfen in dieser Welt zu überleben. Also verzeih mir, wenn ich ungehobelter Klotz dich vor deiner möglichen Freundin beleidigt habe, aber ich hatte nur das Überleben im Auge. Und eventuell schaffst du es mich dahingehend zu verstehen."

Die darauffolgende Pause fühlte sich viel länger an als sie tatsächlich war. Für einen kurzen Augenblick schauten sich Adam und Justin direkt in die Augen, bzw. ins Auge. Dieser Moment war für beide unbehaglich, sie dachten jeder für sich, dass er viel zu lange dauerte, stundenlang. Adam hatte keine Ahnung, aufgrund seiner fehlenden Empathie zu verstehen oder zu sehen, ob er Justin mit seiner Message erreicht hatte. Im Gegenzug dazu war Justin beschämt. Er war, wie von Adam schon lange festgestellt, hochintelligent und verstand den Zugang von Adam. Nun war es ihm peinlich, dass er beim Training schlechter war als die anderen, langsamere Fortschritte machte, weniger fleißig war, und nachdem er diese Tatsache gegenüber präsentiert bekommen hatte, wie ein kleines trotziges Kind reagierte. Natürlich war er noch ein Kind, aber es war einfach nicht mehr gemäß der alten Zeitrechnung nachvollziehbar. Vor 500-600 Tagen wäre er vermutlich ein Teenager gewesen, der sich damit beschäftigt hätte, seine Selbstdarstellung auf Instagram zu perfektionieren, den Leuten auf Twitter mitzuteilen was er die letzten zwei Tage zu essen hatte. Er wäre ein Kind gewesen und genauso hätte man ihn behandelt, ein kleiner dummer Junge, der nichts anderes zu tun hat als auf sozialen Netzwerken irgendwelchen Leuten mitzuteilen was er den ganzen Tag an langweiligen sinnlosen Dingen tut. Stattdessen war er jetzt in einer Zombie-Welt. Die Auswirkungen dieser Tatsache waren deutlich spürbar und damit war nicht gemeint, dass er keine Zeit und Möglichkeit und Technologie mehr hatte, um im Internet über seinen Verdauungsapparat zu berichten. Nein es war gemeint, dass er jeden einzelnen Tag ums Überleben kämpfen musste, dass er jeden einzelnen Tag dafür verantwortlich war mit seinen Partnern, seinen Kollegen, seinen Freunden, Essen auf den Tisch zu bringen. Wenn er dabei versagte und zwar nicht nur allein, sondern in der Gruppe, dann gab es nichts zu essen und so hungerte man einen Tag nach dem anderen. Die Zeit ein Kind zu sein mit zwölf Jahren war vorbei, er musste erwachsen werden oder er würde bald tot sein.

Diese Tatsache war ihm dank seiner hohen Intelligenz sofort bewusst. Scham stieg immer mehr in ihm auf, obwohl ihm bewusst war, dass seine Hormone verrückt spielten und dass er Chestine einfach gern und lieb hatte und ihr zeigen wollte, was für ein toller Junge er war und wie einfach und schnell er trotz nur eines Auges Zombies und Gegner beseitigen konnte, doch dieser Gedanke wurde immer mehr von dem Schamgefühl verdrängt, dass der Mann vor ihm, ihm das Leben gerettet hatte, ihm jeden Tag das Essen auf den Tisch brachte und insoweit ausbildete, dass er das Leben, welches ihm geschenkt wurde, im Vergleich zu den Millionen Zombies auf diesem Planeten weiterhin ausleben konnte.

Merklich verlegen zupfte er mit seiner linken Hand am Saum seiner Hose. Es war nicht seine eigene Hose, es war nicht das was er angehabt hatte, als die ersten Zombies aufgetaucht waren, um seine Umgebung zu töten und zu fressen, sondern irgendein alter Fetzen von irgendjemanden, den er noch nie in seinem Leben gesehen hatte und je sehen würde, ein Fetzen von Hose, den Adam im Zuge seiner Jagden durch die verlassenen Katakomben der menschlichen Zivilisation gefunden und ihm mitgebracht hatte. Ihm war nicht bewusst, ob es eine Hose war, die er in einem Einfamilienhaus in dem Schrank eines Kinderzimmers gefunden hatte, wo noch vor ein paar hundert Tagen ein Junge seines Alters lebte und sich Gedanken machte, ob er ein Bruno-Mars-Poster an die Wand hängen konnte oder ob ihn seine Freunde dafür auslachen würden, oder kam die Hose etwa aus einem Store, wo Adam zufällig durchgegangen war, um bis zum Ende der Welt nicht verkaufte Klamotten kostenfrei für seine Ziehfamilie mitzunehmen. Justin hatte bereits darüber nachgedacht und es schoss ihm für eine Millisekunde wieder in den Kopf als er an dessen Bund herum spielte.

Mit gebrochener Stimme fing er an: „Ich wollte …"

Ein gellender Schrei ließ beide aufschrecken. Adam reagierte sofort. Er riss seinen Kopf herum, sein Körper folgte instinktiv, dann rannte er die hässliche Stiege hinunter und zum Haus hinaus. Der Anblick, der sich ihm im Freien bot, entsprach nicht mal ansatzweise seinen Vorstellungen. Ein Massaker war erforderlich, ein Massaker an den bereits Toten.

****

Bedacht reinigte Adam die Klinge seines Lieblingsschwertes, welches gerade durch eine unzählige Menge an Zombies gewandert war. Mehrmals wechselte er die Seite und reinigte so gut es ging jeden Fleck von totem Fleisch und gestocktem Blut von dem glänzenden Metall. Er liebte dieses Schwert, nicht so wie man einen Menschen lieben würde, aber es war eine einzigartige Beziehung. Diese Klinge, dieses Schwert hatte ihm schon sehr oft das Leben gerettet. Er war nicht so verrückt wie man es aus Filmen oder Büchern kannte, dass er einem Schwert einen Namen gab. Aber er hatte es gern und darum pflegte er es dementsprechend.

Bedacht blickte er sich um, kontrollierte was er doch vor wenigen Augenblicken mit seinem Schwert niedergestreckt hatte. Die Anzahl der Zombies, die hier am Boden lagen, war ungewohnt groß. Üblicherweise verirrten sich ein oder zwei einzelne dieser toten Unwesen auf dem Gelände, doch das hier waren weit über 50 Stück.

Die Apokalypse war etwas Neues, keiner hatte sowas zuvor gekannt und es gab auch niemanden mit Erfahrung damit. Als die ersten Zombies über die Landschaft wanderten, waren die meisten noch Lebenden hier an einen schlechten Hollywood Scherz erinnert, niemand hätte je geglaubt, dass es tatsächlich passieren könnte. Einzelne Zombies hier und da wurden nach kurzer Zeit Standard. Doch es dauerte mehrere hunderte Tage bis man merkte, dass es Momente gab wo sich mehrere Zombies zusammenrotteten. Es war kein Sozialverhalten, sondern sie folgten einfach Geräuschen, denen sie nachstellten.

Adam kannte dieses Verhalten von Großstädten, doch seit er hier in dieser ruhigen ländlichen Gegend in Nord-Tennessee war ihm eine Gruppierung von so vielen Zombies noch nicht untergekommen. Das einzige was es sich vorstellen konnte war eine Art Wanderung. Eine Wanderung von Zombies, war ihm jedoch noch nie untergekommen. Nur weil ihm es noch nicht untergekommen war, bedeutete es nicht, dass es nicht möglich war, aber trotzdem schien es ihm unlogisch, dass Zombies durch irgendein lautes Geräusch oder irgendwelchen anderen Einflüssen in diese ruhige Gegend getrieben wurden, wo es abgesehen von ihm, Denise und den Kids nicht wirklich was zu holen gab. Allerdings musste man die Aspekte oder auch den Antrieb dieser Zombies hinterfragen, denn es war klar, dass sie frei von logischem Denken reagierten.

Zombies säumten die gesamte Umgebung, sie lagen am Flussufer, an der Böschung, über die ganze Wiese verteilt bis hin zur Waldlichtung. Einzelteile von unterschiedlich verrotteten Körperteilen lagen soweit man blicken konnte. Es war ein modernes, verrottendes, widerliches Rembrandt Gemälde. Adam schritt an einem Körperteil in seiner Nähe heran, um ihn genauer zu begutachten. Er erkannte etwas was ihm nicht Freude bereitete. Dieser tote Körper, den er vor wenigen Minuten niedergestochen hatte, hatte offenbar schon zuvor eine tödliche Kopfwunde erhalten.

Lange benötigte Adam nicht, um zu kombinieren. Er vermutete, den Grund für diese Entdeckung zu kenne. Eigentlich hatte er immer befürchtet früher oder später sowas zu finden, hatte es aber immer verdrängt und sich auf aktuelle Aufgaben konzentriert. Sollte er je herausfinden, dass sich mehrere Viren befreit hatten, dann würde er sich zu diesem Zeitpunkt darum kümmern. Jetzt wo er den Zombie vor sich sah, kam eine Alternative Frage in ihm hoch. Wie viele Virenstämme sind denn tatsächlich entkommen?

Es war ein sonniger Tag im Mai und normalerweise würde man an so einem Tag ein Barbecue vorbereiten und

Freunde auf ein Bier einladen. Stattdessen fing Adam an die ganzen Zombieüberreste auf einen Haufen zu werfen. Denise und die Kinder beobachteten das Treiben und halfen dann unentschlossen mit. Es war etwas in der Luft, aber keiner wusste was es war, daher half jeder mit einem unbehaglichen Gefühl den Stapel Zombies zu vergrößern. Adam holte zum Abschluss Benzin aus dem Auto, übergoss den Stapel und zündete die Zombies an. Das Feuer brannte lange und erzeugte eine riesengroße schwarze Rauchwolke, welche man kilometerweit sehen konnte. Nun war zu hoffen, dass dies weder weitere Zombies anlockte, noch Diebe, welche Vorräte suchten.

Dem schwarzen Rauch beobachtend, wandte sich Adam an seine Leute. „Ich bin gerade ein wenig unschlüssig." Eine Aussage, welche keiner von Adam kannte, denn er strahlte immer perfekte Entschlossenheit aus. Daher machte es auch gleich jeden nervös.

„Was ich gerade gesehen habe, muss ich hinterfragen." fuhr er fort. „Morgen muss ich einen kleinen Ausflug machen. Ich gehe wieder nördlich in den kleinen Ort, um was zu testen. Sollte ich finden, was ich nicht finden will, dann müssen wir gleich aufbrechen. Stellt euch also gleich darauf ein, dass es spontan sein könnte und ihr hier sofort zusammenpacken solltet."

„Wieso?" Denise war der Meinung als einzige weitere Erwachsene diese Frage stellen zu müssen. „Was hast du entdeckt? Warum müssen wir weg?"

„Kann ich noch nicht sagen, will ich auch nicht sagen."

„Aber hier sind wir sicher und wir haben unsere Sachen hier und sind alles gewohnt!" warf Justin hinterher.

„Genau!" kräftige Maurice bei.

„Leute. Ich will hier keine demokratische Abstimmung. Wenn ich Recht habe, dann muss ich weg und es wird zu gefährlich für euch werden, also solltet ihr mitkommen.

Das ist weder ein Scherz, noch eine Bitte, noch ein Befehl. Ich weiß nur eines, wenn ich das falsche finde, dann werden wir hier nicht überleben, wenn wir bleiben und ich muss meine Aufgabe erledigen und zwar schneller als gedacht. Wir müssen weg, ich werde euch nicht zwingen, aber ich möchte euch auch nicht wirklich hier zurück lassen." erklärte Adam weiter.

„Wir könnten ja…" fing Denise an.

„Nein." unterbrach Adam. „Ich gehe morgen und schaue mir das an. Dann wissen wir mehr. Kein Rätselraten, kein Vermuten. Ich komme zurück und sag euch was Sache ist. Dann entscheidet ihr. Ihr solltet euch einfach geistig drauf einstellen, dass eine Abreise erforderlich sein könnte."

Mit diesen Worten ließ er alle mit ihren Fragen an der brennenden Uferböschung stehen und ging ins Haus zurück. Er hatte noch einiges vorzubereiten.

544

Sorgenfalten waren Adam ins Gesicht geschrieben. Ein nicht übliches Ereignis, denn er hatte immer alles geplant und im Griff und spontane Situationen analysierte er schnell und wirksam, damit er auch diese einfach kontrollieren konnte. Sorgenfalten waren etwas Seltenes, aber sehr angebracht.

In Byrdstown in der Hocke betrachtete er die Zombiefrau, welche er mit seinem Messer niedergestochen hatte. Sie zappelte am Boden, trotz des tödlichen Stichs in den Kopf. Direkt daneben konnte man die Einstichstelle vom letzten Mal sehen. Adam hatte diesen Zombie bereits gestoppt, er konnte sich erinnern als er bei einem seiner Besuche in Byrdstown diese Frau erlöst hatte. Damals hatte er sich gefragt, wie sie wohl vor der Apokalypse ausgeschaut hatte, was vor 544 Tagen mit ihr gewesen war. War sie verheiratet, hatte sie Kinder, was war ihr Job, warum hatte sie an dem Tag, an dem sie starb, dieses bunte Kleid an, das jetzt voller Dreck und gestocktem Blut war?

Er hatte ihr mit demselben Messer in den Kopf gestochen und sie war wie ein Sack Zement zu Boden gefallen. Jetzt lief sie wieder herum und suchte nach Opfern und das sogar besser als zuvor. Sie war schneller, kräftiger, Wunden waren geheilt und ihre Zähne waren in einem perfekten Zustand, eigentlich geeigneter um Beute zu reißen. Der Stich in den Kopf hatte sie zwar gestoppt, aber diesmal ging sie anders zu Boden, nicht tot, sondern verwundet.

Die Situation war klar, Adam hatte vom schlimmsten auszugehen. Vermutlich waren alle Viren entkommen und vermehrten sich unaufhaltsam. Das hieße die Zombies würden wieder auferstehen, alle, auch die bereits vernichteten. Auch alle anderen Toten von früher würden zurückkommen, auch tote Tiere und sie würden schneller werden und schwerer zu stoppen sein.

Zeit war nun der wichtigste Faktor. Die Zeit, um weiterzuziehen, war gekommen.

545

Hektisch, nein fast schon panisch, packten alle ihre Sachen zusammen. Es war über die Monate immer mehr geworden und nun war es zu viel, um herumgetragen zu werden. Die Wertigkeit für Gegenstände in der aktuellen Zombiewelt hatte sich gegenüber dem früheren Leben stark verschoben. War es doch früher wichtig gewesen ein Handy oder einen Laptop bei sich zu tragen, so war es heutzutage unerlässlich, alles was einem das Leben retten könnte, mit sich zu führen. Trotz der kurzen Zeit in dieser verlassenen, ländlichen und ruhigen Gegend hatten alle sechs Bewohner dieses kleinen Landhäuschens eine sehr große Menge an aus ihrer Sicht überlebensnotwendigen Dingen gesammelt, welche klar die Kapazität des

Mit-sich-schleppens überstiegen. Überleben bedeutete in der Zombie-Neuzeit nicht nur Überlebensnotwendiges zu besitzen, sondern genauso viel Überlebensnotwendiges mit sich zu führen, dass man sich frei bewegen konnte, schnell bewegen konnte, jagen konnte, aber auch Zombies ausweichen konnte. Ein wandelndes Paket an Gütern zu sein bedeutete das Gegenteil. Und nun musste sich jeder der Wahl stellen, was er mit sich führen würde und was er in diesem Ödland zurücklassen würde.

Adam war der erste, der fertig war mit Packen. Für ihn war es nicht schwierig gewesen, denn er wusste schon von seiner Reise von Texas bis hin nach Tennessee was er zum Überleben brauchte, so hatte er im Großen und Ganzen das dabei was er schon hatte, als er in Tennessee angekommen war. Er stand auf der Terrasse und musterte die alten Holzbretter, welche die Fassade bildeten, wie langsam die Flechten das Holz überwucherten. Er betrachtete wie das Holz bereits deutliche Risse hatte und Teile bereits absplitterten. Er fragte sich was passieren würde, wenn sich ein Zombie einen Schiefer einfing? Würde es eitern? Könnte der Zombie daran sterben? Die nächste Frage war was würden die verschiedenen Virenstämme tun, würden sie eventuell den Schiefer auswandern lassen? Und wenn alle Zombies verrottet waren, würde das Holz dann noch weiter reißen und von Flechten überzogen?

Maurice war die zweite Person, die auf der Terrasse erschien. Er riss Adam aus seiner Konzentration. Ihre Blicke trafen sich. Für Maurice war die Auswahl der primären Mitbringsel bei weitem nicht so schwierig wie für alle anderen. Er hatte nur einen Arm, somit konnte er nicht so viel tragen. Klar war eines, er brauchte seinen Riemen, der seinen abgehackten Arm ersetzte und hierfür alle möglichen Werkzeuge, die sie in den letzten Monaten dafür gebaut hatten. So hatte er alle Stich- und Arbeitswerkzeuge in die Tasche gepackt, welche so bearbeitet wurden, dass er sie im Ledergurt einhängen konnte. Zusätzlich hatte er noch ein paar Konserven in seinen kleinen Rucksack geworfen.

„Was geht?" sagte Maurice zu Adam und schob dabei sein Unterkiefer hoch und nickte ihm zu, als wenn er irgendwo in einem Ghetto wäre und einen Bruder begrüßte. ‚Was machst du da?' dachte sich Maurice nachdem er die Geste vollzogen hatte. Er war neben seiner Schwester der einzige Afroamerikaner und ging nicht davon aus, dass Adam überhaupt wusste, was das zu bedeuten hatte oder wie er darauf reagieren sollte. Auf der anderen Seite war jedoch auch festzuhalten, dass Adam generell bei allen Themen schwer zu reagieren wusste, da er offenbar nicht gerade dem standardmäßigen Fußvolk angehörte.

„Du hast alles?" fragte Adam in Richtung Maurice. Er hatte das Kopfnicken zur Gänze ignoriert, das war auch eine Möglichkeit.

Maurice räusperte sich darauf nur.

Chestine und Calvin kamen diskutierend auf die Terrasse. Offenbar war Calvin der Meinung mehr mitnehmen zu können als ihm erlaubt wurde. „Nein, du brauchst keine 35 verschiedenen T-Shirts mitnehmen wo wir hingehen. Es wird auch dort T-Shirts geben. Hast du verstanden?" fauchte Chestine in Richtung Calvin.

„Ich habe nie gesagt, dass ich 35 T-Shirts mitnehmen will, aber das sind meine Lieblings T-Shirts!" schnauzte er zurück.

„Wie können das deine Lieblings T-Shirts sein?" fragte Chestine. „Immerhin hat Sam alles verbrannt bevor er dich nackt in den Keller gesperrt hat, also hast du die T-Shirts erst jetzt bekommen."

„Du hast versprochen, dass du diesen Menschen nie wieder erwähnst." Calvin schossen die Tränen in die Augen. „Die T-Shirts habe ich bekommen als wir wieder frei waren. Die bedeuten mir jetzt sehr viel."

„Ist ja gut. Du kannst trotzdem nicht zu viele der T-Shirts mitnehmen. Such dir ein paar aus die dir am meisten gefallen. Dort wo wir hingehen werden wir neue finden." Chestine versuchte nun eine tröstende Geste, als sie ihren Arm um ihn legen wollte, aber Calvin stieß sie mürrisch beiseite.

Mit gläsernen Augen blickte Calvin zu Adam. „Warum müssen wir überhaupt woanders hingehen? Ich will hierbleiben, hier gefällt es mir!"

„Ja genau, Calvin hat Recht." sagte Justin als er auf die Terrasse hinaustrat. Er hatte einen Rucksack und eine riesengroße Tragetasche bei sich. Er wusste, dass es zu viel war und er wusste, dass sie sich alle aufregen würden, aber er konnte auch unterwegs Dinge loswerden. Wem würde es heutzutage noch stören, wenn er etwas in den Wald warf. Er erwartete keine Rüge. Sogar Justin war klar, dass ein böser Brief von Greenpeace in Bezug auf Umweltverschmutzung unwahrscheinlich war. „Bleiben wir doch hier." gab Justin von sich, da er dachte, dass Chestine der gleichen Meinung wie Calvin war und er wollte ihr imponieren bzw. punkten, wenn er auf ihrer Seite war. Was war besser als den kleinen Bruder zu unterstützen?

„Dir gefällt es hier?" Chestine blickte Calvin schockiert an, während sie Justin komplett ignorierte. „Wie kann es dir hier gefallen in dem Gebäude in dem wir über Monate hinweg im Keller gequält worden sind?"

„Du sollst nicht erwähnen was hier passiert ist." Calvins Stimme wurde immer lauter, höher und schriller. „Ich will nicht, dass du über das redest, was geschehen ist." Er fing an zu stampfen und zittern wie ein Kleinkind es tun würde.

Chestine packte ihren kleinen Bruder am Arm. „Hör auf so herum zu zicken." fauchte sie ihn an. „Mir ist das egal ob dir das gefällt oder nicht! Mir ist egal ob du davon hören willst oder nicht." Ihre Stimme war klar und bestimmend. Kein Hauch von Angst, Nervosität oder Unsicherheit. „Mum wurde vergewaltigt und umgebracht. Unser Bruder wurde zum Spaß zu Tode gequält. Ich wurde fast zu Tode vergewaltigt und benutzt wie Vieh. Es ist passiert und es ist hier in diesem Haus passiert, also finde dich damit ab, wenn ich davon reden will." Ihr Blick war so eindringlich, dass Calvin unvermittelt stoppte und es nicht wagte zu reagieren, weder verbal noch nonverbal. Auch Justin war von ihrer Bestimmtheit überrascht.

Dann wandte sie sich an Adam: „Aber bei einer Sache hat der kleine Scheißer ja recht. Warum müssen wir denn wirklich unbedingt jetzt aufbrechen?" fragte sie.

Denise betrat als Letzte die Terrasse und sah die unruhigen, fragenden und auch aufgelösten Gesichter der anderen. „Schon verstanden!" sagte sie „Wir Frauen sind immer die letzten, aber ich musste auch noch einiges einpacken und schauen ob eh keiner von euch was Wichtiges liegen hat lassen. Das müssen ja immer wir Frauen machen." Sie hatte Gelächter erwartet, stattdessen sah sie wie Justin, Chestine und Calvin sich Blicke mit Adam lieferten, während Maurice wie bei einem Tennisspiel hin und her schaute. „Ok! Worum geht's? Was ist hier los?" fragte sie salopp in die Runde.

Plötzlich schnappte sich Adam eine Schaufel, die an die Wand gelehnt war und marschierte Richtung Flussufer. Kurz blieb er stehen und blickte zurück zur Terrasse. „Wir machen das einfach." sagte Adam unerwarteter Weise. Er ließ seine Sachen zu Boden fallen „Mitkommen!" schrie er, als er wieder Fahrt aufnahm.

Langsam schlurften die Kids ihm nach, gefolgt von Denise, welche sich schon vor langer Zeit damit abgefunden hatte, dass Ihre Fragen offenbar niemand beantworten wollte, weshalb sie auch bei ihrer jetzigen Frage nicht davon ausgegangen war, je eine Antwort zu erhalten. Alle richteten die Augen auf Adam, der begann die Erdschichten dort zu entfernen, wo er vor einiger Zeit Charles begraben hatte.

„Was soll das?" versuchte Chestine einzugreifen, da Adam aber nicht reagierte wie sonst, besann sie sich eines Besseren und beobachtete weiter, denn bisher hatte Adam noch nie etwas Unbedachtes gemacht. Gespannt beobachteten die vier Kids und Denise wie Schicht um Schicht von der Grabstätte des großen Bruders verschwand.

Ohne Vorwarnung schossen zwei Arme aus der Erde und versuchten etwas zu ergreifen. Denise gab einen lauten Schrei von sich, Maurice ging sofort in Kampfstellung, während Chestine und Calvin sich panisch umarmten. Justin konnte seinem Auge nicht trauen. Adam griff den Körper unter der Erde an und riss alles, was er packen konnte, hoch. Der Zombie der einmal Charles gewesen war fiel auf seine Knie, rappelte sich auf und versuchte seine toten Hände an seine kleine Schwester zu bekommen. Nun schrie Chestine auf, schnell wich sie zurück, stolperte und fiel mit Calvin zu Boden. Leichte Opfer waren sie als sie da so unbeholfen vor dem Zombie lagen. Justin war perplex, er wusste nicht wie er reagieren musste oder sollte. Maurice verschwand noch mehr im Hintergrund, während Denise schrie und strampelte als würde ein Elefant vor einer kleinen Maus stehen. Mit stöhnenden Geräuschen aus der Kehle bewegte sich der Zombie zu seiner früheren Familie, um seine Zähne darin zu vergraben. Er öffnete den Mund und man sah anstatt der Zunge eine Metallklinge hervorkommen. Der Körper des Zombies fiel zu Boden, nachdem Adam die Klinge direkt in den Hinterkopf gerammt und wieder entfernte hatte. Er stieß den zappelnden Zombie zur Seite, dessen Zuckungen an einen Fisch erinnerten, den man in ein Boot warf und der verzweifelt nach Wasser schnappte und versuchte zurückzuspringen. Adam reinigte die seine Klinge und schaute in die Runde.

Langes, unangenehmes Schweigen. Ruhe. Nur das Rauschen des Wassers war zu Hören.

„Ich dachte du hättest diesem Jungen ins Hirn gestochen, als du das Haus gereinigt hast." Maurice war der erste, der das Schweigen brach. „Was war das jetzt und was soll es uns sagen in Bezug auf unseren sofortigen Abmarsch?" fragte er mit adrenalingefüllter Stimme.

„Erstens" fing Adam an „habe ich nicht das Haus gereinigt, sondern ich habe es nur durchsucht und einen Zombie entfernt und den Rest der Personen in dem Gebäude geholfen. Hätte ich das Gebäude gereinigt, hätte ich eine Teufelsaustreibung vollzogen. Es wirkt hier zwar trotzdem alles wie eine Hollywood Geschichte, aber wir haben hier Zombies und keinen Poltergeist. Zweitens habe ich euch beigebracht, oder zumindest dachte ich, ich hätte es euch beigebracht, dass ihr beim Angriff eines Zombies dementsprechend reagiert und ihn ausschaltet. Das hier war ja wohl das Gegenteil und ich möchte keine Ausrede hören von wegen das war mal Charles, denn egal wen ihr trefft, egal welchen Zombie ihr vor euch habt, irgendwann wird es wieder ein Mensch sein, den ihr kennt, den ihr vielleicht sogar liebt und trotzdem müsst ihr reagieren, um nicht zu sterben. Drittens das was hier passiert ist, ist eine Demonstration bzw. Bestätigung von dem was ich schon länger beobachtet habe und sich gestern klar gezeigt hat, als ich im Killmodus war. Es ist leider mehr als nur ein Virus am Werk, es werden nicht nur Zombies, es werden wiederkehrende Zombies, Zombies die kräftiger werden, Zombies die schneller werden. Das ist wie in einem schlechten Computerspiel wo von Level zu Level und Welle zu Welle immer bessere und härtere Gegner kommen. Irgendwann ist der Punkt erreicht, wo es so viele und zu schnelle Zombies sind, als dass wir sie noch schlagen könnten. Jetzt ist es an der Zeit eine neue Strategie zu finden, um den Scheiß hier zu überleben. Noch Fragen?"

„Ja. Eine." sagte Maurice. „Seit wann kennst du dich mit Computerspielen aus?"

Bevor Adam oder Maurice das Computerspielthema vertiefen konnten, startete Denise: „Woher weißt du das alles? Woher kennst du dich aus mit diesem Viren? Lass endlich diese blöden Anspielungen. Also was hast du wirklich damit zu tun?"

Adam holte tief Luft. „Ein wenig!" sagte er zu Maurice. „Wenn man in einem Behandlungsraum wartet, dann darf man Kurzspiele im Internet spielen. Da hatte ich auch so Zombie Spiele gespielt." Ohne es sich anmerken zu lassen, wanderte sein Kopf zu Denise und er sprach in einem Atemzug über das andere Thema weiter. „Ich weiß einiges darüber. Ich bin kein Wissenschaftler, wenn du das meinst und ich habe auch keinen dieser Viren je erschaffen, aber ich weiß einiges darüber. Was ich auch noch weiß, ist, dass ich mich jetzt nicht mit euch hinsetzen werde und euch eine Lehrstunde gebe, wo ich euch mein gesamtes Wissen mitteile. Ich muss jetzt nach Norfolk um zu sehen wie es weitergeht, um zu sehen ob es noch Hoffnung und Rettung gibt und ihr müsst mit mir kommen, weil ihr ja selbst gesehen habt, dass ihr euch noch immer nicht selbst verteidigen könnt und wie schon gesagt der Gegner um einiges besser werden wird. Also das hier…" Adam deutete auf Zombie Charles „wäre von alleine aus der Erde gekommen, wenn wir im noch ein paar Tage gegeben hätten. Fragen beantworte ich unterwegs. Dinge, die ihr wissen müsst, alles Weitere folgt ab dem Zeitpunkt, wo es offenbart werden soll. Wichtig ist nur, dass wir gemeinsam weiterziehen oder hat hier irgendjemand Einwände und möchte sich den dem stellen, was ihr hier seht? Denn eines ist klar, ich habe mich entschieden die Verantwortung zu übernehmen euch zu beschützen und zu trainieren, bis ihr euch selbst am Leben erhalten könnt. Wenn ihr das nicht mehr wollt, dann bitte jetzt sprechen."

Schweigen und Augenkontakt reichten aus, um die Zustimmung jedes einzelnen einzuholen. Adam nahm die Schaufel und marschierte zum Haus als Chestine ihn unterbrach. „Willst du ihn hier so liegen lassen oder können wir ihn wenigstens wieder begraben?" fragte sie mit einem spöttischen Unterton.

Adam hielt ihr die Schaufel hin. „Er ist dein Bruder." sagte er. „Such es dir aus, aber egal ob du in begräbst oder hier liegen lässt, in wenigen Tagen wird er aufstehen und wieder was suchen, was er in seinen fauligen Magen stecken kann. Das Zucken verrät es bereits. Schau ihn dir an. Die Viren arbeiten bereits weiter an ihm. Es gibt keine Ausweichmöglichkeit."

Justine stand auf und klopfte sich den Dreck von ihrer Hose. „Er ist sowieso tot!" sie ging an Adam vorbei, ohne ihn anzuschauen und marschierte zum Haus, um ihre Sachen zu holen. „Gehen wir!" schrie sie, während sie zum Haus ging.

567

Die Wanderung war für die Kids vollkommenes Neuland. Im sogenannten Zombie-Trainings-Alltag war ein sicherer Unterschlupf durch das Haus gegeben und Zombie Angriffe waren selten und daher war es einfach von dieser Festung aus die wenigen Zombies abzuwehren. Es war eine extrem wichtige und intensive Erfahrung gewesen.

Aber jetzt: Unterkunft war nicht gegeben, entweder man fand eine ausreichend sichere Bleibe für die Nacht oder musste im Freien am Boden liegen. Dabei war es wichtig den richtigen Zyklus eines Wachpostens einzuhalten. Zombieangriffe konnten von allen Seiten erfolgen, jederzeit, willkürlich, einzeln, in Gruppen oder in Wellen. Noch schwieriger als die Zombieangriffe abzuwehren war allerdings die menschlichen Grundbedürfnisse zu befriedigen. Sechs Personen mussten schlafen, mussten sich ausruhen, mussten Verletzungen oder sonstige Krankheiten auskurieren, mussten Toilettengänge so synchronisieren, dass man weiterhin in Sicherheit war und vor allem Wasser und Nahrung finden. Vor allem der letzte Punkt stellte sich als Herausforderung dar. Wasser war schwer zu beziehen, es gab Flüsse doch musste geprüft werden, ob sie trinkbar waren oder verseucht. Flüsse waren vor allem nicht laufend zugegen, das hieß bis zur nächsten möglichen Wasserquelle musste man Wasser mit sich schleppen und dies war von der Kapazität her äußerst begrenzt. Auch konnte man nicht einem Flusslauf folgen, da das laute Geräusch des Stroms Zombies anlockte. Immer wieder gab es Momente wo die Gruppe stark dehydriert war und auch unter massiven Essensentzug litt.

In solchen Fällen trug meist Adam eines der Kids, Denise oder Maurice hatte dann Calvin in der Hand. Es war anstrengend und die Kinder mussten viel erdulden und entbehren, aber Adam wusste, wie er die Moral hochhielt. Er motivierte alle immer wieder weiterzugehen, motivierte sie mit einem Ziel, dass sie das alles hinter sich lassen könnten und dass sie sehr bald in der Lage sein würden sich selbst zu ernähren und zu verteidigen. Er reizte sie aber auch mit seinem Wissen über die Zombie-Apokalypse, er verriet bei weitem nicht was er alles wusste, aber er gab immer ein paar kleine Informationen an die Gruppe weiter. So erzählt er ihnen, dass der Virus, welcher verantwortlich war, dass die Toten über die Erde wandelten, schon früher bekannt war als noch alles den üblichen Gang der Zivilisationen hatte, als noch die alte Zeitrechnung benutzt wurde.

Alle seine Erzählungen waren ja nett und niedlich, doch in Summe konnte sich wirklich niemand einen Reim darauf bilden. Gewisse Details über den Virus zu erhalten fühlte sich für die Kinder natürlich speziell an, es fühlte sich an als gehörten sie zu dem erlauchten Kreis einer Geheimgesellschaft, die über den Virus und seine Entstehung Bescheid wussten, vielleicht sogar dafür verantwortlich waren. Einen wirklichen Zusammenhang gab es allerdings nicht, warum die Welt nun so aussah wie sie aussah war allen Beteiligten ein Rätsel. Verständlich wurde die Zombiewelt für Denise und die Kids anhand von Adams Erzählungen nicht wirklich.

In einer gewissen Weise frustriert, aber mehrheitlich resignierend bei dem Thema >Virus< wanderten sie täglich durch die Landschaft, verfolgt von der Gefahr verletzt und gefressen zu werden und fanden sich mit der Tatsache ab, dass es nun mal so war wie es war und so kämpften sie unter Anleitung von Adam jeden Tag ums Überleben. Obwohl jeder Tag eine Abwechslung war, fühlten sie sich doch wie Routine an. Nicht wie eine Routine von früher, von damals, wo man Werktage und Wochenenden hatte, nein, es war eigentlich jeden Tag irgendwie anders und doch dasselbe.

Die sichere oder halbwegs sichere Bleibe des Vorabendes aufgeben, umherstreifen, Spuren lesen und dabei leise sein, Nahrung suchen, Nahrung wie freilaufendes Wild, welches noch nicht von Zombies kontaminiert wurde, Nahrung die im Wald wuchs, Nahrung aus der zivilisierten Welt, wie Zurückgelassenes und anhand der modernen Konservierungsstoffe auch noch essbar war, laufend aufpassen, dass man nicht von Zombies oder noch schlimmer anderen Menschen, die auf Essensjagd waren, begegnete und verletzt oder sogar getötet wurde. Wenn man vereinzelt Zombies traf, diese lautlos töten, größere Zombie Gruppen immer meiden, wenn sich der Tag dem Ende neigte, eine sichere oder zumindest halbwegs sichere Bleibe suchen.

In einer bestimmten Betrachtungsweise hörte sich dieser Ablauf doch ein wenig nach Routine an. Durch die täglichen neuen Herausforderungen fühlte es sich jedoch bei weitem nicht so an, sondern war er wie ein neues fast unlösbares Abenteuer von Tag zu Tag. Aus Sicht von Adam war es jedoch ein zu gefährlicher Ablauf, laufend im Freien, umgeben von Zombies, jederzeit in der Gefahr getötet zu werden. Seiner Meinung nach war eine längere Bleibe unumgänglich, aber im Angesicht der Tatsache der Weiterentwicklung der Viren war eine langfristige Lösung erforderlich, welche sich Adam aber bisher noch nicht offenbart hat.

Dieser Tag, Tag 567, war ein schöner sonniger Montagmorgen. War es Montagmorgen? Eigentlich war Adam nicht klar welcher Wochentag war, aber er wusste es war Tag 567 der neuen Zeitrechnung, seiner Zeitrechnung, und er war sonnig, soviel konnte er sagen. Mit seiner Hand berührte er langsam die vom Morgentau feuchte Rinde und dem Moos, welches langsam auf diesem stattlichen Baum gewachsen war. Er zog seine Hand langsam zurück und rieb seinen Daumen an seinem Zeige- und Ringfinger, um die Feuchtigkeit, die er gerade aufgenommen hatte zu spüren und die kleinen Körnchen, die die Rinde verlor und er nun auf seiner Haut fühlen konnte. Er fragte sich ob dieser Baum, der etwas abseits vom letzten nächtlichen

Lager stand, einer dieser amerikanischen Tulpenbäume war, auf welchen er sich niedergelassen hatte als er das erste Mal Denise und die Kinder beobachtet hatte. Er war wie immer als erster munter geworden und nutzte die Zeit, um die Gegend rund ums Lager zu erkunden. Etwas war nicht in Ordnung, das spürte er, dieses ungute Gefühl im Bauch, eine alles umgebende Stille, die nie von Zombies verursacht wurde, da Zombies Lärm folgten. Es war einfach viel zu wenig Resonanz aus dem Wald bemerkbar. Nun betrachtete er wieder die Rinde dieses Baumes, der vermutlich schon seit Jahrzehnten oder Jahrhunderten in dieser Gegend stand und wartete auf den Grund für die Stille.

Menschen. Es konnten nur Menschen sein. Einfach kombiniert, denn Zombies schlichen nicht durch den Wald und wenn, dann lag ein fauliger Gestank in der Luft. Eine leichte Brise war zu spüren, welche einen angenehmen Duft von frischem Gras verteilte, und es raschelte ein wenig, wenn diese sanfte Brise die Blätter zum Tanzen brachte. Diese Blätter erinnerten Adam ein wenig an einen Ahornbaum, aber es war kein Ahorn. Er war sich ziemlich sicher, dass es ein Tulpenbaum war, denn diese waren an der Ostküste beheimatet. Das Rauschen der Blätter war wahrnehmbar, ansonsten war jedoch zu wenig zu hören. Keine Insekten, keine Vögel, keine Nager, die durchs Blätterdach am Boden schlichen und nach Nahrung wühlten. Derartige Geräusche brachten nur Menschen, Räuber und Diebe zum Schweigen. Menschen, die durch einen derartigen Wald schlichen, um Tiere zu jagen oder Menschen auszurauben.

Knack. Das laute Krachen eines verdorrten Astes am Boden ließ die Szenerie starten. Die Kids, wie sie geräuschvoll hochschossen und nach ihren Waffen suchten. Fremde Stimmen, die aus dem Wald riefen „Keine Bewegung" und „Werft die Waffen weg" und „Stopp! Ihr seid umzingelt" und so weiter. Der Schrei von Denise. Antworten der Kinder, wie „Ich werfe die Waffen sicher nicht weg" und „Wer seid ihr?" „Was wollt ihr?" „Haut ab!".

„Zeigt euch endlich, ihr Schweine!" schrie Maurice nach einem Minuten andauernden Wortgefecht, mit der linken Hand eine Schrotflinte haltend und rechts an der Prothese eine große fette Klinge schwungbereit. Langsam, aber nicht zögernd, traten ein paar dunkle Gestalten hinter den Bäumen hervor. Vorneweg, vermutlich der Anführer, ein großer bärtiger Typ, der mehr an einen ausgewachsenen Braunbären als an einen Menschen erinnerte. Dieser senkte begleitend von einem tiefen, aus der Bauchhöhle stammenden Lachen seine automatische Waffe.

„Das sind ja nur Kinder!" brüllte er von einem grässlichen Lachen begleitet zu seinen Kollegen. „Und wir hatten schon Angst, dass wir uns bemühen müssten. Na dann rückt mal euer Essen rüber, ihr kleinen Hosenscheißer."

„Nur Kinder?" schrie Calvin zurück. „Dass ich nicht lache und nach fast zwei Jahren immer noch am Leben. Das sind wir sicher nicht, weil wir Leute wie euch unser Essen überlassen."

„Hahahaha" brüllte und lachte der Bärenmann los. „Der kleine Scheißer gefällt mir." Seine Kumpanen stimmten in das Gelächter mit ein. Langsam erhob der Bärenmann wieder seine Hand mit der Waffe und richtete sie auf Calvin. „Und wir haben nicht überlebt, weil wir Mitleid mit Kindern haben. Also wenn du nicht willst, dass ich dir dein kleines Kindergehirn über dem Boden spritze, solltest du das Essen rausrücken oder möchtest du vielleicht vorher zuschauen, wie ich deiner Freundin das Hirn wegballere." Seine Hand und der Gewehrlauf wanderten langsam, aber zielgerichtet zu Chestines Kopf.

Die fünf waren furchtlos, aber es war gerade niemandem klar, ob sie spielen, ob sie die Karten zeigen, oder bluffen sollten. Normalerweise wartet jetzt jeder noch auf den dramatischen Effekt, wo der Bösewicht den Hahn an seiner Flinte spannte. Die Problematik bestand darin, dass ein automatisches Gewehr nicht anzuspannen war und es sich um keinen Film handelte, also wartet er jeder vergeblich auf diesen dramatischen Effekt.

Calvin drohte einzuknicken, denn er war auf keinen Fall dazu bereit seine Schwester zu verlieren. War es eine Schwachstelle, so war es doch auch Menschlichkeit, die in dieser Zombiewelt sehr gering vorhanden zu sein schien. Chestine dagegen wollte sich selbst verteidigen, als Justin seine Waffe hob und mit seinem einzigen verbliebenen Auge auf den Bärenmann zielte, dann lachte er lautlos. „Ich habe eine großartige Idee." sagte er. „Wir erschießen uns einfach alle gegenseitig. Natürlich werden von unserer Seite alle draufgehen, aber ein paar von euch nehmen wir wenigstens mit und wer übrig bleibt darf sich die zwei Dosen Bohnen mitnehmen, die wir noch haben." Er setzte ein vollkommen psychopatisches Lachen nach, von einem Menschen, der komplett den Halt an der Realität verloren hatte. Der Joker in egal welchem Batman-Film wäre begeistert gewesen.

Die gegnerischen Männer blickten sich erstaunt an. „Das ist doch ein beschissener Bluff." sagte einer zum großen Bärenmann. „Ist doch egal, die machen wir kalt und zwar gleich, bevor einer von denen noch auf uns schießt." Sagte ein anderer. „Das sind noch Kinder und sie haben bis jetzt überlebt, wir müssen sie doch nicht gleich umbringen, eventuell können sie uns bei anderen Dingen noch helfen." sagte ein dritter und erntete abwertende Blicke dafür.

„Findet es doch raus, ARSCHLÖCHER!" schrie Justin in deren Richtung.

„Hör auf mit dem Blödsinn..." fing Chestine an, wurde aber gleich wieder von Justin unterbrochen.

„Eins magst du mir glauben Großer." sagte er mit plötzlich ruhiger Stimme und einem verschmitzten Grinsen zum Bärenmann. „Bevor du meine Freundin tötest oder vergewaltigt, schieße ich dir dein Hirn raus und wenn es mich selbst das Leben kostet."

Chestine lief leicht rot an, sie hatte nicht gewusst, dass Justin sie als seine Freundin ansehen würde. Zeitgleich blickten Denise, Maurice und Calvin den energischen Justin mit großen Augen an. Hatte er das nur so gesagt oder waren die wirklich zusammen? Wie sollten die zusammen sein, das hätte doch jemand mitbekommen müssen, immerhin waren sie 24/7 zusammen unterwegs?

Nochmals lachte der Bärenmann laut vor sich hin. Er bewegte seinen Lauf in Richtung Justin und sprach leise und bestimmend. „Ich gehöre nicht zu der Gruppe an Menschen die verhandelt oder lange diskutiert. Ihr werdet tun was ich sage. Und dann werden wir weitersehen." Er gab ein einfaches Handzeichen und die anderen vier Männer nahmen ihre Waffen in Anschlag, fixierten die Gegner und machten ein paar Schritte nach vorne. Nun war es fünf gegen fünf, links die Kinder mit Denise und rechts der Bärenmann mit seinen Leuten, jeder mit einer Waffe in der Hand.

„Ich zähle langsam bis drei!" sagte der Bärenmann, weiterhin ruhig. „Und dann, wenn noch jemand eine Waffe in der Hand hat, dann wird…"

Pffft. Es war ein komisches Geräusch und es folgte noch weitere vier mal, Pffft, Pffft, Pffft, Pffft und dann folgte ein etwas anderes Geräusch, eher ein Einschlag und die Rinde eines Baumes, links von den Kindern, zerbarst. Beim ersten Mal war sogar ein lauter Knall dabei, wie ein Gewehrschuss, nur schwer zu sagen ob ein bisschen vor oder ein bisschen nach dem ersten Geräusch. Die fünf jungen Leute schauten mit voller Verwunderung auf ihre Gegner, die mit der Hand an Nacken oder Kopf zu Boden sackten. Zwei machten noch gurgelnde Geräusche, bis sie am Waldboden ankamen. Dann war von der rechten Seite lautes Knacksen und Krachen zu hören, Adam bahnte sich seinen Weg zum Lager zurück, kein Grund mehr leise zu sein.

Zwei waren aus Sicht von Adam bereits tödlich verwundet, noch drei gezielte, leise Schüsse durch den Schalldämpfer und auch die anderen drei waren am Ende. Adam machte sich nicht mal die Mühe detailliert Notiz von der anderen Gruppe zu nehmen. Er kontrollierte seine Waffe, reinigte in voller Ruhe dessen Lauf und füllte das Magazin nach. Alles geschah langsam und präzise und vor allem ohne Worte.

Alle anderen waren vollkommen perplex in welcher Art und Weise, sowie Kürze sich die Situation gelöst hatte. Denise war die erste, die das Schweigen brach: „Was war das?" fing sie, mit noch immer Zittern in der Stimme aufgrund des ganzen Adrenalins, an

Mit einem breiten Grinsen schaute Adam zu ihr. „Na ja, ich weiß, dass ihr alles im Griff hattet, aber es war gerade eine gute Situation. Sie standen gerade alle in einer Linie und ich dachte mit dem großen deutschen Scharfschützengewehr, das ich noch habe, würde ich dafür nur eine Kugel brauchen." Er zeigte auf das HK PSG1, welches nun an einem Baum gelehnt war, nachdem er es von der Seilfixierung für den Schuss vom Baum gelöst und gereinigt hatte. Die Waffe war eine der präzisesten, die er kannte. Es war deutsche Perfektion, nach der journalistisch ausgemerzten „Geiselnahme von München" in den 70igern entwickelt worden. Es war also alt, aber noch immer sehr gut und Adam war es gewohnt. Mit seinen Waffen kannte er sich aus. „Ganz perfekt war es ja leider nicht. Ich musste ja noch mit meiner Pistole ein bisschen nachsäubern, aber Hey eine fette und drei kleine Kugeln für fünf Leute. Nicht schlecht, oder?"

„Ich rede doch nicht vom Kugelverschleiß." gab Denise entsetzt zurück. „Wie kommst du auf die Idee, dass wir alles im Griff hatten? Ich habe mir fast in die Hosen gemacht. Eigentlich gehe ich davon aus, dass wir uns fast alle in die Hosen gemacht haben. Na ja außer unser kleiner psychopathischer Liebes-Rambo hier, der wohl aus Imponierungsgründen einen auf Dirty Harry machen wollte." Sie deutete Richtung Justin, an den bereits eine noch immer leicht errötete Chestine herangetreten war. „Du siehst mich also als deine Freundin und würdest mich vor allem Bösen beschützen?" fragte sie mit verlegener, piepsender Stimme, während sie mit ihren beiden Händen am Reißverschluss ihrer Jacke herumspielte. „Aber... aber sicher doch..." startete Justin, plötzlich nicht mehr mit gewaltiger und vertiefter Stimme als noch zuvor. „Ich würde doch alles für dich tun."

Adam ignorierte das Geturtel der zwei hormongeplagten Teenager und konzentrierte sich unmittelbar auf Denise. „Ich war der Meinung, dass ihr euch ganz gut geschlagen habt."

„Was!" schrie Denise auf. „Wir hatten doch keine Ahnung was wir tun sollten. Wie hätte es denn jetzt noch weitergehen sollen, wenn du nicht geschossen hättest? Hast du die fünf Typen gesehen? Da waren ein paar ganz schöne Kaliber dabei. Hätten wir uns jetzt vielleicht wirklich alle gegenseitig erschießen sollen, wie Justin vorgeschlagen hat?"

„Denise..." fing Adam mit ruhiger Stimme an. „Du kannst solche Situationen nicht planen. Man kann für solche Situationen auch nicht üben. Daher habt ihr das Beste daraus gemacht, vor allem, wenn man bedenkt, seit wann ihr darin geschult werdet. Das einzige, was ihr tun hättet können, wäre die Situation zu verhindern. Das heißt von vornherein merken, dass sich hier irgendwo jemand anschleicht. Einen Hinterhalt oder eine gefährliche Situation bemerken bevor sie passieren kann. Dazu brauchst du allerdings Gespür und jahrelange Erfahrung und ihr steht am Anfang. Das sind Dinge die kann ich euch nicht so schnell beibringen."

„Du brauchst mir jetzt nicht Honig ums Maul schmieren!" sagte Denise schnippisch.

„Kein Honig, meine Liebe, einfach die reine Wahrheit. So lange kennst du mich jetzt schon, dass du weißt ich bin nicht gut beim Süßholz raspeln." Dabei versuchte er keck zu grinsen, was bei ihm allerdings aussah als hätte er Darmprobleme. Es war nicht schön anzuschauen.

„Dann soll das deiner Meinung nach so ablaufen?" fragte Denise. „Ich habe hier nicht wirklich eine Ausweichmöglichkeit gesehen. Geben wir nach, dann zeigen wir Schwäche. Geben wir Ihnen all unsere Vorräte und vielleicht sogar Waffen werden wir vermutlich verhungern. Und mit viel Pech nehmen Sie uns dann gefangen oder erschießen uns. Geben wir nicht nach gibt es eine Schießerei, bei der wir alle oder zumindest ein Großteil von uns draufgehen wird. Also habe ich als Optionen schlecht oder noch schlechter oder bin ich jetzt falsch?"

„Nein nein, gut analysiert!" antwortete Adam. „Es war eben ein sehr schlechtes Szenario. Eure Situation verbessert sich eigentlich nur, wenn ihr die von Anfang an verhindern könnt oder schnellere und bessere Schützen werdet. Für Notfälle wie diese bin ja ich noch da."

„Und was, wenn nicht?" fragte Maurice der bisher stumm der Unterhaltung gelauscht hatte.

„Darum kümmern wir uns oder besser ihr euch dann, wenn es so weit sein sollte. Immer Stück für Stück die Probleme abarbeiten." Er versuchte wieder verzwickt zu lächeln. „Und jetzt helft mir hier aufzuräumen und rauszufinden, wo sie ihr Lager und ihren Proviant hatten." Er machte eine Kopfbewegung in Richtung der fünf Leichen.

„Hilfreich finde ich deine Antworten nicht wirklich sehr oft." sagte Maurice, während er zu einem toten Mann ging und dessen Taschen durchsuchte. „Vor allem wenn ich dran denke, dass ich in so einem Standoff jederzeit draufgehen könnte." murmelte er vor sich hin. Er wendete die Leiche und durchsuchte die Gesäßtaschen. Beim Drehen hatte Maurice ein wenig Blut abbekommen, es beschmutzte seine Hände, er wischte sie an der Hose der Leiche ab. Es war recht deutlich, dass die Anspielung auf das Verständnis von Adams Aussagen sich nicht nur auf Situationen wie diese bezog. Versteckt war die Botschaft darin, mehr über den Virus, die Ursache der Zombies, zu erfahren. Es war nicht nur die Botschaft, es war Neugier, Ungeduld und das Gefühl mehr wissen zu können und sollen als alle anderen. Allerdings ignorierte Adam diese Anspielung wie schon alle anderen Anspielungen zuvor.

„Na ja, wie schnell ihr euren Waffengebrauch verbessert, das liegt an euch. Frühwarnsysteme, Früherkennung, Diplomatie, Redegewandtheit, Lösungsstrategien oder totaler Sieg, das sind Dinge, die man nur über die Erfahrung lernen kann. Habt keine Angst, wir entwickeln uns schon gemeinsam weiter." Adam wich absichtlich dem Virenthema aus und bezog sich wieder auf den Mexican Standoff.

Maurice durchsuchte die zweite Leiche nach Verwertbarem, dann betrachte und kontrollierte er die Waffen des Toten. Während er das Gewehr auf Munition durchsuchte, wandte er sich zu Adam. „Genug von dem Bullshit!" sagte er. „Vor zwei Jahren habe ich verzweifelt für eine Mathematikprüfung gelernt." Justin und Chestine stoppten ihr Teenagergeturtel und blickten überrascht zu Maurice. „Meine größte Sorge war, dass ich bei diesen komplizierten Volumenformeln wieder versagen würde. Ich hatte einen Knoten im Bauch als ich morgens aufstand, da ich wusste bzw. nicht wusste, ob ich ausreichend viel gelernt hatte, ob ich es verstand und ob ich durchkommen würde. Mein Leben und meine Zukunft hingen davon ab." Nun hatte auch Calvin gestoppt die Teile des Lagers zusammen zu räumen und beobachtete die Szenerie. „Meine größte Angst war, dass wenn ich versage mir mein Leben versauen würde und dann für einen Teil der Bevölkerung in die Schublade des schwarzen Versagers gesteckt werde und wenn ich nicht Rapper würde, wäre ich vermutlich ein Schusswundenopfer geworden. Und jetzt? Jetzt stehe ich hier in einem Wald weit weg von dem Ort, an dem ich gewohnt habe. Und am Tag 500 irgendwas gemäß deiner Zeitrechnung..." er zeigte auf Adam „stehe ich hier neben fünf Leichen, für die wir verantwortlich sind und suchen nach Dingen, die mir das Leben retten können in den nächsten Tagen. Mathematik ist gar kein Thema mehr, das Thema ist, dass ein Großteil der Weltbevölkerung tot ist, soweit wir glauben. Oder zumindest scheintot in der Gegend in der wir wohnen und das alles dank eines Virus. Und dank dieses Virus fehlt mir auch mein beschissener rechter Arm, da habe ich jetzt deine Lederprothese mit einer Stichwaffe dran, weil ich gelernt habe mit dem Ding in kürzester Zeit Zombies und andere Menschen zu töten.

Ich finde das super!" sagte er mit sarkastischem Ton. „Ich brauche mich nicht mehr um Mathematik zu kümmern, dafür habe ich einen Arm verloren und laufe durchs Dickicht, um was zum Essen zu finden, immer in der Angst, dass ich getötet oder von einem Zombie gefressen werde. Und dann läuft mir auf diesem großen Planeten ein Mann über den Weg der plötzlich mehr Ausdauer hat, kräftiger ist und schneller ist als der gewöhnliche Mensch." Er holte tief Luft und fuhr fort. „Und dieser Typ weiß sogar welcher Virus dafür verantwortlich ist und warum. Er beschützt uns, hilft uns, ernährt uns, aber erzählt er uns warum der Virus hier ist? NEIN. Warum nicht? Hast du Angst, dass du eingesperrt wirst, wenn du ein Staatsgeheimnis verrätst?" Er blickte mit ernster und finsterer Miene auf Adam und wartete auf dessen Reaktion.

„Vielleicht ist es mir einfach nur peinlich." erwiderte Adam und sagte kein weiteres Wort dazu.

„Das ist uns doch scheißegal!" schoss Maurice wie aus der Pistole zurück. „Kannst du uns nicht einfach etwas oder noch besser alles über den Virus erzählen was du weißt?"

„Viren!"

„Was?" kam von Maurice zurück.

„Viren!" wiederholte Adam. „Mehrzahl. Es sind Viren und nicht nur ein Virus. Und auch das ist noch nicht ganz richtig beschrieben." Es wirkte nun als würde er doch zu erzählen beginnen und alle blickten angespannt neugierig und verwirrt auf Adam.

„Leider habe ich den Fachausdruck vergessen." fing Adam an. Er blickte niemanden direkt an, seine Augen schweiften über die Bäume und die Gegend, er behielt alles im Auge und erzählte nebenbei, als wenn es eine nette, einfache Story von einem alltäglichen witzigen Erlebnis aus einem Kaffeehaus war. „Ihr kennt doch sicher Cyborgs?" Alle nickten mit Ausnahme von Calvin, was Adam mit einem flüchtigen Blick wahrnahm. „Es ist eine Fantasyidee, oder vielleicht auch Science-Fiction, wo man Maschinen mit biologischen Wesen wie Menschen verbindet." Calvin nickte leicht und Adam hatte nicht das Bedürfnis in dem Thema vertieft einzusteigen. „Najaaaa..." das A zog er merklich lange. „Wissenschaftler versuchten bestimmten Viren Aufgaben zuzuordnen bzw. ihnen einzuprogrammieren. Sie sind ja nur Einzeller oder kleine Mehrzeller also kann man sie nicht wie Hunde trainieren. Aber durch genetische Manipulation, so haben mir das die Wissenschaftler erklärt, kann man ihnen offenbar Aufgaben zuordnen." Er machte eine Erzählpause und beobachtete wieder das Blätterdach, wie sich die Blätter in den sanften, leichten Windböen bewegten, die Sonnenstrahlen die durch kamen, dadurch ihre Position änderten bzw. andere Bereiche des Waldes und Boden beleuchteten. Die Sonne schien einem fast nie direkt ins Gesicht, doch war es ausreichend hell hier am Waldboden. „Aber wenn man versuchte eine Programmierung anzusetzen, dann war die Verwendung von Maschinen bzw. Technologie viel naheliegender. Die neue Nanotechnologie war dafür natürlich super, aber nicht für den Zweck, den diese Wissenschaftler eigentlich im Auge hatten. Also ein Teil der Lösung waren Viren, ein anderer Teil Nanotechnologie. Jetzt dürft ihr raten was die gemacht haben."

Er blickte zu Calvin, der nur mit den Schultern zuckte, dann fixierten seine Augen Justin. „Sie kombinierten beides?" sagte Justin mit fragender piepsender Stimme. In einer starken Geste hob Adam seine Hand und deutete mit dem Zeigefinger auf Justin. „Haha" erst lachte er laut auf. „Das ist eine perfekte Mischung aus menschlicher Intelligenz, Hausverstand und Kombinationsfähigkeit. Genau so mag ich das. Und du hast Recht, genauso war es."

„Wie kombiniert man Nanotechnologie mit Viren?" fragte Justin.

„Wouw Houw!" kam von Adam zurück. „Ich bin Soldat, kein Wissenschaftler. Das Einzige, was ich von deren Gebrabbel verstanden habe war, dass das Wort Nanotechnologie nicht nur eine reine Floskel war. Das war nicht irgendwas für wissenschaftliche Arbeiten, es waren wirklich kleine Maschinen, Nanomaschinen, die funktionierten. Diese Nanos waren im großen Ganzen Chips in der Größe einer menschlichen Zelle. Irgendwie schafften sie das zu kombinieren und programmierten diesen Nanovirus dann irgendeine Aufgabe zu erfüllen."

„Was für eine Aufgabe denn?"

„Unterschiedliches!" sagte Adam. „Zum Start: Regeneration."

„Regeneration?" fragte Calvin zurück.

„Wie soll das gehen? Nanozellen, Viren, und dann Regeneration? Sowas kapier ich nicht." schoss Justin seine Fragen hinterher.

„Boah!" sagte Adam mit genervter Stimme zurück. „Ich bin doch nicht Wissenschaftler, wie oft muss ich das noch sagen. Soldado!" und er zeigt er auf sich selbst. „Diese sogenannten Nanobots waren einzigartig, sie waren so klein, dass du sie nicht mehr mit freiem Auge sehen konntest, aber eine einzelne Zelle sie umschließen konnte. Ein paar zuständige Wissenschaftler haben mir dann damals gesagt, dass dieser technologische Schritt eigentlich den Durchbruch für diese Entwicklung darstellte. Erst als eine Viruszelle es schaffte die Nanobots komplett zu umhüllen und mit ihr zu interagieren, konnten die Wissenschaftler ihre Programmierung durchsetzen. Und dann konnten sie diesen Nanobotviren sagen: Regeneriere! oder: Regeneriere Zellen! Und das auch noch auf verschiedene Art und Weise. Mutiere selbst zur Zelle, rege deine Umgebung an zu regenerieren, hol dir irgendwas aus der Umgebung, um eine neue Zeile zu erschaffen."

Es war unüblich für Adam sich so weit zu öffnen und so viel aus seiner Vergangenheit zu erzählen. Die Kids wussten nicht, ob sie sich eher unbehaglich oder interessiert fühlen sollten, aber es war eine ungewohnte Situation. Da aber alle daran interessiert waren mehr von dieser Zombieseuche zu erfahren, sagte niemand was oder unterbrach Adam. Doch nun stockte er, stand mit leerem Blick in der kleinen Lichtung und betrachtete seine Tulpenbäume und das andere Laubwerk. ‚Ein sehr großer Blattfraß' dachte er bei sich, vermutlich gab es einen Schädling hier in der Nähe. ‚Ob wohl die Forstaufsicht den Schädling bekämpfen würde oder ob die Plage noch nicht so groß war' fragte sich Adam insgeheim. Er hatte einen salzigen Geschmack im Mund, es war an der Zeit wieder etwas zum Trinken zu holen. Er hatte mal eine Dokumentation im Fernsehen gesehen, wo man einen Metallhahn in einem Baumstamm schlug und dabei floss Wasser heraus, allerdings konnte das nicht bei einem Tulpenbaum passieren denn hier konnte man eigentlich nur Harz ernten. Es waren aber nicht nur Kakteen in dieser Doku, es konnte diese Prozedur auch bei anderen gewissen Baumtypen durchgeführt werden. Adam war sich nicht sicher welche Baumtypen das waren, aber war sich ziemlich sicher, dass keiner hier in seiner Nähe stand. Ziemlich sicher, aber nicht ganz sicher. Leider konnte er jetzt nicht Wikipedia um Rat fragen, denn der Server war gleich in den ersten Tagen oder Wochen offline gegangen, so wie fast alle Internetprovider. Vom Prinzip her aber auch egal, denn sein Smartphone war sowieso nach kürzester Zeit tot gewesen. Trotzdem wäre es jetzt schön gewesen zu wissen, ob er Wasser aus diesen Pflanzen ziehen konnte. Es wäre einen Versuch wert gewesen, aber er hatte sowieso keinen Baumstammwasserhahn dabei und sie waren dem Geruch nach nicht weit von einem Gewässer entfernt und vermutlich hatten die toten Männer auch Wasser bei sich das er nur finden musste.

„Und was war dann?" fragte Denise neugierig. „Wie wurde jetzt aus dem Nanobotviren ein Zombie?"

Ihre Stimme durchschnitt die Ruhe und die Anspannung, die in der Luft war, jedoch riss es Adam nicht aus seinen Gedanken. Langsam löste er sich aus seiner Salzsäulenhaltung, er blickte einmal die Runde und betrachtete die neugierigen Gesichter der drei Jungs und der beiden Mädchen. Oder sollte er denken der jungen Frau und der noch jüngeren Frau.

Für diesen kurzen Moment hatte Adam das Bedürfnis verspürt sich mitzuteilen, von seiner Seele zu sprechen. Dieses Gefühl war nun verflogen, er wollte nicht mehr darüber reden, er wollte diesen Teil der Vergangenheit sowie die Zivilisation schnell und unbemerkt begraben. Kein Reden über die Vergangenheit und kein Betrachten der Tulpenbäume war für ihn angesagt.

„Lasst uns das Lager dieser Idioten finden." sagte er und beendete damit die gesamte Konversation.

Sofort startete das Gemotze und vermischte sich mit Fragen über Fragen, welche von allen Seiten kamen, doch Adam hatte keine Lust mehr darüber zu sprechen und nachdem sie zusammengepackt hatten, wanderten sie teils mürrisch weiter.

Nach kurzer Zeit fanden Sie das Lager des Bärenmannes und dessen Kompadres. Es waren offenbar nur diese fünf, denn im Lager war alles schön auf diese Zahl aufgeteilt, vor allem die Schlafplätze. Adam hatte die Spuren bis hierher zurückverfolgt. Bei genauerer Betrachtung erkannte er keine sechste Spur. Sie nahmen also was sie brauchen und tragen konnten, stellten Adam noch unzählige Fragen zu den Viren. Nachdem alle aufgaben ihn weiter zu befragen, ging die Reise Richtung Osten weiter.

Die Schwierigkeit der Reise lag interessanterweise am Gelände. Es war völlig egal ob man versuchte über Tennessee oder Kentucky in den Osten zu gelangen, auf dem Weg nach North Carolina oder Virginia, musste man die Appalachen überqueren. Welche Route sicherer war, konnte nicht beantwortet werden.

Luftlinie sagte, gehe durch Valley & Ridge, dann über die Blue Ridge Mountains oder noch detaillierter, quere die Great Smokey Mountains und hoffe, dass du dich im Nebel nicht verirrst oder in einem unerwarteten Blizzard stirbst. Vorteil der Route war die Abgeschiedenheit, aber man musste sehr viele Höhenmeter hinter sich bringen. Nicht gerade ein Traum mit vier Kids, auch wenn der

Great-Smokey-Mountains-Nationalpark jedes Jahr Millionen Besucher anlockte, war niemand in der Stimmung für Sightseeing in der Natur. Ob Touristen im Urlaub zu Zombies wurden und jetzt als Ausländer in dieser Wildnis umherschlurften, fragten sie sich. Calvin fand die Idee lustig, wie eine asiatische Familie, noch immer Kameras und Handys bei sich, über die Hügel wanderte.

Alternativ waren die von Menschen gebauten Straßen, welche natürliche Lücken und Schluchten nutzten. Zu Beginn sah dies mehr wie ein Umweg aus, doch so gab es keine Erfordernis sich durchs Dickicht zu wühlen. Man brauchte keine Angst haben, dass hinter dem nächsten Baum ein Zombie lauerte und einem gewisse Körperteile abbeißen wollte, also war die Straße zu bevorzugen. Nachteil einer Straßenroute war die Zivilisation. Wo früher Menschen lebten, waren jetzt Zombies und Diebe unterwegs. Diese Gefahr war für Adam kalkulierbarer, also wanderten sie kleinen Gemeindestraßen entlang, solange es ging und man nicht auf die Hauptstraßen ausweichen musste. Ohne Google Maps und Satelliten, welche einen führten, dauerte die Orientierung etwas länger, aber Adam war gut ausgebildet worden und fand sich zurecht.

Nach nicht allzu langer Zeit stellte Adam fest, dass Gemeindestraßen alleine ihn nicht ausreichend schnell zum Ziel führen würden. Es waren teils sehr große Umwege und man war eine sehr leichte Zielscheibe für einen Hinterhalt. Bei einer Abkürzung durch das Gelände bestand immer die Gefahr auf ein unüberbrückbares, natürliches Hindernis zu treffen, was reduziert wurde durch klug gewählte Abkürzungen, welche meist gemäß Karte nicht zu Schluchten und Klüften führten. Es gab ein, zwei Momente wo Adam und die Gruppe ans Umkehren dachten, glücklicherweise konnten diese Situationen jedes Mal auf einfachem Weg und mit Unterstützung der vorhandenen Vegetation gelöst werden.

Die Gruppe marschierte bzw. schlurfte teilweise hintereinander in einer Linie durch den Wald. Vorneweg ging Adam, der das Tempo hielt und sich zielgerichtet auf die

Suche nach dem optimalsten Weg konzentrierte. Er empfand diese Aufgabe als weitaus schwieriger als gedacht, denn es gab Hindernisse und Schwierigkeiten, die er leichter bewältigen konnte, als es die Kinder konnten. Nun musste er bei jeder Richtungsänderung auch bedenken, dass er die gesamte Gruppe auf dem neuen Weg durchbrachte. Hinter ihm folgten immer abwechselnd Denise oder Maurice, wobei die jeweils andere Person am Ende ging, denn niemand wollte eines der Kinder zurückfallen lassen oder der Gefahr eines Angriffs von hinten ausgesetzt sein. Zwischen diesen beiden fand man fast immer Justin und Chestine miteinander, die sich seit dem Zwischenfall mit dem Bärenmann viel mehr unterhielten und über ihre Gefühle füreinander Sprachen. Calvin ging dafür meist alleine, weil er sehr genervt von seiner Schwester war und dem Getue der beiden nichts abgewinnen konnte. Er schämte sich immer mehr, begann sich in sich selbst zurückzuziehen und sich mit sich selbst zu beschäftigen, was teilweise zwar praktisch war, aber Denise immer wieder versuchte zu verhindern damit er nicht irgendwann ein eigenbrötlerischer Psychopath werden würde, was allerdings nur ihre Befürchtung war.

Das laute Knacken eines berstenden Astes durchschnitt die Ruhe der warmen Spätsommerluft. Unvermittelt kam vom Adam an alle das Zeichen zu stoppen, ruhig und aufmerksam zu sein. Dem ersten Knacken folgte sofort ein zweites und drittes. Da Adam zuvor nichts gehört hatte, war dies offensichtlich kein Hinterhalt, sondern etwas das durch ihre Annäherung aufgeweckt wurde. Aktuell war die Frage, war es ein Tier oder ein Zombie. Adam tippte auf zweiteres, denn ein aufgescheuchtes Tier würde wegrennen, das wahrnehmbare Knacksen jedoch kam einem langsamen Zombie gleich.

Adam gab seiner Gruppe das Zeichen sich zu ducken und still zu sein, dass Krachen von Holz am Waldboden wiederholte sich, wurde lauter und kam von vorne. Er war an einer leichten Anhöhe, blickte nach oben und suchte zwischen den Bäumen nach dem Ursprung des Geräusches. Nun gesellte sich zum Krachen ein tiefes grollendes Geräusch, eine Art Grunzen und Stöhnen in Kombination. Dieser laut erinnerte nicht an etwas lebendes, eigentlich war es klar einem Zombie zuzuordnen, jedoch klang es etwas anders als Adam es von den Zombies gewohnt war. An irgendetwas erinnerte es ihn jedoch, nur fiel ihm in der Hektik der Situation nicht ein an was.

Wieder ein Krachen, diesmal allerdings nicht vom Boden, sondern ein Ast der von einem Baum abgebrochen wurde. Dazu gesellte sich nun das Geraschel von Blättern am Boden und ein lauterwerdendes Stöhnen. Langsam konnte man Bewegungen an entfernten Bäumen wahrnehmen. Dies war definitiv kein Hinterhalt und kein Tier, sondern Zombies, die sich den Weg zu ihnen bahnten. Adam drehte sich und signalisierte Denise, die circa 20 Schritte hinter ihm war, dass sie sich auf einen Kampf mit Zombies vorbereiten sollten. Denise gab die Informationen sofort nach hinten weiter. Aufgrund der Geräuschkulisse im Wald und den stöhnenden Geräuschen ging Adam von einer Gruppe an Zombies, vermutlich über zehn, aus.

Das Sturmgewehr war für diese Situation ungeeignet, daher schob Adam es zur Seite und nahm sein Repetiergewehr in den Anschlag. Er wollte die ersten paar Zombies mit sauberen Kopfschüssen erledigen, damit er nur mehr ein paar übrig hatte für einen direkten Nahkampf. Er zielte angespannt in die Richtung wo immer mehr Bewegung zu sehen war und versuchte seinen Atem zu kontrollieren und flach zu halten. Dann sah er es, kein Tier, kein Zombie, es war ein Tierzombie. Schnell berichtigte er den Gedanken in seinem Kopf, es waren mehrere Tierzombies, um genau zu sein Bärenzombies. Vorneweg marschierte Papa Bär und um das noch zu detaillieren dachte Adam: `Das ist Big-Papa-Zombie-Bär!`

Es war ein voll ausgewachsener, amerikanischer Schwarzbär und trotz des Verwesungsfortschrittes hatte er sicher noch einiges über 200 kg. Als er näherkam konnte man die teils zerrissene linke Gesichtshälfte sehen. Das linke Auge fehlte und die Augenhöhle war bereits verfault, das Kiefer lag frei und man konnte die Zunge darunter sehen, welche eine Mischung aus schwarz und einem dunklen, toten Grün hatte. Das Gebiss allerdings blitzte in einer perfekten Form und sah wie frisch gegossen aus. Man konnte an seiner linken Flanke tiefe Wunden, zugeführt von Krallen, sehen. Offenbar war dieser Bär von einem anderen Raubtier, vermutlich einem Artgenossen, im Kampf tödlich verletzt worden und später seinen Wunden erlegen. Aufgrund des aktuellen Status der Verwesung schloss Adam darauf, dass es jedoch schon einige Zeit her war, dass dieser Bär gestorben war.

Hinter diesem großen Bären erspähte Adam noch vier weitere Bären, zwei etwas kleinere, jedoch ebenfalls ausgewachsene Bären und zwei Bärenjungen, alle aus derselben Gattung. Die Bärenkinder waren noch sehr jung, aber die zwei anderen Bären standen „Big Papa" nicht um vieles nach. Adam war sofort klar, dass eine Kugel aus dem Repetiergewehr hier nicht viel brachte. Er griff nach seinem Scharfschützengewehr, welches zum Glück bereits geladen war, zielte auf „Big Papa" und schoss ihm die geladene Patrone auf den Schädel. Die Kugel traf „Big Papa Bär" an der Schläfe, riss ihm einen Teil vom Schädel weg und hinterließ ein großes Loch. Der Zombiebär strauchelte, gab ein stöhnendes grunzendes Geräusch von sich und fiel zu Boden. ‚Ob ein Zombie Schmerzen verspüren konnte oder zumindest ein Gefühl für eine derartige Verletzungen hatte?' fragte sich Adam. Doch dann sah er wie sich dieses Ungetüm an totem Fleisch wieder langsam begann zu erheben, während die anderen Bären an ihm vorbei zielgerichtet auf Adam zumarschierten.

„Scheiße!" schrie Adam, das war genau eines der Probleme, die er befürchtet hatte. Er drehte sich zu Denise, welche nah genug war, um nun die ersten Bären zu erblicken und voller Angst zitterte. „Lauft! Diese Richtung!" er zeigte nicht in die entgegengesetzte Richtung, sondern nach rechts Richtung Erhöhung an den Bären vorbei. Denise gab die Info umgehend weiter und alle fingen an hektisch zu rennen, nachdem sie voller Panik ihre restlichen Sachen gepackt hatten. „Nicht aufteilen! Bleibt so gut wie möglich zusammen!" schrie er ihnen noch hinterher.

Emotionslos und trotz eines großen Loches im Kopf, eines nun zusätzlichen Loches, wenn man das zerrissene Maul auch zählte, fing der große Bär an sich wieder zu erheben. Der Bär war nicht sauer, dass man ihm ein Loch in den Kopf geschossen hatte, er hatte es auch nicht eilig, langsam, aber stetig erhob sich die faulige Masse wieder. Gestocktes Blut und einzelne Gewebeteile fielen vom Loch herunter, man konnte aus dem richtigen Blickwinkel sogar ein Teil des Gehirnes durch das neu geschossene Loch sehen. Die anderen zwei großen Bären gingen an ihm vorbei und marschierten Richtung Adam. Bei diesen Bären wirkte es plötzlich so, als wenn der erste Bär Ansätze zeigte, hangaufwärts los zu rennen. Das Gehen sollte automatisch vom Körper beschleunigt werden, seine Pranke versucht dabei auszuholen, als wäre er noch ein gesunder Bär. Dieser Bär öffnete seine Schnauze und grölte, eine Mischung eines Bärenschreis und eines tödlichen Zombiegrunzens.

„Fuuuuuuck!" sagte Adam mit einem langgezogenen Vokal, als er bemerkte, dass seine Gruppe hinter ihm sich zögerlich bewegte und niemand wirklich wusste, was zu tun war. Offenbar war niemandem die tatsächliche Gefahr bewusst. „Bewegt euch!" schrie er und nachdem er alle Sachen in der Hand hatte, die er für nötig hielt, rannte er von dem Bären weg, bergauf, wie er es zuvor gesagt hatte.

Der große Bär stand wieder, ließ einen bestialischen Schrei los und setzte sich wieder in Bewegung. Dieses gefährliche, unbehagliche Brüllen ließ die Beinmuskulatur der Kinder starten. Chestine kreischte erschrocken als sie die verfaulten Körperteile der Bären sah und rannte Adam hinterher.

Die Bären bewegten sich weitaus schneller als erwartet, nachdem die Beute bzw. das Essen anfing zu rennen. Die Kinder rannten leider in ihrer Panik mehr Richtung Adam, um ihm zu folgen, anstatt den Bären aus dem Weg, in Sicherheit, um später nach Adam oder Denise zu suchen. Der zweitgrößte Bär wurde immer schneller, für einen Augenblick konnte man glauben, dass er wieder seine lebendige Stärke erreichen könnte. Ein Prankenhieb, wenn einer die Kinder erreichen könnte, würde ausreichen, das war Adam klar, um sie zu töten. Die Ursache des Todes war egal, jedoch war der Output klar. Es konnte nur fatal enden. Wenn der Prankenhieb an sich nicht schon tödlich wäre, so war doch jede Zelle im Bären verseucht und der Schlag würde sicher eine Wunde hinterlassen, welche schlussendlich zum Tod führen würde, durch Blutverlust oder Infektion. Adam musste schauen, dass keiner in die Nähe eines Bären kam.

>Knacks< Das laute Krachen war zu deren Glück kein Ast, kein Baum, sondern der rechte Vorderlauf des schnellsten Bären. Es war Riesenglück, dass dieser Bereich des Beins bereits frei lag und man von Anfang an bis zum Knochen schauen konnte, denn dieser Bär schien wohl bei seinem Tod einen Teil seines Beins verloren zu haben. Ein Schrei von Chestine ließ alle Köpfe zu ihr wandern. Sie war mit ihrem Bein in altem Geäst hängengeblieben und fiel rücklings den Hang hinunter. Justin wollte ihr helfen, drehte sich jedoch in seinem Übereifer zu schnell um und wollte in ihre Richtung rennen, das kaputte Auge fehlte ihm diesmal zu sehr. Er rannte mit voller Wucht in einen Ast, fiel mit seinem Rücken auf den Boden und blieb mit einer großen blutenden Platzwunde an der Stirn bewusstlos liegen.

Der drittgrößte Bär, der noch weiter hangabwärts war, hatte den perfekten Zugang zu den Kids, Chestine benommen an einem Baum kauernd und Justin weiter oben zur Gänze ausgeknockt. Er wurde immer schneller und bewegte sich auf seine lebende Beute zu. „Darf doch nicht wahr sein." fauchte Adam, ließ seine Sachen fallen und rannte den Hang wieder nach unten. Kurz bevor der Bär Chestine erreichte, sprang Adam mit beiden Beinen gestreckt auf den Oberkörper des Bären und ließ ihn so den Hang hinab rollen. Der Bär purzelte mehrmals um seine eigene Achse und wurde mit einem lauten Krachen von einem massiven Baumstamm gestoppt. Erstmal blieb er liegen, da offenbar einiges in seinem toten Körper kaputt gegangen war bei dem Sturz. Währenddessen versuchte der andere Bär mit dem gebrochenen Bein wieder aufzustehen, knickte jedoch immer und immer wieder zusammen.

Größte Gefahr waren nun die zwei kleinen Bärenjungen, welche sich langsam, aber stetig zur Gruppe bewegten. Sorgen hatte Adam allerdings vom allergrößten Bären, denn der hatte sich endgültig wiederaufgerichtet und in Bewegung gesetzt und das obwohl er doch einiges aus dem Kopf rausgeschossen hatte. Denise war so beschäftigt gewesen Calvin der Fährte von Maurice nach zu schleppen, dass sie erst spät festgestellt hatte was mit dem Rest der Gruppe weiter unten passiert war. Sie machte sich bereits auf dem Weg nach unten als sie Adam schreien hörte. „Nicht runterkommen, nicht helfen, weiter nach oben rennen, ich mache den Rest, kümmert euch nicht um uns." Denise hatte etwas gelernt in den letzten Monaten, auch wenn ihr der Instinkt, das Gefühl und das Gewissen sagte, dass man jemand helfen sollte oder dass man etwas tun sollte, wenn Adam sagt nein, dann ist es nein und dann tut das was er sagt. Sie wandte sich ab nahm ihre Sachen und Calvin und rannte Maurice bergauf nach.

Adam riss Chestine vom Boden hoch und stellte sie auf ihre Beine. Sie blickte ihn ängstlich, verwirrt und dankbar an, dann schaute sie zu Justin. Bevor sie was tun oder sagen konnte, erteilte ihr Adam Befehle: „Kümmere dich nicht um ihn, ich mache das, nimm deine Sachen und renn gefälligst nach oben." Er zeigte in die Richtung der kleinen Bärenjungen, die immer mehr Fahrt aufnahmen und den großen mächtigen verfaulten Bären dahinter. Die Augen dieses Bären waren widerlich, jeder Augapfel war eine Mischung aus weißen Flecken, gelbem Grundton und roten Adern, dunkelroten Adern von gestocktem Blut. Das widerlichste allerdings waren die Pupillen, denn es war ein grauer ekelerregender Schleier darüber.

„Wir haben keine Zeit. Sie werden schneller und sie kriegen uns bald. Wir müssen hier weg oder willst du in deren Maul landen?" fragte er Chestine. Sie schüttelte ihren

Kopf, packte ihre Sachen zusammen und fing an zu laufen. Adam ging zu Justin, er war vollkommen ausgeknockt, lag bewusstlos am Waldboden. Er schnappte sich den Jungen, warf ihn über seine Schulter, nahm dessen Sachen und dann seine eigenen im Vorbeilaufen und folgte mit großen Schritten den anderen. Es dauerte eine Weile bis das Grunzen und Gegröle der Bärenzombies leiser wurde. An der Bergkuppe hatte Adam schlussendlich die Gruppe eingeholt. Sie waren zum Glück noch alle beisammen.

Als alle wieder zu Atem gekommen waren und Adam alle auf Biss- und Kratzspuren untersucht hatte, sagte Denise was alle dachten: „Das waren Bärenzombies. Himmel, Verflucht, Bärenzombies. Wieso kann aus einem Bären ein Zombie werden? Ich dachte nur Menschen werden Zombies."

Adam wackelte mit seiner Hand und gab ein nichtssagendes Keine-Ahnung-Geräusch von sich bzw. ein Sowas-kann-schon-passieren-Geräusch. „Wirklich?" entgegnete Denise. Maurice beugte sich nach vorne, stützte sich mit seiner verbliebenen Hand auf dem Knie ab und hustete sich fast die Seele aus dem Leib. Sie befanden sich auf einer kleinen Anhöhe, wobei es anschließend nach einem kurzen Stück bergab nochmals steil bergauf ging. Diese Anhöhe war trotzdem gut bewaldet, der Boden war weich und voller Laub und Nadeln. Justin lag am Boden im Schutze eines kleinen Laubbaumes und kam wieder langsam zu sich. Das Blut seiner Platzwunde war über die Hälfte des Gesichtes geronnen, Chestine kniete neben ihm und hielt ihm die Hand. Adam machte sich daran die Wunde zu reinigen, desinfizieren und verbinden, als er unerwarteterweise auf Denise reagierte. „Tja, scheint wohl so zu sein, dass die Nanoviren sich nicht mehr nur auf Menschen beschränken, sondern alle Säugetiere einnehmen. Das überrascht mich jetzt weniger, da die Viren ja ursprünglich an kleineren Säugetieren getestet worden sind. Ich hätte nur nicht erwartet, dass wir jetzt schon auf Bären stoßen, die bereits einen so großen Verwesungsfortschritt zeigen."

„Die haben vorab an Säugetieren getestet? Willst du mich verscheißern?" fauchte Denise zurück.

„Standardprozedere." erwiderte Adam. „Was soll ich sonst sagen? Ich habe selbst nicht damit gerechnet. Eines ist allerdings klar. Die Viren breiten sich sehr schnell aus und die Befürchtungen von ein paar Wissenschaftlern scheinen sich zu bestätigen. Es könnte biologische Mutationen geben. Und es ist unklar, wie sich die Mutationen auf die Nanotechnologie und deren Programmierung auswirkt."

Denise hatte sehr genau zugehört und es ist ihr direkt ins Gesicht gesprungen als sie es hörte. „Was meinst du mit `die Viren`? Warum Plural?"

„Na weil es verschiedenste Virentypen waren, an denen sie gearbeitet hatten. Für jede Aufgabe ein Virus."

„Mehrere Virentypen je nach Aufgabe." wiederholte Denise. „Was haben die da eigentlich bitte geforscht und gemacht?"

Adam verband Justins Kopf, er wickelte die Bandage fest anliegend um seine Stirn und seinen Hinterkopf. Er spürte wie alle Augenpaare auf ihn gerichtet waren. „Boah, wenn es um blöde Fragen stellen geht seid ihr wirklich Meister." murmelte er vor sich hin. „Die Aufgabe der Forscher war recht einfach, Soldaten im Feld stärker zu machen, stabiler zu machen oder zu heilen, wenn sie verletzt waren. Das war ihre Aufgabe und dafür wurden sie bezahlt und das Ergebnis waren Nanoviren. Um deren Effekt zu verstehen und deren Verhaltensweise und deren Ergebnisse wurden sie zuvor an Tieren getestet."

„Und da haben sie Zombiemäuschen und Zombiebären gezüchtet." fluchte Denise dazwischen.

„Nein, nicht wirklich." erwiderte Adam. „Sowas wie diese Zombies gab es eigentlich im Labor nicht, bis zum Schluss zumindest. Allerdings gehe ich daher davon aus, dass auch Tiere befallen werden können, zumindest Säugetiere, die den Menschen artverwandt sind."

„Nur deshalb?" fuhr Denise wieder Adam ins Wort.

Adam erhob sich nachdem er den Verband fertiggestellt hatte, schaute jeden der Kids und Denise der Reihe nach an. „Ihr habt Fragen. Okay, schauen wir was wir beantworten können, aber seid mir nicht böse, nicht auf dieser blöden Kuppe hier. Nur weil wir die Bären abgeschüttelt haben, heißt das nicht, dass sie uns nicht nachkommen. Vielleicht nicht der mit dem zerbrochenen Fuß, aber weiß Manitu ob dieser fette Megabär uns nicht sucht, schneller wird und wir am Schluss mehr als 100 Kugeln brauchen, bis er endlich liegen bleibt."

„Ich dachte man muss einem Zombie nur einmal in den Kopf schießen, damit er sich nie wieder bewegt." sagte Calvin kleinlaut.

„Oh ja, wenn das Leben so einfach wäre, wie ein Hollywood Film." sagte Adam. „Da müsste der Bär jetzt dort im Hang liegen. Tut er aber nicht. Warum das so ist, reden wir ein anderes Mal. Nur wenn hier eine Gruppe toter Bären herumirrt, möchte ich nicht wissen was sonst noch in diesem Wald herumliegt, denn ich bin leider nicht dazu gekommen das Naturkundebuch dieser Gegend vorab zu lesen. Welche Raubtiere gibt es noch die Zombies werden hätten können? Wölfe? Panther? Sind auch andere Tiere Zombies geworden? Fledermäuse? Schlangen? Spinnen? Keine Ahnung und ich will es nicht rausfinden, nachdem ich die toten Bären gesehen habe. Also ich will jetzt, dass wir alle aus dem Wald rauskommen und ich hoffe und erwarte, dass ihr dementsprechend schnell mit mir mitkommt."

Alle nickten wortlos und packten ihre Sachen. Adam bestätigte das mit einem eigenen Nicken, hob Justin hoch, der offensichtlich noch nicht in der Lage war selbst zu stehen oder gehen und machte sich schnurstracks auf dem Weg den Hang hinunter, den nächsten Hang hoch und raus aus dem Waldgebiet. Die schönen amerikanischen Tulpenbäume, die Adam noch etwas genauer betrachten wollte, verloren an Priorität. Er wollte raus, er wollte nach

Norfolk, Virginia Beach. Er musste dorthin. Dort würde er mehr erfahren. Virginia Beach – Er kam.

711

Danville war die nahest gelegene Stadt, die Adam ausfindig gemacht hatte. Zirka vier Stunden südlich oder südwestlich. Ein nettes Städtchen, für jeden der auf derartige Städtchen stand. Nicht mal 50.000 Einwohner bevor die Zombies die Stadt auf Null reduziert hatten. Nicht mehr und nicht weniger Menschen waren noch anzutreffen. Überlebende von Danville waren jedenfalls nicht in Danville, oder nicht leicht aufzuspüren.

Nähe Keeling, entlang der Richmond Road, da gab es eine Landwirtschaft. Jemand hatte zu Beginn der Zombiewelt in den ersten 100 Tagen versucht hier eine Festung zu errichten. Ob von Erfolg gekrönt oder nicht, war schwer zu sagen. Jedenfalls war niemand mehr da, weshalb Adam die Kids und Denise vor 30 Tagen hier untergebracht hatte. Es war gerade Hurricane-Zeit und auch wenn keiner hier im südlichen Virginia wirklich auf Land traf, so spürte man Ausläufer und kleinere Tornados. Ungute Situation im Freien, wenn die Windgeschwindigkeiten 200 km/h erreichten und sogar die durch die Gegend geschleudert wurden.

Calvin hatte sich verkühlt, Justin klagte über Schmerzen in seiner linken Augenhöhle, Maurice hatte eine Entzündung unter dem Riemen an seinem rechten Armstumpf bekommen. Nur die Frauen waren topfit, wie immer. Das schwache Geschlecht, das Kinder gebären musste, wo ein Mann lieber in den Krieg zog, als im Entbindungssaal dabei zu sein, aber er war ja das starke Geschlecht, weil er dank Testosteron mehr Muskeln aufbauen konnte.

Meinungen und gesellschaftliche Normen hatten keinen Platz. Adam musste jetzt schnell und einfach weiterziehen. Er hatte seine Gruppe auf alles vorbereitet. In den letzten fünfeinhalb Monaten beobachtete er ausgezeichnete Fortschritte, egal ob Jagen, Essen beschaffen, Wasser finden, Sicherheit und Unterschlupf organisieren, Gefahren im Auge behalten, Zombies und Menschen gleichermaßen. Alles wurde soweit verbessert, dass Adam sich schwer tat zu nörgeln. Er konnte sie alleine lassen für eine gewisse Zeit.

Nun kam der Schritt, der schon den meisten Menschen in der Zivilisation, vor der Zombiewelt, schwer fiel. Er musste Meinung und Tatsache trennen. Tatsache war, dass die Burschen krank waren und die Mädchen erschöpft. Eine Rast würde allen gut tun. Hier war eine recht sichere Gegend. Von hier aus konnte man jagen und Nahrung in Häusern und Städten suchen. Er konnte derweil seine letzten zwei Fragen lösen:

Wie viele Viren waren entkommen?

In was waren welche der Viren mutiert? Bzw. von den Nanoviren.

Die Antworten lagen zu 95% in Norfolk, Virginia Beach. Dort war er hingegangen vor einigen Tagen. Alleine. Nachdem ihm alle zugestimmt hatten, dass er sollte.

In dieser Zombiewelt verlor man sehr schnell das Gefühl für Zeit, man konnte zwar den Wechsel der Tage aufgrund von hell und dunkel, Sonne und Mond nachvollziehen, aber nicht wirklich wie viele Tage vergangen waren bzw. feststellen welche Woche gerade war. Als Adam weitergezogen war, was sicher drei oder auch vier Wochen her war, vielleicht sogar länger, hatte er noch mitgeteilt, dass er zuerst Richtung Süden gehen würde, nach Danville. Es war ein kleiner Umweg, nicht wirklich Luftlinie, aber sie hatten eine Karte gefunden und nun wussten alle, folgte man der Route 58 von Danville nach Osten, dann kam man direkt nach Norfolk und Virginia Beach.

Es war riskant auf einer etwas größeren Hauptstraße spazieren zu gehen, es konnten noch immer Gauner und Diebe oder Schlimmeres am Weg sein. Aufgrund seiner neuen Schnelligkeit, seiner Ausbildung und dem Umstand, dass er alleine war, wollte er sich lieber dieser Gefahr stellen, als wieder querfeldein zu marschieren, ohne zu wissen, ob er eventuell eine unüberbrückbare Schlucht erreichte oder noch etwas Schlimmerem als den toten Bären begegnen würde. ,Was sollte schlimmer sein als diese fünf toten Bären?' fragte sich Adam selbst, gab sich aber keine Antwort darauf, denn er wusste es nicht, vielleicht 20 große tote Bären, er wollte es nicht rausfinden. Daher stand der Entschluss fest nach Süden zu gehen und dann immer der Route 58 entlang, bis er das Meer erreichte.

Aufgrund der Längenangabe bzw. Meilenpunkten in der Straßenkarte, konnte man von einem Drei-Tagesmarsch zur Küste ausgehen, wenn man durchgehend und zügig marschierte. Wenn man Schlafenszeiten, sonstige unerwartete Unterbrechungen, eventuelle Kämpfe mit Zombies oder Hinterhalte durch Diebe hinzufügte, konnten es gleich mal viele Tage mehr werden. Und das war auch nur eine vage Schätzung, denn immerhin ließ sich Adam von dieser Truppe um Denise monatelang aufhalten. Was wenn er eine neue Gruppe in Not fand. Vor allem war nie wirklich klar, ob eventuell Adam sich in einem Wald von amerikanischen Tulpenbäumen verlief und diese wochenlang anhimmelte und studierte. Die Kids trauten es ihm immerhin noch zu. Eines war klar, in diesen Monaten hatten sie mehr von Größe, Form, Farben, Vielfältigkeit im Blattwerk und den Blüten des amerikanischen Tulpenbaumes gelernt, als von den Viren, die ihr gesamtes, gesellschaftliches System zerstört hatten.

Dann war ebenfalls nicht klar wie viel Zeit Adam in Virginia Beach verbringen musste, was noch übrig war von der dortigen Einrichtung, ob dort noch immer ein amerikanischer Stützpunkt vorhanden war, damit er mehr über das Virus erfahren konnte bzw. dessen Bekämpfung. Es waren jetzt schätzungsweise drei oder vier Wochen, seit er aufgebrochen war, also vollkommen unklar ob er bald zurückkehren würde, schon da sein sollte, vollkommen überfällig war oder man eigentlich noch Monate warten sollte. Da es allerdings keine Optionen gab, war für alle klar, dass sie warten würden. Das was sie jetzt in Keeling hatten, war das beste seit langer Zeit. Sie hatten aktuell guten Schutz, wenig Zombieverkehr und die Möglichkeit Nahrung anzubauen oder zu jagen. Würden sie weggehen wäre dieser gesamte Luxus verloren und auch die tägliche Sicherheit eines Heims, in dem man schlafen konnte. Das würden sie nicht so einfach und schnell wiederfinden. Niemand dachte daran wegzugehen, nein, die Energie wurde auf Jagen, Anbauen und die Sicherheit erhöhen, gelegt.

Die Harke zog eine kleine längliche Spur in den Humus. Kleine Erdkügelchen, in der Größe von Wassertropfen, lagen obenauf, es war einfach schon zu lange kein Wasser mehr hier, kalt, winterlich, kein Niederschlag, fast schon eine Trockenperiode. Aktuell war kein Regen in Sicht und Chestine fragte sich, ob sie es wagen sollte, noch mal in einem nahegelegenen Teich Wasser zu holen. Es war südlich durch den Wald in der Nähe der Sandy Creek Church. Chestine wollte da nicht mehr alleine hin, denn es waren Zombies in der Kirche gewesen. Leute, die an den Tagen des Ausbruchs bei Gott Hilfe gesucht hatten, sich verbarrikadierten und dann verhungert waren. Dann kreischten die Klappergestelle, als sie vorbei gingen. Maurice hatte den drei jämmerlichen Gestalten dann eine Axt in den Kopf gerammt, eine Axt, die auf seiner Prothese montiert war. Trotzdem war Chestine erschrocken und fühlte sich nicht bereit immer alles alleine zu machen.

Keine dieser Pflanzen sah aus als würde sie überleben, die Tomatenstaude war halb vertrocknet und hing schon schräg nach unten, der Salat wirkte verdorben. Chestine glaubte nicht, dass man davon wirklich Essen zubereiten konnte. Die Frage war, ob frisches Wasser es verbessern konnte, jedoch reichte vermutlich einmal Wasser holen nicht aus und Chestine war sich nicht sicher wie oft sie gehen sollte oder konnte. Auch wenn die Zombieaktivitäten sehr gering waren, war es keine Freude querfeldein zu laufen, bis man auf das frische Wasser stieß, falls der Teich nicht schon ausgetrocknet war. Wenn man Wasser fand, brauchte man es meistens selbst zum Trinken und nicht um ein paar Pflänzchen zu gießen, die vermutlich sowieso nicht überlebten.

„Können wir uns sicher sein, dass diese Pflanzenarten hier überhaupt überleben?" sagte sie zu Denise, welche gerade aus dem Anwesen herausgetreten war und sich zu ihr begab.

Denise betrachtete den kleinen Gemüsegarten, dann hob sie sanft ihre Schultern. „Keine Ahnung, ich meine… schwer zu sagen. Adam hat gesagt, dass das so passt und dass wir eigentlich nur bisschen pflegen und gießen müssen."

„Das ist sehr leicht für ihn gesagt, er muss ja nicht Wasser suchen und ich bin mir nicht sicher, ob er sich überhaupt so gut auskennt mit Pflanzen, abgesehen von seinen Tulpenbäumen natürlich."

Denise musste lachen und gab ein sanftes bestätigendes Kopfnicken. Mehr wusste sie auch nicht.

„Von der Seite. Nimm ihn von der Seite!" schrie Justin zu Calvin. Die beiden Frauen blickten in deren Richtung. Die beiden Jungs waren außerhalb des Schutzzaunes, ein einzelner Zombie hatte sich verirrt. „Ein einzelner, also perfekt zum Üben." erklärte Justin Calvin und ergänzte, wie er ihn erledigen konnte. „Ja genau. Wirf ihn um!" schrie Justin. „Und dann hau ihm das große Messer in den Kopf… und mach das gleich noch mal… und noch mal… wir wollen ja sicher gehen, dass du auch wirklich den richtigen Bereich getroffen hast. Er soll ja nicht mehr aufstehen."

Justins Platzwunde war wieder recht gut verheilt, obwohl er sie noch manchmal spürte. Die Pause hatte allen gut getan, die ganzen kleinen Wehwehchen waren verflogen. Vom Prinzip her fühlten sich alle fünf eigentlich fit und wäre Adam hier, würden sie sofort mit ihm weitermarschieren. Einzig der Hunger war etwas, was einfach tagtäglich an jedem nagte. Die gesamte Gegend plündern, in den Feldern, Wiesen und Wäldern jagen und sammeln,

Gemüse anbauen, hoffen irgendwo etwas zu finden. Es war immer irgendwie möglich Nahrung aufzutreiben, aber es war eben nie so, dass man sich richtig satt fühlte, so satt wie man sich in einer Überflussgesellschaft, als es noch ein soziales System gab, fühlen konnte.

‚Satt', so vermutete Denise, war ein Wort, das erst nach dem Zweiten Weltkrieg eine neue Bedeutung gefunden hatte. Vorher war vermutlich jeder vom Level her so gesättigt, wie sie es jetzt waren und damals dachte niemand vertieft darüber nach wie satt man sich fühlen konnte, da es nie jemand erlebt hatte. Die Bedeutung hatte sich dann in der modernen Welt verschoben und jetzt, wo man es gewohnt war, richtig satt zu sein, fühlte sich im Zombiezeitalter einfach niemand mehr satt. Wissen und Erfahrung konnten manchmal einen Fluch sein, denn hätte man ‚satt sein' so nie erlebt, würde man es auch nicht vermissen. Jetzt wo sie es alle kannten und wo sie darüber hinaus wussten wie es war frische Kleidung zu haben und jederzeit überall in ein Geschäft gehen zu können oder zu Hause den Kühlschrank zu öffnen und etwas Essbares und Trinkbares zu finden, fühlten sie eine schmerzhafte Leere. Dieser Luxus war weg und dieser Luxus nagte an ihrer Psyche.

Egal wie sehr man versuchte sich zu motivieren, versuchte sich einzureden, dass man am Leben war, dass es schlimmer sein könnte, dass man einer dieser Untoten sein könnte, der durch die Gegend wandelte, wie sehr man sich auch jeden Tag positiv zusprach, dass alles wie es war auch okay war, so blickte das Unterbewusstsein doch noch ein Quäntchen zurück in die bekannte Vergangenheit und sagte einem, dass es einmal besser ging als es jetzt war und schlussendlich was man nach langer Selbstmotivation fühlte, war Hunger und das war frustrierend.

Der soeben eliminierte Zombie wurde von den beiden Jungs vom Haus weggezerrt, zu einem kleinen schwarzen Haufen. Das war der Zombiehaufen mit dem Adam begonnen hatte. Hier legten sie den Zombie ab und zündete ihn an, so gut es ging, denn sie hatten nicht wirklich irgendeinen Brennstoff in der Nähe. Die Zombies verbrennen, komplett, so gut es ging, bis nichts mehr da war, das war die Aufgabe, die ihnen Adam zukommen ließ. Adam hatte irgendwas von anderen Viren, nochmal wiederkommen und so weiter und noch mehr nicht Nachvollziehbares gefaselt. Sie folgten den Anweisungen, also versuchten sie diesen Zombie zu verbrennen so wie die anderen zuvor.

„Ich glaube ich probiere es noch mal mit Wasser holen." sagte Christine, als sie aufhörte den beiden Jungs zuzuschauen. „Ist Maurice noch immer auf Jagd?"

Denise nickte ihr zu.

„Dann frage ich ihn, ob er mir beim Wasser holen hilft." sagte Christine.

Denise nickte wieder und betrachtete dabei verstohlen die halb verdorrten Fleckchen am Boden, welche Pflanzen hätten sein sollen.

Chestine musterte diesen Blick. „Denkst du Adam kommt bald zurück?" fragte sie.

„Das hoffe ich stark." antwortete Denise mit einem Seufzer.

****

Es war ein großes Anwesen und unerwarteter Weise noch recht gut in Schuss, wenn man darüber nachdachte, wie verlassene Gebäude heutzutage aussahen. Jeder der Kinder hatte sein eigenes Zimmer, es war praktisch endlich mal einen Rückzugsort zu haben, wo jeder für sich seinen eigenen Gedanken nachhängen konnte. Der Vorteil der vielen Wochen und Monate im Freien war, dass jedermann keinen Luxus mehr forderte, es war egal wie sich die Schlafgelegenheit darstellte, es musste kein großes

Wasserbett sein, solange man in Ruhe und Sicherheit liegen konnte. Somit war es einfach die nun geringeren Bedürfnisse zu erfüllen mit den Gegenständen, die sich im Haus fanden und jeder war glücklich ein bisschen Ruhe zu finden und ohne Angst jederzeit überfallen und gebissen zu werden, schlafen konnte.

Vor der Eingangstür war ein kleiner gepflasterter Bereich, darauf stand eine Bank auf welcher gerade Maurice saß und sich vorbereitete, um mit Chestine Wasser zu holen. Eine leichte Brise verteilte den Gestank des brennenden Zombies in der Gegend. Maurice schnupperte und rümpfte die Nase, während er sich seine Riemen festzurrte. Das Leder schnürte ihn manchmal zu sehr ein, war es jedoch zu locker, konnte es ihm wunde Stellen reiben. Er versuchte die glorreiche Mitte zu finden, das war allerdings nicht so einfach, denn der Riemen dehnte sich mit der Zeit und dann waren wieder neue Zwischenlöcher im Gurt notwendig. Zu viele Löcher waren auch ein Problem, die Gefahr eines Bruches stiegen und das war gerade im direkten Einsatz gegen einen Zombie inakzeptabel.

„Ich dachte ja immer, dass Zombies nicht einfach so von alleine wieder weggehen." sagte Calvin so beiläufig zu Justin als sie an der Bank vorbeispazierten.

„Wie meinst du das mit einfach so weggehen?" fragte Maurice.

Die beiden Jungs stoppten und musterten skeptisch Maurices Riemenarbeit. „Ich sah einen Zombie zwischen den Bäumen und dachte der wird auch noch auf uns zukommen und wir müssten noch einen verbrennen, aber dann ging er einfach weg." erklärte Calvin.

„Da hast du recht Calvin. Zombies tun sowas eigentlich nicht." sagte Maurice. „Und ich habe sowas ähnliches heute beobachtet als ich beim Jagen war."

„Woher willst du das wissen?" fragte Calvin. „Könnte ja auch sein, dass es eine neue Art von Zombie ist, eine die gern weggeht." sagte Calvin. Justin musste laut auflachen bei dieser Aussage. Er war zwar selbst noch ein Kind, aber hatte nicht diese kindliche Naivität von Calvin und diese Aussage fand er einfach herrlich.

„Ich möchte einfach nur sicher gehen, dass uns niemand ausspioniert. Das letzte was wir brauchen ist irgendein Arsch, der vorhat unsere minimalen Vorräte zu klauen." bekräftigte Maurice und zog seinen Riemen endgültig fest. Er stand auf und rief nach Chestine, dass er fertig war und bereit mit ihr Wasser zu holen. „Haltet die Augen offen ob ihr noch mal irgend sowas derartiges seht und teilt es mir sofort mit." sagte er zu den beiden Jungs.

„Und was willst du dann tun?" fragte Justin. „Möchtest du dem Typen Nachlaufen und ihm aufs Maul hauen?" Diesmal lachte Calvin laut auf, das fand er einfach lustig.

Maurice rümpfte die Nase wegen der Aussage. „Das werde ich mir dann überlegen, aber es ist besser gut vorbereitet zu sein, als blindlings in den Tag hinein zu leben und plötzlich überrascht zu werden von irgendeinem Wahnsinnigen. Jetzt bin ich der Mann im Haus, also Thema beendet." Er drehte sich um, ging zu Chestine und marschierte mit ihr Richtung Tor des Sicherheitszauns.

„Ich bin der Mann im Haus." äffte Justin mit tiefer Stimme Maurice nach und machte Gorillabewegungen nach. Calvin hielt sich den Bauch vor Lachen als sie beide ins Haus gingen.

712

Maurice spuckte Blut auf den sandigen Gehweg nachdem er das dritte Mal einen Gewehrkolben auf den Kopf bekommen hatte und setzte sich zwischen die zwei Männer auf den Boden. Der Boden war noch feucht vom Morgentau, es wurde täglich kälter, manchmal war Frost in der Früh zu sehen. Es gab keinen Wetterbericht mehr, also konnten sie sich nicht darauf vorbereiten. Er war ja bereits am Boden nachdem er niederschlagen wurde, also rollte er sich nur auf seine Rückseite und schaute die Szenerie an. Wie war es denn überhaupt dazu gekommen? Vom Prinzip her startete der Tag nicht ungewöhnlich. Er hatte sich bereit erklärt Chestine wieder beim Wasserholen zu unterstützen, was sie auch erfolgreich gemacht hatten. Sie waren bei einem kleinen Bächchen und holten zwei, drei Mal Wasser, um den Gemüsegarten am Leben zu erhalten. Maurice hatte immer wieder Ausschau gehalten nach etwas Ungewöhnlichen, nach seinem Erlebnis am Vortag und auch den Bericht von Calvin war er äußerst aufmerksam. Was er den ganzen Tag allerdings sah, war Übliches bzw. so gut wie nichts, denn er sah weder Beute, noch Personen abgesehen von einem einzigen alleine verirrten Zombie.

Der Zombie war hundertprozentig ein Zombie, das konnte Maurice sagen, vor allem nachdem er ihn niedergestreckt hatte. Aber eine Gestalt, die man erst als möglichen Zombie ansah und dann wegging, derartiges konnte er den ganzen Tag nicht beobachten und auf Nachfrage auch niemand seiner Gruppe. Sein Bewusstsein fing sehr schnell an das Ganze als Fehler abzustempeln, womöglich etwas was man in eine Bewegung in einer Waldlichtung hineininterpretieren wollte.

Jeder ging brav seinen Tätigkeiten nach und vollführte seine Aufgaben, die ihm zugeteilt wurden bzw. sich jeder ausgesucht hatte. Dann ging alles wirklich schnell. Er war gerade im Haus, bereitete es sich darauf vor noch mal eine Kontrollrunde zu machen. Der Schrei von Chestine ließ ihn hochfahren. Er glaubte immer derjenige zu sein, der die ganzen Anweisungen und Richtlinien und Hinweise von Adam perfekt umsetzte und sie bereits in sein System übernommen hatte, doch er dachte nicht mal einen Augenblick daran, dass irgendwo ein Hinterhalt sein könnte. Er rannte raus, natürlich rannte er raus, denn er dachte Chestine brauchte Hilfe, eventuell ein Zombie oder etwas was sie sah und sie erschreckte. Als er nach außen rannte dachte er nicht daran, dass eventuell zwei Männer an der

Fassade neben der Tür warteten. In dem Augenblick als sein Körper im Türrahmen erschien und sich nach außen bewegte traf ihn der Gewehrkolben mit voller Wucht an der Schläfe. Ihm wurde schwarz vor Augen, im Lauf taumelte er und fiel mit voller Wucht vornüber auf den sandigen Gehweg, der vom Zaun zum Haus führte.

Es dauerte eine Weile um die Geschehnisse rundherum wieder voll zu erfassen. Der zweite Schlag mit dem Gewehrkolben, diesmal eher auf die Stirn, folgte als die zwei Männer Denise aus dem Haus zerrten. Zwei riesengroße, kräftige Männer mit Wollbärten hatten sie fest im Griff. Wäre es keine Zombiewelt gewesen, hätte Maurice geglaubt, dass es Bauarbeiter oder Holzfäller waren bei deren Erscheinungsbild. Er hatte gesehen, wie sie Denise an den Haaren und Armen zerrten und sie dabei schrie. Er wollte ihr helfen, doch dieser Schlag auf die Stirn stoppte ihn, also saß er wieder benommen am Boden. Nach dem zweiten Mal dauerte es sogar noch länger, bis die Benommenheit wieder Abschied nahm. Chestine, die noch zuvor in ihrem Gemüsegarten gearbeitet hatte, kniete nun am Boden, ihre Hände im Schoß und schluchzte vor sich hin. Offenbar hatte sie selbst ein paar Schläge abbekommen. Denise lag mit dem Gesicht im Dreck, einer der Männer stand hinter ihr, den Fuß auf ihrem Rücken und drückte sie zu Boden. Sie zappelte, sie strampelte, sie schrie und wehrte sich, also hob der Mann seinem Fuß und dieser rauschte mit voller Wucht wieder zu Boden. Der Tritt wurde mit einem tiefbrummigen „Halts Maul!" versehen.

Calvin und Justin waren wieder offenbar gemeinsam unterwegs gewesen, hatten draußen noch an Kleinigkeiten gearbeitet, als diese fremde Gruppe auftauchte. Nun stand Calvin heulend am Rand des Grundstücks und wusste nicht was er tun sollte, er zitterte vor Angst. Justin im Gegensatz war bereits wieder im Kampfmodus, er wollte es allen zeigen und beweisen und fing sich dabei einige Schläge ein. Justin schrie wie ein tollwütiges Vieh und probierte sich zur Wehr zu setzen, bekam jedoch ein paar brutale Schläge auf den Körper und ins Gesicht und ging dabei zu Boden. Die zwei Männer, die ihn bearbeiteten, lachten sich dabei schief, während eine Frau immer wieder rief, dass er doch noch ein Kind war, was die Männer jedoch erfolgreich ignorierten bzw. sogar noch mehr ansportte, da er ja kein wirklicher Gegner war.

Der Schrei von Chestine hatte Maurice vollkommen unvorbereitet getroffen und dann folgte noch diese Fehlerkette, alles was er gelernt hatte nicht zu tun. Er hatte gar nicht daran gedacht seinen Riemen anzulegen, denn wenn Chestine schrie, dann war klar, dass sie dringend Hilfe brauchte und da wollte er sich nicht die Zeit nehmen sich in Ruhe im Haus noch vorzubereiten, also rannte er direkt raus und dort achtete er auch nicht auf einen möglichen Hinterhalt. Das war schon der zweite Fehler gewesen. Ungestümes Handeln, unkontrollierte Aggressionen und Emotionen vor sachlicher Analyse waren die nächsten Fehler, die er machte. Als die Fremden Chestine die Hände am Rücken fesselten und das gleiche dann mit Justin machten, als dieser blutverschmiert, mit Dreck im Gesicht klebend am Boden lag, holte sich Maurice den dritten Schlag ins Gesicht, wie er es zu verhindern versuchte.

So kam es also, dass er auf dem Boden saß, dachte er bei sich, und Blut aus dem Mund spuckte. Die beiden Männer, die bei ihm standen, diskutierten, wie sie wohl bei ihm die Hände am Rücken zusammenbinden sollten. Maurice konnte darüber nicht lachen, er betrachtete den Stummel an seiner rechten Schulter und fühlte sich extrem hilflos und fragte sich inwiefern er als Krüppel auch ohne jemanden wie Adam überleben sollte. Es dauerte beim dritten Schlag mit dem Gewehrkolben am längsten, bis die Benommenheit weg war. Dieses Mal hatten sie ihn genau auf Mund und Nase getroffen und es schmerzte mit den anderen beiden Schlägen in Summe der gesamte Kopf.

Dem Kampf folgte nun Resignation und nun waren allen drei Kindern und Denise die Hände am Rücken zusammengebunden. Maurice wurde hochgehoben und der gesunde, vorhandene Arm wurde hinter ihm an der Hose festgezurrt. Die Gruppe filzte das Gebäude und die Umgebung in Reinform. Sie fanden alles, was die Kids gesammelt und gehortet hatten und sie nahmen alles an sich, Waffen, Essen, Medizin, Kleidung, Sonstiges, was sie brauchen konnten. Währenddessen standen wieder die zwei großen, bärtigen Männer mit automatischen Schusswaffen an den Flanken der gefesselten Fünfer-Gruppe und passten auf, dass niemand aus der Reihe tanzte. Die Bitte von Maurice ihm seinen Riemen mitzubringen, wurde mit großem Gelächter abgetan. Sie würden doch nicht so dumm sein, ihm seine mögliche Waffe wieder auszuhändigen.

„Wo bringt ihr uns hin?" fragte Maurice, was er mit einem „Halts Maul!", gefolgt von einem „Beweg dich!" beantwortet bekam. Niemand erklärte was los war, niemand erklärte warum das Ganze geschah, niemand gab ihnen Antworten, wohin es ging. Sie mussten schweigend dieser Gruppe von Dieben folgen. Maurice blickte noch einmal wehmütig auf das Haus zurück, das er noch vor wenigen Stunden als alt und dreckig und heruntergekommen empfunden hatte. Als es langsam aus seiner Sicht verschwand, empfand er Wehmut, er vermisste es bereits, doch dann war es für ihn an der Zeit Calvin zu trösten.

715

Entlang der Route 29, nördlich von Danville, Dry Fork Gegend, befanden sich einige Lagerhallen. Outlet Stores und Truck Sales Anlagen. Halbwegs gute Sicht in alle Himmelsrichtungen. Verbarrikadiert konnte man sich hier länger schützen und von den Dächern aus die Zombies oder sonstige Feinde erledigen. Hier hatte es eine recht große Gruppe an Überlebenden verschlagen. Die Überlebensstrategie war einfach. Alles plündern und wenn man Schwächere findet, diese zur Arbeit zwingen und wenn die Hormone zu laut werden, ist jemand für eine Vergewaltigung hier.

Denise und die vier Kinder waren für diese Gruppe klar schwächer. Trotz der Gegenwehr musste die Fünferschar schnell aufgeben und wurde hier ins Outlet-Center gebracht, wo einige Leute ihrer Trauer über neue tote Kameraden ablassen wollten. Niemand hier hatte noch ein Herz für Kinder übrig. Es waren nur noch Sadisten am Leben und es war für einige ein Genuss Hilflosen Schmerzen zuzufügen.

Die Reise zu diesem Unterschlupf von den Arschlöchern, die sie bestohlen hatten, war äußerst beschwerlich und unangenehm. Die Fremden liebten es das Machtgefühl auszukosten. Man spürte es, wenn sie die Kids mit Tritten vorantrieben und dann wieder mit Schlägen zurückscheuchten. Zumindest liefen sie nicht in Gefahr von einem Zombie angefallen zu werden, denn darin waren die Fremden wirklich gut, im Zombie töten. Der Fußmarsch zu deren sicheren Bleibe dauerte jedoch einige Zeit, vor allem, wenn man verletzte Kinder mit sich schleppte. So kam es, dass sie bis in die Nacht hinein marschierten. Es gab weder Straßenbeleuchtung, noch einen hellen Vollmond, so war es schon möglich, dass sich ein Zombie sehr nahe anschleichen konnte. Die Fremden konnten deren unkontrollierten, unbeholfenen Gang sehr leicht ausnehmen. Jedoch konnte ein kleiner Vogel, der im Laub stöberte, einen sehr schnell auf die falsche Fährte locken und unachtsam machen. Beim zehnten Rasselgeräusch dachte sich jeder ‚Schon wieder so ein blöder Vogel', doch dann hörte man plötzlich das Stöhnen des Zombies, der mit ausgestreckten Armen einen versuchte zu schnappen. Aber diesen Situationen war die Gruppe von Dieben sehr gewachsen. Genauso gewachsen, wie den einzelnen Versuchen der Kids sich aus der Situation zu befreien, was meistens mit brutalen Schlägen quittiert wurde. Die Moral und die Chancen ergreifen zu wollen, zu fliehen, frei zu sein, schwanden von Mal zu Mal, je öfter sie zurückgetreten wurden und die Exempel, die gesetzt wurden, immer brutaler wurden. Am meisten schmerzte es, wenn jemand versuchte auszubüchsen, wie Justin, und dafür nicht er bestraft wurde, sondern er zusehen musste, wie sie Chestine oder Calvin oder Denise verprügelten. Auf diesem Weg brachen sie auch den letzten Willen.

Die Zisterne, so nannten sie ihre Unterkunft, niemand wusste eigentlich warum, aber es glaubten die meisten daran, dass es eine höhere Macht war, die sie alle hier zusammenbrachte, die restlichen Überlebenden der Erde oder zumindest der näheren Umgebung, war ein Auffangbecken für alles was vorbeiwanderte. Es war eine sehr große Gruppe, sicher weit über 100 Personen, die hier auf engen Raum zusammenlebten, in einem sehr strengen hierarchischen System. Trotz des Glaubens an eine übernatürliche Macht, einen Gott, der Sie hier alle zusammengeführt hatte, schienen sie nicht wirklich viel an den Tugenden der alten Schriften zu glauben oder umzusetzen. Es gab kein Mitleid, keine Nächstenliebe, keine Unterstützung, offenbar galt alles, was man benötigte, um zu überleben als nun erforderlich, Norm. Das nackte Überleben stand ganz klar auf Platz Eins, nicht die menschliche Rasse und deren Werte fortzuführen, den Menschen zu helfen, Kinder am Leben zu erhalten, geschweige denn davon Kinder zu bekommen. Nein, jeder wollte nur für sich in seiner kleinen, egoistischen Welt überleben.

Dort angekommen lernten sie recht schnell, dass diese Gruppe sehr gut umgehen konnte mit der Tatsache andere zu plündern und nötigenfalls zu ermorden. Hier im Zentrum der früheren Sklaverei war eine junge schwarze Frau umgeben von weißen, selbsternannten Herrscherrassenmännern nicht viel mehr als Dreck. Es dauerte nicht sehr lange für Denise, um zu realisieren, dass sie vermutlich leicht und schnell geopfert würde und die Dinge tun musste, die gefordert wurden, um zu überleben, Dinge, die sie nie und nimmer freiwillig tun würde. Doch es schien als war sie die Einzige weit und breit, die an ihre nächsten dachte, denn sie dachte nicht daran, was sie wohl ihr, einer jungen schwarzen Frau, antun würden, Nein, sie dachte daran, was sie den Kindern antun würden. Ihr junger Bruder, ebenfalls schwarz ohne rechten Arm, sozusagen ein Krüppel, wer brauchte schon einen Krüppel. Und dann noch drei weiße Kinder, die in Wirklichkeit auch niemand brauchte und nur drei weitere Mäuler waren, die man füttern musste. Ein weißes, junges Mädchen, das prädestiniert war, um von diesen ganzen Typen vergewaltigt zu werden, ein aufmüpfiger junger Bursche, der es nur darauf anlegte mit seiner eindeutig herausragenden Intelligenz sich Schläge einzufangen und dann noch ein kleiner Bub, den sie eigentlich für gar nichts verwenden konnten. Denise hatte Angst, dass sie nicht sehr lange hier überleben würden.

In der ersten Nacht wurde sie selbst recht hart rangenommen, ihr wurden Teile ihrer Kleidung vom Körper gerissen, der Rest wurde ausgezogen und sie wurde gleich von vier Männern brutal vergewaltigt. Sie ließ sich aber nichts anmerken, um die anderen Kinder nicht zu ängstigen. Die Kids selbst, interessanterweise auch Chestine, wurden zu Beginn weitestgehend verschont, ein paar Schläge hier, ein paar Schläge da und schlussendlich wurden sie in Zellenräumen eingesperrt. Das Gebäude bzw. alle drei Gebäude waren früher mal Betriebsstätten gewesen und mit früher war gemeint vor 716 Tagen. Doch jetzt 715 Tage nach dem Ausbruch der Seuche, wo Adam seine Zeitrechnung gestartet hatte, wo alles zusammenbrach, hatten die Überlebenden offenbar nichts Besseres zu tun, als gewisse Bereiche der Hallen als Zellen einzurichten, um Gefangene darin verrotten zu lassen. Da es aber nicht ausreichend viele Zellen gab, stopften sie jetzt die Fünfergruppe in einen Raum zusammen. Zumindest konnten sie so füreinander da sein und sich gegenseitig Trost spenden.

Chestine saß am Boden mit dem Rücken zur Wand. Calvin saß neben ihr, hatte seinen Kopf in ihrem Schoß und war in dieser Haltung eingeschlafen, während sie ihm seine Haare streichelte. Denise versuchte eine Haltung zu finden, die nicht schmerzte, nach der Menge an Schlägen und Vergewaltigungen, die sie über sich ergehen hatte lassen müssen. Sie wollte nicht, dass die anderen etwas merkten. Diese sogenannte Zelle war klein und schmutzig. Es stand nur ein altes Bett aus der zivilisierten Zeit vor den Zombies im Raum, welches ziemlich widerlich roch und unklar war, wer oder was darauf schon gelegen oder auch verstorben war. Niemand wollte es benutzen, weshalb jeder sitzend oder stehend an der Wand kauerte.

Der Raum hatte kein Fenster und so wurde die Luft immer stickiger. Essen oder Trinken gab es in der kleinen Zelle nicht, das bekam man untertags draußen, wo jeder spezielle Aufgaben zugewiesen bekam, wie die Sklaven beim Pyramidenbau.

„Hat irgendjemand eine Möglichkeit gefunden, dass wir hier so schnell wie möglich abhauen können?" fragte Maurice.

Alle schüttelten den Kopf, Calvin schluchzte kurz auf und Chestine beruhigte ihn mit einem „Shhh" und intensivierte das Streicheln des Kopfes.

„Wir müssen schnell reagieren." sagte Justin. „Ich habe heute gehört, dass es ein sogenanntes Schwesterngehege im Norden gibt, was auch immer das bedeutet. Gar nicht weit weg und dort wollen sie einen Teil unserer Gruppe hinbringen. Ich glaube sie sprachen von den Frauen."

Maurice blickte erschrocken zu seiner Schwester, als Denise sagte: „Das kann ich mir gut vorstellen. Es scheint eine Art Handel zwischen den zwei Gebieten zu geben. In einem wird Nahrung gezüchtet. Im anderen wird etwas angebaut. Zumindest habe ich es so verstanden. Aber eines ist klar. Das, was uns passiert ist, war kein Zufall und keine Seltenheit. Offenbar haben die immer Patrouillen und wenn sie andere Menschen sehen und finden, plündern sie sie und ermorden sie oder bringen sie hierher, um sie als Sklaven arbeiten zu lassen. Wir sind nicht die einzigen und das hier ist nicht die einzige Zelle, ich habe noch andere gesehen denen es vermutlich so geht wie uns. Ich vermute sogar, dass Leute da draußen so angefangen haben wie wir."

„Wie meinst du das?" fragte Justin.

„Vermutlich haben sie Leute wie uns gefangen genommen und in eine dieser Zellen gesperrt. Die mussten dann arbeiten und sonstige Dienste verrichten. Und mit der Zeit sahen sie keinen Ausweg, als ich hier anzupassen. Und so wurden diese Sklaven ein Teil dieser Kommune. Die gehören jetzt zu den Leuten, die Neuankömmlinge wie uns herumschubsen können."

„Und sollen wir das auch so machen?" fragte Chestine.

„Sicher nicht!" fuhr Justin dazwischen. „Das hier sind alles Arschlöcher. Wir müssen schauen, dass wir rauskommen und Adam finden."

„Hör auf zu fluchen!" sagte Denise. „Aber abgesehen davon hast du eigentlich recht. Hierbleiben und uns anpassen können wir wirklich nicht. Ich habe aber die schlimme Befürchtung, dass nicht anpassen uns auf einige Zeit nicht gut tun wird."

„Wenn ich nicht mal jetzt fluchen darf, wann dann…" maulte Justin leise in sich hinein, bevor ihm die nächste Frage in den Kopf schoss. „Wie meinst du nicht gut für uns?"

„Indem dass sie uns ausnutzen. Indem dass sie uns zur Arbeit zwingen, bis wir fast umfallen und kaum zu essen geben dafür. Indem sie uns damit brechen, dann so tun als ob es eh das Beste für uns wäre, bis wir das glauben. Und uns dann alle der Reihe nach vergewaltigen so wie sie es mit Denise gemacht haben, bis wir klein beigeben und es uns tagtäglich gefallen lassen." sagte Maurice.

Denise riss verwundert ihre Augen auf und schaute in das erzürnte Gesicht ihres Bruders. Sie wusste nicht, dass er es wusste und als sie die Gesichter der anderen zwei sah, war ihr klar, dass die es auch nicht wussten.

„Oh Gott, das tut mir so leid." sagte Chestine mit leicht wässrigen Augen zu ihr.

„Ach" Denise schwenkte mit ihrer Hand ab, „Ich werde es überleben. Es ist bei weitem nicht mal ansatzweise so schlimm, als das was du erlebt hast in dieser kleinen Hütte mit diesem Psychopathen."

„Niemand sollte das durchmachen müssen!" sagt Chestine. „Männer sind alle Schweine."

Während Justin rot anlief, räusperte sich Maurice stark und Chestine besserte aus ‚fast alle Männer sind Schweine' was Maurice mit einem Nicken bestätigte.

„Wir können aber nicht auf Adam warten. Wir müssen schauen, dass wir hier irgendwie rauskommen, bevor jemanden noch etwas Schlimmeres bevorsteht." sagte Justin. Sein Glaube an Adam war ungebrochen.

„Ich bin mir nicht sicher, dass wir noch auf Adam zählen können." sagte Denise leicht bedrückt.

„Eines steht fest..." fing Maurice wieder an, „wir müssen schauen, dass wir hier rauskommen und damit werden wir morgen starten, jetzt sollten wir Schlaf kriegen."

Dem stimmten alle zu und begaben sich zur Ruhe.

758

Wieder saß Maurice auf dem Boden und spuckte Blut aus seinem Mund. Dieses Mal hatte ihm allerdings niemand einen Gewehrkolben ins Gesicht geschlagen, stattdessen hatte er dreimal hintereinander einen Faustschlag abbekommen. Das Blut verfärbte den Schnee, da wo noch vor kurzem dreckiger Boden zu sehen gewesen war. Nun wackelte er am Boden benommen vor sich hin und versuchte seine Gedanken zu richten, versuchte sich zu erinnern, warum er die Faustschläge abbekommen hatte.

Dann fiel es ihm schnell wieder ein, die wollten Justin kreuzigen. Und es war kein Scherz, sie hatten tatsächlich ein echtes Holzkreuz draußen stehen vor der ehemaligen Fertigungshalle. Dieses Kreuz war nicht nur ein abschreckendes Mahnmal, Nein, es wurde auch benutzt. So wurde es zumindest erzählt, dass Personen, die bestraft werden mussten, dort hochgebunden wurden. Nie hätte Maurice damit gerechnet, dass es gerade Justin ist, der schlussendlich dort oben angebunden wird. Er hatte versucht es zu verhindern, auch Calvin hatte es versucht. Der saß nur ein paar Meter von Maurice entfernt am Boden mit blutiger Nase und schluchzte so sehr, dass sein ganzer Körper wackelte.

Als Maurice die Benommenheit abgeschüttelt hatte und langsam hochblickte, waren die gewalttätigen Männer so gut wie fertig. Sie hatten Justin vorher ziemlich übel zugerichtet. Das T-Shirt wurde ihm vom Leib gerissen und die Schuhe fehlten. So war er nur mit einer zerrissenen Hose bekleidet dort oben auf diesem archaischen Holzsymbol. Im Gegensatz zu Jesus wurden seine Extremitäten nicht mit Nägeln in das Holz geschlagen, aber er wurde dafür äußerst schmerzhaft angebunden. Seine Arme waren links und rechts ausgestreckt und an den Handgelenken und im Bereich der Ellbogen an den Holzpfosten geschnürt. Zusätzlich war ein Seil um seinen Hals gewickelt, sodass er sich kaum bewegen konnte und Probleme mit Schlucken und Atmen hatte. Neben den Fußgelenken und den Knien hatten sie auch noch ein Seil um seinen Oberkörper gewickelt, damit er schön am vertikalen Holzpfosten angebunden war.

In seiner aktuellen Situation, in seiner Zurschaustellung, konnte man sogar das Martyrium der letzten Wochen sehen. Halb verheilte Schürfwunden, Blutergüsse, die sich bereits wieder Richtung grün und hellgelb gefärbt hatten. Hinzu kamen die aktuellen Verletzungen. Das Blut, das ihm über das Gesicht runter rann, nachdem sie ihn wiederholt verprügelt hatten und die Verletzungen an Armen, Beinen und Oberkörper, die durch Schläge mit der Faust und der Hilfe von Schlagwerkzeugen entstanden waren, zeigten auf einen Blick wie die Männer in verantwortlichen Positionen mit Kindern umgingen.

Justin hatte versucht einen auf harten Mann zu machen. Durch die Schläge vorab und die aktuelle Situation gekreuzigt zu sein und nicht zu wissen, ob er das überhaupt überleben würde, ließ nun doch den kleinen Jungen in ihm herausbrechen und er fing bitterlich an zu weinen. Tränen und Rotz rannen ihm über die halb verkrusteten Blutflecken in seinem Gesicht und verfärbten den Schnee unter ihm. Alle Leute, die jetzt draußen waren und das waren so gut wie alle, starrten die Szenerie an und man konnte in ihren Gesichtern lesen, was sie dachten. Die Bandbreite reichte von Ekel und Mitleid für die Kinder bis hin zu fast schon sexueller Erregung einzelner Sadisten, welche durch die Erniedrigung dieser hilflosen Kids ausgelöst wurde.

Man spürte wie das Feuer langsam ausging, wie der Wille und die Motivation die Flucht zu ergreifen immer mehr durch die Resignation, dass dies die Endstation war, verdrängt wurde. Maurice saß noch immer am Boden und versuchte das Blut, das ihm aus der Nase strömte, zu stoppen. Er blickte wieder hoch und betrachtete seinen Kompagnon. Es war schrecklich Justin in dieser Situation zu sehen, doch fiel ihm nicht wirklich ein, wie er ihm aktuell helfen sollte.

Das Ganze war Justins Plan gewesen, die ganzen Werkzeuge zu stehlen, die Situation auszuforschen und versuchen sich einen Weg nach außen zu bahnen, aber es war jetzt schon der fünfte oder sechste Versuch und bei dem letzten wurde ihnen ein Ultimatum gestellt: Noch einmal ein Fluchtversuch und sie würden es bereuen. Sie hatten es trotzdem nochmal probiert, diesmal allerdings noch penibler in der Planung, noch mehr Überlegungen, noch mehr Varianten was schiefgehen könnte. Wären sie beim ersten Versuch, den sie ad-hoc mit Gewalt probiert hatten, rausgekommen, wäre es erledigt gewesen, aber so wurden sie, danke Justins Intelligenz und Analysefähigkeit in so jungem Altern, von jeder einzelnen Variante zur nächsten Variante vorsichtiger. Doch es hatte offenbar wieder nichts gebracht und sich allein auf die Analyse ohne Erfahrung zu verlassen, war wohl zu wenig.

Justin, war sich so sehr sicher gewesen, dass diesmal nichts schiefgehen konnte, er hatte Maurice und Calvin überzeugt, dass es diesmal an der Zeit war auszubrechen, denn er hatte nie den Glauben an Adam verloren und hatte ihnen berichtet, dass sie nach einem Ausbruch die Frauen befreien und dann Adam finden würden. Es wurde nie zum Thema, wie sie überhaupt da draußen alleine überleben wollten, nachdem sie keine Waffen mehr hatten, kein Werkzeug oder sonst irgendwas Hilfreiches. Das Wichtigste war ihnen zu entkommen. Selbstverteidigung, Essen, Schutz, das waren Themen, worum sie sich danach kümmern wollten. Doch jetzt, wo Justin Rotz und Wasser heulte, angebunden an dieses Kreuz, nichts anhatte außer der zerrissenen Hose, wo man die Jämmerlichkeit seines abgemagerten und geschundenen Körpers vollends sah, lies die Situation irgendwie nicht mehr den Schluss zu, dass sie noch die Chance und die Möglichkeit und auch die Kraft hatten, irgendwie aus dieser Misere rauszukommen.

Aktuell wirkte es so: Eine Variante war sie fügten sich dem System, blieben brave Sklaven, die hart arbeiteten und manchmal für die sexuellen Gelüste herhielten, wenn es Typen gab, die keine Frau abbekamen und sich dann mal gern mit jungen Knaben vergnügten. Die andere Variante war, dass sie so fortfuhren wie bisher und vermutlich dabei starben. Dabei stellte sich die Frage, war es besser tot zu sein und davor nicht seinen eigenen freien Willen zu opfern oder lieber als Sklave für diese Leute zu arbeiten und erniedrigt zu leben? Aktuell stellte sich Maurice mehr die Frage, ob sie überhaupt noch die Möglichkeit hatten zwischen diesen Varianten zu entscheiden oder ob der Zeitpunkt gekommen war, wo sie hilflos zusehen mussten wie Justin langsam, auf diesem Kreuz hängend, krepieren musste.

Nun war der Moment für MJ7 gekommen. Er war der Anführer dieser Kommune und er sah eine Chance, nachdem sie mit Justin fertig waren und allesamt zurückgetreten waren, seine Position zu festigen und das nicht mit Mitleid, sondern mit Angst und Schrecken. MJ7 war ein großgewachsener, weißer Mann mit einem dunklen Vollbart, durchsetzt von wenigen weißen Härchen. Er war bei weitem nicht so groß und mächtig wie einige dieser anderen bärenhaften Typen, allerdings punktete er mit Geschick, Redegewandtheit und Skrupellosigkeit. Er war nicht mal sehr weit gewandert, als die Seuche ausgebrochen war, er war aus dieser Gegend, ein typischer Redneck. Er selbst war davon überzeugt, dass diese Seuche hier die Schuld von diesen anderen Rassen war, diesen schmutzigen Rassen, die sich einfach nie um irgendwas kümmerten, vermutlich sowas wie Schwarze oder Latinos. Deswegen hasste er Maurice so sehr, er hasste ihn dafür, was hier alles passiert war in seinem schönen Amerika, denn bevor die Neger ihre Freiheit bekommen hatten, war alles besser gewesen.

Obwohl Justin weiß war, konnte MJ7 diese selbsternannte Aufmüpfigkeit und diese „Ich-bin-intelligent-und-verstehe-deshalb-alles-besser"-Art nicht ausstehen. Als er diese Kommune übernommen hatte, wollte er sich einen coolen Namen zulegen, denn sein bürgerlicher Name war Michael, doch welche Anführer hieß schon Michael. Aber er war ja noch auf der Erde und nicht auf einem fremden Planeten unter Aliens, also konnte er nicht irgendeinen Namen aus irgendeinem Hollywood-Film nehmen, das fand er dämlich, er konnte doch nicht als Darth Vader auftreten oder vielleicht als Captain Kirk, mal abgesehen davon, dass der eine gut und der andere böse war. Aber irgendein cooler Name aus der Popkultur oder vielleicht sogar Rapkultur wirkte lächerlich und auch wenn ihm durchgehend das Wort „Cool" durch den Kopf schoss war LL Cool J, nicht wirklich eine Wahl für einen weißen Store Manager aus Virginia. Irgendwie fiel ihm dann ohne Grund MC Hammer ein, doch auch hier war klar, dass diesen Namen alle andere kannten und es lächerlich finden würden.

Also führte er anstelle eines MC ein MJ ein. Das M stand nicht für Michael, sondern für Michelle, Michelle Judith, das war seine Freundin. Die Frau, die er liebte, wenn Liebe das richtige Wort war. Es war wohl eher eine Partnerin für Gratissex, die man auch bei Freunden herzeigen konnte und man ins Kino mitnahm, und der größte Vorteil war, sie war gerade verfügbar. Das war ein Kriterium, welches für Michael maßgeblich war, denn vor der Zombieseuche, war er eher ein Loser gewesen und die Frauen standen nicht Schlange bei ihm. Die Eier sie am Leben zu erhalten hatte er dann doch nicht, also war sie eines der ersten Opfer als die Seuche startete, denn wer starb schon für eine Partnerin, die man leicht austauschen konnte und auch das für sie empfand. Eigentlich hatte er sie dann schon vergessen, denn wie man so schön sagt: Aus den Augen, aus dem Sinn. Erst als er einen neuen Namen brauchte, da verdrängte er die Tatsache, dass er Michelle in eine Zombiegruppe gestoßen hatte, um selbst fliehen zu können, und benutzte ihre Initialen, denn MJ klang passend zwar mysteriös und so konnte er einen Teil von ihr noch mit sich tragen. Die Zahl Sieben, also das „Seven" hatte eigentlich gar keine Bedeutung. Ihm war nur aufgefallen, dass diese Art der Namensgebung in den letzten Jahren irgendwie IN war und die Leute darauf standen, also nannte er sich spontan so.

Als er dann befragt wurde, wie er denn zu diesem Namen kam, fing er an ein paar Lügenkonstrukte zu bauen. Zu Beginn war es die biblische Zahl Sieben. Immerhin war die Bibel in der Gegend, in der sie jetzt waren, sehr stark verankert. Dann arbeitete er die Story mit der Zeit um. Es wurden irgendwelche Hirngespinste, dass er sieben Zombies zeitgleich getötet hatte oder er sieben große Gruppen an Überlebenden töten musste, bis er die Möglichkeit hatte hier seinen Frieden zu finden, hier in der Zisterne. In Wirklichkeit gefiel ihm der Klang des Namens, aber das sollte niemand wissen.

Mit der Zeit etablierte er sich in der Zisterne, er festigte seine Position, stieg immer weiter auf, da er wusste, wie man sich durchs Leben schlängelte, und erbte schlussendlich die Führung hier. Auch wenn er nicht der absolute Oberboss war, so hatte er doch hier in der Zisterne das Sagen, war sein eigener Herr und hatte die Möglichkeit hier frei zu verwalten. Es war besser als nichts und es war ein Aufstieg im Vergleich zu dem was er hatte, bevor die Seuche ausbrach, denn da war er im Großen und Ganzen Saisonarbeiter und musste teilweise hoffen überhaupt eine Arbeit zu haben.

Die Situation mit diesen drei Jungs, die sie hier aufgeschnappt hatten, fühlte sich in den ersten Tagen an, als wäre es ein riesengroßer Fehler gewesen. Eine funktionierende, perfekte Kommune, aufgebaut wie ein Organismus der gesund ist und aufblüht, und man brachte irgendwie ein Geschwür rein, etwas was nicht hier sein sollte, etwas was man rausschneiden musste. Doch es war wie es war und er hatte weder die Möglichkeit noch die Lust die Kinder vor die Tür zu setzen, auch wenn sie wegwollten, denn das würde eventuell dazu führen, dass andere weg wollten, dass andere glaubten, sie könnten tun was sie wollten und das würde dem Zusammenleben einen Abbruch tun, was inakzeptabel war. Aber noch schlimmer war aus seiner Sicht, es würde seine Position gefährden, seine Autorität und wenn man mal an der Macht geleckt hatte, dann wollte man sie weiter kosten. Macht war wie ein extrem perfekt gemixter Drogencocktail, Crack, Heroin, Ecstasy und noch vieles mehr. Es machte einen high, man wollte es wieder und wieder und wieder spüren und genießen und auch wenn man keine wirklichen körperlichen nachteiligen Symptome hatte, so war man dermaßen abhängig davon, dass man ohne die Macht nicht mehr leben konnte.

Der neuerliche Fauxpas der Kids war aus Sicht von MJ7 wieder einee dieser Situationen, wo es die Möglichkeit gab, seine Macht zu stärken, zu festigen, um zu zeigen, was wichtig war in der apokalyptischen Gesellschaft. Wenn Menschen etwas gut konnten, dann war es wie kleine Schäfchen zu folgen, zuzuhören und wenn einer laut schreit dann mitzuschreien, das hatte die Geschichte der Menschheit über viele Kriege und über viele, viele Herrscher hinweg gezeigt. Leute liebten es zu folgen und er wollte nicht mehr folgen, denn jetzt war die Macht gekostet worden und er wollte sie weiter spüren und er wollte ein folgsames Fußvolk.

Er trat vor das Kreuz, so dass alle ihn wirklich gut sehen konnten, hob seine Hand und deutete mit seinem Zeigefinger auf Justin: „Sicherheit, Überleben, Zusammenhalt! Das sind Worte, die unsere Gemeinschaft ausmachen, die unser tägliches Leben bestimmen und diese Kinder scheißen darauf!" fing er an. „Es braucht nur einen einzigen Zombie, der hier irgendwie reinkommt, durch ein Loch, das die Kinder in unseren Zaun schneiden. Ein Zombie, den wir normalerweise schnell erledigen könnten. Doch wenn wir uns hier in unserer Kommune sicher fühlen und ein wenig die Aufmerksamkeit gleiten lassen, dann ist innerhalb kürzester Zeit ein Zombie hier, der einen von uns beißt und im nächsten Moment sind es zwei Zombies, fünf Zombies, zehn Zombies, ohne dass wir es merken und mitbekommen und dann war es das mit unserer Kommune. Dann war es das Ganze mit hier Überleben..."

Er hielt kurz inne, ging vor dem Kreuz auf und ab, um seinen Monolog mit viel Augenkontakt bei den Schäfchen fortzuführen: „Warum haben wir denn so lange überlebt frage ich euch. Damit wir jetzt zu diesem Zeitpunkt sterben, wegen sowas?"

„Nein." fingen die ersten Schäfchen an leise zu murren.

„Man quält sich doch nicht jahrelang durch diese Hölle, um dann, weil ein kleines dummes Kind nicht folgen kann und sich nicht benehmen kann, schmerzhaft zu krepieren. Früher hat man Kinder auf ihr Zimmer geschickt und hat ihnen gesagt, es gibt keine Süßigkeiten mehr oder sie durften weniger Computerspielen, doch da war das Überleben nicht davon abhängig. Heute folgt man oder man stirbt." Den letzten Satz hat er absichtlich lauter gesagt, ja fast geschrien. Die Menge wurde heiß, sie nickten, murmelten und folgten seinen Worten.

„Wollt ihr etwa, dass wir jahrzehntelang überleben und dann kommt plötzlich ein kleiner Hosenscheißer und bringt euch alle um?"

„NEIN!" schrien die Leute zurück. „Das lassen wir uns nicht gefallen." ergänzten einige wenige. Man spürte wie der Jubel für MJ7 immer und immer mehr zu steigen begann.

„758" hörte man plötzlich Maurice am Boden kauernd sagen.

Da niemand reagierte, wiederholte er es murmelnd vor sich, bis MJ7 irgendwann laut auflachte. Er stoppte das Lachen abrupt, blickte abwertend auf Maurice runter, holte sich dabei noch ein paar Gelächter von ein paar Typen neben sich ab, als er in ihre bärtigen Gesichter blickte und fragte, was er damit sagen wolle.

„Es sind 758 Tage seitdem die Seuche offiziell ausgebrochen ist. Nicht Jahrzehnte, es sind 758 Tage exakt, also gerade mal über 2 Jahre." sagte Maurice, ohne seinen Blick vom Boden abzuwenden.

Maurices Reaktion in dieser brenzligen Atmosphäre ließ alle ein wenig perplex in die Runde starren. Für einen kurzen Augenblick wusste MJ7 nicht wie er reagieren sollte, denn er hatte mit Widerstand gerechnet oder mit einem Hilfeschrei für seinen Freund am Kreuz, aber doch nicht eine Diskussion über den Zeitpunkt wann eine Seuche ausgebrochen ist.

„Woher willst du das wissen?" fragte er in noch immer ein wenig überrascht.

Maurice betrachtete sein eigenes Blut wie es Muster in den Schnee geschmolzen und verfärbt hatte. Es war schon länger kalt gewesen, sogar schon oft frostig, auch schon wie sie damals noch versucht hatten die Pflanzen am Leben zu erhalten war es doch schon über die Maßen kalt gewesen. Aber zu diesem Zeitpunkt war Adam schon zu lange weg und sie wollten nicht aufgeben zu versuchen die paar Pflänzchen, mit denen er gestartet hatte, über den Winter zu bringen. Der tatsächliche Wintereinbruch kam jedoch extrem schnell und spontan und jetzt wo Maurice im Schnee saß und sein eigenes Blut betrachtete, das in den Zentimetern von kristallisiertem Wasser einsank, so fragte er sich wie sie die Pflanzen je retten hätten sollen. Sie waren alle nicht aus dieser Gegend und auch wenn sie Winter und auch Schneefall kannten, so hatten sie keine

Ahnung wie intensiv ein Blizzard Niederschläge bis hier in den Süden bringen konnte. Es war ihnen nicht mal klar, dass es ein Blizzard aus dem Norden war, der den Schnee so schnell gebracht hatte, denn es gab keine Wettervorhersagen, keine Nachrichten, keine Informationen mehr. Einzig die Temperaturen und der Schnee waren die Informationen die sie hier vor Ort hatten. Einen richtig brutalen Blizzard hätten sie bemerkt, wenn der Sturm über Virginia gefahren wäre und eine Schneise der Verwüstung gelegt hätte. Wie der Finger Gottes hat es mal geheißen. Zum Glück für alle Bewohner waren es nur dessen Ausläufer, der ‚Kaltfront‘, die nicht mal einen Namen hatte. In der Zivilisation hatten Stürme, Hochs und Tiefs immer Namen. Was wäre der Name dieses Schneesturms gewesen? Howard, Lewis, Samantha? Keiner fragte, keiner antwortete

Es war Winter und jetzt fragte sich Maurice, ob sie die Pflanzen in das Haus umsiedeln hätten müssen, denn in Wirklichkeit hatte mit diesem Wetterumschwung keiner von ihnen gerechnet. Damals, als sie noch in ihrem kleinen Reich in Keeling leben durften, hätte niemand damit gerechnet, dass so ein Schneesturm kommt und niemand damit gerechnet, dass die Pflanzen einfach sterben würden. Es hätte aber auch niemand damit gerechnet, dass sie gefangen genommen werden und er nun hier im Schnee saß. Da aber diese Gemüsepflänzchen ja bei der Wasserknappheit und bei diesem äußerst unfruchtbaren Boden schon halb verkümmert aussahen, stellte sich damals die Frage, ob sie überhaupt ein Umsiedeln in das Haus vertragen konnten und es stellte sich die Frage, wie das vonstattengehen hätte sollen. Da sie alle mitsamt null Erfahrung hatten in der Profession Gärtnerei, wäre der einfachste Zugang gewesen irgendeine Box in diesem verlassenen Haus zu suchen, diese mit heimischem Dreck, da es nicht wie Erde aussah, zu füllen und die Pflänzchen versuchen darin einzusetzen. Um ehrlich zu sein, glaubte Maurice, dass das Grünzeug so oder so keine Chance gehabt hätte.

Dies waren hypothetische Überlegungen, denn eines war absolut klar, jetzt waren die Pflanzen tot. Sie wurden nicht gepflegt, sie wurden nicht gegossen und jetzt lag Schnee drauf, wenn sie nicht schon vorher durchgefroren waren. Aber das waren eigentlich nicht die Überlegungen, die er anstellen sollte, denn er spürte wie ihn alle beobachteten, er spürte wie seine Hose nass wurde, weil er im Schnee saß und er spürte wie seine Gliedmaßen kalt wurden, weil er im Schnee saß. Schnell wurde ihm bewusst, dass eigentlich die aktuelle Situation für Justin weit mehr katastrophal war, als ihm bisher bewusst war. Oben ohne, ohne Socken, und mit nur einer großteils zerrissenen Hose, bei diesen Temperaturen im Freien, angebunden, erschwerte Blutzirkulation, keine Bewegungsmöglichkeit der Muskeln, unterernährt, das waren keine Faktoren um im Winter draußen zu überleben. Vermutlich musste er sich keine Gedanken machen, ob er verhungerte, verdurstete oder an Schmerzen versagte, aktuell war wohl die Gefahr des Erfrierens auf Platz Eins.

Der Plan an sich hatte so gut geklungen, sie hatten sich schon das Vertrauen gewisser Personen erschlichen und dann hatten sie das entsprechende Werkzeug geklaut. Der Schnee war eigentlich ursprünglich ein gutes Omen, denn sie konnten sich im leisen Schneefall nach draußen schleichen und den Zaun zerschneiden, denn der Schnee dämpfte den Lärm recht gut. Natürlich hatten sie als Kinder mit zu wenig Erfahrung nicht daran gedacht wie kalt es war, wie unangenehm es war, auf wie viele Schwierigkeiten sie dort draußen überhaupt stoßen würden und dass jeder im frisch gefallenen Schnee ihre Spuren sehen würde. Nein, dafür waren sie wohl noch zu jung und zu dumm, um diese kausalen Zusammenhänge zu erfassen. Es war wie es war, sie gingen raus, sie wurden entdeckt, sie wurden verprügelt. Nach über 30 Tagen in den Klauen dieser selbsternannten glücklichen Kommune war klar, dass Calvin zu jung und Maurice viel zu aggressiv und spontan war, so stellte sich nicht lange die Frage wer den Plan ausgeheckt hatte. Jedem war klar, dass Justin sich das überlegt hatte und aus diesem Grund prügelten sie auch auf Justin ein und obwohl sie schwarze Menschen, vor allem diesen schwarzen Jungen, bis auf den Tod hassten, so war das aufmüpfige Verhalten und das überintelligente Gehabe von Justin allen noch mehr ein Dorn im Auge als die Hautfarbe des Teenagers. So kam es schlussendlich, dass anstelle des schwarzen Jungen der etwas kleinere weiße Teenager, der erst vor kurzem 13 geworden war, also erst die Anfänge des Teenager-seins kennenlernte, halbnackt im Schnee an einem Pfosten gebunden war bzw. an ein Kreuz. Die Frage war, wie konnten sie die Situation nun retten, so dass keiner von ihnen starb oder bleibende Schäden davon tragen musste.

Maurice hob langsam den Kopf und blickte auf seinen jungen Freund am Kreuz, betrachtete die Schrammen, die blauen Flecken und Wunden, die ihm beigebracht worden waren, nachdem sie sie beim Ausbruch erwischt hatten und Zorn stieg in ihm auf. Er war verärgert, dass es offenbar keine Leute mehr gab oder so gut wie keine mehr, denen klar war, was es bedeutete Schwächere und vor allem Kinder zu schützen, sondern dass man es ausnutzte, dass sich ein so kleiner, junger Mensch nicht wehren konnte, dass er keine Chance hatte zurückzuschlagen und diese Sadisten es aus nutzten ihn so zu schänden. Sie hätten ihn ja einfach töten können, ihn einfach von den Qualen erlösen, aber nein, anstatt ihm Gnade zu gewähren hatten sie ihn eine halbe Ewigkeit verprügelt und dann zu guter Letzt auch noch an das Kreuz genagelt bzw. gebunden, was ja viel humaner war, damit man seine Wunden betrachten konnte.

Maurice wollte zurückschlagen, Maurice wollte es ihnen heimzahlen, er wollte Ihnen zeigen was Leute verdient hatten die einen kleinen Jungen so behandelten, vor allem einen kleinen Jungen den er über die Monate zu schätzen gelernt hatte und der ihm nach seiner Schwester der wichtigste Mensch war, so wie die anderen zwei weißen Kids. Leider wusste er, dass er es nicht konnte, also ließ er seinen Blick auf Justin und antwortete der dummen Meute, die gespannt wartete:

„Ich weiß, dass es 758 Tage sind, weil es mir beigebracht wurde sie zu zählen und sie mir zu merken, denn an dem

Tag war es endgültig so weit, dass der Virus außer Kontrolle war und begann die Welt zu übernehmen."

Die Blicke der Leute sagten alles. Es waren keine Worte erforderlich. Diese Blicke beschrieben und erklärten, worum es eigentlich und wirklich ging. Diese Leute lebten seit dem Ausbruch in dieser kleinen Kommune, versuchten zu überleben, halfen sich indem, dass sie andere ermordeten oder plünderten und in Summe war nie die Nachricht zu ihnen gekommen was wirklich passiert war. Keiner von denen hatte offenbar eine Ahnung, dass ein Virus die Schuld war, dass ein Virus der Grund dafür war, das tote Körper über die Landschaft wanderten und die kühnsten Ideen von früheren Schriftstellern und Hollywoodfilmschaffenden in ihrer Kreativität übersteigerten.

„Woher willst du das wissen?" fauchte ihn MJ7 an.

„Das ist nicht Gottes Strafe, sondern es war ein Virus?" fragte eine Frau plötzlich und hatte dabei zittrige Lippen.

„Was weißt du darüber Junge?" sagte ein großer kräftiger Mann, der dabei bedrohlich auf Maurice schaute.

„Okay, Okay, Okay!" MJ7 versuchte wieder die Aufmerksamkeit auf sich zurückzulenken. „Er sagt das ganze doch nur, um uns unsicher zu machen. Er weiß gar nichts, er möchte seine Haut retten und die seines kleinen dummen Freundes."

„Woher willst du das wissen?" sagte einer der Männer in den hinteren Reihen.

„Wenn der Junge was weiß, dann lasst ihn reden!" rief eine Frau, die neben dem Kreuz stand. Sie schien kein Problem damit zu haben, dass ein Kind neben ihr wie Jesus am Kreuz hing, aber sie wollte wissen warum Zombies versuchten sie aufzuessen.

MJ7 hatte das Gefühl die Kontrolle zu verlieren. Er musste die Leute wieder einfangen mit einer seiner geladenen

Reden. Er musste wieder die Energie der Leute auf den Ausbruchsversuch dieser dummen Kinder lenken. Er war gerade wieder dabei das Wort zu ergreifen, als Jimmy, ein kleiner hagerer Typ, der fast noch wie ein Teenager aussah, neben ihm stand und ihn bereits beim ersten Wort unterbrach.

Verärgert wandte er sich an Jimmy: „Was willst du? Kann das nicht warten? Ich habe hier jetzt anderes zu tun. Wichtigeres. Kannst du das nicht sehen?" fauchte er ihn an. Doch Jimmy fing einfach an zu stottern und sagte das Sound System wäre draußen.

MJ7 ignorierte ihn zuerst, so wie er es sich antrainiert hatte diesen dummen hageren Typen einfach auszublenden. Manchmal fragte er sich, warum sie diesen Kerl immer noch mitschleppten und beschützten, denn er war sich sicher, dass er alleine nicht lange überleben würde und er nervte ihn einfach. Also hieß es wieder starten, um die Leute auf seine Seite zu reißen, um das Schicksal von Justin zu fixieren. In dem Augenblick wo er den Mund offen hatte und der erste Laut des ersten Wortes erschien, schoss ihm, was Jimmy gesagt hatte, durch den Kopf. „Wiiiiiiiiii…"

Mit überraschtem Blick dreht er sich langsam zu Jimmy: „Was meinst du damit fragt er ihn."

„Na ja… na ja…" stotterte er herum. „Das Sound System ist eben draußen."

„Das… habe… ich… verstanden!" Die Stimme von MJ7 enthielt Geduld und Verärgerung. Er wusste, dass Jimmy langsam im Kopf war und da er gerade keine Lust hatte sich diesen Mist anzuhören, wollte er ihn schlagen, da er aber auf den Grund dieser Aussage kommen wollte, musste er ruhig bleiben. Er hatte gesehen wie Jimmy auf Druck reagierte und dann würde das Ganze noch mühseliger werden. Aber musste man sich denn selbst um alles kümmern, war es wirklich erforderlich, dass man den Leuten alles aus der Nase zog. „Ich habe dich beim ersten

Mal verstanden. Das Soundsystem ist draußen, aber warum und wie? Und vor allem wo sind unsere Wachen? Was sagen die dazu? Die hätten das doch sehen müssen und melden müssen!"

„Das ist es ja gerade. Ich ver... ver... verstehe das nicht wirklich." antwortete Jimmy und versuchte so gut es ging sein Stottern zu unterdrücken. „Keiner der Wachen ist mehr da, aber die Tore sind verschlossen und d.. dr.. draußen stehen unsere Boxen überall verteilt und die Kabel fü... führ... führen sauber von uns da hin, aber ich kann k.. k.. k... keine wirklichen Spuren ausmachen. D.. der... der ganze Schnee in der Umgebung ist sauber fein niedergetreten. Ich ka... ka... kann nicht sagen was es war."

„Du kannst nicht sagen was es war!" schrie MJ7 ihn an. „Ich werde dir sagen was es war und was es nicht war, du Vollidiot. Es war sicher kein Zombie und es war kein Vieh. Das heißt es war irgendein anderer Mensch." Die Lunge war fast leergeschrien. Er pumpte sie wieder deutlich hörbar voll. „Und ich frage mich wie es möglich ist, so etwas zu tun, ohne gesehen zu werden." Er wandte sich wieder an die Leute vor dem Kreuz. „Verdammte Scheiße nochmal." sagte er vor sich hin und versuchte sich ruhig zu atmen. „Vergessen wir jetzt einfach mal diese blöden, dummen Kinder. Das darf doch nicht WAHR sein, dass sowas passiert. Ich möchte, dass ihr sofort alle auf eure Stationen geht. Wir müssen sofort rausfinden wer das war und wie es möglich war."

Eine Frau zeigte stark verwundert nach hinten, vorbei an MJ7. Er drehte sich um und sah einen Mann dort stehen, den er noch nie zuvor gesehen hatte.

„Was ist das nun wieder für eine Scheiße?" fluchte er fragend los.

Der fremde Mann hob seine rechte Hand und begann langsam und freundlich zu winken. Dann sprach er mit ruhiger Stimme: „Hallo! Ich möchte euch nicht in euren Tätigkeiten unterbrechen, aber ich muss hier etwas abholen und da ihr offensichtlich ein zusammengewürfelter Sauhaufen an rückgratlosen Arschlöchern seid, gehe ich davon aus, dass ich es mir einfach mitnehmen werde."

Die Reaktion der Kids war einzigartig und beschrieb exakt die Situation, die Beziehung in der sie zu diesem Mann offenbar standen, denn Maurice lächelte leicht und senkte den Kopf in Erleichterung, Justin der noch Rotz und Wasser geheult hatte und um sein Leben und um Gnade bettelte, heulte plötzlich aus Freude auf und Calvin hatte die Hände nach oben gerissen und jubelte. Auseinandersetzungen mit anderen Gruppen und Einzelpersonen unterschiedlichster Herkunft in den letzten eineinhalb bis zwei Jahren hatten den Automatismus in den Leuten und vor allem in MJ7 perfektioniert. Der fremde Mann war eine Gefahr, dieser Mann war plötzlich da und er hat etwas getan, was er nicht hätte tun sollen. Er reagierte im Affekt.

MJ7 hatte seine Waffe gezogen und geschossen. Er hätte nicht so lange überlebt, wenn er nicht zielen hätte können. Er traf den Mann genau wo er wollte, mitten ins Gesicht. Blut spritzte und Teile des Gesichts platzen weg. Die Wucht der Kugel hob den Fremden von den Beinen und ließ ihn rücklings am Boden aufschlagen. Der Knall des Schusses wurde begleitet mit Entsetzensschreien der Kinder, die voller Ungläubigkeit ihren ersehnten Retter tot am Boden liegen sahen.

„So geht das!" sagte MJ7, als er sich wieder an seine Leute wandte. „Nicht fragen, nicht verhandeln, nicht diskutieren! Dieser Mann ist hier eingebrochen und ich habe es sofort beendet. Das ist es, was unsere Wachen hätten tun sollen. Reagieren, Töten, Beseitigen. Wir haben jeden Abend acht Personen stationiert. Wenn die tatsächlich weg sind, dann sind sie entweder tot oder sie verstecken sich irgendwo. Einer von denen hätte das tun sollen was ich gerade hier getan habe." Er zeigte mit seinem Finger auf die Leiche des Mannes.

Calvin brach zusammen, sackte auf seine Knie, legte sein Gesicht in die Hände und heulte bitterlich los. Genauso wie

Justin einen Nervenzusammenbruch auf diesem Kreuz hatte, der zitterte und wackelte und anfing zu betteln, ihn von dort runterzuholen. Als er sah wir Adam erschossen wurde, hatte er jeglichen Widerstand verloren. Er gab auf, er wollte einfach nur von diesem Kreuz runter und keine Schmerzen mehr haben. Maurice blickte vollkommen ungläubig und entsetzt in die Richtung des Mannes, der ihn monatelang beschützt und trainiert hatte und plötzlich so einfach und leicht aus dem Leben schied. Sein Hirn gab ihm absolut keine Befehle, wie er jetzt reagieren sollte. Er war innerlich leer und hoffte doch noch Justin retten zu können.

MJ7 schrie weiter auf die Leute ein, dass sie tun sollten, was er sagte, sich bewegen sollten, die Leiche wegschaffen sollten, schauen sollten, wo die Wachen sind, hier intern alle abzählen sollten, kontrollieren ob sonst noch irgendjemand hier war, irgendwas vom Zaun beschädigt war, neue Wachen aufstellen und so weiter und so weiter. Zwei Kerle reagierten aufgescheucht durch das Geschrei von MJ7 und marschierten zur Leiche, als dessen Hand sich zu bewegen anfing und dann der ganze Arm des toten Mannes plötzlich wackelte. Stöhngeräusche waren von der Leiche wahrzunehmen.

„Da!" eine Frau zeigte auf die Leiche. „Er bewegt sich schon, er hat sich in einen Zombie verwandelt."

„So schnell verwandelt sich doch niemand." sagte jemand anderer mit einer möglichen, eventuellen Frage in der Luft.

„Du hast ihm doch in den Kopf geschossen. Wie kann er sich da verwandeln?" fragte ein Dritter.

„Naja, vielleicht hat der Schuss nicht ausgereicht und nicht alles zerstört!" sagte wiederum der zweite Mann, aber seine fragende Tonlage war noch immer zu spüren.

MJ7 zog wieder seine Waffen. „Dann beenden wir es jetzt endgültig!" sagte er als die Leiche plötzlich nicht nur mehr stöhnte, sondern kaum verständlich anfing zu sprechen.

Trotzdem war es für die meisten noch nachvollziehbar, als die Leiche sagte: „Das tut ganz schön weh."

„Du hast den nicht richtig erwischt!" schrie die Frau gleich wieder auf.

„Natürlich habe ich ihn richtig erwischt. Ich habe ihm mitten in den Kopf geschossen." fauchte MJ7 zurück.

„Zombies reden aber nicht. Das heiß du hast ihn nicht erwischt." sagte der zweite Mann von vorher.

„Redet keinen Scheiß, sein halber Kopf ist geplatzt und liegt hier im Schnee herum." verteidigte sich MJ7.

„Die paar Brocken könnten auch sonst was sein. Als wenn ich das von hier sehen könnte, dass es mal von einem Kopf war. Vielleicht hat er Essen ausgespuckt." motzte ein älterer Mann in der Gruppe weiter hinten.

„Dann geht doch hin und schau nach was es ist, anstatt hier besserwisserisch herumzustehen, du Saftarsch." schrie MJ7.

Es wurde weiterhin gestritten und argumentiert wer wen wohin geschossen hatte und warum eine Leiche reden konnte oder auch nicht reden sollte, als alle vollkommen entsetzt auf das Gesicht von Adam blickten, als dieser sich langsam aufsetzte. Die Jungs konnten ihren Augen nicht trauen und starrten ihn ungläubig an. Adam hatte ein großes Loch mitten im Gesicht, überall war Blut, Hautfetzen, Fleisch das vom Loch weg hing und man konnte die Kugel sehen. Die Kugel war gar nicht soweit eingedrungen, als man es eigentlich gedacht hatte und gewohnt war. Offenbar schien der Knochen von Adam härter zu sein als üblicherweise.

Mit einer langsamen und ruhigen Bewegung fuhr er sich mit seiner linken Hand in das Loch und holte die Kugel raus, als wenn sie gar nicht in seinem Kopf stecken würde, sondern eigentlich nur ganz sanft am Knochen angelehnt war. Er legte das verbliebene Metallstück auf seinen Mittelfingernagel, klemmte es mit dem Daumen fest und schnippte es quer über die Schneelandschaft. Dann stand er mit einem gut hörbaren Kichern auf. „Es ist einfach schrecklich, wie nachlässig man wird, wenn man mit der Zeit feststellt, dass ein derartiges Unterfangen wie hier einen nicht wirklich umbringen kann. Dann lässt man es zu so wie bei den Computerspielen, wo man unendlich Leben hat, dann ist es ja egal, wenn man ein paar Mal etwas abbekommt, was normalerweise das Ende des Spiels bedeuten würde."

Während er ihnen erklärte, dass Nachlässigkeit eigentlich in der heutigen Welt ungesund war und keine Tugend, die man sich wünschte, konnten alle dabei zuschauen, wie in einer Art Zeitraffer sein Gesicht heilte. Dort wo ein Loch war und man Knochen sehen konnte und sogar Teile des Kiefers und fehlende Zähne, wurde alles langsam wiederaufgebaut. Man konnte zuschauen wie Schichten entstanden und sich wieder Gewebe bildete, bis zu dem Zeitpunkt wo die Haut darüber wuchs. Die drei Jungs waren genauso wie alle Bewohner der Zisterne komplett überrascht, schockiert und geekelt gleichzeitig. MJ7 hatte eigentlich das Glück, dass bei allem was er tat, nie hinterfragte, sondern immer schnell reagierte was vermutlich dazu geführt hatte, dass er diese Zombiewelt bisher überlebt hatte und auch noch Anführer dieser Saubande geworden ist. Er drehte sich und schrie: „Sam! Bring den Scheißkerl um!"

Ein extrem großer, kräftiger und breiter Mann mit Glatze und dafür einen Vollbart drehte sich und lächelte. Er brauchte keinen Spitznamen, wie Michael sein MJ7. Sam reichte, denn jeder hatte schon Angst vor seiner Erscheinung, da merkte man sich den Namen. Alle blickten auf Sam, denn sie wussten was jetzt kommen würde. Jetzt kam pure, rohe Gewalt. Sam lachte, denn er war durch und durch ein Sadist und freute sich, dass er jetzt ein paar Knochen brechen konnte. Er drehte sich Richtung Adam und zog die beiden großen Messer, die er in seinem Halfter links und rechts seiner Hüfte hatte, heraus. Die drei Jungs wussten nicht exakt was kommen würde, denn sie hatten Sam noch nie wirklich in Aktion gesehen, aber allein die Statur war furchteinflößend und das war an sich schon schwer zu verdauen. Sam sah aus wie Dwayne „The Rock" Johnson auf Stierhormone.

Einige arbeiteten in ihren Hirnen noch immer an dem Thema, dass der Fremde plötzlich in Mitten ihrer Zisterne stand, eine Kugel abbekam und sein Gesicht von Minute zu Minute heilte. Wie bei einem Tennisspiel schwenkten die Köpfe alle zu Adam, um zu sehen was passieren würde und sahen nur ein Blitzen. Es war ein kleines, kurzes Blitzen und die meisten fragten sich, was es war. Jeder wartete auf eine Reaktion von Adam, doch irgendwie tat der Typ nichts. Erst stöhnende Geräusche ließen die Blicke wieder alle zeitgleich zurückwandern zu Sam, der gerade langsam auf seine Knie sackte. Bei genauerer Betrachtung erkannten sie den Griff eines Jagdmessers, das aus der Augenhöhle von Sam herausragte. Hinter dem Griff sah man Blut über die Wange in den Bart rinnen und dann sackte der Körper mit einem letzten Stöhnen in sich zusammen und fiel vorne über.

Eine Weile dauerte es, vielleicht Sekunden, Minuten, aber es ging schnell in die Köpfe der Leute, dass dieser Hüne, dieser Typ, der sie über Jahre hinweg beschützt hatte, tot war. Schnell, kurz und bündig, seine Leiche lag am Boden und das Blut verfärbte den Schnee und ließ diesen im Bereich rund um seinen Kopf schmelzen. Voller Entsetzen blickte nun MJ7 zu Adam, da sein bester Mann so schnell beseitigt worden war.

Adam lachte wieder: „Wollt ihr mich verarschen? Wirklich? Glaubt ihr ich komme hier rein und lass mich von euch Bimbos einfach so umlegen?" fragte er mal mit lachender Stimme in die Runde.

Nun war guter Rat teuer. Jetzt fragte sich MJ7 wie er reagieren sollte, sollte er weiterhin Stärke zeigen oder war es an der Zeit in eine Verhandlung überzugehen? „Was willst du?" fragte er langsam und mit einer ungewohnten Scheu in seiner Stimme.

„Echt jetzt?" fragte Adam. „Na was werde ich wohl wollen? Ich lasse dich mal raten."

Es war nicht schwer rauszufinden, so wie die drei Jungs reagiert hatten, als sie ihn das erste Mal sahen, also zeigte er in deren Richtung und sagte: „Ich gehe mal davon aus, dass du die Kids abholen willst."

„Richtig." antwortete Adam vollkommen ruhig. „Das ist Teil Eins der Geschichte."

„Was sind die anderen Teile?" fragte MJ7 jetzt mit einem aufgesetzten Sarkasmus.

„Ich möchte auch noch die zwei Mädels die dabei waren."

„Die sind in unserer Schwestern Kommune im Norden." gab MJ7 sicher zurück.

„Ich weiß!" antwortete Adam ruhig und langsam. „Deshalb werde ich sie dann auch holen, nachdem ich die Stufe zwei und drei hier erledigt habe. Denn erst dann kann ich die Mädels holen und Stufe zwei und drei dort oben erledigen."

„Stufe zwei und drei?" fragte MJ7. In ihm wuchs merklich die Nervosität. Alle Leute standen wie angewurzelt da und lauschten der Unterhaltung ihres Führers und des Fremden, der gerade den furchteinflößendsten Mann im Handumdrehen umgebracht hatte, nachdem er erschossen worden war und es trotzdem überlebt hatte.

Adam blieb weiterhin ruhig, fast zu ruhig, denn er strahlte ganz eindeutig aus, dass er nicht derjenige in Gefahr war, in Unterzahl war und das wirkte äußerst unerwartet auf die Leute. „Nummer Zwei: Zurückholen, was eigentlich unser ist. Nummer Drei: Alle Gefahren für meine Familie beseitigen und mir den Rest nehmen, was denen gehört hat."

Alle drei Jungs spürten eine gewisse Wärme in sich aufsteigen. Sie hatten es alle eigentlich immer gedacht, ja sogar gespürt, aber es hatte nie wer ausgesprochen, schon gar nicht Adam, dieser kühle, erwachsene Mann, der immer von seinem Virginia Beach, aber nie über Gefühle sprach, nie über das Thema wie sie alle zu ihm standen und warum er ihnen wirklich half, anstatt sie ihrem Schicksal zu überlassen. Jetzt hatte er es aber getan, hatte er es gezeigt, mit nur einem Wort, er hatte sie als Familie bezeichnet.

MJ7 war sehr schnell klar was Adam mit >Gefahren< meinte, aber er hoffte dieser Fremde konnte nicht so verrückt sein zu glauben im Alleingang alle Menschen, die in der Zisterne lebten, töten zu können. Andererseits hatte er sich gerade eine Kugel, die er in den Kopf bekommen hatte, selbst rausgeholt und das Gesicht war in Minuten wieder verheilt. Noch während er das dachte waren die Spuren des Einschlags im Kopf bereits weg. Man sah noch ein paar Blutspritzer, aber dort wo ursprünglich das Loch gewesen war, da war jetzt alles wieder perfekt verheilt.

Die Frage, die er sich gerade stellte, war, wie es jetzt weitergehen sollte, wer musste jetzt reagieren oder war das eine Pattstellung oder sollte man versuchen das Spiel hier verbal fortzuführen. Eventuell konnte auch ein zweiter Schussversuch helfen, vielleicht würde eine zweite Kugel diesmal eine tödliche Reaktion mit sich bringen. Während MJ7 nach der besten Möglichkeit für sich selbst suchte, holte Adam noch mal tief Luft und schnaufte energisch aus. Dann sagte er: „Gut. Genug geredet. Ich denke ich möchte jetzt meine Jungs in den Arm nehmen und ich glaube nicht, dass ihr Leute, die einen kleinen Buben bei diesen Temperaturen fast unbekleidet auf ein Kreuz hängen, sehr viel Mitleid von mir erwarten könnt."

Dieses Mal hatte er zu lang gewartet. MJ7 dachte noch daran, dass es jetzt an der Zeit war, noch mal die Waffe zu ziehen, doch hatte Adam bereits zwei zur Gänze geladene Glock links und rechts in seinen Händen und entlud sie in seiner gewohnten Schnelligkeit und Präzision.

Bevor die Leute reagieren konnten, bevor sie wussten, was geschah und was sie zu tun hatten, fielen die ersten neun oder zehn Personen mit großen, klaffenden Löchern in ihren Köpfen zu Boden. Einer war MJ7, der sich mit seinem letzten Gedanken fragte, wie das alles hatte passieren können. Eine Kugel und seine Gedanken waren für immer weg, nie wieder würde MJ7 etwas denken, sagen oder tun. Er war weg, schneller, als er vor 37 Jahren gekommen war.

Blut und Haut und Fleisch spritzte durch die Gegend und bedeckte den niedergetrampelten Schnee am Boden. Calvin und Maurice reagierten instinktiv, so wie sie es eben gelernt hatten. Beide duckten sich und warteten nun darauf, dass die Geräusche und der dazugehörige Kugelhagel beendet waren. Als ca. 20 Leute tot waren, hatte der Rest der Meute sich in Sicherheit gebracht. Also steckte Adam seine Waffen ein und ging zu seinen Jungs.

Er hob Maurice hoch und umarmte ihn, er umarmte ihn in einer Art und Weise wie er es noch nie getan hatte, mit keinem von ihnen und aus seiner eigenen Sicht heraus auch mit keinem anderen Menschen je zuvor. Für Maurice war diese Umarmung Balsam für die Seele, es fühlte sich gut an, es fühlte sich warm an und er liebte es. Adam klopfte ihm auf den Rücken, so wie es unsichere Männer eben taten, und schniefte einmal so aus, als wäre er kurz davor gewesen, eine Träne aus seinen Augen zu pressen. Die Tasche, die dort stand, wo Adam zum ersten Mal bemerkt worden war, hatte Maurice zuvor nicht bemerkt. Offenbar hat er sie mit hereingebracht und jetzt, nachdem er ein paar Leutchen beseitigt hatte und zu Maurice gegangen war, hatte er diese Tasche hochgehoben. Er brachte sie zu Maurice, öffnete sie und holte den Riemen heraus, der seinen fehlenden Arm ersetze, und übergab diesen, damit er sich seit seinem Zombiebiss wieder vollständig fühlen konnte.

Er war wohl zuvor in der alten Bleibe in Keeling gewesen, sonst könnte er die Sachen nicht bei sich tragen, dachte sich Maurice. „Würdest du bitte deinem kleinen

Bruder da runter helfen und ihm was Warmes anziehen. Ich muss hier mal noch den Rest der Leute beseitigen!" sagte Adam.

Kleiner Bruder, er hatte Justin seinen kleinen Bruder genannt, dachte Maurice bei sich. Es war ihm wohl vollkommen egal, dass sie eine unterschiedliche Hautfarbe hatten, für Adam war etwas wie Hautfarbe nebensächlich. Jetzt waren sie in seinen Augen wohl alle zusammen eine große Familie, was auch immer dort in Virginia Beach passiert war.

Calvin rannte, nachdem er versucht hatte ein paar von den Zisternenbewohnern zu vertreiben, voller Begeisterung zu den anderen hin und fiel Adam um die Hüfte und den Bauch und umarmte ihn herzhaft. Adams Reaktion überraschte ihn jedoch, denn er erwiderte die Umarmung und erweiterte sie indem, dass er ihm einen Kuss auf die Stirn gab. Allerdings brauchte Calvin nicht lange, um sich an den Umstand zu gewöhnen, denn er fand es wunderschön und dehnte die Umarmung so lange aus, wie er konnte. Er liebte dieses Gefühl der Sicherheit, das er schon sehr lange nicht mehr verspürt hatte.

Vor Erleichterung schluchzend wurde Justin, am ganzen Körper zitternd, von Maurice langsam von diesem Kreuz herunter geschnitten. Zuerst löste er das Seil am Hals, da Justin offensichtlich Schwierigkeiten beim Atmen und Schlucken hatte. Das Seil hatte einen schlimmen Abdruck hinterlassen. Justin sah aus, als wäre er gerade gehängt worden. Die nächsten Seile waren von den Armen. Sofort fielen Justins Händen um Maurice und krallten sich in seine schon männlichen Schultern. Er hatte solche Angst und war unendlich glücklich, dass ihm geholfen wurde. Justin wollte immer den Starken spielen, den, der keine Hilfe brauchte, doch es tat gut nach all den Fehlschlägen einfach mal loszulassen und in den Armen eines kräftigeren und vertrauten Menschen zu weinen. Maurice war sichtlich gerührt über die Zuneigung, die er hier erhielt.

Sie hatten alle so viele Fragen an Adam und zeitglich so viel zu erzählen und wollten sich mit Adam über das Wiedersehen freuen, stattdessen nahmen Calvin und Maurice ein paar seiner Waffen in den Anschlag. „Versteckt euch so gut ihr könnt. Ich muss den Rest hier noch erledigen." sagte Adam mit einer ungewohnt lieblichen Art zu ihnen.

Maurice wollte noch seine Unterstützung anbieten, denn sie wollten natürlich helfen, als Adam bereits in die erste Halle einbrach. Man hörte Leute rufen, Gekreische, die Tür fiel plötzlich aus den Angeln. Dann hörte man Schüsse, viele Schüsse. Die Jungs brachten sich in Sicherheit, wie befohlen. Sie begaben sich seitlich in eine Nische, welche früher mal vermutlich als Müllplatz gedient hatte. Da waren sie ein wenig windgeschützt. Maurice erklärte Calvin, dass er auf seinen, er wiederholte was Adam gesagt hatte, größeren Bruder aufpassen sollte, dass er ihm helfen und ihn warmhalten sollte, während er nach Kleidung für ihn suchen würde, um ihn vor der Kälte zu schützen.

Die Schüsse waren weiterhin zu hören, begleitet von Schreien und Stöhnen. Eine zweite Tür zur Halle, ein Seiteneingang, sprang mit einem extrem lauten Knall auf. Eine Frau rannte kreischend heraus, hatte offenbar eine leere Waffe bei sich, welche sie im Lauf fallen ließ. Verzweifelt suchte sie nach Schutz, schaute nach links und schaute nach rechts, sie suchte die Gegend ab und sah dann Maurice am Rand des Grundstückes stehen, als mit einem weiteren lauten Knall die Jacke auf ihrem Rücken aufplatzte und sie mit einem Schmerzensschrei nach vorne geworfen wurde. Es war faszinierend zu sehen mit welcher Schnelligkeit und Präzision Adam arbeitete. Er folgte der Frau aus der Tür und warf dabei seine Schrotflinte zur Seite, mit der er ihr in den Rücken geschossen hatte. Es war nicht seine Waffe, er hatte sie in der Halle liegend gefunden und benutzte sie sogleich. Jetzt war sie entladen, die Kugeln in einzelnen Personen verteilt. Die letzte in der Frau, die nun am Boden lag und versuchte zu Maurice zu schreien, um Hilfe zu betteln, sich zu entschuldigen, wie sie die Kinder behandelt hatte. Maurice stand nur da und beobachtete die Szene regungslos.

Die Zombies waren nicht so einfach und leicht zu töten, wie man es von Filmen kannte, man konnte nicht einfach ganz locker ein Taschenmesser oder ein Cutter in deren Kopf rammen. Man braucht eine ziemliche Gewalt und wenn man die nicht hatte, brauchte man eine Schusswaffe, also hieß es Kugeln sparen. Warum eine Kugel an dieser Frau verschwenden, also zog Adam sein Schwert aus der Halterung, die er am Rücken befestigt hatte und rammte es noch in seiner Vorwärtsbewegung mit voller Wucht in ihren Rücken, der bereits offen und blutig vor ihm lag. Voller Schmerzen schrie sie auf und zappelte und probierte sich zu wehren, er zog das Schwert hoch, aus ihrem Fleisch heraus, das Blut tropfte runter. Er drehte sie mit einem Stoß seines linken Fußes um, sodass sie auf dem schmerzenden, offenen, blutigen Rücken landete. Ihr war sofort klar worum es ging und wie lange sie noch zu leben hatte, also bettelte und flehte sie. Während sie mit Tränen in den Augen versuchte Adam umzustimmen, landete die Klinge mit roher Gewalt in ihrem Hals. Schreien und Flehen verwandelten sich zu Gurgeln als das Blut rundherum herausspritzte. Instinktiv riss sie ihre Hände an das Schwert, welches Adam sofort wieder hochzog und ihr dabei beide Hände aufschlitzte. Sie spürte es nicht, denn das Bewusstsein mit den Gedanken, dass das ihre letzten Momente waren, überschattete alle anderen Gefühle und während sie versuchte diese letzten Sekunden auszudehnen, sich zu fragen, warum es genauso und hier enden musste, ob es eine gute Idee gewesen war diese Kinder zu verschleppen und hierher zu bringen und dann auch noch so mies zu behandeln, obwohl sie es ja gar nicht gewollt hatte. Sie war doch früher kein schlechter Mensch gewesen, sie hatte zwar selbst keine Kinder, aber sie hatte zwei Nichten und einen Neffen und sie mochte diese Kids, aber der Gruppenzwang, das Verhalten in einer Gruppe von Psychopathen selbst zum Psychopathen zu werden schien alles zu übersteigen.

Sie versuchte einen klaren Gedanken zu fassen, zu überlegen was sie noch sagen konnte, um den Wahnsinnigen, der über ihr stand umzustimmen, aber es war einfach nicht mehr möglich. Der Schmerz im Rücken, der Stich im

Hals, das überblendete alles. Der Stich im Hals, sie konnte vermutlich nicht mehr sprechen, keine Stimmbänder mehr, nur mehr gurgeln. Dies war auch hier letzte Gedanke, denn der nächste Hieb von Adam ließ das Schwert in ihren Kopf eindringen, mit voller Wucht, soweit runter wie es ging und alles was an Gedanken da war, an Erinnerungen dieser Frau, Traurigkeit, Gelächter, Freude, Schmerz, Mitleid, egal was sie je empfunden hatte oder hätte noch empfinden können, es war weg. Dieses sauber gefertigte, mehrfach gefaltete Metallblatt in seiner Präzision, hatte nun die Gedanken und Gefühle dieser Frau verschwinden lassen. Milliarden Jahre von Evolution hatten zu einem hochkomplexen, verständnisvollen und rationalen Wesen geführt und mit einem Hieb war es weg. Nahrung für die Insekten. Das Blut rann aus dem Hals und dem Loch im Kopf, das Herz versuchte etwas zu retten was schon erledigt war und pumpte verzweifelt Blut nach, was den Körper verließ und den Rest des zertrampelten Schnees am Boden schmelzen ließ.

Dreck und Blut waren auf der Klinge, Adam wischte sie an der Jacke der toten Frau sauber. Aber wäre es so, dass der Virus den Körper wieder starten konnte, war nichts mehr zu erwarten, keine Seele, kein wiederkehrendes Gespräch, keine Erinnerung an das bisher gelebte Leben, jetzt war sie weg. Adam hob seinen Blick von der Frau, die er gerade auf brutalste Art und Weise umgebracht hatte und betrachtete Maurice der mitten am Platz stand. Er suchte Abscheu, Ekel, Missverständnis, oder gleichwertiges in seinem Gesicht, in seiner Mimik, aber er fand es nicht. Das fand er nicht, denn Maurice freute sich das nach dem was ihm und seiner Familie passiert war. Adam, der als Racheengel über diese elendige Meute hinweg fuhr.

Er konnte gar nicht zusammenfassen was er versuchte zeitgleich zu denken, die brutalen Schläge, die harte Arbeit, das Fehlen des Essens oder auch die sexuellen Übergriffe und nicht nur auf die Frauen, nein, es mussten auch alle drei Burschen herhalten und das für jemanden wie Chestine und Calvin, als hätten sie nicht genug gelitten, in dem Keller von diesem Riesenarschloch Sam. Jetzt war es an der Zeit zurückzuschlagen, Rache auszuführen, biblische Rache wie bei Sodom und Gomorrha. Es würde zwar kein Schwefel vom Himmel fallen, aber dafür flogen die Kugeln und sausten die Schwerter, denn mit Adam hatten sie das perfekte Werkzeug dafür.

Somit hatte Adam seine Bestätigung, er konnte es in dem Gesicht von Maurice ablesen und als er die kümmerliche Figur von Justin in der Ecke kauern sah und daneben Calvin, der versuchte ihn zu pflegen und zu trösten, drehte er sich um und marschierte zurück in die erste Halle. Dann in die nächste Halle und in die nächste Halle und noch in die zwei Anrainer Gebäude und alles weitere am gesamten Gelände. Eines war ihm klar, keine Kompromisse, keine Angstzustände, kein schlechtes Gewissen. Er wollte nicht warten, dass er jetzt aus Mitleid jemanden vielleicht am Leben ließ, der ihm in wenigen Wochen, Monaten oder auch nur Tagen in den Rücken fallen konnte. Es war zu beenden, Hier und Jetzt.

Wer sollte ihn richten zu dem was er gerade tat. Es gab keine Judikative, keine Legislative, keine Exekutive, nicht mal einen Gott, der herunterkam, um es zu verbieten. Adam war aktuell die absolute, unanfechtbare Macht und er brauchte das jetzt. Er musste seine Frustration und seinen Zorn an irgendwas oder irgendwem auslassen und wenn sich jemand an den Menschen vergriff, die er in seiner gesamten Existenz erstmals für wichtig empfunden hatte, dann musste man ein Exempel statuieren. Das musste er für sich tun, für seine Familie und für alle anderen, seine möglichen Feinde, die es sich mehrmals überlegten, ob sie sich mit diesen Leuten anlegen wollten.

Es war das Repetiergewehr, welches ihm am meisten Freude bereitete. Es gab einige Personen, dreiste, rückgratlose Typen, die versuchten hinten hinaus durch oder über den Zaun zu fliehen. Durchladen, schießen und durchladen, schießen, alles innerhalb weniger Sekunden, präzise Treffer, eine Platzwunde hier, eine da und Stöhnen der Typen, die auf den Boden knallten und wie kleine Kinder heulten. Typen, die noch vor einem Tag oder vor einer

Woche kleine Kinder geschändet oder Frauen vergewaltigt hatten und jetzt um ihr Leben bettelten. >Bang< Ein weiterer Schuss und wieder war ein Typ tot, wieder hatte er den Boden mit Hirn und mit Blut versaut.

Zeit war relativ, das hatte schon Einstein festgestellt, aber hier ging es nicht um die Zeitverzerrung durch eine große Masse, nein hier ging es um die Wahrnehmung. Wer nahm es wie wahr? Waren die Anstrengungen es wert, dass man die Zombies überlebte und jetzt nicht wusste, wann ‚der Unsterbliche' einen umbrachte? Wie lange dauerte die Schießerei? Wie lange dauerte das Gemetzel? Wartet man darauf der nächste zu sein? Oder freuten sich die Kinder draußen, dass einer um den anderen fiel und konnten gar nicht erwarten, wann der nächste dran war?

Keiner hatte eine Uhr dabei, also war es unklar, wie lange es wirklich dauerte. Der Ablauf musste in irdischer Zeit erfolgen, die jeder einzelne anders verspürte, und irgendwann war es vorbei. Man kannte zwar nicht die exakte Zahl, aber einer einfachen Schätzung nach hätte Adam gesagt, dass hier in dieser sogenannten ‚Zisterne' vielleicht 100 bis 120 Leute waren. Mehr waren es nicht und genau das war es was Adam sich dachte: ‚Waren' Die Vergangenheitsform, es waren so viele Leute und sind es nicht mehr. Jetzt ‚waren' es noch 4, er und seine drei Jungs und da er nicht wollte, dass noch irgendwer eventuell am Leben war und wenn auch nur so gering, dass dieser Mensch schon die Rache plante, wie er oder sie zurückkommen konnte, sie aufspüren konnte und vielleicht eines seiner Familienmitglieder verletzen oder sogar töten konnte. Das war Adam zu viel Risiko, also ging er noch mal die Runde und jagte in alles was noch herum lag eine Kugel in den Kopf und das Ganze wieder und wieder.

Munition sparen war eigentlich die grundlegende Aussage, die Adam immer predigte. Jedoch war ihm folgendes bewusst, die Leute hier in der Zisterne hatte massenhaft Munition gebunkert und dort, wo sie jetzt hingingen, war es vollkommen unnötig eine dermaßen große Menge an Munition mit sich zu schleppen. Es würde ihn nur langsamer machen, wenn es überhaupt möglich war solche Mengen zu tragen. Also würde die Munition, die er in die Leute hier reinpumpte, kein großer Schaden sein.

Bevor Adam seinen Angriff, ja seinen Auftritt selbst, gestartet hatte, schaltete er das Soundsystem draußen ein bzw. stelle er es auf einen Timer. Er wollte eine coole Musik hören, wenn er durch die Leute durchging, wie ein warmes Messer durch weiche Butter. Aber dieses Soundsystem war ziemlich für den Arsch, nicht nur, dass es leise war und kaum wahrzunehmen, so war es durch das Geschrei der Leute und im Widerhall der Schüsse kaum noch zu hören. War der zweite Gedanke, neben der liebevollen Begleitung beim Morden, noch gewesen Zombies anzulocken, dann in dieses abgeriegelte System zu lassen und den Rest der Leute zu erledigen, so war bei dem Lärm, den die Schüsse und das Geschrei machten, die Musik irgendwie überflüssig. Nachdem Adam in seinem Blutrausch jeden einzelnen atmenden Menschen von seinen biologischen Gewohnheiten erlöst hatte, war es nicht mehr sehr sinnvoll hier Untote reinzulassen, es sei denn man wollte sie füttern.

Jetzt, als er draußen stand und beobachtete, wie Maurice Justin einkleidete und ihm Wasser brachte, das Rauschen des Blutes aus seinen Ohren verschwand und keine Nebengeräusche mehr vorhanden waren, hörte er langsam wieder die Töne aus den Boxen kommen und es war bei weitem nicht das, was er sich vorgestellt hatte. Offenbar war diese Musik nicht die, die er haben wollte, da hätte er gleich etwas Klassisches auflegen und zu Bach oder Beethoven auf Leute schießen können. Eine Ouvertüre nach der anderen, das war das Letzte was er jetzt brauchte, also suchte er die Fernbedienung und da er diese nicht fand und ihm der Geduldsfaden riss, schlug er mit seinem Schwert die Leitungen durch. Es gab einen lauten Knall und dann war alles aus, Todesstille, wenn dieses Wort in der Zombiewelt noch verwendet werden durfte. Er hörte nichts außer seinem eignen Atem. Es war vollbracht und er ging hinüber, um sich zu vergewissern, dass es den drei Kids so weit gut ging.

Calvin bekam seine zweite lange und für ein Kind perfekte Umarmung, Maurice hingegen bekam auch das was er wollte: Fist Bump, gefolgt von coolem Handshake und ein paar Klopfern auf die Schulter und dann nahm sich Adam den Verletzungen von Justin an und kontrollierte was zu tun war. Die Produktionshallen und das Bürogebäude waren ihm zu groß, denn es musste bereinigt sein. Eines der kleineren Nebengebäude war optimal, indem sie die dort angehäuften Leichen beseitigten. Er sprach ungewöhnlich viel mit den Jungs, befragte sie wie lange sie schon hier waren, wie es dazu kam, dass sie hier landeten, was das für Leute waren, wie es ihnen gesundheitlich erging und noch vieles mehr. Allerdings sparte er wieder sehr mit den Informationen von seinem Trip. Er versprach es später zu erzählen, jedoch erst, wenn sie auf ihrem Weg waren. Welchen Weg auch immer er meinte, aber niemandem sagte.

Sie sprachen auch darüber, was sie von der Schwestern-Gemeinschaft im Norden wussten, ob es dort genau solche Zäune gab, wie viele Leute dort lebten, wo sie vermutlich Denise und Chestine festhielten, doch es stellte sich recht schnell heraus, dass die Kids nie im Norden gewesen waren. Sie waren nie bei dieser anderen Kommune, sie wussten nur, dass die Mädchen dorthin verfrachtet worden waren und dass dort weit mehr Menschen lebten, vermutlich an die 1000. Offenbar gab es dort auch noch einen weitaus besseren Anführer als in der Zisterne, obwohl sie ihn eigentlich mehr als ‚Beschützer' bezeichneten, denn als ‚Anführer'. Es war wohl irgendeine Person, die diesem MJ7 weit überlegen war. Adam bestätigte ihnen diese Informationen, denn er war ein wenig umhergewandert, um herauszufinden wer wo war und hatte dabei einen kleinen Blick auf die Kommune im Norden werfen können, also wusste er wohin sie gingen oder zu gehen hatten.

Mitten in der Unterhaltung vor dem Showdown hatte er dann auch MJ7 belogen, denn er wusste nicht exakt, dass die Mädels im Norden in dieser großen Kommune waren, er hatte es allerdings gehofft, wenn nicht sie hier waren. Doch es war aus seiner Sicht taktisch besser gewesen ihm zu zeigen, dass er bereits alles wusste. Jetzt war es egal, denn sie waren alle tot und niemand konnte jemanden im Norden warnen. Diese Schwestern-Kommune war allerdings nicht so weit entfernt, also Bestand die Möglichkeit, dass jemand die Schüsse gehört hatte, aber es war unwahrscheinlich. Adam war sich trotzdem nicht sicher, in einem normalen Tagesbetrieb würde man vermutlich diese Schüsse nicht wahrnehmen, aber heutzutage, wenn es leise war, und die Leute geschult waren Unübliches sofort wahrzunehmen, bestand die Möglichkeit, dass jemand die Schüsse gehört hatte, vor allem, wenn sie Scouts in der Gegend hatten, die nach Essen, anderen Leuten oder Tieren Ausschau hielten und durch die Gegend wanderten.

Hierbei stellte sich für Adam die Frage, ob sie die Schüsse gehört hatten und eventuell schon jemand zu ihnen auf dem Weg war, um nach dem Rechten zu sehen. Nachdem er Justin ins Haus getragen hatte, brachte er ihn zu einem großen Bett und setzte sich selbst auf einen Stuhl neben ihnen. Maurice und Calvin leisteten ihnen Gesellschaft.

„Warum hast du das Haus zu verbarrikadiert? Ich glaube kaum, dass hier noch Zombies rumrennen. Es sind hier alle tot, nachdem du sie umgebracht hast, also kommt hier sowieso niemand rein." fragte ein neugieriger Calvin, nachdem Adam das ganze Haus abgeriegelt hatte.

„Alle sind tot, ja das stimmt." bestätigte Adam. „Aber es heißt nicht, dass sie tot bleiben."

„Aber du hast ihnen doch alle in den Kopf geschossen oder in den Kopf gestochen. Du hast alles soweit umgebracht, dass sie nicht wiederkommen können." sagte Maurice.

„Ja, das ist ein bisschen komplizierter." gab Adam zurück. „Ich möchte das später erklären, aber in Summe ist es so: Sie können trotzdem wiederkommen und ich möchte verhindern, dass sowas reinkommt oder vielleicht noch irgendwer lebt oder irgendein Arsch von der Schwesterngesellschaft hierher kommt und uns Probleme macht."

„Trotzdem wiederkommen?" fragte Calvin ängstlich.

„Macht euch jetzt bitte keine Gedanken. Wir rasten uns jetzt aus, stärken uns so gut es geht und morgen holen wir Denise und Chestine ab und dann schauen wir, dass wir sicher wegkommen."

Die Kids waren alle müde, sie hatten an diesem Tag viel durchgemacht und sie hatten Angst gehabt, sie waren nicht sicher was passieren konnte, was passieren hätte können, ob sie sterben mussten und jetzt, wo Adam sie befreit und erlöst hatte, setzte unaufhaltsam die Müdigkeit ein. Sie saßen alle noch ein wenig beieinander, redeten über ihre Erlebnisse und als draußen die Sonne verschwunden war und es dunkel war, ein Dunkel, wie man es noch vor der Zeit der Elektrizität kannte, kein Licht, kein Feuer, einfach Dunkelheit, legten sich alle hin und versuchten alles Erlebte aus ihren Köpfen zu bringen, damit sie ein bisschen Schlaf bekommen konnten.

759

Es war frostig und kalt, aber bei weitem nicht so kalt, wie es noch vor kurzem gewesen war. Der Schnee hatte es ein wenig wärmer gemacht, nachdem die Sonne wieder schien. Es war nicht viel gewesen, aber er bedeckte die ganze Landschaft mit einigen Zentimetern. Tag 759 war warm und sonnig, der Schneefall war verschwunden, die Ausläufer des Blizzards nicht mehr bemerkbar. Man sah nur noch den glitzernden Schnee und einen wunderschönen blauen Himmel. Die Schneedecke war prinzipiell sogar praktisch, denn man konnte die Spuren erkennen, waren es Tiere, waren es Menschen oder waren es Zombies.

Als Adam am Boden kniete und eine Spur begutachtete, fragte er sich, ob sich jemals ein nordamerikanischer Ureinwohner gedacht hätte, dass der weiße Mensch aus Europa den ganzen Kontinent eroberte, ihn zur Gänze umbaut und dann sich so gut wie selbst vernichtet, nur um schlussendlich, anstatt beim Spurenlesen zwischen einem Bär und einem Wild zu unterscheiden, plötzlich den Unterschied zwischen einem lebenden Menschen und einem eventuell toten Menschen in den Spuren zu finden versuchte. Sie hatten so gut es ging Kleidung aus der Zisterne zusammengesammelt, versucht es den jeweiligen Größen der Kids anzupassen, damit sie durch den Schnee waten konnten. Auch wenn die Temperaturen nicht unter null waren, konnten sie jederzeit wieder unter den Gefrierpunkt wandern und auch in der aktuellen Situation war Schnee nicht gerade optimal für eine Wanderung, denn wenn der Körper auskühlte, half alles andere nicht mehr.

Alle Unterhaltungen, bis sie eingeschlafen waren und seit sie wieder munter waren, drehten sich um welche Art von Menschen es waren, die in der Zisterne gelebt hatten, wie sie die Kids behandelt hatten, was sie dort mit den Anführern gesprochen hatten und wie glücklich alle waren, dass Adam nun zurück war. Teilweise schwang in den Gesprächen auch mit wie beschämt sich alle fühlten, dass sie sich so leicht überrumpeln hatten lassen, dass sie eigentlich am Schluss doch wieder Adam brauchten, um aus der Situation raus zu kommen, dass sie offenbar nicht in der Lage waren sich selbst am Leben zu halten. Doch Adam versicherte ihnen, dass dies eine Situation war, die nur durch sein über Jahrzehnte antrainiertes Können und seinem Trägertum als Wirt für die Viren gerettet werden konnte. Die Gegner waren zahlreicher, sie waren besser bewaffnet, sie waren erfahrener und sie waren rücksichtsloser. Trotz seiner Versicherungen, dass alles in Ordnung war, fühlten sich die Jungs unwohl, denn sie hatten ein wenig Selbstvertrauen verloren. Sie zweifelten, ob sie sich wirklich selbst beschützen konnten bzw. hatten Angst bei einer viel viel größeren Kommune eventuell zur Gänze zu versagen. Stück für Stück, Schritt für Schritt schaffte es Adam den Jungs wieder Selbstvertrauen einzureden.

Das Thema der Viren selbst wurde jedoch nie wirklich im Detail aufgegriffen. Einziger Punkt war die Tatsache, dass

Adam eine Kugel in den Kopf bekommen hatte, welche nach kurzer Zeit wieder sichtbar aus der Wunde gefallen war. Er erklärte ihnen, dass er einen Großteil der Viren in sich trug und dass sie seinen Körper verbesserten, während sie nachteiliger Weise Tote wieder auferstehen ließen. So fingen diese Viren an ihn in jeglicher Hinsicht zu animieren, was wiederum bedeutete, dass er mit seinen eigenen Worten ‚abgesehen von größeren Ereignissen ziemlich unverwundbar war'. Wenn man ignorierte, dass Adam für ein paar Minuten eine Wunde im Gesicht hatte, aus der eine Kugel rauskam und eigentlich so gut wie unsterblich war, dann merkte man folgendes, sein Körper konnte Kugeln das Energiepotential rauben, sie hatten bei weiten nicht mehr die Möglichkeit so tief einzudringen, wie sie es normalerweise taten. Nach einer Verletzung startete der Körper einen Selbstheilungsprozess.

Sie hatten jetzt schon einiges erlebt und auch einiges gehört, so dass sie Adam nicht nur glaubten, sondern das was sie sehen konnten, wie er nach einem Kopfschuss wieder aufstand und man wie in einem Animationsfilm sehen konnte, wie die Wunde wieder Stück für Stück heilte, nahmen Sie als gegeben. Sie akzeptierten die Tatsache, dass es so war und dass er sowas konnte. Vor allem die zwei jüngeren akzeptierten solche Geschehnisse sehr schnell, Maurice tat sich ein wenig schwerer, doch auch er wollte das was er gesehen hatte nicht hinterfragen oder als unglaubwürdig hinstellen, denn er hatte es gesehen und es war wie es war. Auch wurde sein Sinneswandel hinterfragt, denn er war plötzlich zugänglicher, zutraulicher, liebevoller und die drei Jungs fragten sich, was denn wirklich in Norfolk passiert war, aber sie stellten die Fragen nicht, sondern sie trösteten sich gegenseitig, freuten sich, da sie wieder alle zusammen waren und waren sich bewusst wie hoch die Notwendigkeit war, die Frauen so schnell wie möglich zu befreien.

„Wir kommen näher." sagte Adam, als er wieder in der Hocke ein paar Spuren begutachtete und sich dann die Umgebung im Detail anschaute und prüfte. „Wir müssen aufmerksam sein, ich gehe davon aus, dass einige Scouts umherstreifen. Es müssten noch ca. 15 bis 30 Minuten Fußmarsch sein. Bleibt wachsam!" sagte er zu den Jungs.

Justin verspürte noch immer große Schmerzen und auch eine enorme Müdigkeit nach den Vorfällen des letzten Tages, aber er wollte es sich nicht anmerken lassen. Er biss die Zähne zusammen und folgte brav. Adam, der es zwar bemerkte, aber ihn gewähren ließ, solange Justin nicht von sich aus Ruhe einforderte, wollte weiter nach Norden wandern. Wenn Sie die Kommune erreichen würden, war für Adam klar, dass er alleine vorgehen würde, und das hatte er den Jungs auch eindringlich erklärt. Sie hatten zwar protestiert und ihm versichert, dass sie helfen konnten, doch er hatte recht einfach klargemacht was für ihn möglich war und was nicht und er brauchte nicht die drei Jungs in diesen fremden Gebäuden umherirren. Sonst machte er sich Sorgen, dass er sie eventuell mit anderen verwechselte und sie versehentlich ein Schuss traf oder sie von den anderen Personen, den Bewohnern dieser Kommune, eventuell verletzt, als Geisel genommen oder sogar noch schlimmer, getötet wurden.

Es war so wie Adam es vorausgesagt hatte, knappe fünf Minuten später begegnete ihnen ein Scout. Unerwarteterweise war es ein Mann, alleine, der offenbar im Wald auf der Jagd war. Adam hatte erwartet, dass Personen nach Süden gingen. Er vermutete, dass irgendwer etwas von der Schießerei wahrnehmen hätte können, doch dieser Einzelgänger war tatsächlich nur auf der Jagd, als wenn in diesen Wäldern nach all der Zeit noch wirklich so viel Wild zu finden wäre. Er wollte die Motive gar nicht hinterfragen, er war immer auf der Hut, hatte natürlich noch seinen Pfeil und Bogen bei sich und er war schnell und präzise. Nach einem sauberen Kopfschuss ging er hin und holte sich seinem Pfeil zurück. Es gab nichts zu verschenken.

Die Luft roch unerwartet frisch, ja sogar angenehm frisch. Über die Monate und Jahre hatte sich jeder an einen gewissen fauligen Gestank gewöhnt, ab einem gewissen Zeitpunkt fühlte es sich an, als wenn es immer faulig riechen sollte, als wenn es Standard wäre, Zombies riechen zu müssen. Jetzt, nachdem der Schnee die Luft gewaschen und den Boden bedeckt hatte, verspürte jeder eine schon lange vermisste Frische in der Luft, etwas Angenehmes wenn man ein- und ausatmete. Es lag schon länger ein bisschen Frost in der Luft aber die Sonnenstrahlen der Morgensonne wärmten die Umgebung ein bisschen auf und man fühlte sich unerwartet wohl. In gewissen Bereichen, dunklen Waldabschnitten, konnte man noch immer den eigenen Atem kondensieren sehen, aber es entstand eine angenehme Wärme. Beim Gehen entstand ein sanftes knirschendes Geräusch, wenn der Schnee zusammengepresst wurde und das war Adam zu intensiv, also gab er allen das Zeichen immer wieder etwas weiter zurückzufallen, wenn sie sich einer verdächtigen Stelle oder möglichen Konfliktsituation näherten.

Bum, Bum, Bum. Adam konnte plötzlich ein leichtes Vibrieren spüren, er bemerkte wie ein unnatürlicher Sound in der Luft lag, keine Geräusche die es aus der Natur geben würde. Bum, Bum, Bum. Er spürte es wieder, jetzt hörte er auch das Geräusch und es dauerte nicht lange, um es zu identifizieren. Es war Musik. Adam konnte den Rhythmus hören und spüren, es war ganz klar Musik und natürlich fragte sich jeder warum man plötzlich in dieser Gegend, noch einige Gehminuten von dieser fremden Lage entfernt, Musik hören konnte. Der Rhythmus machte Adam jedoch nicht stutzig, denn recht zügig bemerkte er eine gewisse Gewohnheit, er kannte die Musik. Es war Discomusik so vermutet er aus den 80ern oder 90ern, es war ein schneller Rhythmus, noch nicht Techno. Er glaubte sich erinnern zu können, dass ein Kollege von ihm immer sagte es wäre schnellerer House Sound, aber das war wieder mal nichts anderes als das grundlegende Bedürfnis des Menschen alles in irgendeine Schublade zu räumen und zu kategorisieren. Er wusste nicht, ob es eine gewisse Tonabfolge oder Geschwindigkeit oder Beats per Second gab, die eine gewisse Einordnung in ein neues modernes Wort der menschlichen Rasse benötigte.

Vom Prinzip aber egal, denn all denen, welchen es nicht so wichtig war Dinge korrekt einzuordnen waren aus Adams

Erfahrung noch am Leben und alle jene, welche es liebten alles einzuordnen und dann auch noch alle auszubessern, welche nicht ihrer Einordnungsmeinung waren, waren tot und wandelten höchstwahrscheinlich irgendwo auf diesem Planeten mit einem Stöhnen und Grunzen durch die Gegend. Doch unabhängig von diesem Manko war die Musik für Adam viel zu vertraut, denn er hatte diese Musik schon öfter gehört, nicht nur diese Musik, dieses Lied, gefolgt von ähnlichen bekannten Liedern, hallte ihm sofort durch die Gänge der Erinnerungen in seinem Kopf. Er hat einen Kollegen beim Militär, nein, es war falsch, er hatte einen Freund beim Militär, er hatte sehr viele Einsätze mit ihm gehabt und dann war er mit ihm gemeinsam in Texas stationiert gewesen, dort wo sie diese Tests mit den Viren gemacht hatten. Dieser Freund wusste Bescheid, dieser Freund kannte die Viren und war auch mit ihnen infiziert worden bzw. war ein freiwilliger Träger und jetzt hörte er diese Musik, hörte sie und er ging ganz stark davon aus, wenn er aus der letzten Baumreihe aus dem Wald heraus trat ein bekanntes Gesicht zu sehen, denn wer sonst auf Gottes verlassener Welt, wo nur noch ein paar lebende Gestalten herum liefen, würden im Freien diese Musik hören, wenn überall die Gefahr von Zombies und Tod lauerten.

Die drei Jungs konnten ihren Augen kaum trauen, Calvin stand der Mund offen vor lauter Überraschung. Ein Mann, groß gewachsen, stand in der Mitte eines Feldes, umgeben von einer großen Menge an Zombies, wobei „großen" relativ war, aber sie hätten es auf 100 bis 150 Zombies geschätzt. Sie standen zu viert am Waldrand, teilweise noch ein wenig im Schutz von kleineren Bäumen und beobachten das Tun dieses Mannes. Er sprang zum Takt der Musik über das Feld und schwang dabei seine selbstgemachten Waffen, Waffen in einer Art und Weise wie sie die Kinder noch nie gesehen hatten. Es sah aus wie eine Kette und teilweise in der Verlängerung wie ein Seil. Daran waren Stichwerkzeuge befestigt, man mochte meinen, dass wenn diese Klingen irgendwo stecken blieben das ganze Kettensystem sich verheddern und verhängen würde, doch irgendwie schien dieser Typ es drauf zu haben diese Elemente immer und immer wieder vom Neuen aus den toten Körpern zu befreien und wild durch die Luft zu wirbeln.

Wäre es nicht ein dermaßen groteskes Bild gewesen, das hier in der Einöde eines Redneck Staates ein äußerst lustlos gekleideter Typ durch die Gegend sprang und diese Kettenwerkzeuge in umherwandernde Zombies rammte, so konnte man es doch fast als wie eine Choreographie sehen. In der alten Welt, vor 800 Tagen Minimum, hätte er in einer Disco arbeiten können, perfekte Bewegungen zum Rhythmus, taktvoll, geschmeidig und doch war jeder Schwung wieder ein Hieb für einen der Untoten. Ein Zombie um den nächsten verlor seine Körperteile, ein Zombie da einen Arm, woanders der nächste einen Fuß. Wieder machte es ein Krachen, ein Platzen, ein schleimiges widerliches Geräusch, dort fiel ein Kiefer runter, da zerbrach ein Kopf und schon wurde die Kette in eine andere Richtung geschwungen. Es war auf der einen Seite eine wunderschöne Symphonie in der modernen Welt der Toten und auf der anderen Seite einfach nur widerlich und vermutlich nur noch durch einen äußerst übertriebenen Splatterfilm steigerbar.

Interessanterweise war es Maurice dem es zu viel war und nicht die zwei Jüngeren. Er wandte sich ab und hielt seine Hand vor dem Mund, denn es war klar, dass er sich übergeben musste, aber das wenige Essen, das sie gefunden hatten und nun endlich in seinem Magen war, nicht verschwenden und wieder hergeben wollte. Calvin betrachtete das Ganze fasziniert, Justin war vom Prinzip her eigentlich nur schockiert und überrascht, aber er stellte wieder seine Intelligenz unter Beweis, als er sah wie Adam diesen Mann mit einem verschmitzten Lächeln und leicht hochgezogenen Mundwinkel betrachtete.

„Du kennst den Typen, nicht wahr?" fragte er ihn.

Adam warf Justin einen Blick zu, der viel sagen konnte, doch die beste Interpretation war: ‚Ich bin nicht überrascht, dass du mit deiner Intelligenz das sofort erraten hast, aber merk dir endlich, dass deine Klugscheißerei dich in Probleme bringt. Das hättest du doch gerade lernen können in dieser sogenannten Zisterne.' Dieser Blick reichte, um Justin ein wenig einzuschüchtern, er wollte sich schon entschuldigen als Adam das Wort ergriff. Im Gegensatz zu seinem Blick sagte er sogar: „Sehr gut. Ich würde sagen es gab nur eine Handvoll Menschen, die mich besser kannten als er." Er zeigte auf dem Mann auf dem Feld, der die Zombies zu Discomusik zerlegte. „Und um ehrlich zu sein, müssten die alle tot sein, was bedeutet unter den Lebenden kennt er mich am besten."

Der letzte Zombie fiel und der Mann am Feld fing an seine Waffen zusammenzulegen. Er schnürte die Ketten auf, sodass er sie an seinen Armen einhängen konnte, eine offensichtlich selbsterfundene Konstruktion diese Messer leise, schnell und einfach mitsamt den Ketten auszuwerfen, um sofort, wenn notwendig, in eine Verteidigung oder einen Kampf einzusteigen. Als er sich zu seiner Stereoanlage begab, die die Musik meilenweit durch die Gegend höllern ließ, sah er die Gestalten am Waldrand stehen. Adam winkte ihm, doch die Kids konnten sich nicht vorstellen, dass sie sich aus dieser Entfernung erkennen konnten. Sie selbst erkannten nur einen Mann jedoch nicht wer das sein konnte und sie hatten junge und frische Augen. Da drüben hätten Bruce Willis oder Brad Pitt stehen können und sie hätten es nicht erkannt, doch der Mann winkte zurück und es war kein Winken im Sinne von ‚Aha, da winkt jemand also winke ich wohl auch', das war mehr ein Zeichen eines ‚Dich habe ich ja ewig nicht gesehen und komm rüber'.

Auch hier zeigte Justin wieder in wie viel Intelligenz er seinen Brüdern Maurice und Calvin voraus war als er zu Adam sagte: „Könnt ihr dank dieser saublöden Viren jetzt auch noch meilenweit schauen?"

Adam betrachtete diese Frage als rhetorisch und beantworte diese daher mit einem Augenzwinkern. Dann marschierte er aufs Feld hinaus und watete durch die Lachen aus gestocktem Blut und herumliegender Körperteile. Alle drei Jungs folgten mit einem kleinen Respektabstand, ausreichend genug, um Adam nicht auf die Pelle zu rücken, aber wenig genug, um nicht in die Gefahr zu kommen, von irgendwas angefallen zu werden. Immerhin marschierten sie durch ein Feld von Toten und bei den Toten wusste man nie, waren sie nun wirklich tot, scheintot, bisschen tot, halbtot, etc. Es gab zu viele Arten von Tod heutzutage, man wusste gar nicht was es alles gab. Wenn die Menschen noch am Leben wären, also diese die tot waren, würden sie diese verschiedenen Arten des Todes vermutlich kategorisieren und einordnen. Vermutlich würde jemand eine große Enzyklopädie des Todes schreiben. Eine Information auf Wikipedia wie sich die Toten verhalten würden, welche Toten waren als ganz tot oder nur als bisschen tot oder einfach nur tot zu bezeichnen. Welche Untergruppen des Todes gab es und konnte man sie noch immer ihrer lebenden genetischen Herkunft zuordnen oder gab es keinen Unterschied von Zombies in Amerika und Asien und noch vieles mehr.

Eines war jedoch klar, egal wie tot, sollten sie sich bewegen und einen erwischen, könnte die entstandene Wunde sich infizieren. Das wollten sie nicht, sie wollten auf gar keinen Fall, dass ihnen irgendjemand ein Fleischstück aus dem Bein biss. Auch wenn das weiß verschwunden war und der ganze Schnee, der noch übrig war sich rot gefärbt hatte, totes rot, so wollten sie doch nicht, dass irgendwas aus dieser Blutlache hervorschoss und sie verletzte. Also folgten sie Adam aufmerksam und betrachteten jedes einzelne Stück, an dem Sie vorbeimarschierten. Sie hatten Glück, sie erreichten das Epizentrum der Zombieauslöschung und sahen zu, wie sich die beiden Männer gegenüberstanden. Erst war nicht klar auf was dies hinaus lief, doch dann brüllte der fremde Zombietöter in der Feldmitte los.

„Adam! Du verfluchter Schweinepriester. Wie ist es eigentlich möglich, dass ich dich hier in so einer Gegend nach all dem, was passiert ist, treffe? Ich meine, ich weiß nicht mehr, wo ich bin, es ist Georgia oder doch Alabama aber irgendwo in der Mitte zwischen Washington und Houston vermutlich. Mal mit ein paar möglichen mittelprächtigen Abweichungen Richtung Nord oder Süd also irgendwo in Nordamerika sozusagen."

„Kai, du vermaledeiter Hurensohn!" gab Adam grinsend zurück. „Da wandere ich wie ein blutiger Pavianarsch durch die gesamte Gegend und wen finde ich plötzlich hier an dem Punkt, wo ich eigentlich aufgegeben habe, nochmal ein bekanntes Gesicht zu treffen und nur mehr ein paar Leute abknallen will? Ich treffe Kai, der offenbar nichts anderes zu tun hat, als zu seiner alten, beschissenen CD Zombies umzubringen und das auch noch mit diesem schwindligen Werkzeug. Was ist los, haben sie dir etwa dein Buschmesser geklaut?"

Die Art und Weise wie sie miteinander redeten, offenbarte recht schnell, dass sie weder sauer aufeinander waren, noch in einem Konflikt. Offenbar freuten sie sich einander zu sehen, mussten jedoch die Zeit, die sie sich nicht gesehen hatten, mit üblichem, unsicherem, heterosexuellem Geplänkel runter spielen und es kam bei weitem noch schlimmer. Das Gefluche von Adam waren die Kids nicht gewohnt.

„Natürlich haben sie mir mein Messer geklaut!" sagte Kai. „Sie hatten Angst, dass ich einer Viper mit mehreren Stängeln nachrenne."

Adam verzog die Mine. „Wirklich nach so langer Zeit und das ist das Beste was dir einfällt. Der Spruch ergibt nicht mal Sinn. Was willst du mir damit sagen? Dass du ein Serienmörder bist, der nachts sexy Frauen nachspioniert."

Kai lachte, aber lautlos. „Na wenigstens hast du das jetzt gleich gesagt. Ich habe mich selbst gerade gefragt, was das für ein Blödsinn war. Aber ich bin wohl aus der Übung. Hatte keinen passenden Partner für blöde Sprüche seit längerer Zeit. Also wie ist es möglich, dass du in der Gegend auftauchst und warum hast du die drei Kids da hinter dir dabei? Ich meine ja, klar, hier in der Gegend gibt es viele Tulpenbäume, aber deswegen bist du nicht hier, oder?"

Die Jungs grinsten, offenbar hatte Adam seinen Baumfaible schon länger. „Das ist eine echt lange Story, das Problem ist nur ich bin gerade Richtung Norden unterwegs, es müssten noch fünf bis zehn Minuten sein, wo so eine komische Kommune lebt, da müsste ich noch was regeln. Anschließend würde ich dir gerne alles erzählen und auch hören, wie du hier gelandet bist, in dieser dünn besiedelten Gegend. Und dabei das wichtigste, warum du verflucht noch mal immer noch deine blöde Stereoanlage dabei hast."

„Du willst zum Pot?" fragte Kai.

„Der Pot?" fragte Adam zurück.

„So heißt die Kommune hier im Norden von der du sprichst. Der Pot, da es ein Schmelztiegel an verschiedenen Personen ist, meiner Meinung nach ein Schmelztiegel voller Idioten. Aber wenn du fünf bis zehn Gehminuten nördlich von hier sagst, dann ist es der Pot, denn so viele Kommunen gibt es hier nicht, eigentlich nur zwei. Der Pot im Norden und eine kleinere Kommune im Süden. Verdammt, wie hieß die noch mal, keine Ahnung." erzählte Kai vor sich hin, während sie in gestocktem Blut herumstanden. Die Kids spürten es, etwas lag in der Luft.

Sie fragten sich, wie Adam reagieren würde, als er schon antwortete: „Zisterne heißt die Kommune im Süden."

„Woher weißt du das denn?" Die Tonlage von Kai verriet, dass er nicht verwundert war über Adams Wissen.

„Ich habe gehört, wie sie heißt von den Leuten, die dort lebten und ich anschließend ausgelöscht habe, nachdem sie meine Jungs hier entführt, gefangen gehalten und gefoltert haben." Adam zeigte auf Maurice, Justin und Calvin hinter sich. Calvin beobachtete noch immer ängstlich die Zombies, die rund um ihn herum lagen. Die Luft war nicht mehr so wie es im Wald war und er sehnte sich nach der Luft zurück, denn hier stank alles und roch nach Tod, nach fauligem Fleisch, so wie Zombies eben heutzutage rochen. Im Gegensatz dazu war die Miene von Maurice und Justin jedoch versteinert, als sie merkten, wie offen Adam das sagte. Entweder war Adam verrückt, auf eine Schießerei aus oder er vertraute diesem Fremden so sehr, dass er ihm alles sagen konnte.

„Du bist der Anführer dieser scheiß Kommune!" sagte Justin entschuldigend zu Kai.

„Ist er nicht." sagte Adam bevor Kai sich überhaupt selbst rechtfertigen konnte.

„Woher willst du denn das wissen? Du weißt nie wie Leute sich entwickeln." Fuhr Maurice ihn an.

„Ja, woher weißt du das?" stimmte Kai zur Überraschung der Kids mit ein.

„Weil ich es weiß." sagte Adam zurück.

„Du hast deine Jungs gesagt. Das heißt die drei Burschen hier sind nicht nur einfach ein Anhängsel, sondern die gehören wirklich zu dir?" hinterfragte Kai nochmals nachdenklich die Situation, als er anfing seine Sachen zusammenzupacken.

Adam nickte nur. „Auf die Geschichte bin ich wirklich gespannt!" sagte Kai. „Aber sie haben teilweise recht bzw. eigentlich habt ihr alle Recht. Ich bin nicht der Anführer vom Pot. Sie nennen diesen Sauhaufen Pot, wie schon gesagt, da es eine Art Schmelztiegel von allen Leuten ist, was ich allerdings ein wenig unlogisch fand. Dubiose Namensgebung, denn unter Pot hätte ich für persönlich ja einen Schmelztiegel von allen Arten von Menschengruppen und Kulturen empfunden, aber im Großen und Ganzen sind 98% der Leute dort weiß und aus dieser Gegend hier. Nur wenige sind von einer anderen Kultur, ich glaube Latinos, aber so genau kann ich es nicht sagen. Soweit ich mitbekomme, werden die nicht ganz so gut behandelt. Aber ich bin nicht der Anführer, aber ich bin verantwortlich dafür."

„Wie wäre es denn mit den Kurzversionen unserer beider Leben und dann entscheiden wir, wie wir weiter vorgehen. Deal?" gab Adam zurück.

Kai willigte mit einem Nicken ein und Adam erzählte ihm in wenigen Minuten von seiner Stationierung in Texas als der Virus offiziell in den Medien auftauchte. Er dann alles zusammen packte, nach einiger Zeit in Richtung Norfolk wanderte, mit einigen Unterbrechungen, bis er dann auf die Truppe hier traf und sich derer annahm. Sie in Keeling zurückließ, nach Norfolk ging und jetzt wieder zurück war. Er versuchte es mit so wenig wie möglich Details auszuschmücken.

„Norfolk?" fragte Kai. Er kannte Leute, die dort stationiert waren. „Wie schaut es dort aus?"

Adam schüttelte den Kopf. „Ich hatte gehofft, dass es eine Eindämmung gab oder irgendwelche Gegenreaktionen, aber im großen Ganzen ist alles untergegangen. Sie hatten glaube ich mit einem anderen Output gerechnet und ich muss zugeben ich auch, denn was ich noch gefunden hatte war, naja, einzigartige Informationen, aber ich würde jetzt ungern ins Detail gehen. Was war bei dir?" fragte er.

„Na da hätten wir uns vielleicht sogar irgendwann treffen können, aber eher unwahrscheinlich. Ich war in Nevada stationiert und als man merkte, dass alles den Bach runterging, bin ich nach Washington und ich gehe mal davon aus, dass das Ergebnis bzw. der Output gleich dem war, was du entdeckt hast. Es war nicht mehr wirklich viel übrig und ich beschloss wieder zurückzugehen. Ich war noch nicht sicher, ob Colorado oder Texas, aber ja, es ging mir wie dir, ich wurde da und dort aufgehalten, in Konflikte verwickelt und es ist gar nicht so weit weg von hier gewesen als eine Gruppe Leute irgendwie an mir hängen blieb."

„Sind sie dir ans Herz gewachsen?" fragte Adam dazwischen.

„Das ist ja das lustige und irgendwie auch schräge daran." erzählte Kai weiter. „Nein eigentlich nicht, sie waren einfach da und störten mich nicht und sie taten Dinge für mich, welche ich nicht verlangte, aber sie so nebenbei für mich erledigen konnten und mich damit zufrieden stellten. Wenn ich Zigaretten wollte, holten sie welche. Wollte ich mir einen ansaufen, suchten sie nach Alkohol und wenn ich hungrig war, gingen sie jagen, suchten Essen. Ansonsten ließen sie mich in Ruhe, ich redete nicht mit ihnen und sie gingen mir nicht auf die Eier. Am Schluss war es so, dass ich einfach da war und mein Ding machte und wenn Zombies auftauchten, stoppte ich diese, dafür waren sie bei mir und versorgten mich mit dem was ich wollte. So einfach und nützlich war das Zombie töten für mich plötzlich und das ohne Angst und ohne Probleme. Ist auch nicht sehr schwierig, wenn man feststellt, dass man abgesehen von irgendeiner Körperteile verteilenden Aktion sehr nahe am Unsterblichen dran ist."

„Du bist also der, den sie den Beschützer nannten." schoss plötzlich aus Justin heraus. „Irgendein Typ von dem sie immer wieder gesprochen hatten, der irgendwie bei ihnen wohnte und alle Probleme beseitigte und wenn ihn ein Zombie biss, dann infizierte er sich nicht, er konnte nicht sterben."

„Er ist unser Brain!" sagte Adam zu Kai, da er dessen skeptischen Blick wahrgenommen hatte.

Kai wechselte zu einem grinsenden Nicken. „Tja das war nur so halb richtig, weil natürlich kann ich mich infizieren, mal abgesehen davon, dass die Infektion ja nicht von unseren Viren ausgelöst wird, sondern eine herkömmliche ist. Was einen ja umbringt ist die, sag schon…" er schnippte, bis es ihm einfiel. „ja, genau, Blutvergiftung höheren Grades. So hieß es doch, oder? Wäre aber offenbar etwas was sie eventuell in den Griff bekommen könnten, wenn es noch Krankenhäuser geben würde, außer die Viren bekriegen sich so sehr, dass es keine Option gibt. So habe ich es zumindest verstanden. Aber vom Prinzip her ja stimmt das, wenn ich mich infiziert habe, nach einem

Zombiebiss, dann hat mein Virus das natürlich geheilt und das ist der Grund, warum ich für Leute eben unsterblich wirke. Egal, da ich so unsterblich ausgesehen habe, so haben sie mich gewähren lassen und ich habe sie gewähren lassen." erklärte Kai abschließend.

„Ja das klingt eher nach dir!" sagte Adam. „Das heißt du hast dort eine Kommune, mit wie viel Leuten? Fast 1000? Und du hast natürlich wieder mal keine Ahnung was dort vor sich geht, weil dir alles am Arsch vorbeigeht und du im großen Ganzen die Leute akzeptierst und gewähren lässt, dein Ding hier draußen mit den Zombies machst, weil du natürlich deine Befriedigung dabei hattest und was die Leute machen interessiert dich nicht."

„Hmm, ja ich höre den Sarkasmus raus, Adam. Ich weiß was du sagen willst. Es tut mir leid, dass jemand aus deiner Gruppe da drinnen ist und ich weiß, dass ich wieder mal den Weg, den ich beschreiten wollte, verloren habe und deshalb irgendwo gestrandet bin und wieder mal irgendwie einen um mich rumhängen hatte, wie immer. Aber eines müssen wir hier schon sehr klarstellen, das ist nicht meine Stereoanlage, das Ding habe ich zufällig hier in der Nähe gefunden, ich hatte nur glücklicherweise noch meine CD mit meiner speziellen Compilation dabei." Kai hatte einen Großteil seines Equipments verräumt, was die Kids äußerst verwirrend betrachteten.

„Deine CD mit deiner speziellen Compilation." wiederholte Adam höhnisch. „Ich hätte nie geglaubt, dass ich nach all diesen Einsätzen im Nahen Osten und in Afrika beinhart in der modernen Zombiewelt, wo es wirklich gar nichts mehr gibt, noch mal deine Musik hören müsste."

„Hören müsste?" fragte Kai. „Wie kann man auf so eine Formulierung kommen? Als wenn die Musik schlecht wäre." Er zog seine Oberlippe hoch, um zu signalisieren, dass die Musik perfekt war, bekam aber keine verwertbare Reaktion.

„Über Geschmäcker lässt sich ja streiten." sagte Adam.

„Und ich sage dir was. Wenn wir beide unsterblich sind, dann habe ich auch kein Problem damit, eine lange Zeit mit dir darüber zu diskutieren, aber jetzt muss ich trotzdem meine zwei Frauen abholen und die Frage ist, wie gehen wir weiter vor." Der letzte Satz hatte richtig Druck in der Stimmlage. Kai wusste was er meinte. Es was an der Zeit zu handeln. Nicht mehr Dinge aufräumen, es musste was passieren. Sie waren die einzigen immunen Menschen und zeitgleich der Grund für den Untergang. Jetzt wo sie sich getroffen hatten, war es daran auch was zu bewegen.

„Du weißt ja, wie gut ich darin bin Aktionen anderer Menschen auszublenden." sagte Kai. „Könntest du mir mal kurz erzählen, was du von den Leuten weißt, aus diesen Kommunen, die es hier so gibt."

Adam lächelte nur, denn er hatte nicht die vollen Infos, also ließ er jeden einzelnen der Jungs der Reihe nach berichten, wie sie zur ersten Kommune gekommen waren, was dort vorgefallen war, was passiert war, wie sie behandelt wurden, wie sie geschlagen und ausgehungert und vergewaltigt wurden und was sie mit den Frauen gemacht hatten, bis sie in den Norden verschleppt worden waren. Alle drei gaben Stück für Stück Preis was ihnen passiert war und Adam fühlte sich innerlich sichtbar schlecht, dass er sie zurückgelassen hatte und dem ausgesetzt hatte, dass genauso etwas passiert war.

Kai ließ die Jungs gewähren, er stellte keine Zwischenfragen, er unterbrach sie nicht, er hörte ruhig zu und beobachtete sie beim Reden, beobachtete, ob sie nervös wurden und Anzeichen von Lügenkonstrukten von sich gaben oder ob sie frei den Schmerz von ihrer Seele sprachen und dabei fast schon in Rage gerieten, wenn Sie daran dachten und erinnert wurden was ihnen widerfahren waren. Dinge, die sie versucht hatten zu verdrängen, um weiterzumachen und jetzt noch einmal durchlebten, indem sie sich Kai und Adam zur Gänze öffneten. Maurice wurde von Minute zu Minute verärgerter, während Justin anfing zu weinen, als er erzählte, was sie mit ihm gemacht hatten. Da Calvin kein Wort rausbrachte und ängstlich die Zombies um ihn herum begutachtete, erzählte Maurice was er von dessen Martyrium wusste und von den Frauen. Er wurde so extrem wütend, dass ihn Adam zwischendurch bremsen musste und ihn in die Arme nahm, was Maurice überraschte und sichtlich bremste.

Es war keine Unhöflichkeit, aber es war Zeit weiterzugehen und er brauchte es als Konzentration beim Zuhören, also fing Kai an die Sachen zusammenzupacken. Er faltete nochmals seine Waffen, er gab seine ganzen Schusswaffen in die zugehörigen Halterungen, er hatte zwei Taschen, die befüllt wurden. Adam beobachtete zuerst und begann dann Kai zu helfen, er gab den Jungs das Zeichen weiter zu reden, sich nicht davon abbringen zu lassen, einfach klar und ruhig zu erzählen was passiert war. Es dauerte viel länger als geplant, doch waren es über 60 Minuten, in denen sie von der Zisterne berichteten. Eine Stunde war nichts im Vergleich zu der Zeit, die sie dort schon verbracht hatten, aber die Stunde war notwendig, um sich das schlimmste von der Seele zu reden.

Die beiden Erwachsenen sprachen nicht, auch nicht als die Geschichten der Kinder abflauten. Sie schauten sich an und fingen an die Sachen aus dem Feld raus an den Rand der Lichtung zu tragen. Maurice fragte erst sich selbst und dann die zwei Erwachsenen, ob sie denn nichts dazu sagen wollten, doch niemand reagierte. Die Kids gingen einfach mit und so standen sie nun zu fünft am Waldrand. Ein paar Felsbrocken in der Nähe, überwuchert von Moos, baten eine angenehme Sitzfläche, auf der sich beide Erwachsene niederließen. Die drei Jungs standen daneben und starten die beiden Männer nur an.

Kai war der erste, der die sehr unangenehme Ruhe durchbrach. „Ich weiß was du denkst." sagte er zu Adam. „Wie konnte Kai das Zulassen? Aber lass mich was erklären. Ich wusste nicht, dass es Leute gibt und gab, die so behandelt werden und ich wusste schon gar nicht, dass es dort Leute gibt, die dir was bedeuten. Denn sei mir nicht böse, aber wer von uns war noch übrig, konnte noch übrig sein und keiner von denen war je ein Familienmensch, also bin ich ja mal gar nicht davon ausgegangen, dass jemand wie du irgendwann Menschen trifft, die dir ans Herz wachsen. Aber so war es, so ist es und dann sitzen wir hier und müssen uns der Tatsache stellen, dass es passiert ist."

Adam nickte nur, sagte jedoch nichts darauf. Er wollte Kai sprechen lassen, hören was er für einen Vorschlag hatte.

„Ja, ich weiß, dass ich nachlässig bin. Ich hätte kontrollieren sollen, was die Leute tun. Ich hätte schauen sollen was sie tun, aber ich hatte immer nur mit der gleichen Gruppe, die mich bediente, Kontakt, die ich am Anfang getroffen hatte. Die fingen an sich zu so einer Art Leader aufzuschwingen, andere Leute zu kontrollieren und zu kommandieren. Da sie den Zugang zu mir hatten, war es mir egal, denn ich hatte meine Verpflegung, meinen Alkohol, meine Zigaretten, mein Entertainment und meine Ruhe. Der Rest war mir egal, denn ich war alleine, alle die ich kannte waren tot und ich hatte nichts mehr wofür es sich aufzustehen lohnte. Doch jetzt, wo ich gehört habe, was dort wirklich los war und noch immer ist, kann ich ehrlich gesagt nicht mehr so weitermachen. Es war nicht lange, es war nicht viel, aber allein dich hier zu sehen, mit dir zu sprechen und diese Jungs zu sehen, die zu dir gehören, haben mir in kürzester Zeit gezeigt, was ich verloren habe. Ich habe meine Zeit verschwendet und andere Leute das tun lassen, gegen das ich immer gekämpft habe. Meine Güte bin ich ein Arschloch geworden. Ich bin der Meinung, dass ich meinen alten Pfad wieder beschreiten sollte."

Er blickte zu Adam. „Du hast also alle aus der Zisterne erledigt? Wirklich alle?" fragte er.

Adam nickte wieder.

„Und du hast, wenn es um den Virenstamm bzw. alle Viren geht, die gleichen Erfahrungen gemacht wie ich, vermute ich? Was heißt sie vermehren sich, es kommen mehr, sie werden schneller, es wird schlimmer werden?"

Adam nickte ein weiteres Mal.

„Dann meine letzte Frage. Die Leute sind dir ans Herz gewachsen, diese drei Jungs hier und diese zwei Mädels, die offenbar im Pot sind. Sie sind jetzt deine Familie und du möchtest alles für sie tun und du bist jetzt trotz des Umstands der Zisterne noch sehr in einem Blutrausch und möchtest das ganze beenden, weil du keine Ahnung hast, was passiert, wenn wir sie am Leben lassen und welche von Rache getriebenen Psychopaten dir dann folgen. Stimmt das soweit?"

Adam nickte zum vierten Mal. Er hatte noch immer nicht vor ein Wort von sich zu geben. Justin wurde schon ganz unruhig und wollte nach vorne springen, um selbst das Wort zu ergreifen, hielt sich dann aber doch zurück.

„In dem Fall würde ich folgendes vorschlagen, da ich ehrlich gesagt müde bin, satt bin vom Herumliegen und Zombies töten und irgendwo ein kleiner Teil in meinem Hinterkopf immer schon gewusst hat, dass die Leute dort alle Arschlöcher sind und Dinge tun, die man nicht tun sollte, unmoralisch sind, schrecklich sind und in jeder Kultur und Religion bisher eigentlich verboten waren. Lass uns dort gemeinsam hin gehen. Sie erwarten nur mich, sie gehen davon aus, dass ihr Beschützer kommt und ihnen erzählt, dass alles erledigt ist, die Zombies beseitigt wurden und alles weiter läuft wie immer. Ich bringe euch mit als Gäste, als Gefangene, was auch immer und dann legen wir sie um. Alle, der Reihe nach, du die Hälfte und ich die andere Hälfte und dann trinken wir den wunderschönen guten Scotch, den ich dort oben stehen habe oder den Whisky, der daneben steht. Ich habe einen guten Tennessee Whiskey, ein Bourbone, eine der letzten Flaschen, die ich gefunden habe. Den trinken wir gemeinsam aus, erzählen uns was wir wissen und erzählen uns was wir vorhaben und dann schauen wir weiter. Wäre das ein Deal?" fragte er zum Abschluss Adam.

Adam erhob sich und nachdem auch Kai stand, packte er seinen Unterarm zum Zeichen seiner Verbundenheit. „Ich wusste, dass ich auf dich zählen kann." sagte er zu Kai.

Kai lächelte als Antwort. „Aber eines muss ich machen." sagte er anschließend zu Adam. „Ich muss selbst sehen, wie es dort zugeht."

Adam willigte ein und gab unvermittelt das Startzeichen für den Abmarsch.

„Wartet mal." schoss Maurice dazwischen. Justin wollte auch, aber ließ lieber den ältesten reden, denn Calvin wusste nicht genau was er mit all dem anfangen sollte. „Der Typ hier, den ich nicht kenne, beschützt monatelang die Bande von Leuten, die uns gequält haben und nur weil du jetzt auftauchst, ist alles anders und ihr bringt alle um. Erstens ist das unlogisch. Warum sollte das jetzt alles anders sein? Und zweitens, warum gleich alle umbringen, es gibt doch sicher auch nette Leute dort."

Adam wandte sich nicht nur an Maurice, sondern an alle drei. Er holte tief Luft. „Ich weiß genau was ihr denkt. Für euch muss es dumm wirken. Warum vertraut Adam dem Typen hier. Ich kenne ihn schon sehr lange und ich weiß etwas von ihm. Er ist nicht der Beschützer der Leute, dazu hat er sich nicht aufgeschwungen. Er ist in ein depressives Loch gefallen, hat sich niedergelassen und dem Suff hingegeben und sich ausnutzen lassen und weggeschaut, da er eben leider vom Verhalten her so ist. Er knickt schneller ein, als andere und verliert sich dann in seinem Selbstmitleid. Was die anderen gemacht haben, war ihm scheiß egal." Er drehte sich kurz zu Kai. „Sorry für diese Offenheit."

Kai nickte leicht verlegen. „Leider hast du ja Recht."

„Schaut Jungs." sprach Adam langsam weiter. „Ja, normalerweise tun wir sowas nicht. Es ist das Gegenteil von dem was ich euch beigebracht habe. Aber ich kenne Kai, er wird uns jetzt nicht in den Rücken fallen und im Pot umbringen lassen. Bei ihm braucht es nur einen kleinen Trigger und den haben wir ihm gegeben. Mich zu sehen, mein neues Ich und dann die Geschichten von euch. Ich denke es ist ihm peinlich, dass er diesen Push von uns braucht, um was zu tun und nicht vorher selbst was getan hat. Er wird uns helfen und eines ist klar. Irgendwo im Pot könnte ein Mensch sein, der nett ist oder mal nett war. Ich bin mir sogar sicher, dass wir ein oder zwei Menschen finden, welche tatsächlich nett wären, aber aus Angst und einem Martyrium gebrochen wurden und nun den Leuten im Pot folgen. Wir werden nicht rausfinden wer das ist und alle anderen sind entweder Psychopathen, Egomanen, Sadisten, die ihre Leidenschaft endlich ausleben können und der Rest sind Mitläufer, die sich immer nach dem Wind richten. Auch wenn diese Personen uns folgen würden, beim nächsten Leader, werden sie die Seite wechseln und wieder Gegner von uns sein. Und Leute, die gebrochen wurden, kann ich nicht heilen. Das hier ist eine Welt, in der es schwerer ist zu überleben, als noch vor der Zivilisation, als unsere Vorfahren lernten aufrecht zu gehen. Ich habe keine Zeit Leute, die vielleicht noch nett wären, wenn man sie nicht gefoltert hätte, zu therapieren. Es ist der einzige Weg, um damit abzuschließen und wir haben die Möglichkeit dazu. Auch wenn ihr der Meinung seid, es muss einen anderen Weg geben, ich will jetzt Denise und Chestine da raus zu holen, alleine wird schwierig, mit Kai wird es möglich und ich habe keine Lust mir einen neuen Plan zu überlegen, wo wir ein paar Einwohner vom Pot retten können. Außer den Gefangenen wird es nichts geben, was ich je in meiner und eurer Nähe haben will, denn ich vertraue diesen Leuten nicht. Könnt ihr damit leben?"

Zögerlich nickten Maurice und Justin. Calvin tat es ihnen dann gleich. Kai legte seine Hand auf Adams Schulter. Er sagte nichts, aber Adam wusste, dass er zustimmte und es das richtige war zu tun. Aber eines musste er noch ergänzen. „Sollten wir in Jahren zurückblicken und erkennen, dass wir das jetzt nicht hätten tun sollen, dann ist es so. Jetzt... jetzt fällt mir nichts anderes ein. Ihr seid müde, hungrig, verletzt. Ich will das Ganze hier beenden und dann rasten. Sollte keiner von euch einen super Plan haben, dann werde ich das jetzt durchziehen."

Das darauffolgende Schweigen war so leise, dass man hören konnte, wie die Sonnenstrahlen die Äste unter der leichten Schneelast zum Knarren brachte. Dann marschierten sie los.

Auf dem Weg zum Pot wurde trotzdem noch heftig weiter diskutiert und auch Fragen gestellt wie z.B. woher sich Adam und Kai so gut kannten, damit die Jungs deren Beziehung besser verstanden. Trotzdem immer aufmerksam, ob niemand in der Nähe war, eine Person vom Pot oder ein Zombie. Doch der Marsch war wirklich nicht viel mehr, wie schon angekündigt waren es knapp über fünf Minuten und der Pot war in Sichtweite. Sie hatten Glück, auf dem Weg dorthin hatten sie nie Kontakt mit auch nur einem einzigen Scout, Zombie, Tier oder was es sonst noch heutzutage an möglichen Kategorien gab.

Sie waren wieder direkt an einem Waldrand und hatten einen guten Blick auf die Kommune, auf das Gebiet was früher mal eine Produktionsstätte und ein großer Lagerbereich gewesen war. Alles war damals schon umzäunt gewesen und jetzt mit verstärkter Umzäunung und einer Erweiterung von bisherigen Nachbargebäuden und dazwischen provisorischen Holzhütten und Zelten. Kai und Adam scherzten, dass in einer Gegend mit möglichen Wirbelstürmen die Provisorien nicht gerade ausreichend Schutz baten. Begleitet von lautstarken Protesten wurde entschieden, dass die drei Jungs in der Nähe des Waldrandes warten sollten. Sie konnten nicht verstehen, warum sie warten sollten, warum sie nicht helfen durften, warum sie immer noch wie kleine Kinder behandelten wurden, nachdem was sie bisher alles durchgemacht und was sie schon alles gelernt hatten. Doch als Adam erklärte wie schnell und einfach er und sein alter Freund reagieren würden und einfach alles, was sich bewegte, anvisieren würden, fingen sie an es zu verstehen. Damit wären auch sie in Gefahr und Adam hatte keine Lust sich durchgehend Sorgen zu machen, dass den Jungs etwas passierte. Entweder von ihm selbst oder vielleicht sogar von einem der Anwohner im Pot, der in einer Panikreaktion auf eines der Kinder schießen konnte. Da sie wussten eine ewige

Diskussion würde nicht zu dem Ergebnis führen, dass sie sich selbst wünschten und es würde nur sinnlos Zeit verschwenden, gaben sie recht bald nach.

Die zwei Erwachsenen machten sich aus, wie sie das ganze Unterfangen anlegen würden. Schlussendlich entschieden sie, dass Kai Adam als Gefangenen mitbringen würde und ihn in den Gefangenentrakt bringen würde, von dem er selbst nicht wusste, wo er war, denn am ehesten waren die Frauen dort zu vermuten. Wenn man sie dort nicht antreffen würde, dann musste man eben weitersuchen. Hatten sie die Frauen gefunden und in Sicherheit gebracht, dann würden sie den Rest erledigen. Kai nahm die Waffen von Adam an sich, damit es so aussah als hätte er Beute gemacht. Dann schnürte er ihm die Hände an den Handgelenken vor seinem Bauch zusammen in einer dermaßen schwachen Art und Weise, dass man schon sehen konnte, dass die Fesseln bei der geringsten Bewegung herunterfallen würden. Adam überzeugte Kai, dass es doch etwas realistischer aussehen musste, immerhin konnte er sich auch aus etwas festerem Griff selbst befreien. Die Vorbereitungsarbeiten nahmen nicht wirklich viel Zeit in Anspruch und so waren sie innerhalb kürzester Zeit am Eingang vom Pot.

„Hey, du hast ja wen mitgebracht." rief die Wache am Tor überrascht. „Ich dachte du gehst nur ein paar Zombies killen."

„Mach endlich die Tür auf und halt das Maul!" gab Kai schroff zurück.

Die Wache am Tor stutzte kurz, öffnete umgehend das Tor und ließ Kai mit Adam passieren, ohne ein weiteres Wort raus zu würgen. Man konnte merken wie unangenehm ihm diese Situation war.

In dieser Kommune wimmelte es nur so von Leuten, was nicht verwunderlich war, wenn man fast tausend Leute auf so engem Raum zusammen quetschte. Kai führte Adam einen kaum erkennbaren Pfad entlang, als er von einer Frau und einem jüngeren Typen gestoppt wurde.

„Alle Zombies beseitigt?" fragte sie.

Kai nickte: „Wie immer." gab er kurz und prägnant zurück.

„Und was haben wir hier?" fragte sie, während sie Adam von oben bis unten begutachtete.

„Ein Gefangener, den ich aufgeschnappt habe. Ich werde ihn zu den anderen Gefangenen bringen. Wo sind die noch mal?" fragte Kai.

Die Frau lächelte. Sie war sehr hübsch, aber nicht so voll gepflegt, wie sie es wollte. Die Haare waren filzig und sie konnte spüren, dass sie immer am ganzen Leib klebte. Aber Waschen war ja plötzlich ein Luxus geworden. Dreck konnte man auf ihrer sehr hellen Haut und dem rötlichen Haar gut sehen, also versuchte sie so gut es ging sich sauber zu halten. „Ich nehme dir das ab." Ihr Lächeln hatte einen Makel bei ihren Zähnen offenbart, welcher ihr peinlich war. Sie presste ihre Zunge davor und tat so, als müsste sie noch ganz lässig Essensreste rauspulen. „Das ist kein Problem für mich."

Doch Kai stoppte sie sogleich: „Ich mache das!" sagte er kurz und schroff zu ihr.

„Aber das hast du doch noch nie gemacht." sagte sie.

„Bisher habe ich keine Gefangenen gemacht. Das war nicht meine Aufgabe."

„Muss es auch nicht werden. Ich mach das schon." sie griff zu Adams gefesselten Händen.

„NEIN." schrie Kai sie an. „Ich erledige das selbst. Bist du taub? Es gibt Dinge, die man ja irgendwann anfangen muss. Also wo bringt ihr die Gefangenen hin und lass mich nicht ein drittes Mal fragen."

Die rothaarige Frau schrak zurück. „Wow, du bist heute ja mal wieder drauf." sagte sie und leckte noch immer an ihren Zähnen und machte zuzelnde Geräusche. „Komm mit, ich zeig dir wo." Sie drehte sie um 180 Grad und ging voraus.

Zum Glück war die Anlage recht überschaubar, also waren sie nach wenigen Gehminuten am Ende eines der großen Gebäudekomplexe angekommen. Da gab es einen Hintereingang und sie gingen die Treppe runter, wo früher mal ein Lagerraum und Heizraum gewesen waren. Der Heizraum war natürlich noch vorhanden, es war eine mit Kohle betriebene Heizanlage, und nebenan war damals das recht üppige große Kohlelager. Umweltschutz war immer und überall ein Thema gewesen, doch hatte in Wirklichkeit im Zentralraum eines so großen Landes, wie der USA, niemand das starke Interesse ein funktionierendes Heizungssystem einfach umzustellen auf etwas teureres, nur weil man in den Nachrichten hörte, dass vielleicht irgendwo im Pazifik ein paar Inseln untergegangen waren. Es war doch schon sehr unwahrscheinlich, dass nur weil man in der Mitte der USA auf so einem großen Kontinent noch ein bisschen mit Kohle heizte, irgendwo auf der anderen Seite der Welt es zu einer Naturkatastrophe kam. Das konnte man hier den Leuten aber nicht wirklich mit Fakten belegen.

In der neuen Zeitrechnung war das Thema Umweltschutz natürlich kein Thema mehr. Jetzt ging es hauptsächlich um Eigenschutz, ums Überleben und die Kohle war natürlich schon lange aufgebraucht und das gesamte Heizsystem außer Betrieb. Funktionieren würde es noch hatte ein Typ gesagt, der mal Techniker gewesen war in der Zivilisation. Es war sehr alt und rudimentär und es benötigte einen Funken Strom, um die Bedienung am Laufen zu halten, und der Strom war nicht mehr vorhanden. Der Heizungstechniker hatte dann einen Holzofen angeschlossen, so konnte man einen kleinen Teil des Haupthauses heizen und die wichtigsten Leute des Pots konnten sich wärmen. Nicht Kai, dem war alles egal.

Es waren ein paar geschickte Heimwerker in der Gruppe, die dann die restlichen Räume und den Lagerraum zu einzelnen Gefängnisbereichen umgebaut hatten. Selbsternannte Sklaven, die nicht wirklich viel zu tun hatten, werkten Tag ein Tag aus und hatten recht schnell die notwendigen Gitter, die andere hier oder in der Umgebung gefunden hatten, mühsam händisch mit Eisensägen zurechtgeschnitten, in Form gebogen und geschmiedet und schlussendlich montiert. Natürlich fragte man sich, wie man in einer Zeit ohne Strom die erforderlichen Löcher bohren konnte, aber der Mensch war schon immer erfinderisch und es gab andere Methoden die Gitter zu befestigen. Es wurde geklemmt, geklebt, gespritzt und das was gebohrt werden musste, das wurde langsam und mühselig mit der Hand gebohrt, denn ein Handbohrer war ja nicht gerade eine neue Erfindung. Somit war recht schnell ja relativ und im Vergleich zum Tempo der Zivilisation dauerte es seine Zeit. Da es niemand von den brutalen, Tiere und Zombies jagenden Typen selbst konnte, war dann doch jeder überrascht gewesen, wie schnell die Gitter montiert gewesen waren, so fühlte es sich zumindest für die Leute an.

Wenn man mit einer Gruppe war, mit fast rudimentären Menschen und jeder seine Aufgabe hatte, wie Schutz, Nahrungssuche, Sicherheit, Nahrungszubereitung, den Wohnbereich weiter ausbauen, dann gab es eben auch Leute, die gar nichts davon konnten, die auch nie wirklich etwas Kompliziertes gelernt und nur durch Zufall überlebt hatten. Weil sie zur richtigen Zeit an der richtigen Stelle waren und irgendwie noch die Möglichkeit hatten auf einen metaphorischen Zug aufzuspringen, weil sie gerade genau zu dem Zeitpunkt am metaphorischen Bahnsteig herumlungerten und so waren sie schlussendlich über viele Zufallszüge im Pot gelandet und wurden dazu verdonnert diese Löcher zu bohren und die Gitter zu montieren. Was hätten sie sonst den ganzen Tag tun sollen. Die Gefängnisräume wurden benötigt, das hatten die Bosse so angeschafft, denn man ging ja neben Jagd auch auf Plünderung und man fand immer wieder Menschen, die sich noch irgendwo versteckten oder auch Gruppen, die eigentlich in dem Gebiet nur durchzogen. Diese musste man entweder töten oder eben gefangen nehmen.

Auf der einen Seite war es nicht gerade intelligent Menschen am Leben zu erhalten und auch noch zu füttern, aber auf der anderen Seite hatte sich gezeigt, dass es für ein gewisses Zeitfenster praktisch war, denn entweder man hatte ein Druckmittel, oder es waren Leute, die ab einem gewissen Zeitpunkt dem gesellschaftlichen Druck des Pots folgten und ein Teil davon wurden, wenn auch nach intensiver Folter und Konditionierung, dann aber ihren Beitrag leisteten und mithelfen konnten. Der letzte Grund Leute gefangen zu halten, über den niemand sprach, der jetzt, nachdem Adam und Kai die Räume betraten, in der Luft hing, war das einzige, was den Menschen schon von Anfang an davon abhielt viel höhere Ebenen des Seins zu erreichen, perfekter zu werden, genialer zu werden, ein Lebewesen zu sein, das den gesamten Weltraum eroberte und hunderte andere, fremde, außerirdische Kulturen entdeckte und mit ihnen Handel betrieb. Alles lag ganz einfach daran, dass die meisten Menschen im innersten von sich selbst etwas aus ihrer Entwicklung, aus der Evolution, hochkommen ließen und es auch noch liebten.

Menschen waren noch immer Tiere. Tiere, die heutzutage aufrecht gingen und diese Tiere hatten Triebe. Triebe, denen sie folgten, die einprogrammiert waren, um das Überleben einer ganzen Rasse zu sichern und das war neben dem Selbsterhaltungstrieb und dem Neugierigkeitstrieb natürlich der Sexualtrieb. Der Sexualtrieb war dafür zuständig, dass aus wenigen Menschen in kurzer Zeit Milliarden von Menschen wurden und somit die Rasse überlebte. In einer modernen Welt, wo man danach strebte in Sportarten oder Kunstformen der bzw. die Beste zu sein, anderswo immer neuere Techniken entwickelte, immer weiter, höher und schneller zu kommen, war es irgendwie unverständlich, dass diese Menschen täglich nur von so einem Trieb kontrolliert wurden. Aber es war so, denn jeder kannte den Spruch „Sex sells". Es galt für die meisten Menschen. Tagtäglich bedeckten sie sich mit Kleidung, um ihr wahres Aussehen zu verbessern und wurden anhand ihrer Kleidung dann auch gleich beurteilt. Man kontrollierte, ob es ein neuer Anzug war, sauber gebügelt, die Krawatte die gleiche war wie gestern oder eine neue, ob sie farblich abgestimmt war zu der Aktentasche, ob man rasiert war oder nicht, ob der doch vorhandene Bart gepflegt war, ob man nach einem guten Parfum roch. Frauen mussten jede Art von Kosmetikprodukt benutzen und neben einem schönen Kleid auch noch Schmuckstücke besitzen und laufend abwechseln.

Schlussendlich war dies alles irrelevant, wenn doch als Ergebnis die zwei Körper sich in Ekstase schwitzend aneinander rieben. Beobachtete man neutral von außen das Schauspiel, war es, als würde man zwei Straßenhunde in Sofia sehen, wie sie angestrengt, voller Geilheit, getrieben, ohne zu wissen warum, die nächsten Straßenhunde machten. Reduzierte man das ewige Sein der Biomasse, reduzierte man alles runter auf diese Momente, so stellte man sich die Frage, wie Menschen in einem Büroraum sitzen konnten und sich gegenseitig zu hoch technischen und komplizierten oder auch wirtschaftlichen, kaufmännischen und juristischen Fragen unterhielten, stritten oder berieten, wenn man doch wusste, wie sie alle am Abend wieder in einer neuen Stellung kämpften, um das Eheleben frisch zu halten und zeitgleich ihrem Trieb folgten und ihn befriedigten.

Jetzt in einer Zeit des Überlebens, wo es wichtig war Nahrung zu haben, wo es wichtig war Schutz zu haben und allen Zombies auszuweichen, schien der Drang, die Rasse zu vergrößern, obsolet. Man sollte zuerst die Probleme beseitigen und dann wieder frisch starten. Diese Überlegung fand sich in keinem der Köpfe wieder, denn niemand dachte an die Zukunft. Die Leute verfielen immer und immer wieder ihrem Sexualtrieb. Es war ihnen offenbar nicht möglich das, was notwendig war, um zu überleben, in ihren Köpfen auf Platz eins zu stellen. Sie konnten ihren Fantasien freien Lauf lassen, da sie niemand verurteilen würde. Niemand war da, um zu richten, niemand interessierte sich für die Kleidung, die Leute trugen. Jeder war mit sich beschäftigt. In den Augenblicken, wo sie das Gefühl hatten sicher zu sein und Narrenfreiheit zu haben, auch wenn es nur für einen halben Tag war, so war der nächste Schritt der meisten Leute ihren Sexualtrieb auszuleben. Da nicht den ganzen Tag willige Partner herumstanden und drauf warteten, wenn die jeweilige Person gerade spitz war, musste man sich wohl offenbar ein paar Personen in Gefängniszellen halten, mit denen man das tun konnte. Das konnte man förmlich riechen und schmecken, wenn man in das Kellerverlies stieg.

Dort angekommen, konnte man ebenfalls mit einem schnellen einfachen Blick etwas höchst Interessantes, aber vermutlich schon vor der Zombiewelt Bekanntes, feststellen. Die Frauen im Pot hatten ebenso einen Sexualtrieb, aber bei weitem nicht so ausgeprägt, wie die der Männer, und auch mehr unter Kontrolle. Also noch wie in der Zivilisation. Die Frauen konnten ab und zu mal mit jemanden im Pot schlafen, daher waren sie nicht das Problem. Die Männer schon, denn die Männer waren in der Überzahl und wollten durchgehend mit wem schlafen und dafür waren zu wenig Frauen da und diese einfach nicht dazu bereit. Deshalb zeigte sich recht schnell, dass es in diesem Gefängnis hier eigentlich so gut wie keine Männer gab. Es waren Frauen und Kinder und nur wenige Kinder und diese hauptsächlich auch nur weiblich.

Der Wachposten, der die Gefängnistüren bewachte, stand am Ende der Treppe. Er begrüßte die Frau mit der typischen Art eines Untergebenen, um ihr zu zeigen, dass sie ein Teil der Herrschergruppe war. Doch als er Kai sah erschrak er sichtlich, denn er wusste wer dieser Mann war, aber er hatte ihn bisher weder direkt gesehen, noch mit ihm gesprochen, und jetzt stand er plötzlich hier, mit einem anderen Mann, dessen Hände vor seinem Bauch zusammengebunden waren.

„Zeig mir die Anlagen." sagte Kai und die Frau nickte. Die Wache reagierte sofort, öffnete die Türen der Reihe nach und ließ Kai hineinschauen.

„In welche Zelle willst du ihn stecken?" fragte die Frau. „Wir haben hier aktuell keine männlichen Gefangenen. Die sind alle in der Zisterne. Haben die absichtlich so aufgeteilt, damit sie erst gar nicht auf dumme Gedanken kommen." schob sie hinten nach.

Kai hatte seinen Kopf noch immer zu Hälfte in einem dieser Zellenräume als er mit ruhiger Stimme und sehr langsam startete. „Mehrere Milliarden Menschen sind gestorben und dann als Untote zurückgekommen, damit sie tagein tagaus versuchen können die wenigen Überlebenden zu essen. Ich biete euch Schutz in dieser Zeit, eine Art von Schutz, die kaum wo zu finden ist auf diesem Planeten und das hier..." seine Hand zeigte der Reihe nach auf die Zellenräume, „ist es, was ihr mit der Zeit anfangt, die ich euch zur Verfügung stelle?"

Die Frau reagierte äußerst überrascht, sie hatte nicht damit gerechnet, dass Kai mit sowas anfangen würde, aber sie wusste, wie sie sich schnell und einfach verteidigen musste. „Sicherheit? Ja, Danke! Das hast du uns zur Verfügung gestellt und wie sieht es aus mit Wasser, mit Nahrung, mit Grundbedürfnissen sonstiger Art und wie sieht es damit aus, dass wir deine Grundbedürfnisse gedeckt haben? Also wenn du dich je dafür interessiert hättest, was wir machen, dann hätte ich dir das früher gezeigt. Du wolltest deine Ruhe und nicht angesprochen werden und dafür hast du alles bekommen, was du wolltest und uns Sicherheit gegeben im Gegenzug. Schön. Und wir haben den Rest des Lebens so geregelt, wie es für uns passt."

Kai lächelte kurz, er drehte sich um, schaute dabei Adam mit einem Ich-glaube-wir-wissen-beide-was-jetzt-kommen-wird-Blick an und wandte sich zur Frau. „Ich danke dir vielmals für diesen Hinweis." sagte er immer noch mit einer unfassbar ruhigen und langsamen Stimmlage. Es war schon beunruhigend für die Frau und den Wärter, dass er so sauber und gelassen weitersprach. „Ich habe mich nicht dafür interessiert und ich habe mich auch nicht darum gekümmert. Vollkommen richtig. Vom Prinzip her hätte ich euch laufend kontrollieren müssen und schauen müssen, was ihr tut, als wäre ich eine billige Führungskraft in einem mittelständischen Unternehmen. Warum drauf vertrauen, dass bei den Leuten, denen ich helfe, Rückgrat existiert oder wissen was sich gehört und was nicht. Nur weil plötzlich Untote über die Erde wandeln und uns das Leben schwer machen, müssen wir sofort alle zivilisierten Verhaltensweisen abwerfen. Wen interessiert schon, was man für eine Kinderstube hatte. Das heißt wir sind zurück bei der Natur, der Stärkere gewinnt, sperren wir Mädchen ein und vergewaltigen sie." Er zeigte wieder auf eine Tür, wo drei Frauen im Teenageralter am Boden kauerten und vor sich hin heulten.

Diese Aussage brachte die Frau sofort in Rage. „Willst du uns jetzt vielleicht verurteilen? Willst du jetzt plötzlich einen auf Ich-habe-plötzlich-ein-Gewissen-bekommen machen?" fuhr sie ihn an. „Wir kämpfen hier jeden Tag ums Überleben. Wir versuchen Essen zu finden. Da sind Leute, die durch die Gegend wandern und versuchen uns auszurauben. Wir hätten sie auch erschießen können, so wie es andere da tun und was haben wir stattdessen getan? Wir haben sie aufgenommen. Wir halten sie hier fest und geben ihnen zu Essen, damit sie überleben und dann können sie sich, wenn sie sich geläutert haben, in unsere Gruppe integrieren. Also komm mir jetzt nicht mit dieser Scheiße."

Adam musste schmunzeln bei dieser Reaktion, was die Frau noch mehr verärgerte. Sie blickte ihn, diesen neuen Gefangenen, scharf an, denn er sollte gleich seinen neuen Platz kennen lernen und wollte bereits zu einem weiteren verbalen Gegenschlag ausholen, als Kai wieder in gewohnter Ruhe weitersprach. „Ich kann mir bildlich richtig gut vorstellen, wie drei Mädchen im Alter von, wie alt vermutlich, 16, 17, 18..." er zeigte in die Zelle gleich direkt daneben. „Wie sie als brutale Ninjas vor unserer Kommune durch die Gegend schleichen und unsere Scharfschützen ausschalten, damit sie an eine Dose Mais rankommen. Faszinierend." Kai kontrollierte das Verhalten der Frau, beobachtete, wie ihre Haut rot wurde und sie bereit war ihn nochmal anzuschreien, aber er sprach ruhig weiter: „Es ist ganz einfach. Schau, es war mir egal, es war mir immer egal, weil mir einfach, nachdem alles den Bach runter gegangen ist, alles egal war. Ich selbst habe nichts davon getan und hätte es nie, aber ich war in einem emotionalen Loch und habe daher nicht vertieft gefragt was ihr hier tut, da ich davon ausgegangen bin, es sei was Moralisches, was Zivilisiertes. Aber auch das war mir egal. Der hier allerdings..." er zeigte auf Adam, um zeitgleich mit einer ganz schnellen Bewegung, mit einem Messer, das zuvor niemand gesehen hatte und er offenbar in der emotionalen Unterhaltung aus einer Halterung geholt hatte, mittels eines schnellen Hiebes von oben nach unten das Seil durchtrennte.

Die Frau und der Wächter blickten verwirrt und angstvoll auf die Szenerie, denn sie fragten sich: ‚Warum wurde Adam los geschnitten? Sollten sie reagieren? Sollten sie was tun?'

Kai schaute sie wieder an und beendete seinen Satz von vorher nicht. „Ich habe keine Lust Leute zu beschützen, die andere Menschen wie Tiere halten, damit sie was zum Vergewaltigen haben und es dann auch noch verkaufen, als wären sie sozial und für die Gruppe hier verantwortlich sind. Du hattest vollkommen recht, ich habe mich nie dafür interessiert, ich habe euch ein bisschen Sicherheit gegeben und ihr habt mir dafür alles gebracht was ich wollte, mein Essen, meinen Alkohol, meine Zigaretten. Was du allerdings hier vergisst: Schau, ich bin nie mit einer Schusswaffe neben dir gestanden und habe dich, euch gezwungen das hier zu tun. Ich habe getan was ich tun wollte, was mir Spaß gemacht hat, was eine Art Zeitvertreib für mich gewesen ist und jetzt werde ich das ändern, jetzt mache ich was anderes. So einfach schaut die Welt heutzutage aus. Jetzt werde ich dafür Sorge tragen, dass unter dem Deckmantel ‚Wir müssen unsere Kommune schützen' keine anderen Leute mehr leiden müssen, nur weil ich faul herumsitze und sogenannte Sicherheit biete. Der Typ hinter mir, dem ist nicht alles egal, wie mir, der hat Familie, die ihr verletzt habt. Lustig ist nur, dass er der Einzige ist, der mich aus meinem Loch holen konnte. Blöd für euch oder..."

Mehr war nicht zu sagen, mehr wollte er auch nicht erklären. Was sollte er noch erklären? Auf welchen fruchtbaren Boden sollte es fallen, wo drüber nachgedacht werden konnte, ob es eventuell andere Optionen gab als Menschen so zu foltern. Nachdem was Kai von den Jungs gehört hatte, was in der Zisterne vorgefallen war und was sie an Gerüchten über den Pot gehört hatten, war er bereits sehr negativ eingestellt auf diese Frau und ihre Freunde. Als er aber selbst gerade mit eigenen Augen sehen musste, wie angstvoll die Frauen und Mädchen, die von allen Himmels-richtungen hierher verschleppt worden waren, zitternd in den Pot-Gefängniszellen saßen, hatte er plötzlich gar kein Mitleid mehr mit den Bewohnern dieser Kommune. Allein dass es möglich war, dass so eine Situation herrschte und existierte, zeigte wie weit weg sie von dem waren, was eigentlich hätte sein sollen. Was sollte er nun machen? Sich mit ihnen zusammensetzen und diskutieren, ihnen erklären was es bedeutete zivilisiert zu sein, menschlich zu sein, Anstand zu haben, Respekt gegenüber anderen Leuten? Die Leute verloren offenbar diese Punkte in dem Augenblick wo ein System zusammenbrach und es kam ihre grundlegende Natur hervor und Kai hatte absolut kei-ne Lust sich damit herum zu schlagen.

Er zog seine Waffe aus dem Halfter. Die Frau und der Wächter wollten reagieren, aber Kai war viel zu schnell. In diesem letzten Moment wollte die Frau sich rechtfertigen, erklären und zeitgleich Änderungen versprechen, wenn diese denn im Sinne von Kai waren. Doch tief in ihr drin-nen, war ihr klar, dass sie all die Zeit verschwendet hatte und eine falsche Entscheidung nach der anderen getroffen hatte. Sie hätte doch einfach nur mit Kai reden müssen, rausfinden was er wollte, doch sie hatte Macht geleckt. Der Zerberus, der sie beschützte, zu dem hatte sie Zu-gang und sonst kaum wer, also konnte sie die Herrin spie-len. Alles umsonst. Zwei Schüsse und das Hirn von beiden spritzte auf die alte dreckige Wand hinter ihnen. Hätte sie das verhindern können, mit einer anderen Haltung, einer anderen Wesensart, man fand es nun nicht mehr heraus. Ihr Körper und der des Wächters sackten zusammen, als hätte man einen Beutel aufgehängt und das Seil einfach durchgeschnitten. Am Boden liegend verfärbten sie ihre Umgebung, wie ein Glas mit Tomatensauce, welches um-geworfen worden war.

Adam hatte sich bisher nicht wirklich bewegt oder reagiert. Er wollte Kai allein handeln lassen. Dieser wandte sich nun an ihn: „Die Schüsse muss ja jemand gehört haben, also gehe ich jetzt mal davon aus, dass wir mit der Aufräumarbeit starten." Adam nickte.

„Sind deine Frauen hier?" fragte Kai.

„Ich habe nur eine gesehen." gab Adam zurück. Er ging sofort in diesen einen Raum und sah Denise im Eck auf einem alten Klappbett sitzen. Sie hatte ihn vorher nicht gesehen, sie hatte nur Kai erkennen können, der den Raum gemustert hatte, doch als sie Adam sah, schossen ihr unmittelbar die Tränen in die Augen. Sie fing an zu zittern, sprang auf und humpelte zu ihm, um ihn zu umarmen.

„Was ist mit deinem Bein passiert?" fragte Adam und war schockiert, als er ihre ganzen blauen Flecken und Blutergüsse sah.

Denise lachte kurz auf. So konnte nur ein Mann reagieren. Sie drückte ihn nochmal fest und er erwiderte den Druck. Dann zeigte sie ihm, dass sie ihn vermisst hatte und froh war ihn wohlauf zu sehen. Adam verstand den Wink, es war ihm peinlich, also erkundigte er sich zu ihrem Befinden. Sie versuchte ihm zu erklären was los war, dass sie ihr das Bein fast gebrochen hatten, als sie draufgetreten hatten, aber sie schluchzte so sehr, dass die Worte kaum verständlich rauskamen. Adam umarmte sie wieder, strich ihr über den Kopf und tröstete sie, so wie ein Vater, der sein kleines Kind trösten würde. Er sagte immer wieder „Ist ja schon gut. Ich werde dich jetzt beschützen. Ich bin da und ich gehe nicht mehr weg. Ich bleibe ab jetzt bei euch."

Nachdem er das gesagt hatte, heulte sie noch mehr los, was zuvor noch unmöglich erschien. Obwohl sie Adams Geste lächerlich fand, konnte sie sich nicht zurückhalten. Ihr ganzer Körper zitterte und sie fing an zu Boden zu sacken. Adam half ihr zurück auf das Klappbett. Der gesamte Druck, den sie verspürte, um stark zu bleiben, löste sich auf, als sie Adam gesehen hatte.

„Ist Chestine auch irgendwo hier?" fragt er sie behutsam.

Sie schüttelte ihren Kopf und versuchte halbwegs deutlich zu sprechen. Sie erklärte, dass sie die ganz jungen Mädchen heute für sexuelle Spiele in ein anderes Gebäude gebracht hatten. Adam blickte zu Kai und keiner sagte ein Wort. Sie verstanden, worum es ging. Kai war weitaus verärgerter als Adam, da er das alles zugelassen hatte. Er spürte, wie ihm die Hitze zu Kopf stieg. Es würde ein brutales Massaker geben, das wusste er irgendwo hinten in seinem Unterbewusstsein, das gerade nicht mehr das Sagen hatte.

Zuerst versuchte Adam rauszufinden, wo sie Chestine vermutlich eingesperrt hatten. Denise stotterte vor sich hin, sie war noch immer vollkommen perplex, jedoch nicht nur aufgrund ihrer Misshandlungen, sondern da sie sich nicht im Klaren war, ob Adam jetzt wirklich hier war oder ob sie es träumte und wenn er hier war, warum jetzt, warum nicht früher oder später. Die anderen Gefangenen, es waren nicht viele, sechs oder sieben Frauen und ein junger Bursche, sahen eine Chance in der Unterstützung dieser Fremden, denn wie es aussah, würde hier gleich die Hölle los sein und sie konnten aus diesem elenden Drecksloch rauskommen. Einige der Gefangenen waren schon viel länger hier als Denise und wurden auch schon mehrere Male über das Gelände geführt bzw. auch in anderen Räumlichkeiten festgehalten. Sie starteten mit unterstützenden Erklärungen und halfen Adam und Kai zu verstehen, wo genau sie vermutlich Chestine festhielten. Kai, der hier ja der sogenannte Beschützer war, aber sich nie wirklich frei bewegt hatte, war trotzdem recht schnell bewusst, von welchen Gebäuden die anderen sprachen.

Aufbauend auf diese Unterhaltung erklärten Kai und Adam nun Denise und den Gefangenen, wie es jetzt weitergehen würde. Die Zusammenfassung war recht kurz, sie sollten hier bleiben, egal was sie hörten, sie würden dann später abgeholt werden. Kai erklärte Adam wo er Waffen finden würde und welche Waffen und welches Zeichen er sich erwartete, wenn er Chestine gefunden hatte.

Nun war es Zeit für eine von Kais Monologen, etwas was er liebte, wenn er die Chance hatte vor einer langwierigen oder auch schwerwiegenden Aktion Dampf abzulassen und Begründungen für sein Vorgehen zu liefern. Es war vollkommen egal ob er einen Monolog vor Arbeitskollegen, vor Mitstreitern, vor einer fremden Miliz, vor Leute, die er überzeugen musste mit ihm zu kämpfen, oder auch vor einem Feind hielt. Er liebte seine Monologe und beim aktuellen Fall vermutete er, dass es eine der letzten Möglichkeiten für einen Monolog sein würde, denn er würde kaum Monologe vor Zombies halten. Dieses Mal würde es Adam viel Zeit verschaffen das zu tun, was er zu tun hatte und so gingen die Männer wieder nach oben.

Am Stiegenanfang stoppte Kai, er überlegte, er dachte nach, dann drehte er sich um und schaute sich Adam noch mal an. „Hast du noch kurz Zeit?" fragte er ihn. „Ich muss unbedingt was rausfinden. Ich muss wissen, ob es jetzt wirklich der richtige Schritt ist."

„Auf das kommt es jetzt auch nicht mehr an." sagte Adam. „Ich bin froh, dass mir jemand hilft und ich bin froh, dass du es bist."

Kai nickte, ging an ihm vorbei und sagte: „Pass auf, dass uns niemand stört."

„Selbstverständlich!" antwortete Adam. Kai öffnete die Türen zu anderen Zellen und ging zu den Gefangenen.

Eines wurde in der Befragung der Gefangenen sehr schnell klar, sie hatten keine Angst vor Konsequenzen, denn es war fast niemand an dem Punkt, dass er sich nicht öffnen oder nichts preisgeben wollte. Auf Kai wirkte es so, als wenn die Gefangenen wussten, egal ob sie das eine oder das andere taten, in Summe würden sie so oder so bestraft werden. Man hatte sogar das Gefühl, dass sie an einem Punkt waren, wo ihnen nicht bewusst war, ob sie etwas richtig oder falsch machten, denn alles wurde gegen sie ausgelegt und als Entschuldigung für deren Behandlung verwendet. Nachdem sie gesehen hatten oder auch nur gehört hatten, dass Kai die unangenehme Dame und den perversen Wärter beseitigt hatte, könnte das was eventuell kam ein kleiner Funken Hoffnung in dem ewigen Loch sein, in dem sie sich psychisch befanden.

Es waren gar nicht viele Fragen, die Kai stellte. In Summe kamen Fragen zusammen wie, seit wann die Leute hier waren, warum sie in dieser Gegend waren, ob sie durchgewandert waren oder hier irgendwo wohnten und wie es schlussendlich dazu kam, dass sie hier landeten im sogenannten Pot, ob sie was von der Zisterne kannten und mit wie viel Leuten sie gereist waren, wie Sie hier behandelt wurden. Dabei zeigte sich sehr schnell ein Bild, das Kai ganz und gar nicht gefiel. Die wenigsten der Leute waren aus der Umgebung, viele waren monatelang gewandert, da sie von irgendwem gehört hatten, dass es woanders einen besseren Platz gab. Im Norden, im Süden, im Westen, im Osten, egal, jeder marschierte in eine andere Richtung nur um rauszufinden, dass es überall gleich war. Kamen sie hier vorbei und machten irgendwie Kontakt mit den Leuten vom Pot wurden sie recht zügig überfallen und hierher verschleppt. Die meisten Leute landeten zuerst in der Zisterne und die Endstation war der Pot, wobei fast nie alle durchkamen. Sehr oft wurde jemand getötet, um ein Exempel zu statuieren oder die Person einfach loszuwerden, damit man nicht noch mehr Mäuler zum Füttern hatte. Männer waren dabei am beliebtesten, denn sie waren eine mögliche Konkurrenz, also wenn sie sich nicht fügten oder soweit imstande waren einen Beitrag zu leisten und diesen Beitrag auch leisteten, so wurden sie recht schnell beseitigt. Dies funktionierte aber nicht indem man die Männer einfach nur nach einer längeren Debatte oder Besprechung erschoss. Das meiste war intuitiv, irgendjemand passte irgendwas nicht und dann erschoss man den Typen.

Am Schluss gab es keine Gerichtsbarkeit, keiner sagte etwas zu den Morden, denn diese Mörder wurden benötigt. Man brauchte Schutz und rohe Gewalt und aus diesem Grund ignorierte man was sie taten. Somit blieben am häufigsten weibliche Gefangene übrig oder nur sehr junge

Männer. Die Behandlung der Gefangenen hatte nicht wirklich etwas mit der modernen Zivilisation zu tun. Schläge und vor allem sexueller Missbrauch, brutale Vergewaltigungen und sonstiges, waren an der Tagesordnung. Viele der Leute hier hatten sogar selbst ein Kind dabei oder zumindest ein Ziehkind, das sie aus der Zombiekrise heraus unerwarteterweise erhalten hatten, doch waren in diesen Zellen kaum Kinder zu finden und das hinterfragte Kai.

Er erfuhr, dass die Leute in den Zellen komplett den Kontakt zur Außenwelt und das Gefühl für Zeit verloren hatten. Sie wussten nicht, ob sie seit einem Monat, zwei Monaten oder einem Jahr hier waren. Es fühlte sich zeitweise an wie ein Jahrzehnt, gab eine Frau wieder. Die Kinder sahen sie nur ab und zu. Sehr oft wurden sie in irgendein anderes Gebäude gebracht, um für gewisse Spielchen her zu halten, was genau wusste niemand und die es wussten, sprachen nicht darüber. Es waren nie alle Kinder, manchmal die einen, manchmal die anderen, wie es den Herrschaften im Pot gerade beliebte.

Die Frauen selbst hatten ein ganz anderes Schicksal. Sie wurden gar nicht erst woanders hingebracht, sie wurden gleich an Ort und Stelle windelweich geprügelt und dann von mehreren Männern vergewaltigt. So wie es sich herausstellte in den Gesprächen, waren offenbar weit mehr Männer als Frauen im Pot. Die Frauen, die da waren, waren meist sehr hart im Nehmen, vor allem wenn sie probierten eine gewisse Führung zu übernehmen. Somit ergab sich am Schluss die Konstellation, dass die Frauen, die da waren, kein Interesse hatten oder bereits in einer festen Beziehung waren. Nur die wenigsten Frauen waren Springer und hatten Interesse daran mit vielen anderen Männern zu schlafen. Somit hatten die Männer, die nicht so glücklich waren in einer fixen Beziehung zu sein, Dank der Gefangenen die Möglichkeit ihren Trieben zu folgen und sie hielten sich dabei nicht wirklich zurück. Zeitweise waren die Springerfrauen noch sadistischer wie die Männer, berichtete eine Gefangene, und man war froh, wenn nur Männer zur Vergewaltigung kamen. Es gab offenbar eine ganz spezielle Kandidatin, welche es auf eine junge Gefangene abgesehen hatte und diese mit allen Arten von Werkzeugen nackt an eine Wand gebunden quälte, bis diese aufhörte zu sprechen und nur noch in einer Ecke kauerte und auf ihr eigenes Ende wartete. Kai konnte das junge Mädchen sehen und Übelkeit stieg in ihm hoch, als er ihre Gestalt sah.

Es schien vor allem, als würden die Männer, die diese Zombiewelt überlebten, von sich aus zu den Sadisten gehören und gar nicht so sehr interessiert waren an einer Beziehung, wo sie sich laufend um eine Frau kümmern mussten und Dinge tun mussten, die sie nicht wollten, um die Beziehung aufrechtzuerhalten. So kam es in den gelegen, dass sie Frauen unterdrücken konnten, sich ausleben konnten und in Wirklichkeit keine Konsequenzen fürchten mussten. Zu Beginn schien es noch einfacher zu sein, doch mit der Zeit wurde das Essen immer knapper, denn die Reserven der Zivilisation neigten sich dem Ende zu oder verfaulten von alleine und somit war es an der Zeit selbst was zu erschaffen, anzubauen, mehr zu finden, zu jagen und wer wollte schon mit einem Gefangenen seine kleine Mahlzeit teilen. In Summe war es dann so, dass die Frauen immer schlechter beieinander waren und immer mehr gefoltert und getreten wurden. Mit der Zeit wurden sie immer dürrer und konnten sich kaum noch selbst auf den Beinen halten und die Männer behandelten sie wie Zuchtvieh. Wenn es sich nicht mehr selbst tragen konnte, musste man ihm den Gnadenschuss geben.

Doch war dieser Gedanke mit der Zeit für viele Insassen ein erstrebenswertes Ziel geworden, denn der Tod schien angenehmer als wie als Gefangene hier zu wohnen, hier zu vegetieren. Die Kinder selbst nahmen es wie es war, sie fragten wegen weniger und sie hatten auch weniger Verlustgefühle der Zivilisation. Kinder passten sich schneller an. Trotzdem waren viele der Abende und Gespräche mit den Kindern in Tränen getränkt und nicht, dass sich die Kinder den Tod wünschten, so wünschten sich doch die Eltern eine Erlösung für die Kleinen.

Kai hatte genug gehört. Es war noch weitaus schlimmer, als er es erwartet hatte. Er hatte sich um nichts gekümmert, er hatte alles laufen lassen in der Hoffnung, dass der Mensch kein bestialisches Tier war, doch in Summe musste er feststellen, dass er sich selbst was vorgelogen hatte. Nach den wenigen Brutalitäten, die er sich von Maurice und vor allem von Justin und Calvin schildern hatte lassen und jetzt was er hier selbst sah und was ihm diese Leute erzählten, wusste er was er zu tun hatte. Es war Zeit für einen seiner Monologe.

Als er zur Stiege zurückkam, wartete Adam auf ihn, neben ihm die Leiche eines einzelnen Mannes. Er war sich nicht sicher, wie lange er gebraucht hatte, aber es waren sicher 20 bis 30 Minuten gewesen. Offenbar ausreichend Zeitraum, dass sich jemand Sorgen gemacht hatte, dass jemand nachschauen ging, wo denn alle blieben, die dort in diesem Gefängnisloch vor einiger Zeit verschwunden waren. Aber es war nur ein Mann und Adam hatte ihm lautlos von hinten das Genick gebrochen. Jetzt lag die Leiche am Stiegenanfang und Adam hatte alle Waffen des Mannes an sich genommen.

Zuerst ließ Adam Kai die ganze Aufmerksamkeit auf sich ziehen. Erst als die Leute ihm zuhörten und zu ihm schauten, fing er an hinten herum das beschriebene Gebäude zu suchen. Erst die Waffen, dann die Kinder.

Kai war auf eine Erhöhung gestiegen, ein ehemaliger Balkon, wo eine Treppe zugebaut worden war, um das Betreten des oberen Stockwerkes zu erleichtern. Dort angekommen blickte er in die Runde und dann schrie er los, so wie einer der großen berühmten Diktatoren.

„Freunde, Kollegen, Mitbewohner... Es ist an der Zeit, dass ich mein Wort an euch richte. Nicht jeder von euch wird mich direkt kennen, für viele bin ich ein Schatten oder ein Geist, der in dieser Kommune verweilt. Viele von euch sind erst vor Monaten hierhergekommen und hatten nie wirklich Kontakt mit mir. Doch wie ist es dazu gekommen? Das frage ich euch. Wie kam es dazu, dass ich dieser Geist bin, der trotzdem als der Beschützer bekannt ist? Bin ich nicht derjenige, der wenn sich irgendwo größere Zombie Mengen bewegen, nach draußen geht und alleine das Problem löst? Ich vermute auch, dass das Gerücht sich zwischen den Leuten verbreitet hat, wie es noch früher war, wenn auf einem kleinen Schiff, auf einer Galeere, etwas Unnatürliches passiert ist, das man nicht kannte, das man nicht verstand, und vermutete, dass es mit Gott oder den Göttern zu tun hatte. So hat sich hier sicher das Gerücht verbreitet, dass es diesen Beschützer gibt, der unverwundbar ist. Der Mann, der mehrmals Verwundungen ausgesetzt war in einem Kampf gegen Zombies, tödlichen Verletzungen, und trotzdem problemlos diese abschüttelte, die Verletzungen heilten und dann von Neuem eine Zombieherde tötete." Es gab eine kleine theatralische Pause zum Luftholen.

„Ja, liebe Leute es ist alles wahr. Ich bin derjenige. Ich bin es, der wenn er verletzt wird, sofort wieder heilen kann. Ich bin es, der so gut wie unverwundbar ist. Auch bin ich es, der sich zurückgezogen hatte, seine Ruhe wollte und nur in einer gewissen Art und Weise sozialen Kontakt pflegte. Ich war glücklich damit. Ich war zufrieden. Ich konnte anderen Schutz bieten und ich brauchte mich nicht den täglichen Problemen und dem Wahn anderer hingeben. Vor allem dem was hier tagtäglich alles passiert ist. Ich wollte es gar nicht, jeden einzelnen der hier herkommt persönlich begrüßen und in die Kommune aufnehmen. Vielleicht sogar ein Aufnahmeritual machen und jeden versichern, dass er jetzt auf der sicheren Seite war. Ich hatte meine eigenen Probleme, meine eigenen Schwierigkeiten. Ich musste erst selbst mit dem Umstand klarkommen, dass die Dinge nun mal so passiert sind, wie sie eben passiert sind. Doch erst jetzt wurde mir klar, dass ihr alle im Großen und Ganzen nicht wisst, was passiert ist. Ihr glaubt es war der Wille eines Gottes oder der Natur, eine Laune, der ihr hier unterliegt und ihr könnt dem Ganzen nur ausweichen indem, dass ihr das, was es verursacht hat, das was niemand mochte und zwar die Zivilisation selbst, niederreißt und ein archaisches, bestialisches System aufbaut. Seht her und lernt."

Dann zog Kai ein langes Messer aus seinem Halfter, hob seine linke Hand, damit sie jeder sehen konnte und rammte die Klinge mit voller Wucht durch die Handfläche. Die Leute schreckten zurück, einige Frauen schrien auf. Der ganze Pot oder so gut wie jeder im Pot stand im Freien und beobachtete ihn. Hunderte Leute standen draußen und schauten zu dem Mann hoch, den sie entweder kannten und fürchteten oder nicht verstanden oder schon gar nicht kannten und nur Gerüchte über ihn gehört hatten und nun verwundert waren ihn zu sehen. Es war überraschend, dass er von sich aus so offen sprach und noch überraschender, dass er gerade eine Klinge durch seine Hand gejagt hatte.

Er zog die Klinge aus der Hand und hielt die Handfläche zu den Leuten, so dass jeder sehen konnte, was passierte. Das Blut spritzte und sprudelte aus der Öffnung, aber nur für ein bis zwei Sekunden, dann versiegte die Quelle des Lebens und die Leute konnten live dabei zuschauen, wie seine Hand vor ihnen komplett heilte. Das ganze Schauspiel dauerte wenige Minuten und die Hand war wieder komplett intakt und das Einzige, was darauf hinwies, dass er sich gerade in die Hand gestochen hatte, war etwas Blut auf der Klinge und seiner Hand. Abgesehen von den paar Leuten, die das bereits wussten und kannten, erschraken alle. Einige Frauen schlugen sich die Hände vor den Mund, die gesamte Gruppe stöhnte und blickte verwirrt zu Kai nach oben. Viele hatten das Gefühl, dass es ein Zeichen Gottes war, so wie die Stigmatisierung, so wie Jesus am Kreuz, ein Mann, der von alleine wieder heilte, das musste Gottes Werk sein. Damit endete die Pause seines Monologs.

„Es ist extrem praktisch, wenn man so einen Virus hat, der das für einen macht." fuhr Kai fort. „Allerdings blöd für alle anderen, wenn er dann Zombies erschafft. Aber das Thema wusstet ihr ja nicht, da ihr hier in einer verkackten Bibelgegend lebt, weshalb ihr lieber davon ausgeht, das hier ist die Strafe von oben, anstatt, dass ihr auf die Idee kommt, dass eure Genossen einfach nur Vollidioten sind und ihr euch die Scheiße selbst eingebrockt habt.

Wer will schon wissen, dass es ein Virus war? Wer kommt schon auf die Idee zu dem Typen zu gehen, der übernatürliche Kräfte zu haben scheint, um ihn zu fragen, ob er was weiß, nachdem er das bereits angedeutet hatte. Nein, ihr doch nicht. Ihr liebt es alles was passiert als Gottes Wille hinzunehmen und glaubt zeitgleich was Besseres zu sein, als der dreckige Rest der Welt. War es nicht der Sinn der Zivilisation den Schwächeren zu helfen? Soweit ich es als Kind erklärt bekommen habe schon, doch offenbar hat euch das schon in Zeiten der Zivilisation nicht interessiert, so wie ihr andere Rassen behandelt habt oder Frauen oder Kinder. Dieser Punkt hat sich mir nie erschlossen, warum man jemanden wegen einer anderen Hautfarbe schlechter behandelt. Der Virus hat er euch doch gezeigt was Sache ist. Hat er unterschieden zwischen Mann und Frau, zwischen Alt und Jung, zwischen Schwarz und Weiß?" er blickte einmal die Runde in die fragenden Gesichter, die nicht wussten, was der Typ da oben wollte und man merkte, dass ihn einige bereits für unzurechnungsfähig oder betrunken abstempelten.

„Nein, hat er nicht und trotzdem pflegt ihr den gleichen, beschissenen Rassismus hier im Pot weiter. Lebt ihr doch alle noch und das so glücklich und gesund, wenn man in der heutigen Welt überhaupt noch leben kann. Die Essensversorgung funktioniert, Leute, die hier durchwandern kann man überfallen, vergewaltigen, umbringen. Was will man mehr? Und dann noch dieser Idiot von Beschützer, der, wenn ein paar Zombies mehr kommen als üblich und ihr euch dabei die Hosen kaputt scheißt, dann nach draußen rennt und für euch den Kopf hinhält und jeden einzelnen Zombie beseitigt. Das ist doch super, oder?" Immer noch fragende Gesichter.

„Hattet ihr Glück, dass ich mich in meinem eigenen Mitleid wälzen musste, mein tägliches Sein und meine Gedanken in Alkohol ertränken wollte. War doch optimal, wenn ihr von euren Streifzügen ein paar Flaschen Whisky mitbringt und diese dem Beschützer gebt. Der kann sich in seinem Mitleid wälzen und fast zu Tode saufen. Wenn ein paar Zombies kommen, dann hilft er euch. Ansonsten könnt ihr, wie die Arschlöcher, die ihr seid, vor euch hinleben. Geheiligt seien die Lebenden am Boden, denn die sind es, die von Gott auserkoren wurden, um den restlichen Rachefeldzug durch die Landschaft zu ziehen. Wen interessiert es, dass ein Großteil der Menschheit ausgestorben ist und dass Tote zurückkommen und den Rest, der noch lebt zu fressen versuchen. Ist doch scheißegal. Hauptsache ihr könnt weiterhin das tun was ihr schon früher gemacht habt, euch in eurem Selbstmitleid und Minderwertigkeitsgefühlen wälzen, damit ihr am Schluss jedem zeigen könnt, wo ihr in einer neuen Hierarchie steht, vermutlich besser da steht als andere. Früher hatte man neben einem fetteren Auto noch ein tolles Boot oder zumindest das bessere iPhone. Jetzt hat man einen besseren Stand hier in der Kommune, nicht wahr."

Kai führte seine Überlegungen, Gefühle und Beobachtungen zum Verhalten der Menschen und das grundlegende Übel der Zivilisation weiter und weiter aus. Die Leute waren zusehends verwirrter und ängstlich. Sie verstanden nicht, worum es ging. Man spürte, dass eine kleinere Gruppe, ein paar von den selbstsicheren Typen, anfingen ungeduldig zu werden. Sie versuchten Kai zu unterbrechen. Sie fragten laut warum er sich die Freiheit raus nahm so über die Leute, vor allem von den Bewohnern des Pots so abwertend zu sprechen. Je weiter Kai ausholte, umso mehr wirkte er, wie eine Mischung aus einem Prediger und einem Diktator, der seine Soldaten auf einen Endkampf vorbereitete. Er hob die Arme ausgestreckt nach oben und sprach zu ihnen wie Jesus zu seinen Jüngern. Seine Sätze hatten immer mehr biblischen Inhalt und Vergleiche mit der Sünde oder sogar den Todsünden. Er zog Vergleiche mit Sodom und Gomorrha und sprach über die Rache Gottes. Je länger es dauerte, umso mehr Leute fühlten sich verärgert.

Zu Beginn empfanden einige Leute mit, mit dem was Kai sagte und merkten, dass sie nicht mehr auf dem richtigen Pfad der Tugend waren und hätte Kai in dieser Art und Weise weiter gesprochen, so wären vermutlich einige wenige in Tränen ausgebrochen und ihnen wäre klar geworden, was sie in den letzten Monaten, zeitweise ein bis zwei Jahren wirklich getan hatten. Doch nun war Kai in Fahrt und er hatte kein Interesse Mitleid zu erzeugen und er hatte auch kein Interesse die Leute zu motivieren oder auf seine Seite zu ziehen. Er wollte ihnen zeigen was für Schweine sie waren und wollte ihnen zeigen was die Konsequenz war, wenn man sich so verhielt, wie sie es getan hatten. In Wirklichkeit wollte er einfach nur Zeit schinden, um Adam zu ermöglichen seine Mission zu erfüllen. Er war sich im Klaren was er am Ende sagen würde, doch diesen letzten Absatz würde er erst einleiten, wenn er das Zeichen von Adam bekommen hatte.

„Gott sendete seinen Racheengel, um die Strafe für das Ungehorsam der Herde vom Himmel prasseln zu lassen." schrie er in die Menge. „Doch war es wirklich ein Racheengel so wie wir ihn uns vorstellen in unserer Fantasie? Wie er aussah in den Überlieferungen der archaischen Künstler des Mittelalters? War ein Racheengel tatsächlich eine glorifizierte, scheinende Figur aus dem Himmel mit weißen glänzenden Flügeln und einem Körper des Menschen ähnlich in Perfektion und Reinform, nur um am Ende Gewalt und Tod über die fast Gleichgesinnten, am Boden Lebenden zu bringen? Oder war es vielleicht doch irgendetwas anderes? Etwas Übernatürliches und nicht Erkennbares? War es nicht so, dass er Feuer und Schwefel regnen ließ? War es nicht so, dass er die Flut über die Menschheit hereinstürzen ließ und Noah und seine Familie die einzigen Überlebenden waren? Doch kennen wir nicht solche Geschichten aus unserer modernen Zivilisation? Starkregen, Wirbelstürme, Überschwemmungen ganzer Gebiete und am Schluss ein kleiner Ort, der zu nah am Geschehen war und weggeschwemmt wurde und nur ein Mann oder eine Familie, die wie durch ein Wunder überlebte und diese Geschichte weitergab. Schlussendlich wurde diese Erzählung dann mit der Zeit der Wille Gottes, der die ganze Welt mit einem Schwamm ertränkte. Kann es denn nicht sein, dass die Rache Gottes in der Form eines Lebewesens kommt, das wir nicht sehen? Ein Racheengel, der so klein ist, dass es unklar ist, dass er eigentlich verantwortlich ist für unser tägliches Leid."

Kai hielt kurz inne und hob seine Arme gen Himmel. „Ich sage Nein. Es ist kein Racheengel. Es ist Biologie. Biologie, die der Mensch nutzen wollte, anwenden wollte, nur um zu guter Letzt feststellen zu müssen, dass er selbst Gott spielen wollte und es nicht konnte. Das sind eure Verwandten, eure Eltern, eure Kinder, eure Freunde. Das sind Menschen unserer Zivilisation, die in ihrer unendlichen Weisheit bzw. im Glauben eine unendliche Weisheit zu besitzen, so lange mit der Natur gespielt haben, bis sie zurückschlug. Doch in Wirklichkeit hat sie nicht zurückgeschlagen. Es gab nie den Wunsch, den die Natur hegte und wir als Rache bezeichnen. Die Natur übt nicht Rache aus, so wie wir Menschen."

Den letzten Satz musste er sickern lassen. Die Menge wirkte verwirrt und berührt. Er sah, dass einige wenige Typen zu ihm hochkamen, denn sie wollten das Ganze beenden. Er wirkte wohl betrunken. Doch Kai sprach weiter. „Das was hier passiert ist Zufall. Dass es hier und jetzt passiert, ist ein biologischer Effekt, aber etwas, mit dem die ganzen tollen Wissenschaftler nicht gerechnet hatten. Etwas von dem sie nicht ausgehen konnten und da sie den Grund auch nicht wussten, konnten sie nie gegensteuern. Ich weiß ihr wollt einen Grund und ihr wollt, dass es eine Rache Gottes ist, damit das was alles passiert ist, die Menschen, die ihr verloren habt und die Dinge, die ihr tun musstest, um zu überleben, einen Sinn ergibt. Aber leider muss ich euch enttäuschen. Es gibt keinen tieferen Grund. All die Leute sind wegen der Unaufmerksamkeit von ein paar wenigen gestorben und ihr könnt keinen Frieden in irgendeinem Grund finden, für das was ihr getan habt."

Kai macht sich bereit nun in perfektionierter Reinform über den Virus zu sprechen. Darüber zu sprechen, wie so ein kleines Ding, das der Mensch erschaffen hatte, kombiniert mit Maschinentechnologie so eine schlimme Verwüstung verursachen konnte. Eine Pandemie war ein Dreck dagegen. Von wegen ein paar Tausend, vielleicht sogar ein paar Millionen Tote am Schluss. Vor allem zerstörte der Virus alles was man kannte, und zwar nicht nur weil es die Menschen wegraffte, nein, weil der Virus alles zurückkommen ließ, etwas Unreines, etwas was bisher noch nicht auf dem Planeten gewesen war, sondern weil es die Zivilisation, die der Mensch aufgebaut hatte, vernichtete. Die Menschen waren schockiert, als Kai das erzählte.

„Doch seien wir uns ehrlich." schrie er begleitet von Tröpfchen seiner Spucke. „Menschen gab es vor 2 Millionen Jahren nicht auf diesem Planeten. Saurier existierten fast eine Ewigkeit und dann plötzlich existierten sie nicht mehr. Warum nicht? Weil alles ein Ende hat. Das gilt auch für die wandelnden Toten da draußen. Nichts ist für die Ewigkeit auf diesem Planeten." Als er in diesem Gedankenkonstrukt war und weiter ausholen wollte, tauchte Adam am Ende der Zuhörerschaft auf und gab ihm das Zeichen, das sie vereinbart hatten. Nun war es Zeit für den letzten Absatz.

Adam war, wie vereinbart, hinten herumgeschlichen und hatte das Haus, welches aktuell als Waffenlager benutzt wurde, gesucht. Dort hatte er sich bis an die Zähne bewaffnet, hatte noch einen großen Schwung von Waffen in einen Feldsack zusammengeworfen, welche er vermutlich später benutzen wollte und diese unter dem Stiegenansatz versteckte. Den Rest der Waffen hatte er zusammengetragen und entweder unbrauchbar gemacht oder so gut es ging versteckt. Er hatte nicht viel Zeit, also warf alles so schnell wie möglich zusammen. Ihm war klar, dass in der Hitze des Gefechtes, wenn der Kampf begonnen hatte und die Leute alle nervös waren, in ihrer Gewohnheit die Waffen dort suchten, wo sie immer waren und auch wenn sie nur in unmittelbarer Nähe von dem bekannten Ort versteckt waren, würden sie in ihrer Panik und ihren Angstattacken nicht ewig suchen, sondern vermutlich wie aufgeschreckte Hennen in einem Stall, in den gerade ein Kojote eingebrochen war, umherrennen.

Auch wenn der Pot viele Leute aufnehmen konnte, so war das Areal, welches sie sicher gemacht hatten, nicht sehr groß und nicht sehr weitläufig. Es dauerte nicht lange und Adam hatte das Gebäude gefunden, in dem die Kinder vermutet wurden. Er traf nur auf zwei Wachen, eine Frau draußen vor der Tür und einen Mann, der im oberen Stock an der Stiege wartete. Beide hatten offenbar bemerkt, dass irgendetwas vorne beim Haupteingang bei den zwei großen Hallen vor sich ging und sich dort eine Menschenmenge angesammelt hatte, aber sie hatten unter Schmerzen gelernt immer ihren Dienst zu schieben und den Posten nie zu verlassen, also standen sie weiterhin dort wo sie zu stehen hatten.

Viel Trickserei und Geschick war nicht notwendig gewesen, um die zwei zu beseitigen. Zuerst kümmerte er sich um die Frau draußen, er wartete auf die richtige Gelegenheit. Mit einem Steinwurf lenkte er sie ab, rannte direkt an sie heran, presste sie mit seiner Hand auf ihrem Mund gegen die Wand und schlitze ihr die Kehle auf. Sie konnte nicht mal einen Laut von sich geben. Vollkommen überrascht riss sie ihre Augen auf und starrte auf Adam, bis ihr Hirn langsam verstand, dass sie unaufmerksam gewesen war und das ihre letzten Atemzüge waren. Sie hätte aufpassen sollen, ihr Verstand sagte ihr wo sie schon wieder nachlässig gewesen war und es nun doch bereute den Typen von der Essensausgabe nicht früher rangelassen zu haben. So hätte sie noch wenigstens eine Nummer schieben können, aber sie wusste zu dem Zeitpunkt ja nicht, dass es schon heute für sie vorbei sein sollte. Die Gedanken erloschen und schon sackte ihr lebloser Körper zu Boden.

Der Mann innen war trickreicher, es war gar nicht so einfach ihn dazu zu bewegen seinen Posten im oberen Stock zu verlassen, doch als er äußerst dubiose Geräusche hörte und die Frau ihm nicht antwortete ging er ein paar Stufen nach unten, weit genug um durch das Fenster in der Türe rauszuschauen. Wenn man rausschauen konnte, dann ging das auch in die andere Richtung und so konnte Adam ihm das große Jagdmesser direkt in den Kopf werfen. Es sah aus wie in einem schlechten, drittklassigen Horrorfilm, aber es war trotzdem die Realität. Mit voller Wucht warf Adam das Jagdmesser präzise auf den Mann und die Klinge drang direkt neben dem linken Nasenflügel beim Auge in den Schädel ein und knipste ihm das Lebenslicht aus. Die Wucht des Wurfes warf ihn nach hinten gegen die Stufen, er schlug auf und rollte die restlichen Stufen nach unten.

Zu diesem Zeitpunkt war er sich noch nicht zur Gänze sicher, ob nicht doch noch irgendwo eine dritte Wache war, nach der er nun Ausschau hielt. Nichts bewegte sich also ging er mit seiner Waffe im Anschlag die Stiegen nach oben. Vorher hatte er die Schlüssel von der zweiten Wache mitgenommen und oben angekommen, öffnete er behutsam die Tür. Was er sah, ließ ihn kurz erschaudern, obwohl er sogar schlimmeres erwartet und auch gesehen hatte. Aber trotzdem war es nicht so wie er es sich innerlich erhofft hatte. Chestine selbst ging es offensichtlich recht gut. Sie saß mit zwei anderen jungen Mädchen, jünger als sie, und einem Burschen rechts auf einem Tisch. Als sie Adam sah, konnte sie erst ihren Augen nicht trauen, doch dann schrie sie voller Freude auf, rannte zu ihm und umarmte ihn herzhaft und voller Liebe.

Sie war sehr hart im Nehmen, das war vorher schon klar gewesen. Sonst hätte sie Sams Keller nie überlebt und schon gar nicht nach dem Adam Sam ausgeschaltet hatte und sie noch über einen Tag in ihrem eigenen Blut in diesem Bett gelegen hatte und es trotzdem überlebt. So gesehen war das, was sie hier erlebte, gar nicht so schlimm gewesen. Ein paar sexuelle Spielchen hier, vielleicht mal ein bis zwei Vergewaltigungen dort, aber nichts im Vergleich zu dem, was sie bei Sam hatte ertragen müssen. Sie hatte nie wirklich darüber gesprochen, doch es stellte sich zu einem viel späteren Zeitpunkt noch heraus, was bei Sam alles passiert war, vor allem mit ihrem älteren Bruder gemeinsam. Somit konnte sie alle Geschehnisse vom Pot recht einfach wegstecken und sogar noch den anderen Kindern moralisch beistehen.

Ansonsten waren in dem Raum nur noch zwei Kinder, welche zu einer Art Schau für Erwachsene ausgestellt wurden. Diese zwei Kids, ein Junge und ein Mädchen, waren an die Wand gekettet. Die beiden Hände über ihnen ausgespreizt an der Wand und die Beine ebenfalls ausgespreizt, aber noch so, dass sie stehen konnten. Mehr war es aber auch schon nicht, außer einem jungen Mädchen, welches auf einem Bett saß und darauf wartete, ob ein Mann zu ihr kam. Sie war an einer Hand mit einer Handschelle an den Bettrahmen angebunden. Der Raum an sich war in einem Rot gehalten, mit Vorhängen und Teppichen. Offenbar versuchte man das Rotlichtmilieu der Zivilisationen wiederzubeleben, doch mehr war es auch schon nicht. Einzig die gesamten Utensilien, die im Raum herum lagen oder an der Wand hingen, jede Art von Folter- und Sadismuswerkzeugen, hinterließen einen unangenehmen Beigeschmack. Adam war das positive Gemüt von Chestine aufgefallen. Ihr Verhalten ließ ihn schnell vergessen, was er sah. Er war glücklich sie so wohlauf zu sehen und das zählte für ihn.

Chestine war überglücklich Adam zu sehen und zeitgleich dementsprechend überrascht, so schüttete sie sogleich ihr Herz über ihn aus und stellte ihm zusätzlich noch 1000 Fragen. Warum er hier war? Wann er angekommen war? Wo die anderen waren? Was passiert war? Und noch vieles mehr. Auch sie verspürte umgehend die Veränderung in Adam, wie er sich offener verhielt und die Wärme, die er ausstrahlte. Sie umarmte ihn gleich mehrmals, während sie ihm erzählte, was alles passiert war, so gut es ihr möglich war. Sie erklärte ihm auch gleich wer die anderen Kinder hier waren. Adam befreite diese umgehend aus ihren Halterungen. Diese Kids hatten keine Ahnung was vor sich ging und sie wussten nicht, ob sie sich nun bedanken sollten oder ob jetzt wieder etwas Schlimmeres kam, doch Chestine versicherte ihnen, dass es jetzt sicher vorbei war und Adam nickte nur. Er wollte und konnte sich nicht allzu lange hier aufhalten, auch wenn er mit Chestine noch gerne weiter kommuniziert hätte, also gab er ihnen nur ein wirklich minimales Update und erklärte ihr wo sie und die Kinder hingehen sollten. Nach einer letzten herzhaften Umarmung und einem Kuss auf die Stirn, welcher Chestines Herz höher fliegen ließ, gingen sie die Treppe runter und die Kinder bei der Hintertür raus und suchten nach einer Möglichkeit den Pot auf der Rückseite zu verlassen. Adam währenddessen ging Richtung Hauptplatz, um Kai sein Zeichen zu geben.

Sie hatten im Verlies unten, bei den Gefangenen und Denise, nur kurz darüber gesprochen, es war nicht wirklich
viel Zeit nötig, um die notwendigen Entscheidungen zu
treffen. Eines war klar, die Situation war verzwickt und
keiner von ihnen wusste wirklich, wie er damit umgehen sollte, aber es war die richtige Entscheidung im Pot
die Geschehnisse von der Zisterne zu wiederholen. Jetzt
nachdem der Virus einen Großteil der Bevölkerung ausgelöscht hatte, war es da nicht an der Zeit die eigene Rasse
am Leben zu halten, die Menschen, die noch da waren
zu retten? Entgegen diesen Überlegungen standen jedoch
einige Argumente. So stellte sich die Frage, wenn die
menschliche Rasse bestimmt war zu überleben, warum
sie es nicht von allein schaffte. Vor allem war sie es wert
gerettet zu werden, wenn so eine Extremsituation, wie
die aktuelle, das schrecklichste aus den Menschen her-
vorbrachte? Waren Menschen schlussendlich nicht egois-
tische, bestialische Tiere, die mit allen Mitteln versuchten
zu überleben und vor Mord und Totschlag nicht zurück-
schreckten. Ja sogar noch schrecklicher waren als das,
um sich ihren eigenen Spaß zu gönnen und Bedürfnisse
zu stillen, Mitglieder der gleichen Rasse gefangen hielten,
um sie zu quälen, zu benutzen und zu missbrauchen.

Aber neben diesen existenziellen und philosophischen
Fragen und auch den Gedanken der eigenen Moral, bei
der nicht gerade Adam und Kai Paradebeispiele waren,
stellte sich die Frage der Rache. Die zwei waren schlussendlich herzlose, trainierte Soldaten und hatten schon so
viel Schlechtes im Menschen gesehen, in Kriegsgebie-
ten, wo man sehen konnte wie Soldaten zivile Opfer mi-
serabelst behandelten, so waren sie doch die optimalen
Kandidaten, um als Retter der menschlichen Rasse auf-
zutreten. Greifbar war aktuell jedoch die Situation von
Rache und der unmittelbaren Anwesenheit jenes Gefühls
individuell in beiden. Würden sie rein theoretisch einfach
gehen, würden die Leute vom Pot das wohl kaum zulassen. Schon gar nicht, wenn sie erfuhren, dass Adam alle
in ihrer Schwestern Kommune umgebracht hatte. Sollten
Sie hier ein Exempel statuieren wollen, was in dieser Art
und Weise schon in der Zisterne erfolgt war, würde es ja

wohl niemand sehen, da niemand mehr übrig war. Also war es kein Exempel, es war Sicherheit.

In Summe hatten sie schon fünf oder sechs Leute umgebracht, so wäre das Hauptproblem, dass der Rest der Leute hier Rache sinnen würde, das hieß egal was sie tun würden, sie würden nie wirklich ihre Ruhe haben und ihren Frieden finden. Die Gefahr dieser Leute war allgegenwärtig und laufend gegeben und dies wäre bei Menschen mit einer Ausbildung, wie von Kai und Adam, nicht akzeptabel, nicht ertragbar. Das war ihnen klar und deshalb hatten sie entschieden etwas zu tun was unmoralisch war und vielleicht die anderen schockierte, aber sie würden es trotzdem tun. Sie hatten beide schon so viel Gleichwertiges wie das hier getan, freiwillig und trotzdem auf Befehl von oben. Beide hatten vor und nach der neuen Zeitrechnung schon so viel erlebt, dass sie nicht mehr in der Lage waren ein schlechtes Gewissen zu bekommen, vor allem wenn es darum ging, dass Menschen ihre eigenen Moralvorstellungen verletzten. Somit prüfte Adam ob die Kids hinten rausgekommen waren und gab Kai das Zeichen. Dieser setzte zu einer kurzen Pause an, atmete tief durch und startete das Ende seines Monologs.

„Nun so sei es wie es sei…" startete Kai. „Ihr seid eben, wie ihr seid und ich bin wie ich bin und am Ende des Tages muss man das tun was man eben tun muss und das was ich tun muss entspricht dem, was ich glaube das Richtige zu sein. Oft ist es einfacher jemanden zu beschreiben anhand von dem was er nicht ist, anstatt von dem was er ist. Ich kann euch sagen was ich nicht bin, ich bin kein Messias, ich bin kein Retter, ich habe nicht mit Gott gesprochen, weder in der Realität, noch in einer Wahnvorstellung, noch in irgendeinem von einem halluzinogenen Stoff erweiterten Rausch. Ich bin aber auch nicht die Rache Gottes. Ich wurde nicht auf die Erde gesetzt, um seinen Willen durchzusetzen. Ich bin einfach nur ein Typ, nicht mehr und nicht weniger, jemand der durch Zufall in diesem Programm gelandet ist, jemand der diesen Virus in sich aufgenommen hat, jemand der fast unsterblich, unverwundbar durch die Gegend gewandert ist, ratlos, ohne zu wissen, wohin es ihn führen soll, und dann bin ich hier gelandet. Hier, wo ich mich dann dem Suff hingegeben habe und das, obwohl mein Körper viel zu schnell und perfekt den Alkohol wieder abbaut, also was sich zu besaufen zu einer ziemlichen Monsteraufgabe macht.

Das Einzige, was ich getan habe, war mich auf mich selbst zu konzentrieren und sonst gar nichts. Ich habe euch tun und machen lassen und was habe ich ein paar Monate später, ein Jahr später frage ich mich selbst? Die Antwort ist eine Kommune mit tausend Leuten, die sich selbst den tollen Namen ‚der Pot' ausgedacht hat. Ich seid allesamt vertrottelte Glasmenschen. Jeder kann durch euch durchschauen. Das hier liebe Leute…" er zeigte auf die Umgebung. „…ist kein Schmelztiegel. Ein Schmelztiegel wäre es, wenn hier alle Arten von Menschengruppen und Kulturen zusammenkommen, aber alles was ich sehe sind weiße Männer gespickt von ein paar burschikosen weißen Frauen und ein paar äußerst ängstlichen weißen Männchen, die alles tun würden, damit sie nicht draufgehen und wenn man Glück hat, mal da oder mal dort jemand mit einer dunklen Hautfarbe. Von einem Schmelztiegel hätte ich erwartet, dass es eine Gruppe willkürlich zusammengewürfelter Menschen ist, die sich weiterbilden, voneinander lernen, sich gegenseitig nach vorne bringen und vieles mehr. Was ich hier sehe ist eine Gruppe von Mördern und Dieben, Plünderern und Vergewaltigern. Menschen, die jeden einzelnen Vorteil, der sich ihnen bietet, nutzen und Menschen, die sich diesem System fügen und mitlaufen, weil sie entweder nicht die Eier haben ihre eigene Meinung zu sagen oder Angst haben oder einfach nur kein Rückgrat haben und alles tun damit sie es schaffen irgendwie zu überleben.

Nun ist es aber egal ob ich irgendeine Religion zitiere, wie die Zehn Gebote der Bibel oder ob ich die Legislative einer der vor kurzem untergegangenen Zivilisationen zu Rate ziehe. Am Schluss bleibt ein Punkt stehen, den ich hier sehe. Dieser Punkt ist Gesetzes- und Moralbruch. Mord, Totschlag, Vergewaltigung, Menschen bis zum Äußersten zu quälen, bis sie einfach alles tun was man will, war jederzeit in jeder Epoche und jeder Situation unmoralisch und verwerflich. Aber man soll ja immer etwas Positives finden und das Positive ist, dass es mir gezeigt wurde. Mir wurden die Augen geöffnet. Mir wurde gezeigt, was ich hier eigentlich ein Jahr lang geschehen habe lassen und ich kann das einfach nicht mit meiner Moral vereinbaren. Aus dem Grund möchte ich mich bedanken bei euch. Danke, dass ihr die ganzen Monate um mich herumgegangen habt und dass ihr mir die Dinge, die ich wollte, gebracht habt. Doch wie alles im Leben muss auch das hier ein Ende finden und ich glaube, sollte es jemals wieder ein Geschichtsbuch auf dieser Erde geben, so sollte es damit enden, dass ich selbst die unmoralischen entfernt und denen, die es verdienten, geholfen habe."

Man konnte die Anspannung und Nervosität der Gruppe fast anfassen. Keiner wusste, wie er reagieren sollte, keiner wusste was er jetzt tun oder sagen sollte. Wollte dieser Mann dort oben, der sie über die ganze Zeit hinweg beschützt hatte, irgendwie eine Reaktion auf das, was er gesagt hatte? Wollte er etwas Spezielles hören oder wollte er eine Entschuldigung? Es war so schwer zu sagen. In diesem Augenblick, während noch jeder für sich überlegte und einige wenige tuschelten, um sich zu beraten, und noch in ihren Köpfen einen Weg zu suchen, den einen Menschen in ihrem Leben, der totale Sicherheit und Überleben bedeutete, zu beschwichtigten. Die Luft stand, Schneeflocken fielen so langsam, dass man um sie herumlaufen konnte, Zeit war relativ, das konnte man spüren. Eine Sekunde verging oder vergingen zehn Sekunden. Alle bewegten sich und standen zeitgleich fixiert. Alles war in Bewegung und im unendlichen Stillstand. Worum ging es, war das ein Schritt nach vorne oder der letzte Schritt? Gab es überhaupt noch einen Schritt? So viele Fragen, Gedanken, Antworten, Optionen. Was machte man in seinem Leben, wenn man die Wahl hatte, ging man links oder rechts?

Nur eines war klar. Jeder konnte es spüren, die Zeit spüren. Da hob Kai die Arme und sagte: „Lasst uns das Ende einläuten!" Dann hatte er in kaum nachvollziehbarer

Schnelle eine Waffe in der Hand und jagte drei Personen, die in vorderster Front standen, jeweils eine Kugel in den Kopf. Blut spritzte, Köpfe platzten auf, man sah was drinnen war, die Menge schrie auf, wenige starrten noch in ihrem Schreck auf die fallenden Körper, doch die meisten reagierten in ihrer gewohnten Selbstverteidigung, schnappen sich ihre Waffen und schossen Richtung Kai. Dann rannten fast alle blindlings los.

Vollkommen unerwartet für die Leute kamen plötzlich Schüsse von hinten, als Adam seine Magazine von seinem Standpunkt aus entlud. Diese zwei Männer waren trainierte Elitesoldaten und verfehlten ihre Ziele so gut wie nie, also fiel pro Kugel fast immer eine Person um und die Leute fielen, wie die Fliegen. Voller Entsetzen, Überraschung und Verwunderung sahen die Potbewohner, wie Kai mit einem Satz von der Terrasse runtersprang, er landete graziös auf seinen Beinen und stützte sich mit der rechten Hand ab. Jeder andere hätte sich vermutlich ein paar Knochen gebrochen, doch er stand auf und nahm die nächsten Personen ins Visier.

Das Massaker unterschied sich kaum von dem aus der Zisterne. Die Leute rannten schreiend ohne Plan kreuz und quer. Wie es Adam erwartet hatte, suchten einige so schnell es ging die Waffenkammer auf, die abgesehen von nutzlosen Kleinigkeiten plötzlich leergeräumt war. Dann rannten die Leute in ihrer noch gesteigerten Panik wieder aus dem Gebäude raus, um woanders nach Waffen zu suchen. Keiner kam auf die Idee, dass die Waffen um die Ecke gelagert waren. Viele der Leute taten das, was sie seit Anbeginn der Zombiewelt taten, sie suchten Halt, irgendwie, in mental stärkeren Personen. Sie suchten jemanden, der ihnen immer schon Energie gegeben hatte das ganze durchzustehen. Jeder suchte diese Person, an und für sich derjenige der vermutlich dieses sinnlose Geballere stoppen konnte. Vielen war nicht mal klar, warum Kai sich wirklich gegen sie gewandt hatte. Einige versuchten sogar mit ihm darüber zu reden, doch als diese sofort erschossen wurden, änderten die meisten ihre Meinung und suchten den Ausweg nicht im Gespräch.

Niemand hatte wirklich damit gerechnet, dass so etwas passieren würde, geschweige denn, dass es gerade der eigene Beschützer war, gegen den sie sich hätten wehren müssen. Das Schwierigste war als Kommune laufend andere Leute zu überfallen und zu ermorden und plötzlich in einer Situation zu sein, wo man sich in dem Bereich, in dem man sich seit einiger Zeit wieder sicher fühlen konnte, plötzlich unsicher war und nicht mehr wusste was man tun musste, um zu überleben, um aus dem ganzen irgendwie raus zu kommen.

Draußen waren alle drei Jungs beim Start des Lärms aufgeschossen und blickten voller Erwartung auf die große Mauer und den dahinter verlaufenden Zaun des Pots. Ein ums andere Mal hörten sie Schüsse und Schreie. Sie gingen davon aus, dass solange man Schüsse hörte, die zwei wichtigen Männer oder zumindest einer davon, noch am Leben waren. Es war offensichtlich, diese zwei Soldaten waren nicht so leicht umzubringen, also gingen die Jungs davon aus, dass sie noch länger Schüsse hören würden. Der Knall jedes einzelnen Schusses hallte durch die bewaldete Gegend. Es gab keine Umgebungsgeräusche mehr, seitdem die Zivilisation in sich zusammengebrochen war, kein Straßenlärm, kein Fluglärm, keine landwirtschaftlichen Geräte, keine Veranstaltungen und keine Kinder, die auf einem Spielplatz brüllten. Vom Prinzip her war das Leben, wenn es um den Schall ging, ruhiger geworden und die Schüsse hallten merklich über die Baumwipfel.

Bei den ersten Schüssen waren noch ein zwei Vögel schreckhaft weggeflogen, doch jetzt gab es keine Reaktion mehr auf einen leisen oder auch einen lauten Knall. Die beiden Männer waren ganz klar in ihrem Element, entluden ein Magazin nach dem anderen und die Leute fielen weiter. Überall war Blut, Geschrei, Gekreische, ein Mann versuchte seine Innereien wieder zurückdrücken, nachdem ihm mit einer Schrotflinte der Bauch aufgeschossen wurde. Dieses Unterfangen war schnell beendet, nachdem ihm Adam eine große Axt in den Kopf jagte.

Obwohl es diesmal keine Musik gab, hörten beide ihre mit viel Bass bestückten Lieblingssongs im Ohr und marschierten dazu von Gebäude zu Gebäude, von Tür zu Tür, von Ecke zu Ecke. Chestine war mit den anderen Kids bei dem besprochenen Hinterausgang rausgekommen. Sie hofften und teilweise versuchten sie zu sehen was los war, aber sie konnten es sich ausmalen, doch war keiner in der Lage, noch in der Stimmung, etwas dafür, noch dagegen zu tun. Sie saßen draußen, die meisten auf ihren Hintern, mit den Knien zur Brust gezogen und wippten typisch für Kinder vor sich hin, in der Hoffnung, dass bald jemand kam, um ihnen zu sagen was sie zu tun hatten. Denise war im Keller geblieben und konnte die Schüsse manchmal dumpf, manchmal recht deutlich, wahrnehmen. Sie wusste nichts von dem Massaker in der Zisterne, trotzdem war ihr bewusst was oben los war und sie nutzte die Zeit, um die Mitinsassen zu beruhigen. Für Adam ging es schnell, viel zu schnell, da er den zu schnellen Tod als Erlösung empfand, während es sich für die Gefangenen wie eine Ewigkeit anfühlte, aber irgendwann war der Punkt gekommen, wo sich die erfolgreiche Abhandlung des Themas durch die zwei Soldaten abzeichnete.

Es waren nur mehr wenige Bewohner übrig. Eine Frau flüchtete vor den lauten Schüssen und dem Todesgekreisch aus der großen Halle raus ins Freie. Sie versuchte verzweifelt ihre Waffe nachzuladen. Offenbar hatte sie ihre Kugeln in der Hoffnung etwas zu treffen irgendwo in Richtung eines möglichen Gegners geschossen. Nun war ihre Waffe am Ende und sie versuchte ein neues Magazin zu laden, doch die Angst und das Adrenalin ließen sie so zittern, dass sie kaum in der Lage war die Metallhülse unten rein zu stecken. Ein lautes Krachen war zu vernehmen als Kai die Tür auftrat. Er sah die Frau am Boden knien, sie blickte ihn an und begann zu flehen. Sie wollte doch nie etwas schlimmes, es war nicht ihre Schuld, sie hätte doch die Kinder nicht gequält, sie hätte doch die Leute nicht eingesperrt, sie hat eh immer wieder versucht ihnen Essen zu bringen. Was war ihre Schuld am Umstand aller Dinge, welche sie nicht im Griff hatte, wollte sie wissen. Kai versuchte vor ihr stehend abzuzählen, wie oft er diese Ausrede heute gehört hatte.

Schnell merkte die Frau, worauf es rauslief, ihr würden die Ausreden nicht helfen. Dann begann Kai aufzulisten, wie oft er in den letzten Monaten Hilfeleistungen von Bewohnern des Pots gegenüber Hilflosen gesehen hatte. Damit war er schnell durch. Doch hatte er damals wie jetzt Fragen gestellt, kamen immer wieder die gleichen banalen Ausreden. Warum etwas so war wie es war, das war ja niemandes schuld, alles hatte so eine Eigendynamik, niemand war verantwortlich für das Leben, niemand war verantwortlich für das, wie die Dinge waren, jeder tat doch nur irgendwie mit und versuchte zu überleben. Wie oft hatte er das gehört und jetzt gerade, als er vor der Frau stand, ließ es ihm die Galle hochkommen. Er war ein wenig über sich selbst verärgert, dass es Adam benötigt hatte und dessen neue Adoptivfamilie, um ihm zu zeigen, was er eigentlich seit Monaten verdrängt hatte. Auf der anderen Seite sah er das Positive darin, denn so sehr ignorierend er in letzter Zeit war, mit seinen aktuellen Gedanken, seinen Hoffnungen, seine Möglichkeiten, so sah er jetzt wieder eine Aufgabe und konnte Buße tun. Er konnte zwar nicht ungeschehen machen, wo er zugesehen hatte, jedoch konnte er jetzt Gutes tun, anstatt einfach ein paar Vater Unser zu sprechen. Einfach Reue zeigen und den richtigen Pfad der Tugend besteigen. So dämlich er Religionen fand, aber das war ein Thema, welches im täglichen Leben gut anwendbar war. Sich jeden Tag ein wenig verbessern.

Er hatte wieder ein Ziel, er hatte wieder etwas, was er versuchte zu richten und diese Frau stand dabei im Weg, denn er konnte niemanden vertrauen, der sich einmal freiwillig diesem System hingegeben hatte und das wichtigste von allen, er WOLLTE ihr nicht vertrauen. Darüber hinaus wollte er auch nicht ihre Ausreden hören, er wollte von Neuem anfangen durchzustarten und solange diese Personen ihn erinnerten an das was war, so wäre es ihm schwer möglich zu sehen was sein könnte. Zumindest mochte er sich wieder in einem Spiegel anschauen, sollte er in naher Zukunft irgendwo einen finden, und sich selbst in Zufriedenheit darin sehen. Dafür musste er aber gut machen, was er zuvor an Fehlern begangen hatte.

Bang! Er zielte nur einmal mit seinem Repetiergewehr und traf sie genau im Kopf. Die Frau flog nach hinten und ihr Lebenslicht war umgehend ausgelöscht. Jetzt wurde kein Adrenalin mehr in ihr Gehirn gepumpt. Das Zittern hörte auf und die überall verteilte Flüssigkeit in Farbe Rot rann aus ihr heraus, wie bei jedem anderen auch. Es war so faszinierend wie die Menschen immer Unterschiede suchten, dachte sich Kai, wie sie immer Religion, ethnische Herkunft, Hautfarbe und sonstige Ausreden verwendeten, um eine andere Person schlecht zu machen und ihr eigenes schlechtes Verhalten zu verteidigen. Doch wenn man in sie rein schoss oder stach, kam interessanterweise immer das Gleiche raus, vollkommen egal wie diese Person aussah und woher sie kam.

Irgendwie musste er darüber lachen, da es nicht nur das Blut, sondern alle Innereien waren, doch dann hörte er hinter sich jemanden eine Waffe laden, irgendjemand der noch unbeabsichtigter Weise lebte und nun ihn versuchte zu stoppen. Der Fremde war schnell und die Kugel traf Kai in den Rücken. Er flog deshalb nicht um, aber er verlor kurz den Halt, taumelte nach vorne, drehte sich um und schoss den Typen mit mehreren Kugeln über den Haufen. Dann reckte er sich einige Male und wartete dann ein wenig, bis sein Körper die Kugel wieder langsam aus dem Rücken raus wandern ließ.

Während dieser unscheinbare Typ mit Glatze und Dreitagebart in seinem Jägeroverall sein Leben am Boden liegend aushauchte, versuchte Kai bewusst wahrzunehmen, wie das Projektil wieder seinen Körper verließ. Es war aus seiner Sicht faszinierend, dass er dies wahrnehmen konnte und er musste darüber lachen, dass diese Leute hier so lernresistent waren. Nicht nur die Aktion mit dem Messer in seiner Hand am Balkon, nein, er und Adam hatten nun schon einige Kugeln abbekommen, weil sie einfach nie in Deckung gingen. Wozu Deckung nehmen, wenn einen die Kugeln so oder so nicht viel anhaben konnten und schlussendlich nach fünf Minuten oder vielleicht mal zehn Minuten den Körper verlassen hatten und der Körper wieder perfekt geheilt wurde, fragten sich beide immer wieder.

Anstatt sich eine neue Strategie zu überlegen, wie man die zwei Angreifer beseitigen konnte, schossen die Potbewohner ihnen wieder in den Oberkörper oder ins Bein, nur um kurz darauf selbst erschossen zu werden.

Nach zwei weiteren Schüssen fiel ein Mann durch ein Fenster aus einem oberen Stockwerk, kurz darauf folgte Adams Kopf durch das neue Loch und erbat Kais Audienz. Im oberen Stock dieses Gebäudes fand Kai seinen Soldatenkollegen, der an der Wand lehnend gerade sein Gewehr reinigte und nachlud. Am Boden knieten ein Mann und eine Frau, beide sehr jung, er schätzte beide auf Anfang ihrer 20er. Sie waren unbewaffnet und warteten zitternd auf ihr Schicksal.

„Was ist los?" fragte Kai salopp.

„Ich hatte das Gefühl, dass wir so ziemlich durch sind und wollte noch mal eine Säuberungsrunde machen. Bin dem einem anderen Typen hierher gefolgt..." Adam zeigte mit der Hand zum Loch, wo mal ein Fenster war und Kai verstand worum es ging. „Da habe ich die zwei hier gefunden." Diesmal zeigte er auf das ängstliche Pärchen am Boden. „Was soll ich sagen... unbewaffnet, jung und sehr ängstlich. Ich gehe mal ganz stark davon aus, dass die nicht mal wussten, was hier abgeht. Allein wenn ich sie reden höre." erklärte Adam weiter. Er spuckte auf den Lauf der Waffe und fuhr mit einem Putzlappen darüber. Aufgrund des dermaßen dreckigen Lappens war sich Kai nicht sicher, ob die Waffe nun sauberer oder schmutziger werden würde.

„Inwiefern?" fragte Kai ins Detail. Sein Blick wechselte zwischen den Beiden am Boden und dem dreckigen Lappen auf Adams Waffe.

Also erklärte ihm Adam was er beobachtet hatte, wie sich der Mann sofort auf die Knie geworfen hatte und sein Schicksal akzeptieren würde, wenn er nur wüsste, warum er jetzt sterben musste. Ebenso wie er auf gewisse Themen reagiert hatte, wie zum Beispiel zu den Gefangenen und dem Sexraum. So wie seine Reaktion war hatte er tatsächlich keine Ahnung oder war ein guter Schauspieler.

„Und nun?" fragte Kai.

Adam nahm sein Gewehr, das nun fertig geputzt war, obwohl es noch dreckig aussah und zielte auf den Mann. Dann drehte er sich zu Kai und sagte: „Das ist der Pot. Deine Leute, deine Entscheidung!"

„Was würdest du machen?" fragte Kai weiter, denn er hatte sich schon viele Jahre vor der Zombie-Apokalypse auf Adams Meinung verlassen und stützen können, also warum sollte er es jetzt nicht mehr können. Kai zweifelte an seiner Entscheidungsfähigkeit, wenn er sah, was hier vor seinen Augen passiert war und wie er jetzt mit seinem Freund gemeinsam durch die Leute durchmarschiert war, vom Bild her vergleichbar einem Metzger der einen Fleischwolf bedient hatte.

„Ich denke das finden wir recht schnell raus." kam von Adam, die Waffe noch immer an den Kopf des Mannes gerichtet. „Wir werden jetzt die Gefangenen holen und dann schauen wir mal was die zu den zweien hier sagen."

Kai nickte und Adam zog seine Waffe weg. „Dann filze ich nochmal den Raum und dann werde ich noch mal das Gelände abgehen und säubern. Du holst derweil die Gefangenen."

Die beiden Männer bestätigten wortlos und gingen an die Arbeit. Kai wollte kein Risiko eingehen, auch wenn er kaum zu töten war. Er führte die beiden Gefangenen mit am Rücken gefesselten Händen nach draußen und holte die Leute aus dem Keller. Adam kontrollierte noch ob er wen fand. Ein Mann war noch übrig, der zählte aber nicht zu dem vorhergehenden Pärchen, dieser Mann war eindeutig einer der grundlegenden Arschlöcher, einer von denen, der den Sadismus geliebt und gefördert hattes. Das so sehr, dass er es schon bei der Begegnung mit Adam alles raus brüllte und ihm zu verstehen gab, dass er sich nicht dafür entschuldigen werde, dass er Frauen im Zuge der Vergewaltigung erwürgt hatte. Er fragte, ob er vielleicht das Arschloch sei, was ja nicht sein konnte, da die schwarze Hure noch lebte, obwohl er sie so sehr gequält hatte, dass sie um Erlösung gefleht hatte. Diese dreckige Nutte konnte er nicht töten, da die anderen hier auch noch was Exotisches zum Naschen wollten.

In Wirklichkeit hätte er es nicht sagen sollen, denn so sehr Adam sich bemühte emotionslos zu bleiben, ließ er sich für diesen Typen einiges mehr an Zeit. Natürlich musste auch dieser Körper, der nicht die Vorteile des Virus hatte, nach vielen Brüchen und Schnitten nachgeben und so knipste Adam den Mann schlussendlich aus, aber die Schreie von ihm waren draußen recht lange zu hören. Sie hatten nicht so viel Zeit, also musste Adam sich beeilen. Für ihn war es viel zu kurz und schmerzlos, aber für alle die draußen warteten, fühlte es sich unwirklich lange an.

Denise hatte erwartet, dass Adam sofort zu ihr kam, um sie zu holen und war verwundert, dass er so lange abwesend war, während Kai jeden einzelnen ins Freie brachte und ihnen die Situation erklärte. Aber sie kapierte recht schnell warum Adam sich die Zeit mit einem Bewohner des Pots nahm. Es dauerte auch nicht lange, da kam Chestine mit den anderen Kids zurück, von dem jedes irgendeinem Erwachsenen um den Hals fiel und als die drei Jungs, die am Waldrand gewartet hatten, auf das Gelände des Pots kamen, stimmten die in die Umarmungen mit ein.

Kai beobachtete die Szenerie mit einem Schmunzeln. Er konnte sehen, dass sich etwas verändert hatte in Adam und als sich ihre Blicke trafen, da wusste er, dass er soeben das richtige getan hatte und es keine Geschichtsbücher geben würde, die von den heutigen Geschehnissen berichten würden und alles als Mahnung an die Nachkommen weitergaben. Es war nicht das erste Massaker von ihm, aber alle anderen waren angeordnet worden und er hatte schon damals bei einigen ein ungutes Gefühl gehabt. Er war sich nicht sicher gewesen, ob er das richtige tat und ob die Informationen des damaligen Geheimdienstes korrekt waren, aber er tat es, da es sein Job war. Hier und jetzt tat er es aus Überzeugung und auch wenn er hier in gewissen Momenten Unsicherheit verspürte, so war er sich schlussendlich doch sicher das richtige getan zu haben. Er musste die Umarmungen, Glückwünsche und Erklärungen, wie es weitergehen sollte hinter sich bringen. Es kostete einiges an Zeit, denn danach fingen alle an aufzuräumen und machten sich bereit für einen neuerlichen Aufbruch. Hier wurde sehr viel Lärm erzeugt und es war nur eine Frage der Zeit, bis es nur so von Zombies wimmelte.

„Was machen wir jetzt?" fragte Kai Adam, während er sich umsah und die neue, blutverschmierte Situation im Pot betrachtete.

„Ich hätte da eine Idee." sagte Adam und sein Kopf nickte in Richtung Süden.

764

Mit einem ‚Plop' fiel der Deckel der Budweiser Flasche durch die Luft und landete in der schneebedeckten Wiese. Es war kalt, aber nicht zum Frieren kalt, sondern angenehm und ertragbar im Freien. Kai wollte nach so langer Zeit das Bier kühl genießen und da es keinen Kühlschrank gab, hatte er es draußen positioniert. Jetzt hatte er es endlich geöffnet und zog lange und intensiv daran. Wie in einer Werbung, setzte er die Bierflasche ab, gab ein langes Zischen durch die Lippen von sich, drehte sich zu Adam und sagte: „Ich kann nicht glauben, dass nach so langer Zeit das Bier noch gut ist. Ich meine es ist jetzt nicht frisch gebraut und gezapft, aber verdammt es schmeckt geil."

Mit dem Griff seiner Pistole hatte Kai das Bier geöffnet. Üblicherweise würde Adam nun probieren einen draufzusetzen, aber er hielt seine Flasche zu einem der Zaunpfosten, die neben ihm waren und schlug daran den Bierdeckel runter. Er hatte das Bier zufällig bei einer Runde den Abend zuvor gefunden, nachdem sie alles, was sie tragen und brauchen konnten vom Pot nach Süden in ihre erste Bleibe nach Keeling getragen hatten. Adam hatte zum Nachdenken einen Spaziergang gemacht und die Wanderung genutzt, um in einzelne Häuser zu schnuppern und nach Brauchbarem zu stöbern. Zufälligerweise war er in einen Kellerraum eines alten Hofes gekommen.

Es war nicht Standard, dass die Gebäude hier ein Kellergeschoss hatten, aber dieses hatte einen recht üppigen Erdkeller und einen angebauten Bunker. Adam ging davon aus, dass es sich um einen Schutzbunker bei möglichen Wirbelstürmen handelte. Als er sich so umsah, merkte er, dass eine Box an der Wand neben dem Regal mit dem Essen stand. Im Regal selbst waren noch ein paar Konserven. Die meisten waren bereits weit über dem Ablaufdatum und verfault, aber interessanterweise gab es noch eine Dose mit Bohnen und zwei Dosen mit eingelegten Pfirsichen, die genießbar waren.

Neben dem verfaulten Gemüse und dem Fleisch, das aufgehängt worden war und ebenfalls komplett verfault war, stand diese Box voll mit Bierflaschen. Es war Budweiser Bier, typisch amerikanisch, aber nicht in dieser Gegend hergestellt und als er das Ablaufdatum sah, dachte er sich es musste ja direkt noch am Beginn der Zombie-Apokalypse abgefüllt worden sein. Bevor das System komplett zerbrochen war, hatte wohl irgendwer diese zufälligerweise hier abgestellt, in einem Hamsterkaufwahn und das nur, damit Adam es jetzt finden konnte. Offenbar nur damit er ein letztes Mal in den Genuss kam ein kühles Bier zu trinken, also brachte er seine Beute zurück und präsentierte sie der Gruppe in Keeling.

Die Kinder konnten natürlich nichts damit anfangen und Denise rümpft ihre Nase, da sie nicht sehr begeistert war von Alkohol in einer Zeit, wo man immer aufmerksam sein musste, und es an sich schon nicht schön fand, wenn sich Adam ab und zu mit Whiskey oder sonstigen Spirituosen den Alltag erleichterte. Sie ignorierte die Tatsache wie schnell Adams virusunterstützter Körper den Alkohol abbaute, aber sie akzeptierte die Tatsache des Betrunkenseins und zeigte in ihrem Verhalten jedem was sie davon hielt. Kai dagegen war vollauf begeistert, denn es gab zwei wunderschöne Aspekte daran, die auch sehr schnell Denise beruhigten. Erstens hatten sie jegliche Gefahr beseitigt und waren alle gemeinsam wieder zusammen hier und gesund und zweitens waren es vermutlich die letzten noch genießbaren Bierflaschen auf dieser Erde oder zumindest in unmittelbarer Umgebung und sollte es noch irgendwo Bierflaschen geben, die man ohne eine Vergiftung zu erwarten trinken konnte, würde es vermutlich so lange dauern bis sie sie fanden, dass sie nicht mehr genießbar waren. Also sollten sie nicht zufällig auf eine intakte Brauerei stoßen oder selbst brauen anfangen, war dies das letzte Mal, dass sie Bier gemeinsam genossen und was sollte schon passieren in dieser ereignislosen Welt der Untoten.

Die Nacht war eiskalt und Adam hatte die Bierflaschen am Rand des Grundstückes direkt am Zaun positioniert und mit Schnee eingehüllt. Heute am Vormittag des Tages 764 war es sonnig und windstill und die Temperatur lag bereits bei acht oder zehn Grad Celsius. Obwohl Schnee lag, war es nicht unangenehm, es war als würde man nach einem langen Tag sich auf einer Skihütte noch ein Bier gönnen. So standen die beiden Männer da, stießen an und nahmen einen weiteren kräftigen Schluck. Maurice zeigte mit seinem Zeigefinger auf eine der Flaschen, aber er sagte nichts, sondern blickte nur zu Adam und gab ihm ein halbes Nicken mit den Kinn nach oben. Adam lachte und bestätigte ihm, er solle sich eine Flasche nehmen. Erst wollte Denise ja noch einschreiten, denn ihr Bruder war erst ein Teenager und trinken durfte man in den USA erst ab 21. Auch wenn es in anderen Ländern schon ab 18 oder noch jünger erlaubt war, aber was galten die Gesetze in der jetzigen Zeit noch, doch wollte sie nicht, dass ihr Bruder alkoholabhängig wurde, doch dann fragt sie sich was der Schaden sein sollte. Immerhin hatte er seinen Arm verloren und die Zisterne überlebt und es gab kaum noch Möglichkeiten Alkohol zu trinken, da durfte er sich doch wohl noch mit Adam und Kai ein Bier gönnen, solange es bei einem blieb. Sie wusste, wenn er mehr trinken würde, würde sie vermutlich irgendwann ihre Nase rümpfen müssen.

Vielleicht war es eine mütterliche Strenge, da ihre Eltern tot waren, aber sie wollte Maurice vor so etwas schützen, denn sie war selbst ein Teenager gewesen und hatte das alles probiert. Natürlich war es unfair von ihr selbst die Erfahrungen gemacht zu haben und sie ihrem Bruder vorzuenthalten, aber in der Zombiewelt musste man immer aufpassen und betrunken zu sein war heutzutage noch gefährlicher als früher. Sie wollte schon aufschreien als Maurice zwei Flaschen in der Hand hatte, doch er ging mit der zweiten Flasche zu dem Mann von dem Pärchen das Kai und Adam bei ihrem Massaker verschont hatten. Sein Name war Juri, war Mitte 20, weiß und hatte rötliche Haare. Er war ein äußerst dürres Gestell im Vergleich zu seiner Freundin. Sie war ganz offensichtlich asiatischer Abstammung, hatte sich als June vorgestellt. Die Namensähnlichkeit war reiner Zufall und schon von jedem, den sie getroffen hatten, angesprochen worden.

Juri nahm die Flasche zögerlich an. Man konnte die ganzen fünf Tage merken wie es ihm peinlich war, dass er auf die Seite der Bösen gewechselt hatte und er mit June die einzigen waren, die sie verschont hatten. Doch die Gefangenen sprachen sehr positiv über die zwei. Sie waren dem Pot erst vor kurzen breitgetreten und hatten die gesamte Zeit genutzt, um Essen und sonstige Mittel zu den Gefangenen zu schmuggeln und versucht ihnen zu helfen, da es offenbar ihre einzige Lösungsstrategie war, um die Situation zu überleben. Sie waren selbst vorher Gefangene in diesem Verlies gewesen. Es war üblich, ein oder zwei Personen passten sich an, um den anderen die sich nicht anpassen konnten zu helfen. Diese Infos hatten Kai überzeugt die zwei am Leben zu lassen und mitzunehmen. Trotzdem war es ihnen peinlich, aber er nahm die Bierflasche als freundliche Geste an, denn er wollte nun zu dieser Gruppe gehören. Maurice machte sie mit seiner Prothese des fehlenden Arms auf.

„Angeber." kicherte Calvin vor sich hin.

Es waren nicht alle draußen, einige der Gefangenen hatten immer noch körperliche Probleme und lagen in ihrem Krankenbett im Haupthaus. Ein, zwei Pfleger waren auch noch drinnen, aber die Kinder vergnügten sich neben der Biergruppe im Schnee. Justin und Chestine saßen händchenhaltend auf einer Bank und beobachteten die Szenerie, während alle schmunzelnd zu den turtelnden Teenagern blickten, aber sofort wieder ihre Blicke wegnahmen als sie sahen, wie die zwei rot anliefen.

Kai machte noch einmal einen tiefen Schluck aus der Bierflasche, dann startete er: „Ich habe gesehen du hast noch ein paar Flaschen Whisky drinnen rumstehen."

„Kein Whiskey, Bourbon." sagte Adam.

Kai musste auflachen: „Okay. Bourbon." sagte er. „Ich hätte mal jetzt folgende Idee. Wir trinken jetzt alles an Bier was hier ist und dann können wir noch den gesamten Whisky da drinnen genießen und du erzählst mir alles was du weißt und alles was du gesehen hast und alles was passiert ist und ich erzähle alles von meiner Seite und dann erzählen wir uns gegenseitig, was wir für einen Plan haben, wie es weitergehen soll und dann entscheiden wir, wie wir weitermachen."

„Das ist eine ausgezeichnete Idee. Könnte von mir sein." antwortete Adam. „Wer fängt an?"

Kai streckt ihm die Faust ins Gesicht, Adam nickte und sie spielten Schere, Stein, Papier. Kai gewann die erste Runde und sie diskutierten gar nicht über eine Option von auf zwei gewonnene Spiele oder drei von sieben. Das hatten sie noch nie getan, aber das wusste niemand der Anwesenden.

Adam setzte noch mal das Bier an, nahm einen tiefen Schluck und startete: „Alles was ich auf dem Weg gefunden hatte, war zerstört, genauso wie das was wir hier alles gesehen haben. In Norfolk war es vom Prinzip her das Gleiche. Dort war in Virginia Beach die große Militäranlage und eine sehr große, für niemanden wirklich bekannte geheime Forschungsstation. Ich bin dorthin, weil ich dort schon einige Male in früheren Jahren für Kontrollen, Behandlungen und Versuche gewesen bin. Ich wusste, dass sie dort an dem Virus arbeiteten. Es war zwar nicht die einzige Einrichtung, aber die einzige, bei der ich mir sicher war, dass sie das Know-how zum Virus hatten und ich bin davon ausgegangen, dass sie dort an einer Lösung arbeiten. Aber als ich angekommen bin, konnte ich nichts mehr antreffen. Die gesamte Basis war verlassen und ich habe keine Überlebenden gefunden."

Er nahm einen tiefen Schluck aus seiner Bierflasche. Alle Blicke waren gespannt auf ihn gerichtet, jeder wollte wissen was passiert war, doch keiner wagte es die Spannung in der Luft mit seiner eigenen Stimme zu durchschneiden.

„Da es nach meinem Stopp in Austin und später in Nashville nie wirklich zu positiven Ergebnissen führte, war Virginia Beach mein letzter Anker. Ich war mir sicher, dass wenn sie irgendwo von dem Virus etwas wussten und etwas dagegen tun konnten, dann dort. Natürlich war der Umstand, dass alles zerstört war, äußerst demotivierend, doch nach kurzer Zeit stellte sich für mich die Frage, wo ich sonst noch weitersuchen konnte. Dabei wurde mir klar, dass die Anlage ein Notstromaggregat hatte, ich musste es einfach nur in Gang bringen. Es dauerte eine Weile das Ganze zu putzen, zu reinigen, zu pflegen, die kaputten Teile auszutauschen, doch dann schaffte ich es die Anlage wieder hochzufahren und mich in das System rein zu arbeiten, um rauszufinden was passiert war. Dort habe ich im Großen und Ganzen gelesen, was sie mit welcher Begründung getan hatten. Und wie es immer im Leben ist, waren die einzelnen Schritte erst in ihrer Summe ein Weg bis zum Abgrund."

Wieder nahm er einen tiefen Schluck aus seiner Bierflasche. Justin hatte den Mund offen und fiel vor lauter Spannung fast von der Bank vornüber. Auch die anderen bewegten sich in ihrer Anspannung immer weiter nach vorne. Nur Kai lehnte lässig und ohne erkennbare Nervosität am Zaunpfahl und trank ebenso genüsslich sein Bier.

„Sie hatten mit ziemlich viel Technologie getestet und gespielt und auch sehr viele unterschiedliche Arten von Viren und Virenstämme herangezogen. Vollkommen egal ob es auf so etwas wie Influenza und Corona aufbaute, es kamen auch bekannte Virenstämme wie Ebola ins Spiel. Sie manipulierten sie genetisch, versuchten sie mit den Nanobots zu verbinden und versuchten vom Prinzip her die Vorgabe der Regierung zu erfüllen. Der grundlegende Gedanke war, wie wir schon wussten, einen Soldaten im Feld zu unterstützen und zu verhindern, dass er durch eine Verletzung starb, die man hätte behandeln können, wenn die verletzte Person in ein Krankenhaus gehen könnte. In Summe haben sie bis zum Ende sieben große Virenstämme kreiert und ich dachte ihnen wäre ein Virenstamm vielleicht versehentlich ausgekommen, aber die Realität ist leider Gottes viel primitiver und dementsprechend auch tödlicher.

Der allererste und ursprüngliche Gedanke war, wenn ein Soldat im Kriegseinsatz verwundet wird, und zwar nicht tödlich, das heißt er hat zum Beispiel einen Schuss im Oberschenkel abbekommen, dann sollte er dort weder verbluten, noch sollte er das Problem haben, vor Ort liegen bleiben zu müssen, da er nicht mehr richtig gehen konnte. So könnte ein Soldat in die Hände des Feindes fallen und dann als Druckmittel verwendet werden oder wichtige Informationen unter Folter preisgeben oder stattdessen an irgendwelchen Entzündungen oder Folgeschäden sterben.

Ein Kopfschuss ist tödlich, aber muss ein Soldat wirklich wegen einer Kugel im Oberschenkel sterben? Das war die grundlegende Frage, aber wie sollte ein Virus bei einem Schuss helfen? Dabei machte man sich dann offenbar dem Grundverhalten eines Virus zunutze, dass seine Existenz den Körper animierte etwas zu tun. So wie man es ja kennt, wenn das Immunsystem den Virus bekämpft, wenn man zum Beispiel erkrankt durch einen Virus. Nun war der Grundgedanke den Körper mittels des Virus soweit zu manipulieren, dass er mit dem Virus zusammenarbeiten konnte, doch das hatte nicht funktioniert und aus dem Grund kam Virenstamm Nummer zwei ins Spiel.

Dieser Virus manipulierte das körpereigene System, um den Virus Nummer Eins nicht als Feind zu sehen, sondern als Freund und auch noch mit zu unterstützen, um die körpereigenen Zellen zu animieren auch mitzumachen. Nummer Eins könnte dann die Fehlstelle im Körper lokalisieren und starten das wiederaufzubauen, was kaputt gemacht wurde. Also wenn man eine Kugel in das Bein bekommen hatte, musste das Bein wiederhergestellt werden. Die Adern schließen, um den Blutverlust zu stoppen und dann die Muskeln wiederherstellen. Das Ganze hatte in der Theorie ja gut funktioniert, nur hatte sich niemand gewagt es wirklich an einem Modell zu testen, denn jahrzehntelanger, medialer Horror über Bücher, Serien und Filme was mit künstlicher Intelligenz und mit Viren passieren kann, hat die Leute ängstlich gemacht und das war auch in einer gewissen Art und Weise gut. Die Theorie passte und niemand hat sich gefragt was passieren könnte, wenn Virus Nummer Zwei das Immunsystem austrickst. Immerhin wurde der eigene Schutzmechanismus, der in Milliarden Jahren Evolution erschaffen wurde, schnell und einfach ausgeschaltet. Half da Virus Nummer Eins noch, wurde es immer komplizierter. Woher wusste Virus Eins denn überhaupt wie das Bein eines Verwundeten vorher ausgeschaut hatte? Woher bekam der Virus diese Infos?

Diese Probleme waren laut der Wissenschaftler mit ein paar einfachen, ethnischen Protokollen zu umgehen. Also befahl man in der Programmierung den Nanobots, dass sie auf gar keinen Fall von sich aus etwas anderes tun durften. Sie durften nur in dem Körper, in dem sie waren, wenn eine Wunde auftrat, die Heilung starten. Dadurch verhinderte man die Übertragung des Virus auf einen anderen Körper, aber man legte damit auch den Virus lahm, denn er konnte nicht feststellen, ob die Person verletzt war. In den ersten Experimenten taten die Viren von infizierten Soldaten nichts, wenn dieser verletzt wurde.

Das Projekt war schon fast auf Eis gelegt, bis jemand die Idee hatte den Virus Nummer Drei zu bauen, und zwar einen Virus, der feststellt wann Virus Eins und Zwei überhaupt benötigt werden. Das heißt wenn der Körper verletzt ist, brauchen wir irgendwo ein Detektionsmittel, einen Sensor, der uns sagt: >Da ist eine Beschädigung<. Dieser Sensorvirus musste mit den anderen Viren ja irgendwie kombiniert werden und als das etabliert war, funktioniert es plötzlich. Ein vollkommen neuer, revolutionärer Schritt in unserer Existenz."

Es war wieder Zeit für einen tiefen Schluck von seiner Bierflasche und mit diesem Schluck war sie leer, also warf er sie zur Seite, denn was sollte jetzt Umweltschutz noch bringen nachdem sowieso niemand mehr am Leben war. Dann machte er sich eine neue Flasche auf, dies fühlte sich für alle anderen wie eine kleine Ewigkeit an. Als er in die Runde blickte, hatte er das Gefühl, seine Zuhörer waren noch angespannter als wenige Minuten zuvor und er fragte sich wie das möglich war, da sie an sich schon sehr angespannt gewirkt hatten und er sich sicher war, dass sie bereits das Maximum an Anspannung erreicht hatten, aber wie er erkennen konnte, gab es noch eine Steigerung.

„Nun gut. Es hatte funktioniert, es gab dann massenweise Videos und Erfolgsberichte von Einsätzen im Nahen Osten, in Afrika, in Asien. Es zeigte sich recht deutlich, dass immer mehr Soldaten mit den Viren behandelt wurden und bei Verletzungen automatisch heilten. Es gab zwar ein paar Komplikationen, Schwierigkeiten, offenbar auch ein paar Tote, aber in Summe programmierte man ein bisschen herum, feilte ein wenig an den Viren und schon erschien alles besser und in Funktion. Warum aufhören wegen ein paar Hubbel auf dem Weg zum Ziel. Jetzt war natürlich der Punkt erreicht, an dem man nicht wegen einer kleinen Schusswunde im Knie aufhören konnte. Was sollte passieren, wenn man jetzt tödlich verletzt wurde oder einen schlimmen Bauchschuss hatte? Konnten die Viren eventuell dieses System auch regenerieren, den Menschen am Leben erhalten und solange regenerieren lassen, bis das wieder da ist, was ursprünglich da gewesen war?

Diese Frage stellten sich die Wissenschaftler und infolge auch die Entscheidungsträger, die immer mehr Druck ausübten, denn wenn ein amerikanischer Soldat in einem Camp, sagen wir mal gegen einen Feind wie China oder Russland, den Vorteil hat, dass er angeschossen wird und im Feld liegen bleibt und es so aussieht, als wäre er tot, dann aber nach ein, zwei Stunden wieder aufsteht wie ein Universal Soldier, dann haben wir einen unbeschreiblichen Vorteil gegenüber unseren Feinden. Zusätzlich retten wir auch noch Menschenleben, also eine Win-Win-Situation, was will man mehr. Mit diesem Ziel im Kopf kreierten sie Virus Nummer Vier, der viel komplexer war als die drei zuvor. Das Ding war schon fast eine künstliche Intelligenz, etwas derart perfekt Programmiertes in dieser kleinen Form der den Virus soweit manipulierte, dass er aus der DNA lesen konnte. Dadurch konnten die anderen Viren präzise arbeiten und alles wiederherstellen, wie die Leber, das Herz, ja sogar das Hirn.

Dies erfolgte in einer so herausragenden Präzision, dass das neu erstellte Organ sogar noch besser war als das alte. Denn durch die Verwendung der Codierung in der DNA konnte der Virus das herstellen, was von Anfang an geplant gewesen war. Wenn man nicht gerade zufällig mit genetischem Defekt auf die Welt gekommen war, konnte man sogar besser werden wie vorher. Die Wissenschaftler mussten noch ein wenig daran herumfeilen, aber in Summe war dieser vierte Virus grenzgenial. Er war schon so hochentwickelt und präzise, dass es einer künstlichen Intelligenz gleichkam und die Grenzen schienen nicht vorhanden zu sein. Denn wie so oft zuvor war eine militärische Erfindung etwas was man für den Kampf benötigte, um einen Vorteil gegenüber dem Feind zu erzielen, plötzlich etwas was der Bevölkerung im Generellen zugutekommen konnte, wie schon das Internet. Wenn man einen Menschen erfolgreich infizierte mit diesen Viren, dann konnte man über die Jahrzehnte verursachte Schäden wieder rückgängig machen. Defacto konnte man bis auf Kleinigkeiten einen Großteil aller Krankheiten heilen. Zum Beispiel Krebs."

„Die konnten Krebs heilen?" schrie Denise unerwartet auf, alle anderen Zuhörer schraken zusammen, denn niemand hatte mit der lauten Stimme gerechnet. „Davon habe ich nie was gehört."

Adam nutzte die Unterbrechung, um an seinem Bier weiter zu trinken, hielt während er schluckte die Hand hoch, um zu signalisieren, er würde gleich fort fahren: „Greif der Geschichte doch bitte nicht vor."

Denise entschuldige sie sich mit einem Nicken.

„Hatte man zum Beispiel eine Säuferleber, reichte eine leichte Verletzung der Leber. Es genügte schon, wenn jemand mit einem Gewehr in das Organ schoss. Anschließend holte sich Virus Nummer Vier die Bauanleitung dieser Leber aus der DNA der Person und mit den anderen drei Viren wurde die Leber wiederhergestellt und plötzlich hatte man, nach jahrzehntelangem Alkoholismus wieder die nagelneue Leber eines Teenagers. Und zwar die eigene, ohne Komplikationen, ohne die Gefahr, dass sie abgestoßen wird. Das gleiche funktionierte dann mit einer Raucherlunge, Nierensteinen, einem Gehirntumor. Diffiziler wurde natürlich die Sache bei Knochenkrebs, aber das war ja nicht die Ursache und das Motiv für diese Forschungsrichtung und zu dem Zeitpunkt war auch noch vollkommen unklar ob die handelnden Personen überhaupt Interesse hatten, damit an die Öffentlichkeit zu gehen oder zumindest medizinische Einrichtungen soweit zu involvieren, dass auch der normale Bürger davon profitieren konnte.

Es gab eine große Angst bei diesem Thema und die war, was ist, wenn das Wissen nach außen sickert und dann auch noch beim Feind landet. So hatte man den Vorteil, die Viren nutzen zu können in Kriegseinsätzen bevorzugt und wenn das Wissen darüber irgendwann von alleine nach außen sickerte, dann konnte man ja immer noch Dritte ins

Boot holen, die für soziale Zwecke weiter forschten. Die Möglichkeiten waren unendlich. Man konnte tatsächlich auch abgetrennte Körperteile wieder wachsen lassen, was für Menschen, die amputiert werden mussten, einzigartig gewesen wäre, aber wie gesagt, für die Öffentlichkeit war es noch zu früh.

Jetzt waren sie in Lage einen Soldaten, der im Feld verwundet wurde, nicht nur von der Schusswunde zu heilen, sondern grundlegende Systeme wiederherzustellen. Somit wurde ein Soldat im Feld immer unverwundbarer. Auch wenn man ihn verwunden konnte, heilte er umgehend wieder. Allerdings ergaben sich zwei Probleme. Erstens war es schwer die Leute zu infizieren, viele reagierten nicht gut auf die Viren, bei vielen reagierte das eigene Abwehrsystem sehr aggressiv und wehrte sich gegen den Virus. Auch hier gab es wieder ein paar Tote. Das zweite Problem war, diese Regeneration benötigte eine große Menge an Energie. Man konnte nicht neue Zellen erstellen aus dem Nichts.

Nun mussten sich die Wissenschaftler überlegen was passierte, wenn ein Soldat sehr stark verwundert wurde und er weit mehr Energie für die Regeneration brauchte als sein Körper noch übrig hatte. Im Zuge der Forschungsarbeit wurden jetzt die Viren Nummer Fünf und Sechs so gut wie simultan erschaffen.

Nummer Fünf war zuständig dafür die Energiereserven im Körper zu verteilen und dorthin zu konzentrieren, wo sie benötigt wurden. Das heißt, hatte man eine tödliche Verletzung im Unterleib, so konnte es passieren, dass der Virus andere Körperteile zum Absterben brachte, zum Beispiel die Beine, denn die konnten ja später wieder regeneriert werden, aber man brauchte ihre Energie jetzt sofort, um die Person am Leben zu erhalten. Dieser Virus funktionierte ja eigentlich ähnlich Virus Nummer Drei, der Verletzungen lokalisieren konnte. Aus dem Grund hatte man Virus Nummer Drei erweitert und verbessert, sodass dieser auch die gesamte Situation des Körpers untersuchte, die Energiepotenziale feststellte und das den anderen Viren mitteilte. Somit wurden die Viren ein richtiges Netzwerk, das gemeinsam agierte. Nun bestand noch das Problem, dass Virus Nummer Fünf ja nur verteilen konnte, weshalb der Virus Nummer Sechs erschaffen wurde, der dafür zuständig war, wenn zu wenig Energie da war, neue zu organisieren.

Quizfrage: Wie konnte man das am besten bewerkstelligen? Wie konnte man es in die Wege leiten, wenn ein Mensch schwer verletzt war und Energie brauchte, diese ihm zuzuführen?"

Alle sahen in der Runde vom einen zum anderen, aber keiner traute sich was sagen. Kai grinste nur, da er die Antwort klarerweise kannte. Er sippte an seinem Bier und Adam musste schauen, dass der diese Pace halten konnte.

„Wenn ein Mensch schwer verletzt ist, muss als erstes gewährleistet sein, dass die Energie in den Körper kommt, das heißt der gesamte Verdauungstrakt muss funktionieren. Sollte es hier Schäden geben, muss dieser als erstes behoben und die Nahrungsaufnahme ermöglicht werden. Das heißt Nahrung finden, sich dorthin bewegen und sie essen. Das löste auch einige geistige Themen für mich, die ich aus Hollywood-Filmen kannte."

Nun schauten die Leute ihn verwirrt an.

„Ich meinte damit den Umstand, dass man Zombiefilme hatte, wo die Zombies so gut wie verrottet waren, aber trotzdem ihre menschlichen Opfer mit Leichtigkeit zerreißen und aufessen konnten. Nur wenn mein Körper verfault und meine Zähne verfaulen, wie soll ich dann noch einen gesunden menschlichen Körper aufbeißen können. Die meisten Leute, wenn sie gesund sind, haben schon so kaputte Zähne, dass sie Ersatz und Prothesen brauchten und plötzlich laufen verfaulende Kadaver durch die Gegend und haben die Möglichkeit Körper aufzubeißen. Das hatte ich nie verstanden, denn wenn ich als lebendiger gesunder Mensch keinen Menschen zerbeißen kann, wie dann erst als Zombie?

Dieser Virus Nummer Sechs hat das für mich recht gut erklärt. Denn gerade diese Bereiche wurden revitalisiert und perfektioniert, sodass die Energie, die benötigt wurde, um alle anderen Körperbereiche zu retten, auch zielsicher ankam. Dabei wurden die Viren so perfekt hergestellt, dass wirklich jede Kleinigkeit benutzt wurde, um zu überleben. Wurde ein Soldat angeschossen und dann deutlich tot am Boden lag oder zumindest jeder glaubte er würde tot sein, konnten die Viren ungehindert arbeiten. Das taten sie auch. Sie arbeiteten und arbeiteten, sie schichteten Energien um, bis es soweit möglich war, dass der Körper sich selbst neue Energie holen konnte, und dann wurden mit der neuen Energie alle anderen Teile, die noch kaputt waren, wieder zusammengebaut. Nun war der unverwundbare Supersoldat gar nicht mehr so weit entfernt von der Realität. Es war wie in einem Horrorfilm. Man erschoss jemanden, er lag offensichtlich tot am Boden, Teile seines Körpers starben ab und wurden ganz schwarz, dann plötzlich bewegte er sich, kroch über den Boden mit einem Stöhnen, holte Nahrung wie Bodenfrüchte, Insekten, kleine Tiere und nach einiger Zeit stand er auf und war wieder da. Nach einem guten Buffet im Lazarett war diese Person, dann wieder perfekt hergestellt. Keine Bettzeit notwendig, keine Heilungsphase. Doch habe ich gelesen, dass es immer noch ein letztes Problem gab, und damit wurde Virus Nummer Sieben ins Spiel gebracht.“

Mit dieser Information stoppte Adam und machte nicht nur einen langen Schluck von seinem Bier, sondern machte sich auf den Weg ins Haus, um den Bourbon zu holen. Dies löste einen Schrei des Entsetzens aus, denn wie konnte er jetzt stoppen und Alkohol holen, wenn er noch etwas zu erzählen hatte und vor allem den wichtigsten Part. Adam ignorierte das laute Wehklagen und genoss es mit der Whiskey-Flasche zurück ins Freie zu kommen und zu sehen wie alle über das, was bisher gesagt wurde, heftigst diskutierten. Er hatte auch zwei Gläser gefunden und schenkte den Whiskey für Kai und sich ein. Er informierte den Rest, dass sie auch einen Schluck Whiskey haben konnten, zu einem späteren Zeitpunkt, wenn er und Kai schon einiges getrunken hatten. Niemand protestierte, denn keiner war am Whiskey, sondern an den Informationen zum Virus interessiert. Alle schluckten die Ungeduld noch runter, als sie Adam zusahen, wie er den Whiskey testete, kostete, trank und offensichtlich genoss. Dann stieß er mit Kai noch mal an, nippte an seinem letzten Bier und bemerkte recht zügig, wie die Hälfte seiner Zuhörer am Explodieren war, also setzte er an, um weiterzusprechen.

Er liebte es die Leutchen noch ein bisschen zappeln zu lassen. Also schob er ein wenig den Schnee von einem Fuß zum anderen und schabte ihn anschließend zur Seite, um rauszufinden wie hoch dieser Schnee und die darunterliegende Eisdecke bereits war, doch er stellte schnell fest, dass es nicht mehr als ein paar Zentimeter waren, in einem bereits sehr zusammengetrampelten Zustand.

„Tja der Virus Nummer Sieben war dann eigentlich das absolute Highlight." fuhr er fort. „Wie schaffte es man nun, dass man Leute, die sagen wir mal im Schützengraben liegen, zu Nahrung kommen, die ausreichend Energie hat, um die Wunden zu heilen und den vermeintlich Toten wieder auferstehen zu lassen? Es war vom Prinzip her erforderlich irgendein Leitsystem zu haben. Sie wussten was jetzt erforderlich war, war eine Art Helferdrohne. Ein Virus, der alles überwacht und die anderen Viren anleitete. Er stellte fest was genau wann und wo als erstes benötigt wurde. Braucht der Körper Energie, dann braucht er vielleicht verbesserte Zähne oder einen neuen Darmtrakt. Braucht der Körper vorab eine Regeneration eines bestimmten Organs, denn wie sollte das Ganze funktionieren, wenn der Körper Energien brauchte und dafür den Magen-Darm-Trakt wiederherstellen musste, aber das Herz beschädigt war. Doch dabei stellte man recht schnell fest, wenn der Körper so sehr beschädigt war, dass alles kaputt war, dann würde dieser schwer seine benötigte Nahrung finden. Das war natürlich unüblich. Meistens konnte ein Körper immer an den noch vorhandenen Reserven zehren, sodass er das Notwendigste starten konnte. Da musste ein Mensch schon wirklich in eine Sprengfalle treten und in Einzelteile zerrissen werden, dass das nicht mehr möglich wäre. Trotzdem versuchte man auch das. Dabei haben sie dann den größten Fehler gemacht, der ihnen selbst nicht klar war, bis das Ganze ein Selbstläufer wurde."

„Wie meinst du das?" unterbrach ihn Denise im Affekt.

„Nicht doch dazwischen quatschen!" sprudelte aus Maurice raus. Gleich merkte er seine Schwester angeschnauzt zu haben und machte ein beschämtes Gesicht.

Adam musste schmunzeln, wie ungeduldig sie alle waren, wie neugierig und wie es ihnen unter den Fingern brannte. „Sie haben sich selbst ausgetrickst." sagte Adam. „Der grundlegende Gedanke war ja nobel. Sie wollten mit allen Mitteln einen Menschen am Leben erhalten. Doch dabei hatten sie zwei Fehler gemacht. Fehler Nummer eins war, dass sie den Viren und damit meine ich die Viren Eins bis Sechs, erklärt hatten was sie alles tun mussten damit sie den Menschen retten konnten. Das heißt, es war erforderlich den menschlichen Körper am Leben zu erhalten, dabei war ihnen aber nicht klar was dies essentiell bedeuten würde. Den Viren zu sagen, dass sie den Menschen auch geistig am Leben halten müssen, war nicht möglich, da ein Virus das nicht verstehen konnte. Wenn der Virus also einen Menschen absichtlich auf Hirntod setzte, dadurch irgendwie aber den Körper am Leben erhielt und dann aufgrund seiner Regenerationsmethoden alles inkl. dem Hirn wieder herstellte und startete, dann hatte der Virus seine Aufgabe erfüllt. Was man nicht wegprogrammieren konnte, dass auf dem Weg dorthin der Mensch getötet wurde und dadurch seine Individualität ausgelöscht wurde und trotzdem der Virus den Menschen ohne Bewusstsein wieder startete. Das heißt ein Mensch wird im Kampfeinsatz angeschossen, ist so gut wie tot, der Virus gibt ihm den Rest, also er killt ihn und dann nachdem er tot war, werden alle Teile der Reihe nach wieder regeneriert, da die gewonnene Energie aus dem Gehirn benutzt wurde um den Menschen das Leben zu retten und alles wieder hochzufahren. Man kann sich denken und jetzt auch überall sehen, was die Konsequenz aus dem Fehler war.

Der zweite Fehler wurde mit unserem letzten Virus, der Nummer Sieben, vollzogen. Ziel war es eine Art Leitsystem zu bauen, das intern kommunizieren konnte: Der Körper ist so und so und so verletzt, also du musst das und das und das machen. Das konnte aber nur funktionieren, wenn alle Virus Nummer Sieben als Boss anerkennen. Zusätzlich musste man Virus Nummer Sieben die Möglichkeit und die Freiheit geben, sich selbst und die anderen Viren so anzupassen, um der Situation gerecht zu werden. Somit den Menschen, der dort schwerstverletzt im Feld liegt, jede Art von Möglichkeit zu geben diese Verletzung zu überleben. Eigentlich musste der Virus etwas Unnatürliches vollziehen.

Was sie nicht verstanden hatten, war, dass der Virus Nummer Sieben dadurch die Möglichkeit erlangt hatte, alle anderen sechs Viren und deren Technologie darin zu manipulieren, zu ändern, zu verbessern. Um das Ziel zu erreichen, also zum Beispiel die Sicherheitsprotokolle auszuschalten und als der Virus das getan hatte, konnte sich jeder der Viren verändern, mutieren und Erweiterungen erschaffen. Erweiterungen, die ursprünglich dazu gedacht waren, den jeweiligen Wirt mit allen Möglichkeiten am Leben zu halten, was mitunter auch dazu führte, dass jemand wie ich oder Kai schwer umzubringen sind. Denn ich glaube soweit habt ihr das gesehen, wenn wir ein paar Kugeln abbekommen, arbeitet unser Körper ganz normal weiter. Er rettet uns, nachher haben wir einen Kohldampf und wir können weiterarbeiten.

Infizierte der Virus nun einen fremden Körper, weil er aufgrund der fehlenden Sicherheitsprotokolle springen konnte, dann fehlte ihm üblicherweise das Leitsystem und wenn das Leitsystem da war, dann gab es hauptsächlich das Problem, dass das Leitsystem nicht an diesen neuen Körper angepasst war und nicht verstand was zu tun war. Das heißt was die Viren nun taten, war zu versuchen eine Ordnung herzustellen, einen System Reboot zu machen und zu verstehen was der neue Wirt war und was darin zu tun war. Daher mussten sie verstehen wie der neue Wirt aussah, also fingen sie an auf dessen DNA zuzugreifen, um ihn wieder korrekt herzustellen zu können. Während der jeweilige Virus das tat, brachte er den Wirt meist versehentlich um und wenn der Virus endlich verstanden hatte, was zu tun war, war der Wirt tot und der Virus startete den Reboot. Das war so ungefähr das Gegenteil von dem, was die Wissenschaftler wollten, aber jetzt leider Gottes passierte.

Das heißt: Es war kein terroristischer Anschlag, es war keine Absicht, es war nicht irgendwie ein böser Mensch der absichtlich die Viren auf die Menschheit losgelassen hat. Nein, es war mitten in einem Experiment, in einem Versuch etwas zu verbessern, während man noch mit medizinischen Einrichtungen verhandelte die Viren einzusetzen, um alle schwerwiegenden Krankheiten zu heilen, um Bürgern, die einer Sucht verfallen sind, das Leben zu retten. Inmitten dessen haben sie in ihrem ewigen Versuch alles richtig zu machen und ein super Samariter zu sein, einen Fehler gemacht und der Fehler war in dem Fall leider Gottes kein kleiner. Kein Fehler wo ich hergehen kann und sagen kann: >Naja, dann probiere ich es nochmal.< Der Virus tat das nicht absichtlich, nein er ist nicht böse, er hat keine ethnischen Protokolle oder sagen wir mal die Technologie darin hatte welche, die dann aber gelöscht wurden. Das heißt alles was sie erschaffen hatten, tat vom Prinzip her die vorgegebene Arbeit, nur nicht ganz exakt so, wie sie es sich vorgestellt hatten und das führt uns zu einem wirklich, wirklich großen Problem."

„Ich dachte das ist schon das Problem!" schrie Justin auf. „Was soll das heißen, es gibt noch schlimmere Probleme?" fragte er.

„Man könnte sich anhand des bisher Erzählten vermutlich zusammenreimen, von welchem Problem ich spreche. Das Problem sind nicht nur einzelne Zombies, die entstehen und wir wie in einem Film einmal beseitigen. Ihr habt es im Großen und Ganzen bei Charles gesehen."

Dafür erntete er natürlich verwirrte Blicke von den Leuten, die nicht von Anfang an mit ihm unterwegs gewesen waren.

„Also gut, lasst mich da kurz noch ein wenig ausholen, für alle die Charles nicht kannten. Charles war der ältere Bruder von Chestine und Calvin und ist leider Gottes unter unglücklichen Umständen verstorben und wir haben ihn beerdigt. Nachdem ich ein paar Vermutungen hatte, dass alle Viren am Werk waren und nicht nur einer, habe ich ihn ausgegraben und er war von den Viren wiederbelebt worden. Er kroch, nachdem er eindeutig tot war, wieder aus dem Grab raus. Das heißt wenn nicht die Person schon vor langer Zeit gestorben ist oder komplett kaputt ist, haben die Viren die Fähigkeit fast alles zurückzuholen.

In Summe heißt das, wenn ihr einen Zombie tötet, mit einem Kopfschuss, mit einer Axt im Schädel, wird früher oder später dieser Zombie zurückkommen. Ihr müsst alles soweit zerstören, dass die Viren keine Möglichkeit haben, das was noch übrig ist in die Bahnen zu lenken, dass er/sie/es wieder auferstehen kann. Der Zombie soll zumindest wiederum keine Nahrung zu sich nehmen, um in weiterer Folge verbessert auferstehen zu können. Es reicht schon, wenn der Zombie am Boden im Gras liegt, denn auch Gras hat Nährstoffe, auch wenn es uns als gesunde Menschen nicht schmeckt, für die Viren reicht es aus, um den Körper wieder zu starten, denn sie wandeln einfach jede Biomasse um. Sie sind so gut entwickelt, dass sie bereits alles Säugetiere befallen können und problemlos zwischen den Spezies springen. Wer weiß was sie noch alles infizieren können.

Das bedeutet alles, was hier in letzter Zeit geschehen ist, jeden den wir umgebracht haben, alle Personen aus dem Pot, alle Leute aus der Zisterne und alle Menschen und Tiere, die in den letzten Jahren verstorben sind, sie werden wiederkommen und wiederkommen und wiederkommen und es werden immer mehr werden denn es gibt extrem viel auf diesem Planeten von dem sich ein Mensch... sorry, ein Zombie ernähren kann. Auch wenn es nur Baumrinde ist, die Viren sind soweit mutiert, dass sie ihre Aufgabe erledigen und zeitglich einen Weg finden die einprogrammierten, ethnischen Protokolle auszutricksen oder zu entfernen, um ihr Ziel zu erreichen.

Nachdem Virus Sieben die Freiheit hatte sich zu entfalten und alle Grenzen um sein Ziel zu erreichen verschwunden waren, konnten sich alle Viren frei entfalten. Einzige, noch existente Regel: Bringt das Lebewesen zurück, Menschen und auch Tiere, was auch heißt, tote Füchse, tote Wölfe, tote Bären, tote Schlangen, tote Adler...“ Er stoppte die Aufzählung und blickte in die Runde: „Muss ich fortfahren?“

Einige schüttelten den Kopf. „Ergo, wenn wir hierbleiben kämpfen wir mit beschränkten Ressourcen und müssen dafür tausende, ja sogar Millionen von Zombies wieder und wieder töten. Zählen wir die Tiere dazu, die auf uns losgehen werden, Milliarden, viele, viele, viele Milliarden... und wir müssen uns auch selbst ernähren und wir können uns leider nicht von Baumrinde ernähren. Weitere Schlussfolgerung für uns: Gartenbau, Tiere, die noch am Leben sind, züchten und schauen, dass wir daraus Nahrung bekommen.

Ich denke jedem ist somit klar, uns läuft die Zeit davon. Wir können nicht Nahrung anbauen, Tiere züchten, jagen gehen und nebenbei Zombies töten, die wieder und wieder und wieder kommen, wenn wir sie nicht atomisieren. Daher sage ich euch, wir brauchen einen anderen Plan.“

Mit dem letzten Satz schüttete er den restlichen Whiskey aus seinem Glas hinunter, drehte sich zu Kai und sagte: „Du bist dran.“

Kai nickte und nahm selbst noch einen Schluck: „Damit bestätigst du im Großen und Ganzen das, was ich selbst erlebt habe. Ich habe es zwar nicht in dieser Detailtiefe nachgelesen und angeschaut, aber wie gesagt, es deckt sich. Nun gut, was habe ich in Washington rausgefunden? Ich habe mich eigentlich nicht wirklich damit beschäftigt, dort vor Ort rauszufinden, wie es zur Zombie-Apokalypse kam. Ich bin davon ausgegangen, dass es mit unseren Tieren zu tun hatte. Hatte die Vermutung ein Labortier war ausgebrochen, Mutationen des Virus wäre mein zweiter Tipp gewesen. Mein ursprüngliches Ziel dort war rauszufinden, wo noch Stationen auf der Erde sind, die gesichert und save sind, um das Thema der Zombies anzugehen. Hierfür habe ich so gut es ging versucht alle möglichen Daten auszuwerten, die noch gespeichert waren. Da ich ebenfalls das Notsystem starten konnte, habe ich in weiterer Folge geschaut was wir noch an Satellitensystemen und sonstiger Militärausrüstung haben, die in einem Schlafmodus sind. Ich startete damit weltweit alles abzusuchen, um Lösungen zu finden, was aber sehr mager ausfiel. In weiterer Folge erkannte ich, andere Standorte konnten eventuell lokal Informationen gespeichert haben. Also habe ich versucht mit einem Jet gewisse Punkte anzufliegen, solange mir überhaupt noch die Möglichkeit gegeben war, dass ich dafür Treibstoff finde und das Ergebnis war leider sehr ernüchternd."

Alle blickten ihn erwartungsvoll und zeitgleich mit Angst im Gesicht an, denn viele hatten schon in ihrer Magengrube das Gefühl zu wissen, was als nächstes kommen würde. Diesmal beobachteten sie Kai, wie er sein Whiskeyglas trank, offenbar schien es ein Ritual bei diesen Erzählungen zu sein. Er holte einmal tief Luft, um die kalte Winterluft in seine Lungen zu bringen, um zu spüren, dass er noch am Leben war, und dass er auf dem Weg war das nächste Kapitel seines Lebens aufzurollen.

„Es ist so gut wie gar nichts mehr übrig." sagte er. „In dem Augenblick, als vielen bewusst wurde, was hier vor sich ging und welche Viren es waren und warum sie es waren, versuchten sie alles geheim zu halten und irgendwie unter Quarantäne zu stellen. Aber dann wurde ihnen langsam klar, dass der Virus nicht erst jetzt ausgebrochen war. Die Viren waren seit Jahren in den Soldaten vorhanden, die weltweit stationiert und unterwegs waren, und die Viren haben sich verbreitet, sind mutiert, haben sich fortgepflanzt."

„Wie kann ein Virus, der halb Maschine ist sich fortpflanzen?" fragte Justin und seine Intelligenz blitzte wieder auf. Er saß neugierig an der Kante der Bank, Chestine hatte ihre Hand auf seinem Rücken. Die Haare hingen ihm über seine linke Gesichtshälfte, aber wenn man genau schaute, konnte man den Part durchblitzen sehen, wo mal ein Auge gewesen war.

„Gute Frage." sprang Adam ein. „Habe ich auch gefragt. Die Antwort war schockierend. Die Nanobots waren keine kleinen Computerchips. Nein, es waren Biochips und wurden vom Virus assimiliert. Wenn sie sich vermehrten, also Zellteilung betrieben, nahmen sie den ganzen Nanobot als Teil ihres selbst mit. Das Ganze war zu Einem verschmolzen und nicht mehr trennbar."

Diese Antwort musste fürs erste reichen. Justin nickte, er verstand worum es ging und Kai konnte fortfahren.

„Von dem Augenblick an, wo die ersten Toten anfingen wieder aufzustehen, waren allen Viren im großen Ganzen bereits in jedem Winkel des Globus verstreut. Dann ging es schnell, zu schnell, so schnell, dass die zuständigen, wissenden Personen einfach nicht reagieren konnten und ein Fehler führte zum nächsten und zum nächsten und zum nächsten. Keiner von ihnen bekam es in den Griff. Keiner wusste was noch zu retten war, viele Leute hatten Angst, sogar die Soldaten selbst, die Wissenschaftler, jeder hatte irgendwie das Gefühl alleine nichts machen zu können. Daher verließen viele ihre Position und gingen nach Hause, suchten ihre Familien und so wurde ein Posten nach dem anderen überrannt. Es fiel eine Station, eine Festung nach der nächsten, so lange bis die letzten abgeschaltet hatten."

„Es kann doch nicht sein, dass nichts mehr übrig ist…" sagte Denise den Tränen nahe.

„Ich bin mir sicher, dass es irgendwo noch etwas gibt." fuhr Kai fort. „Das Problem ist es diese Orte zu finden. Die sinnvollste Variante war zu überprüfen ob neuralgische Punkte oder die am besten gesicherten Posten und Bereiche verschont geblieben sind. Zumindest die Stationen in Washington hätten online sein müssen, aber das Archiv hat gezeigt, dass ein ums andere Mal eine Basis gefallen ist und auch die medizinischen Einrichtungen und die Forschungsabteilungen stückchenweise vom Überwachungsradar verschwanden.

Zu Beginn der Seuche gab es noch vollen Kontakt zu wesentlichen Teilen des Überwachungs- und Forschungssystems, um den Virus erfolgreich bekämpfen zu können. Als Washington endgültig offline ging und es keine Aufzeichnungen mehr gab, waren weltweit noch einige Stationen im Betrieb und einige Länder arbeiteten an einer Lösung für die Seuche. Ich habe versucht diese bekannten Punkte anzufliegen, doch auch dort war nichts mehr zu finden, wobei ich eingestehen muss bei weitem nicht alle erreicht zu haben. In Summe musste ich feststellen, dass wenn etwas überlebt hatte, die Schlagkraft zu gering war, um die Seuche zu stoppen. Somit hatte es keine großartige Relevanz mehr für mich diese Gruppen von Menschen noch zu finden."

Es entstand eine längere unangenehme Pause, in der alle versuchten, das Gehörte zu verarbeiten. Viele starrten entweder den Schnee am Boden an oder in den Horizont und beobachteten, wie die Sonne langsam sich dem Boden näherte. Keiner wollte was dazu sagen, keiner wollte jemand anderem in die Augen schauen.

„Und wie landet man dann hier in dieser Gegend, in West Virginia?" fragte Adam in die Stille.

Kai schmunzelte, er dachte sich schon, dass diese Frage von Adam kommen würde. „Meine Leute!" sagte er kurz und bündig.

Adam nickte und Denise hakte nach: „Meine Leute? Was soll das heißen?"

„Ich bin ursprünglich aus Oklahoma," sagte Kai, „und ich wollte nur wissen, ob meine Eltern oder Geschwister oder Freunde überlebt hatten. Nicht dass ich ein großer Familienmensch wäre, ansonsten hätte ich mich in den letzten 20 Jahren ja mal blicken lassen, aber in dieser Situation will man ja doch noch irgendwie wissen, ob alle gestorben sind oder ob noch jemand übrig ist. Bin aber nie angekommen."

„Was ist passiert?" fragte Denise, ohne zu merken, dass sie zu aufdringlich wurde und in die Privatsphäre eines anderen Menschen eindrang, daher wollte sie die Unterhaltung stoppen, aber Kai antwortete von sich aus.

„Ich bin hier durchgewandert und das eine führte zum anderen. Ich war desillusioniert, deprimiert, traurig, gab mich dem Alkohol hin soweit ich welchen fand. Dann traf ich ein paar Leute, rettete ihnen das Leben und die blieben dann irgendwie an mir hängen. Wir gingen alle gemeinsam weiter, bis wir hier gelandet sind und mit der Zeit dieser Ort, der Pot, entstanden ist."

„Wie konntest du es nur so weit kommen lassen, dass sich die Leute im Pot so verhalten durften?" unterbrach Denise und plötzlich schwenkte die Unterhaltung von den Viren zu demm was ihnen dort passiert war.

„Ich habe darauf gewartet, dass diese Unterhaltung kommen wird und ich weiß auch mit wem von euch ich jeweils einzeln über was reden muss, aber jetzt ist nicht der richtige Zeitpunkt. Wir müssen dieses Thema aufarbeiten und zwar gemeinsam. Ich weiß, dass es teilweise weh tun wird, aber wir sind beide…" er zeigte auf sich und Adam… „über den Punkt hinaus, wo wir in unserer sozialen Höflichkeit zueinander und anderen gegenüber Dinge runterschlucken und daher werden wir alles klar und offen ansprechen, aber nicht heute Abend."

Denise senkte ihren Kopf und nickte sanft, als ihr eine einzelne Träne die Wange runter lief. Alle anderen pflichteten stumm bei.

„Nichtsdestotrotz, was passiert war, was sich hier in dieser Gegend jetzt abgespielt hatte, war dem Fakt geschuldet, dass hier in Nordamerika keine einzige Basis oder Station übrig geblieben war. Aus diesem Grund habe ich die wichtigsten, größten und am besten gesicherten Einrichtungen der Welt kontrolliert und ich gehe davon aus, dass ich ca. 30% abgegrast habe, aber auch da war nichts mehr übrig. Das heißt egal wo auf dieser Erde noch etwas vorhanden ist, aus meiner Sicht war es unklar ob dieser Bereich dann überhaupt die Möglichkeit hätte auch sicher zu bleiben bzw. ausreicht um einen Neustart zu machen. Vor allem wenn man bedenkt, wie sich die Viren entwickeln und deshalb habe ich entschieden keine Energie mehr in die Suche von etwas zu stecken, wo mir unklar ist, ob ich überhaupt was finden kann. Ich denke aber immer noch man sollte gewisse Festungen aufsuchen, welche aber nicht um die Ecke liegen. Damit bleibt jetzt die Frage wie wir weiter tun."

Er blickte in die Runde und schaute die sich selbst fragenden Gesichter an. Keiner wusste eine Antwort darauf und Kai nahm den letzten Schluck aus der Bierflasche. Jetzt waren nur mehr zwei Bierflaschen übrig und nachdem er sie geöffnet hatte, hielt er eine Adam hin. Dieser trank selbst seine Flasche leer und nahm die neue von Kai an. Nachdem sie mit dem letzten Bier angestoßen und davon getrunken hatten, holte Adam tief Luft.

„Ich sehe es eigentlich pragmatisch." sagte er. „Du hast aktuell zwei Möglichkeiten und beide fasse ich einfach mal mit einem Wort zusammen: Ozean!"

Niemand konnte dieser Aussage folgen und auch Kai hatte erstmals, seit sie sich wieder getroffen hatten, eine Verwirrtheit im Blick, so wie Adam sie kannte von früher, wenn er in Rätseln sprach. Daher grinste er und fuhr fort.

„Der Virus oder sagen wir alle Viren, die hier unterwegs sind, werden, wie wir schon gesagt haben, sehr viele Lebewesen wieder neu starten und so wie ich es sehe, ist dieser Vorgang sehr effizient geworden. Aus wenig Energie können die Viren schon fast irreparable, kaputte Lebewesen für einen kurzen Zeitraum zurückbringen und das macht das Ganze nur noch tödlicher. Bleibst du hier und suchst dir deinen Weg durch diesen Kontinent, wirst du dich durch einen Ozean von Toten arbeiten müssen. Wenn aber das Land an sich nicht sicher ist und diese Untoten im Wasser zwar nicht sterben können, aber auch nicht wirklich wohin schwimmen können, ist das was zwei Drittel unseres Planeten bedeckt, wohl aus aktueller Sicht sicherer. Das heißt du verbringst die nächsten Jahre oder vielleicht auch den Rest deines Lebens auf dem Ozean."

„Die zweite Option ist allerdings technisch eine Herausforderung." antwortete Kai, der nun endlich folgen konnte. Sein ‚Verstehe-ich-nicht'-Blick war nun zum ‚Aha'-Blick geworden, so wie ihn Adam kannte.

„Nicht unbedingt!" erwiderte Adam. „Es gibt da so einige Möglichkeiten."

Kai lachte los, denn er kannte Adam schon zu lange: „Du hast also nicht nur einen Plan, sondern du hast schon damit gestartet!" warf er ihm vor.

„Ich vermute mal ganz stark, dass du auch schon einen Plan hattest, sonst hättest du ja nicht so salopp gefragt." gab Adam zurück und Kai nickte nur.

„Wartet mal." unterbrach Denise. „Das war's zum Thema Viren? Ihr glaubt wir haben keine weiteren Fragen mehr, keine Themenm die wir mal besprechen müssen. Vor allem was passiert ist in der Zisterne und im Pot? Was uns passiert ist? Was ihr getan habt? Sollten wir darüber nicht auch ein wenig reden, mal ein paar Punkte aufarbeiten?" fragte sie schockiert in die Runde.

„Natürlich habt ihr Fragen und klarerweise werden wir auch die soweit möglich beantworten und die Themen aufarbeiten." sagte Adam. „Aber nicht jetzt sofort. Ungefähr fünf bis zehn Minuten Gehzeit in westliche Richtung…" er zeigte mit seinem Finger in die Richtung, an die er bei seiner Aussage gedacht hatte… „da gibt es eine Schwarzdestillation. Irgendwer machte dort hauseigenen Brand oder irgendeine andere Spirituose und das Gesöff werde ich jetzt dann zu uns bringen. Dann werden wir drüber reden, wie wir weitermachen und wenn wir das besprochen haben, dann werden wir die Fragerunde starten und alles aufarbeiten. Aber unsere Zeit hier ist begrenzt, da die Untoten bald sehr viel mehr werden. Alle Leute aus der Zisterne und dem Pot werden wieder aufstehen. Dann will ich hier weg sein.

Ich gehe nicht davon aus, dass wir damit heute noch fertig werden und auch die anderen Tage nicht, aber wir fangen mal an und schauen, wie weit wir kommen. Und ich gehe auch davon aus, dass die Leute, die noch verletzt im Haus liegen auch Fragen haben werden. Alle damit einverstanden?"

Er schaute in die Runde und sah einvernehmliches Nicken. Das ging einfacher als er gedacht hatte.

„Gut. Bevor ich jetzt das restliche Gesöff hole und wir diesen Bourbon hier genießen, was ist dein Plan?" fragte er Kai. „Und da die Sonne bald untergeht und ich nicht wieder Schere, Stein, Papier spielen will, bist du als Erster dran."

Kai lachte wieder. „Na gut, dann starte ich eben." sagte er. „Ich habe mir die wesentlichsten Punkte auf diesem Kontinent gemerkt, die Standorte und Städte wo es Forschungslabors gab. Mit etwas Glück ist eine dieser Einrichtungen ja noch in Funktion. Mein Plan war, bevor ich mich meinem eigenen Mitleid hingegeben habe, diese Destinationen aufzusuchen, nur hatte ich keinen Antrieb mehr dafür. Ich hatte keine Lust diese Orte zu finden und dann eventuell enttäuscht zu werden, doch jetzt fühle ich mich wieder danach. Ich gehe davon aus, dass ein großer Teil der Leute, die im Pot im Knast gesessen sind, mit mir mitgehen würden. Es wird sicher anstrengend, lang und beschwerlich sein und es wird Schwierigkeiten geben. Vor allem wenn dieser sogenannte Ozean von Untoten seine Wellen in unsere Richtung werfen wird, aber ich sehe uns recht gut gewappnet. Wie ein Fels in der Brandung werden wir eine Welle nach der anderen abschmettern.

Viel mehr an Plan habe ich und brauche ich nicht, denn wir werden hier am Festland dementsprechend Nahrung finden und ich gehe davon aus, dass wir die Zombies im Griff haben. Sollten es zu viele werden, dann werde ich mir eine Ausweichmöglichkeit überlegen. Das war's in Kurzform. Und was ist dein Plan?" fragte er Adam zurück.

Dieser bekam ein breites Grinsen, er schnippte ein bisschen Schnee, welchen er aufgewühlt hatte, wo er stand, zur Seite. „Ich hätte mich dem anderen Ozean gestellt. Als ich in Virginia Beach war, konnte ich einen kleineren der Flugzeugträger wieder betriebsbereit machen. Wie es der Zufall so will, habe ich auf der Bahnstrecke hier einen Zug stehen, mit dem wir bis zur Küste kommen und es ist ein Hubschrauber in der Station, wo wir hinfahren. Mit dem Hubschrauber kann man alles, was wir brauchen, zum Flugzeugträger bringen und es ist bereits sehr viel an Nahrung in Form von Konserven auf dem Schiff.

Das Beste an dem Schiff ist, dass es schon vor der Zombiewelt auf lange Einsätze ausgelegt war. Das heißt neben dem ausgiebig großen Kühlraum für Nahrungsmittel, gibt es ein Treibhaus auf dem Deck, wo man Gemüse anbauen kann. Es ist ein Großteil an anderen Schiffen in der Umgebung von denen man Ersatzteile holen kann und Reserve mitnehmen kann. Auch von diesen Schiffen Treibstoff für einen längeren Zeitraum zu beziehen ist möglich."

„Ich gehe mal nicht davon aus, dass du es alleine bedienst?" fragte Kai.

Er musste wieder lachen. „Nein, nein." sagte er. „Erstens habe ich meine liebe Familie hier." Dafür erntete er ein verlegenes Lächeln von Denise, und Justin und Maurice nickten. „Und ich habe auf dem Weg nach Virginia Beach ein paar Leute aus einer ebenso ungünstigen Situation befreit, wie hier, und nicht nur, dass sie mir sehr dankbar sind, wollen sie helfen und wollen sie auch nur überleben. Die sind gerade dabei alles Notwendige zusammen zu sammeln und auf das Schiff zu bringen. Ich weiß wir sind immer noch wenige, aber mit ein paar Änderungen und

Automatisierungen sollten wir das in den Griff bekommen. Vor allem ist einer, der von mir Geretteten, ein recht gewiefter Wissenschaftler und wird uns bei diesem Problem helfen können. So ergänzen wir uns in der Zombiewelt, genauso wie wir es früher getan hatten. Einer ist das Hirn, andere sind die Muskeln."

„Und dann wirst du einfach nur auf dem Wasser rumhängen?" fragte Kai.

„Nein." antwortete Adam. „Ich hatte eigentlich vor, nachdem ich es gerade gehört habe, genau die Destinationen anzusteuern, von denen du gesprochen hast. Ein Großteil der Großstädte sind in Küstennähe gebaut. Nach deiner Information würde ich gern erst die Städte ansteuern, die noch als Außenposten gearbeitet haben, die noch bis zum Schluss gegen den Virus gekämpft haben."

„Die Liste kann ich dir problemlos geben!" sagte Kai.

„Ich würde sagen man macht sich einen Zeitpunkt und einen Treffpunkt aus, wo wir wieder zusammenkommen und uns zeigen was wir gefunden haben."

„Ausgezeichnet!" sagte Kai.

„Ihr wollt euch jetzt wieder trennen, nachdem ihr euch gerade gefunden habt?" schoss Denise vorkommen entgeistert hoch. Sie stand direkt neben Adam, der ihr lächelnd sein Whiskeyglas reichte und ihr zu verstehen gab, dass sie einen Schluck nehmen sollte.

„Ja das ist genau das, was wir tun werden." sagte Kai. „Wir werden nicht zu zweit an Land oder auf Wasser sein. Es macht keinen Sinn unsere Ressourcen so zu verschwenden und passt auch nicht zu unseren Zielen. Ehrlich gesagt finde ich diese Idee sogar fantastisch." erklärte Kai weiter. „Ich grase alles, zumindest so gut es geht, hier auf diesem Kontinent ab und Adam kann derweil mit euch gemeinsam, soweit es euch möglich ist, mit seinem Flugzeugträger Gebiete anfahren, wo vielleicht noch

Menschen leben und einen Widerstand aufgebaut haben. Ich bin dabei, wenn du dabei bist." Er hob sein Glas, um mit Adam anzustoßen. Dieser drehte sich mit seinem gewohnten Lächeln zu ihm und stieß wortlos an, dann killten beide den Inhalt der Gläser mit einem großen Schluck.

„Ich werde aber nicht gleich aufbrechen." sagte Kai. „Ich werde hier in dieser Umgebung noch eine Weile bleiben, alles was ich brauche zusammentragen und mir mal einen Plan machen, wann und wo ich hingehe."

Dies bestätigte Adam mit einem Nicken, dann ergänzte er: „Würde ich auch so machen. Wir werden allerdings in wenigen Tagen aufbrechen."

Dies bestätigte wiederum Kai mit einem Nicken. „Dann müssen wir im Großen und Ganzen nur noch mit allen hier ausdiskutieren, wer mit mir, wer mit dir und wer gar nirgends hin geht." Keiner der anwesenden Personen hatte was zu ergänzen, jeder wusste bereits jetzt was er tun und mit wem wohin gehen würde.

Trotz der langen und genauen Beschreibungen von allem, was bisher vorgefallen war, schwelten in den meisten doch noch sehr viele Fragen und Überlegungen, aber die Zeit war vorangeschritten, die meisten waren müde und es wurde auch immer kälter im Freien. Justin und Chestine packten ihre Sachen und gingen zurück ins Haus. Maurice folgte ihnen schweigend. Das neue Pärchen kuschelte sich noch draußen kurz zusammen und ging dann aber ebenfalls ins Haus. Kai und Adam tranken noch weiter, so viel Alkohol noch da war. Sie wurden ja sowieso kaum betrunken, da die Viren, die in ihnen lebten, diesen so schnell wie möglich abbauten und in Energie umwandelten für Heilungsvorgänge.

Die meisten hatten sich ins Haus zurückgezogen und so standen die zwei Männer alleine an dem Vorgarten und tranken noch bis tief in die Nacht. Wenige Zombies näherten sich im Dunkeln dem Grundstück, wurden aber umgehend beseitigt. Die zwei Soldaten waren durch die

Viren immer mehr verbessert worden und hatten eine einzigartige Nachtsicht. Sie waren zwar noch nicht auf dem Niveau von Eulen, aber schon auf gutem Weg dahin. Mit jeder Verletzung am Augenlicht wurde es noch besser hergestellt.

Einen Tag später setzte sich Denise zu Adam, der gerade alleine an einem Tisch nochmal alles durchplante, wie sie wieder zum Schiff, zur Küste, zurückkamen. Zuerst sagte sie nichts, aber dann bedankte sie sich leise dafür, dass er zurückgekommen war und sie gerettet hatte. Adam zeigte sich überrascht, entschuldigte sich im Gegenzug dafür, dass es so lange gedauert hatte und was sie alles durchmachen musste, nur weil er alleine weggegangen war. Schnell spürte sie, dass sich in ihm wirklich etwas Grundlegendes verändert hatte, und sie sprach ihn auf die neuen Leute an, die auf dem Schiff waren, denn sie war nicht bereit für neue Leute, nachdem was ihr passiert war.

„Mach dir keine Sorgen." versicherte er ihr. „Es sind zwar neue Leute, aber es sind keine Monster, wie die hier im Pot. Vertrau mir. Ich habe alles soweit im Griff. Diese Leute sind einfach nur Leute und ab einem gewissen Punkt sind sie vielleicht mal Freunde, aber ihr seid meine Familie."

Denise musste lächeln und wurde ein wenig rot dabei: „Wir sind deine Familie?" fragte sie. „Das heißt du hast jetzt plötzlich fünf Kinder."

Adam war ein herausragender Soldat, aber zwischenmenschlich war er oft sehr unbeholfen und trat in viele Fettnäpfchen in seinem Leben, doch diese Anspielung ging nicht an ihm vorbei. Er lachte auf, aber nicht wie er es üblicherweise tun würde, sondern er lachte Denise an und nahm ihre Hand: „Drei Kinder, ein Teenager, der schon fast ein Mann ist, und eine äußerst liebevolle Frau."

„Du weißt was Mann und Frau normalerweise tun." hakte sie nach. Sie fühlte ihren Moment gekommen und sie wollte wissen, wo sie stand und woran sie war.

Er hielt weiterhin ihre Hand und gab ihr einen Kuss auf den Handrücken, dann schaut er sie an und sagte: „Ich weiß, aber erzwing es nicht. Auch wenn es sich so anfühlt, dass man jeden Moment auskosten muss, wenn wir morgen tot sein könnten. Lass die Dinge sich entwickeln, wie sie sich eben entwickeln sollen und vertrau mir dabei."

Nun drehte Denise seine Hand und gab den Kuss auf den Handrücken zurück. Dann schoss ihr durch den Kopf, wie ihre Mutter ihr als junge Teenagerin erklärt hatte, was sie vom Leben erwarten konnte und welche Art von Menschen sie treffen würde. Nie hätte sie erwartet, dass ein weißer Mann und eine schwarze Frau, wie sie, an so einem Punkt stehen könnten, doch wenn sie etwas von Adam wusste, dann dass er nicht ihre Hautfarbe sah, sondern die Frau dahinter, den Menschen, mit dem er die letzten Monate verbracht hatte und durch die Wildnis gewandert war. Er sah die Frau, in die er sich verliebt hatte, die Frau, für die er zurückgekommen war, um sie als einzige neben den Kids in dieser Totenwelt am Leben zu erhalten und sie würde auf ihn warten, solange es dauerte.

5

Eine sanfte Morgenbrise traf Denise im Gesicht, als sie das Deck des Flugzeugträgers betrat. Sie hielt kurz inne, damit sich ihre Augen an das grelle Licht gewöhnen konnten, dann suchte sie ihre Umgebung nach Adam ab, welcher nahe dem Bug am Schiffsrand stand und in die Ferne blickte. Calvin rannte kichernd an ihr vorbei, begrüßte sie herzhaft und machte sich auf den Weg zum Stiegenhaus, da er jetzt seine Schwester und Justin suchte, um diese zwei beim Turteln zu ärgern, wie er es in letzter Zeit gerne tat. Er war das einzige, noch so junge Kind an Bord und er hatte seinen Spaß mit Adam. Sie hatten das neue Spiel, wo Adam sich absichtlich irgendwo schnitt und Calvin zusehen konnte wir er in wenigen Minuten wieder heilte und die Wunde verschwand. Denise fand es ekelhaft dabei zuzusehen, aber Calvin hatte seine größte Freude dabei. Sie ging zu ihm, sagte aber kein Wort, sondern stellte sich schweigend neben ihn und suchte den Punkt, auf den er vermutlich seine Aufmerksamkeit gerichtet hatte.

Vor ihnen lag ein Teil der alten Zivilisationen, Norfolk, eine noch nicht vor allzu langer Zeit blühende Stadt und jetzt ein Ruinenhaufen, wie aus einem von Künstlern entworfenen, apokalyptischen Computerspiel oder Endzeitfilm. Vor umgerechnet zwölf Monaten waren sie noch in Virginia gewesen. Die Luft wurde zwar wieder angenehmer, aber es war noch immer kühl und man konnte sich sehr leicht einen Schnupfen einfangen. Sie hatten sich wie vereinbart in zwei Gruppen aufgeteilt. Klarerweise blieben Denise und die Kids bei Adam und es schlossen sich noch zwei weitere Personen an. Helene und Lisa waren zwei junge Frauen, die schon am Start der Zombiewelt fast alles verloren hatten und dann aufgrund der Leute in der Zisterne und dann im Pot noch mehr verloren hatten bzw. den Rest. In ihrer Zeit in Gefangenschaft hatten sie, wenn überhaupt möglich, mit Denise und Chestine noch am ehesten eine Verbindung aufgebaut und sie hatten absolut kein gutes Gefühl dabei, Kai und der anderen Truppe zu folgen.

Für Adam und Denise war das kein Problem. Sie entschieden als Gruppe diese zwei Frauen mitzunehmen, während alle anderen schlussendlich bei Kai bleiben wollten, aus den unterschiedlichsten Gründen. Manche wollten mit Kai wieder durch die Gegend wandern und herausfinden, ob noch wer übrig war, andere hofften auf dem Weg einen Ort zu passieren, in dem sie früher gelebt hatten oder Verwandte, um herauszufinden ob noch jemand übrig war. Andere wiederum wollten einfach nicht ihre Zeit auf dem Wasser verbringen.

Sie verbrachten noch einige Tage in Keeling, kümmerten sich um die Verwundeten und rafften so viel sie tragen konnten zusammen, doch dann war es endgültig so weit aufzubrechen. Adam erklärte jedem welche Personen er auf seiner Zwischenreise angetroffen hatte und was deren Aufgabe war, um den Flugzeugträger startklar zu machen und sie vermutlich bereits sehnsüchtig auf ihn und seine Familie warteten. Die Kids mussten immer ein Grinsen unterdrücken, wenn sie mitbekamen, dass Adam sie plötzlich als seine Familien bezeichnete. Es gab so viel andere Leute noch, die auch um ihn herumrannten und er sich um diese kümmerte, aber sie waren jetzt plötzlich seine Familie. Adam versicherte sich nochmals vertieft, ob Kai auch wirklich diese Wanderung durch Nordamerika mit der Gruppe machen wollte und dass er nicht wieder in eine Frustration verfiel und einen zweiten Port zuließ.

Man merkte, dass Kai einiges an Überzeugung benötigte, denn der Pot war nicht nur irgendwas Kleineres, es war der Ort wo Denise und Chestine misshandelt worden waren und auch die Zisterne, wo die drei Burschen einiges abbekommen hatten, war ein Ausläufer von Kais Schutz und das missfiel Adam sehr. Es dauerte noch ein wenig, aber schlussendlich konnte Kai ihn überzeugen, denn sie kannten sich schon sehr lange und Adam wusste, wann er seinem Freund Glauben schenken konnte.

Die anschließende Wanderung war im Vergleich zum Weg von Tennessee nach Virginia ein kleiner Fußmarsch. Nach kürzester Zeit kamen sie an einen Bahndamm, dem sie noch weniger als eine Stunde entlang gingen und dann auf einen abgestellten Zug trafen, der mehr einer gepanzerten Festung aus einem James-Bond-Film glich, als einem Passagierzug. Die Frage, wie Adam in so kurzer Zeit zu einem dermaßen, perfekt gesicherten Gefährt gekommen war, wurde mit einem Grinsen quittiert. Anschließend erklärte er ihnen, dass er nicht in der Lage gewesen wäre etwas Derartiges zu bauen, aber zum Glück die Armee in Virginia diesen Panzerzug gelagert hatte, den er in Gang bringen konnte.

Der Zug hatte sogar eine Hubschrauber-Landeplattform und Adam führte auch einen Hubschrauber mit, welchen er dann benutzen wollte, um zum Flugzeugträger zu gelangen. Auch die Frage, warum niemand wusste, dass die amerikanische Armee so ein Gefährt besaß, wurde belächelt. Hierfür erklärte er wie wenig Sinn es machen würde, wenn jeder im Internet nachlesen hätte können, was für geheime Waffen und Geräte im Arsenal der amerikanischen Regierung vorhanden waren. Sie nahmen die Tatsache, dass Adam nun diesen Panzerzug hatte ab einem gewissen Punkt einfach hin und freuten sich, dass sie den Weg nach Norfolk nicht mehr zu Fuß zurücklegen mussten.

Sie bestiegen also den Zug und bereiteten alles für die Abfahrt vor, als Calvin als erster zeitgleich mit Adam ein tiefes Grollen wahrnahm, das er als äußerst unangenehm empfand und sich fragte, wo es herkam. Denise war die erste, die das sagte, was die meisten dachten. Heutzutage war es nicht mehr üblich solche Geräusche zu hören, denn nachdem die Zivilisation untergegangen war, waren alle bekannten Standardlärmquellen verschwunden. Das Grollen war keines davon.

Nachdem der Zug endgültig beladen war, fuhr Adam mit etwas mehr als Schritttempo in Richtung Küste. Sie begaben sich anschließend alle der Reihe nach auf das Dach, um Ausschau zu halten, denn das grollende Geräusch wurde immer lauter und sie bemerkten, wie sie dem Lärm entgegenfuhren. Nach kurzer Zeit übertönte das Grollen

bereits die Geräusche des Zuges. Es dauerte nur wenige Minuten und dann konnten sie es sehen. Es war so
ziemlich das, was Adam und Kai beschrieben hatten. Es
war ein Ozean aus Untoten. Egal wie weit sie blickten, es
waren Körper jeglicher Art zu sehen, nicht nur Menschen,
auch Tiere. Sie wanderten alle gemeinsam, da die Körper
für die weiteren Reparaturvorgänge Nahrung suchten.

Nahrung war dort, wo man etwas wahrnehmen konnte,
natürlich konnte man auch Baumrinde essen, aber diese
war weitaus weniger nahrhaft. Also folgten die Untoten
jedem Geruch, Geräusch und jeder Bewegung, die Essen bedeuten konnten. Allerdings fanden sie nicht immer
Nahrung, wie es ein Geräusch vorgegeben hatte. Aus diesem Grund konnte man auch zwischendurch mal einen
Untoten sehen, wie er versuchte einen anderen toten Körper zu fressen.

Es war einzigartig, wie viele unterschiedliche Tierarten
durch den Virus wiederbelebt worden waren. Es war so
gut wie jede Säugetierart, die man grundlegend kannte, irgendwo in den untoten Wellen zu erkennen. Es waren vermutlich nicht alle Tierarten dabei, aber die Tiere,
die man so aus dem täglichen Leben kannte, wie Katzen,
Hunde, Schweine, Rinder, Pferde, bis hin zu wild lebenden Tieren, wie Kojoten, Bären, Wölfe und sogar Reptili-
en, waren in der Masse zu erspähen. Sogar untote Vögel
kreisten über sie hinweg und setzten teilweise zu einer
Attacke auf die Personen auf dem Zug an.

Das Einzige, was hier nicht zu entdecken war, waren tote
Insekten, was aber nichts zu bedeuten hatte, nur weil
man keine tote Fliege sah und auch nicht klar sagen konnte, ob diese Fliege nun lebendig oder untot war. Da fragte sich jeder vor welcher Gattung der Virus Halt machen
würde bzw. keine Chance hatte diese Gattung zu befallen,
aber sie schienen zu gut programmiert und anpassungsfähig zu sein, als dass es eine Grenze gab. Schlussendlich
war davon auszugehen, dass mit der Zeit jedes Lebewesen und auch Pflanze wiederbelebt werden würde. Man
war sich zwar irgendwie sicher, dass ein Virus eine Pflanze

nicht befallen konnte, doch Adam wusste in welcher Tiefe die Anpassungsfähigkeit programmiert worden war und dass vor allem Virus Nummer Sieben jede Art von anderer biologischer Existenz nutzen konnte und somit auch einen anderen Virus rekrutieren konnte für ihn zu arbeiten.

Wenn man bedachte wie viele Schädlinge es für Pflanzen gab, so war es nicht sehr weit hergeholt, dass eventuell auch Pflanzen, die abgestorben waren, irgendwann von dem Virus wiederbelebt wurden, denn im Vergleich zu einem komplizierten sich bewegenden Körper, war eine Pflanze recht genügsam mit etwas Licht und Wasser und ein paar Nährstoffen aus dem Boden und schon konnte man wieder am Leben sein oder wie in diesem Fall untot sein. Offensichtlich stellte sich die Natur auf eine neue Rangordnung ein. Jedes Lebewesen, welches den Virus für sich nutzen konnte, würde dadurch widerstandsfähiger werden und sich gegenüber der Konkurrenz abheben, welche dann aussterben musste. Somit blieben nur mehr diese Lebewesen übrig, welche in einer perfekten Symbiose mit den Viren lebten. Danach würde die Evolution den nächsten Schritt machen. Alle anderen Arten wären dann ausgestorben, so wie vor 65 Millionen Jahren die Dinosaurier. Es lag nun wohl an wenigen Überlebenden, wie Adam und Kai, ob der Mensch ebenfalls weitermachen konnte, oder in Millionen von Jahren von einer anderen Spezies in Ausgrabungsstätten studiert werden würde.

Der Anblick war überwältigend und furchteinflößend, denn sollte man hier versehentlich vom Zug fallen, war der daraufhin eintretende Tod ziemlich sicher. Das war allen bewusst und auch Adam war sich im Klaren, trotz Viren würde sein Körper nicht so einfach und schnell heilen können, wenn nach einem Sturz alle Zombies versuchten Teile von ihm zu essen. Seine Unsterblichkeit würde ihm hier wohl nicht mehr helfen können und er wollte es auf keinen Fall herausfinden.

Die Größe dieses Teppichs von Untoten war furchterregend. Soweit man detailliert etwas erkennen konnte, sah man an allen verschiedensten Arten von Lebewesen die unterschiedlichsten Stufen von Schädigungen und wie sie verzweifelt versuchten Nahrung zu ergattern, um weiter ihren Körper reparieren zu lassen. Keine Individualität und kein Verhalten was man von lebenden Wesen kannte. Aber eines wurde der Gruppe recht schnell klar, alles was sie hier vor sich sahen, war der neue Standard. Für heute war es etwas Ungewöhnliches, etwas Unübliches, dass Tote umherwanderten, aber natürlich nur weil es sowas vorher nie gegeben hatte. Jetzt war plötzlich ein Virus da, ob er vom Menschen erschaffen wurde oder auch nicht, war nebensächlich. Es war etwas was nun im Bereich des Möglichen lag, plötzlich gab es das was früher noch Fiktion war und nur in Büchern und Filmen vorkam und man musste sich dieser Tatsache stellen.

Es war natürlich, wie es schon in der Zivilisation gewesen war. Leute jammerten und Leute beschwerten sich, egal worum es ging, ob es nun unterschiedliche Sexualformen waren, unterschiedliche Religionen, andere Kulturen mit dubiosen Riten, die man nicht verstand, weil man nicht darin aufwuchs, aber schlussendlich waren sie da und man musste damit leben. Ging also ein Mensch in der Zivilisation her und hatte Verletzungen am Bein und stellte sich in einen Fluss voller Piranhas, gab es kaum wen der noch Mitleid hatte, denn würde man hergehen und sowas tun bzw. hatte man sowas getan, dann würde man eher als Idiot abgestempelt werden. Wer stellte sich schon freiwillig mit einer blutenden Wunde in einem Fluss voller Piranhas oder andere eventuell fleischfressende Lebewesen, die vom Blut angelockt wurden, wie Haie oder sogar noch schlimmer, Bakterien, die nachher eine massive Entzündung verursachten, weil sie sich in der Wunde einnisteten?

Schlussendlich war es jetzt so, wie es niemand erwartet hatte. Es gab etwas was man gemäß der alten Norm als untot bezeichnen musste, denn die ursprüngliche Wesensart war weg, das Verhalten war weg, denn es ergab keinen Sinn mehr. Die Tiere begaben sich nicht auf die Lauer, um eine Beute zu jagen. Dieser ganze Tross an wandelnden Leichen bewegte sich als eine gesamte Masse auf der Suche nach Nahrung. Jedem mit Verstand war angesichts der überwältigenden Menge klar, die Viren waren sehr ausgeprägt und nicht mehr zu beseitigen, sie belebten immer effizienter alles wieder und wieder und wieder. Wie die Natur schon gezeigt hatte, bevor die Untoten wandelten, jedes Lebewesen und jede Existenz fand seine ökologische Nische, in der es auch seine Existenzberechtigung hatte. War das Lebewesen nicht anpassungsfähig genug, so wurde es von der Natur aussortiert. Hier sah man einen Ozean von Untoten der weit in die Millionen ging, das bedeutete, wäre die untote Existenz keine Nische, dann würden sie von alleine Verschwinden. Offenbar waren diese Viren und deren Ergebnis so stark, dass es einen großen Teil des bisher Existierenden einnahmen und schlussendlich fast schon die dominante Spezies auf der Erde wurde, wenn es denn weltweit so aussah wie hier in Virginia.

Jeder gab sich der Tatsache hin, dass dies die neue Realität war. Damit musste man leben und man musste lernen damit umzugehen. Aus diesem Aspekt heraus war es wohl an der Zeit eine neue Weltordnung zu erschaffen, denn das was war, würde nie wieder sein und mit diesem Grundgedanken ging Adam wieder in die Führerkabine und beschleunigte den Zug. Ein kleiner Bruchteil des untoten Ozeans war auf dem Bahndamm und der Panzerzug schnitt durch die Masse, wie ein Skalpell eines Arztes bei einer Herzoperation. Der Zug vollführte diesen sauberen Schnitt durch die Landschaft und die einzelnen Brocken von untotem Fleisch flogen umher. Alle anderen hatten Angst und Panik bei der erhöhten Geschwindigkeit, verließen umgehend das Dach und verstecken sich in der Sicherheit des massiven Metalls und des doppelt verstärkten kugelsicheren Glases des Zugs. Sie schauten nach draußen und sahen wie die Körperteile flogen, wie die einzelnen Gliedmaßen abrissen, wie gestocktes Blut aus den Körpern herausrann.

Man konnte sogar teilweise erkennen, wie der Virus versuchte den Blutkreislauf noch immer zu nutzen und gewisse Bereiche des Körpers in Gang zu setzen, während der Körper viel zu viel Blut verlor. Teilweise war sogar ersichtlich, wie neue Blutpartikel erstellt wurden und das neue Blut unbenutzt aus den Zombies hellrot raus rann. Das Spektakel dauerte weitaus länger als sie gehofft oder erwartet hatten, denn im Innersten dachten sie, wie lange konnte es dauern durch ein oder zwei Millionen Untote zu fahren, doch schlussendlich hatte jeder das Gefühl, dass es mehr 50 oder 100 Millionen waren. Nach 15 Minuten Fahrzeit hatten sie diese Wellen des verfaulten Fleisches hinter sich gebracht und das Grollen und Toben wurde kontinuierlich leiser. Schlussendlich konnten sie sich entspannen und versuchten das Geschehene zu verarbeiten, jedoch waren sich nun alle sicher, dass der Plan von Adam der sichere war, und hofften das Beste für Kai und seine Leute.

Der Rest der Zugfahrt war vergleichsweise ereignislos. Es war für alle überraschenderweise nichts mehr im Weg, die Gleise nicht versperrt, wobei davon auszugehen war, dass der Panzerzug einiges an Hindernissen durchstoßen konnte. Adam nutzte die Zugfahrt, um Ihnen noch in Ruhe zu erklären, was Sie erwarten würde, wenn sie ankamen, wie Norfolk und Virginia Beach jetzt aussahen, wie verwüstet die Gegend war und welche Personen sie auf dem Flugzeugträger zu erwarten hatten. In Norfolk, in Strandnähe, angekommen wurde alles so gut wie möglich zusammengepackt und dann nutzte Adam den Hubschrauber, um alle der Reihe nach zu ihrem zukünftigen zu Hause zu fliegen. Dort wurde jeder herzlich begrüßt und dann konnte sich jeder mal in Ruhe vorstellen und sich langsam aneinander antasten. Der Rest der Tage wurde eigentlich noch mit den erforderlichen Arbeiten verbracht, alles Mögliche was man benutzen konnte zusammenraffen und auf das Schiff zu bringen, Nahrungssuche und auch jede Art von Bau- und Reparaturmaterialien für das Schiff, da man lange unterwegs sein würde.

Diese Arbeiten waren so gut wie abgeschlossen und jetzt stand Denise am Rand des Schiffes schweigend neben Adam und es brannte noch immer in ihr, denn es gab noch Themen, die sie einfach nicht verstand und wissen musste. Langsam und zögerlich starte sie diese: „Ich muss dir jetzt doch ein paar Fragen stellen." hauchte sie in seine Richtung.

„Was? Gleich ein paar? Hab ich denn was verbrochen?" Adam grinste verschmitzt, obwohl es mehr aussah, als wenn er am Klo drücken würde. Der Sarkasmus in der Stimme hätte gereicht, aber er versuchte es immer wieder mit Mimik und versagte. Das bemerkte er selbst, also drehte er sich zu ihr, nahm sanft ihre Hand und streichelte liebevoll ihren Handrücken. Sie liebte den Umstand, wie sich alles entwickelte.

„Ich habe über das nachgedacht was du gesagt hast, über diese Viren und was die alles mit den Menschen tun und da habe ich mich gefragt, sind wir eigentlich alle infiziert?"

Adam nickte: „Ich gehe stark davon aus. Nachdem der Virus sich verändern konnte und eigentlich so gut wie überall war oder ist."

„Aber wenn wir auch infiziert sind und nicht tot sind, warum haben wir da nicht die gleichen Kräfte wie du? Warum heilen wir nicht in dem Tempo wie du?"

„Nein so einfach funktioniert das nicht!" lachte Adam auf, während der noch immer ihren Handrücken streichelte. „Vom Prinzip her müssen die Viren auf die jeweilige Person gerichtet sein, das heißt sie sind zum Beispiel mir direkt eingepflanzt worden und auf mich programmiert. Das heißt wiederum, dass sie auf meine DNA angeschlossen sind und darauf zurückgreifen, wenn sie es brauchen. Wenn die Viren mutieren, dann holen sie sich neue Informationen vom neuen Wirt und tun dann irgendwas, was sie nicht sollen. In meinem Fall tun sie genau das was sie sollen und regenerieren bei mir alles so gut es geht. Wir haben nicht das Equipment für einen Bluttest, aber ich gehe stark davon aus, dass die Viren bei euch allen in einem schlafenden Zustand sind. Das heißt sie haben sich zwar an deinen Körper angepasst und auch deine DNA-Grundlage organisiert, aber sie wissen nicht was sie tun sollen, denn sie sollen ja erst reagieren, wenn du verletzt bist. Sollten die Viren dann bei dir korrekt funktionieren, kann ich mir vorstellen, dass sie auf längere Sicht auch dich schneller heilen, aber du wirst nie, das auf mich abgestimmte und perfekt programmierte Level erreichen können."

„Aber wenn wir alle eventuell infiziert sind und es nichts Schlimmes bedeutet, warum hast du dann Maurice den Arm abgehackt? Du hättest doch die Viren bei ihm wirken lassen können?" fragte sie nach.

„Also das ist so, im Best Case gehe ich von aus, dass Maurice nichts passiert und die Wunde auch verheilt wäre, aber das entsprach nicht meiner Erfahrung. Das Hauptproblem war, wenn man gebissen wird, wandern die Viren des Untoten in den gesunden Körper. Der Untote selbst ist bereits in einer hohen Konzentration von Viren, die alle mit voller Macht probieren ihn am Leben zu erhalten. Es sind keine schlafenden Viren, sondern aktive, hoch aggressive Viren. Die treffen nun auf einen Körper, den sie nicht kennen, der entweder frei von diesen Viren ist oder bereits Viren enthält, die aber im Schlafmodus sind, weil nicht so wie bei mir sie den Erfordernissen entsprechend programmiert sind.

Nun können folgende Fälle eintreten: Entweder die beiden Virenstämme bekämpfen sich, das heißt die Viren des untoten Zombies wollen diesen neuen Körper heilen oder auch angreifen, da er nicht zu dem ursprünglichen DNA-Code entspricht, auf den sie sich eingespielt haben. Währenddessen versuchen die Viren in Maurice wiederum die neuen Viren vom Zombie loszuwerden. In den Fällen, die ich beobachtet habe führt das bei zwei Drittel aller Gebissenen zum Tod, da der Kampf um den Wirtskörper meistens ausartet und dabei der Wirt ungewollt abgeschaltet wird, bis einer der Virenstämme gewonnen hat und ihn wieder hochfahren will.

Was ebenfalls passieren kann, ist eine Art Koexistenz der beiden Viren, das heißt der neue Virus bzw. der des Untoten adaptiert sich auf den neuen Körper, assimiliert die dort schlafenden Viren und bringt Ihnen bei, dass sie aktiv sein und arbeiten müssen. Der Körper ist allerdings am Leben und funktioniert, das versteht der Virus nicht, da sein vorhergehender Wirt tot war. Das heißt, er probiert den neuen Wirt in eine Art Rettungszustand zu bringen und es kann passieren, dass er in diesem Zustand versehentlich den Wirt tötet, weil der Virus sagt sich, er brauche nicht alle Hirnfunktionen, sondern nur einen Teil um zu überleben, also tötet der Virus mit Absicht die anderen Teile ab, um die Regeneration zu beschleunigen und bringt den Menschen versehentlich um.

Das wäre jetzt bei einem Computer ja nicht schwierig, denn wenn man sagt der Computer funktioniert nicht ganz so wie man will, irgendwo hat sich ein Programm aufgehängt, also würgt man den PC mal schnell ab und startet ihn wieder. Nichts Schlimmes passiert im Normalfall. Würgt man einen Menschen mal schnell ab und startet ihn wieder, ist zwar alles da so wie es sein soll, Hardware und Software, alles funktioniert, nur ein Teil ist nicht mehr da, das Wesen dieses Menschen. Welche Art von Software das nun auf einem Betriebssystem sein mag sei dahingestellt, aber man kann eines sagen, ohne ein spezielles ID-mäßiges Pendant zu finden, der Mensch ist tot und wenn der Virus ihn wieder hochfährt, ist das, was man einen Menschen nennt und ihn ausmacht, das heißt seine Erinnerungen, seine Kommunikationsfähigkeiten, seine Lösungsorientiertheit, die Fähigkeit sozial zu interagieren und zu sprechen, weg. Was übrig bleibt ist rein die Funktion des Körpers und mehr nicht.

Der dritte Fall, der eintreten kann, ist, dass die Viren des untoten Zombies das Gesamtsystem des Gegners oder des neuen Wirtskörper als Feind betrachten, da nichts mit dem übereinstimmt, was in seiner Programmierung gegeben ist. Dann werden die Viren des Zombies versuchen mit aller Kraft alles, was nicht deren Programmierung entspricht, zu entfernen. Das bedeutet sie greifen mit Gewalt den Körper an. Das kann sogar so weit führen, dass wenn der Mensch gestorben ist, gar nicht wiederkommt, weil der Virus nicht versteht, dass er diesen Körper retten soll, und bearbeitet ihn so lange bis er in sich zerfällt. Ein seltener Fall, aber schon passiert. Habe ich schon gesehen.

Der vierte und letzte Fall ist, dass der Virus akzeptiert in einem neuen Wirtskörper zu sein und inaktiv wird oder sich anpasst. In dem Fall würde Maurice gar nichts passiert. Das sind die Fälle, die ich kenne. Eventuell gibt es noch Fälle darüber hinaus. Abgesehen davon hat sich gezeigt, dass nach einem Biss ungefähr dreiviertel der Gebissenen aufgrund irgendeiner dieser Vorgänge sterben. Entweder innerhalb kürzester Zeit, ohne dass man es überhaupt mitbekommt, fallen einfach tot um. Andere bekommen Fieber und Schmerzen als würden sie an einer schlimmen Grippe oder Krankheit leiden. Wenn es jemand überlebt, was das restliche Viertel bedeutet, dann dürfen diese Überlebenden so gut wie nie wieder von einem zweiten Zombie gebissen werden. Sollte das sein, kommt ein dritter Virenstamm rein und das verursacht Krieg in dem Körper. Ich kenne zwei, maximal drei Leute, die einen zweiten Biss überlebt haben. Einen dritten hat noch kein einziger überlebt, außer die Leute, die von Anfang an mit den Viren infiziert wurden und auf deren Körper programmiert sind, also Leute wie ich und Kai."

„Wie viele gab es von euch?" fragte Denise nach.

„Mit dem Virus infiziert..." sagte Adam. „Tausende... Ich meine Zigtausende... Personen, bei denen der Virus auch so funktioniert, wie sie es wollten... Hunderte... und Personen bei denen sich der Virus so weiterentwickelt hatte, dass er fast perfekt war und wir in einer gewissen Art und Weise uns immer mehr verbessert haben, bis wir fast unsterblich geworden sind... 22..." Er machte eine Pause.

„Personen, die da doch nicht durch Überheblichkeit sich selbst umgebracht haben oder es irgendwelche Fehlfunktionen gab, die das Ganze richtig überdauert hätten und weitermachen konnten... 6... und Personen, die ich dann wieder gefunden habe und daher weiß, dass sie, nachdem die Zombiewelt die zivilisierte Welt abgelöst hatte, auch noch durch einen Unfall oder sonst irgendwas gestorben sind, bleiben eigentlich nur mehr drei übrig. In den drei bin ich enthalten."

„Das heißt in Summe du hast keine Ahnung, ob abgesehen von dir und Kai noch jemand übrig ist der fast unsterblich ist und das Ganze problemlos überleben kann, solange sich die Person nicht einer Gefahr aussetzt, die seinen Körper vernichtet. Richtig?"

„Richtig!" gab Adam zurück.

„Und schlussendlich musstest du das tun, ich meine Maurice den Arm abschlagen, um auf der sicheren Seite zu sein und hundertprozentig sicher zu sein, dass er es überlebt."

„Wieder richtig." sagte Adam. Er hob ihre Hand hoch und gab ihr einen Kuss auf den Handrücken. Sie blickte beschämt zu ihm.

„Wie geht es jetzt weiter?" fragte sie.

„Wir halten an unserem Plan fest. Wenn das Schiff jetzt dann bereit ist für die Abfahrt, dann werden wir uns der Küste entlang schlängeln und schauen, was wir noch finden und in dem Augenblick, wo wir den wichtigsten Pfad entlang der Atlantikküste abgefahren sind, werden wir unser Schiff ganz brav nach Osten drehen und nach Europa fahren, da wir an der Stelle noch am ehesten was finden könnten. Immerhin waren laut Aufzeichnungen dort die meisten Kontrollstationen am Ende noch übrig. Natürlich wären Asien und Südamerika ein ebenso praktischer Anlaufort, aber die Dichte in Europa war am höchsten und ich hoffe, dass wir dort noch was Verwertbares finden."

„Aber wenn der Virus über das amerikanische Militär gebaut worden ist, was bringt es uns dann, wenn wir uns in anderen Ländern umschauen?"

Adam lachte auf. „Nur weil das amerikanische Wissenschaftler waren, heißt es nicht, dass die anderen davon nicht Bescheid wussten. Erstens gab es Geheimdienste und Whistleblower und ausreichend viele Menschen, die hinten herum über die Dinge klatschten. Ich gehe mal davon aus, dass so gut wie jedes größere Land mit einer ausreichend militärischen Schlagkraft, ebenfalls daran geforscht hat. Zusätzlich hat nach dem Zombieausbruch fast jedes Land seine Wissenschaftler drangesetzt, um die Seuche in den Griff zu bekommen. Wer weiß, vielleicht hat irgendwo jemand eine Lösung gefunden. Nur wir wissen es nicht, weil die Kommunikation bereits zusammengebrochen war."

Denise nickte nur und wirkte wieder ein wenig beschämt, doch diesmal nicht, weil sie einen Kuss bekam, sondern weil sie das Gefühl hatte naiv zu wirken. Adam wollte ihr die Angst davor nehmen, als gerade Justin ganz aufgeregt zu ihnen rannte.

„Welcher Tag ist heute?" schrie er auf, als die zwei noch viele Meter entfernt waren. „Welcher... welcher Tag ist heute?" wiederholte Justin, als er außer Atem bei ihnen angekommen war. „Wow, ist das Schiff groß." fügte er schwer atmend und mit den Händen auf die Knie gestützt, um Luft zu holen, hinzu.

„Tag Fünf." gab Adam zurück.

„Fünf?" fragte Justin. „Wieso Fünf? Wir waren doch schon bei über 800?" fragte Justin. Sein Kopf verlor langsam das dunkle Rot von seinem Sprint am Deck des Schiffes.

„Weil wir vor fünf Tagen ein neues Leben begonnen haben. Hier und jetzt geht es in eine neue Zukunft."

„Das ergibt keinen Sinn. Wir waren doch schon vor 20 oder 30 Tagen hier und haben hier herum gearbeitet und Sachen zusammengesucht und wir sind doch schon länger auf dem Schiff, aber wir sind dann nie abgefahren und jetzt sitzen wir immer noch gleich hier wie vor fünf Tagen."

„Justin…" unterbrach ihn Denise, da sie wusste er würde Adams Logik nie nachvollziehen können, wenn es um so etwas wie diese Zeitrechnung geht. „Du denkst schon wieder viel zu viel."

„Mag sein." sagte er schniefend zurück. „Ich verstehe einfach die Zeitrechnung nicht."

„Ich glaube die gibt für euch auch nicht wirklich viel Sinn. Ihr könnt sie gerne ändern, wenn ihr wollt." antwortete Adam.

Jetzt war es Justin peinlich darauf herum gehackt zu haben. Er lief ein wenig rot an und erwiderte: „Nein, nein… das passt schon… dann haben wir jetzt Tag Fünf. Aber…" setzte er noch ein wenig zögerlich nach… „wenn wir die alte Zeitrechnung nehmen würden, wo liegen wir dann circa jetzt?" fragte er.

Adam rechnete ein bisschen herum, da es sich nicht mehr ganz erinnern konnte, wann er die Zeit umgestellt hatte. „807!" gab er dann selbstsicher zurück.

„Nun…" fing Justin mit heller Stimmlage an. Er begann selbst zu rechnen, hob dabei seine Finger hoch und überlegte angestrengt. Denise und Adam beobachteten ihn interessiert. Die Situation wirkte befremdlich, denn Justin war hochintelligent und das Zählen mit den Fingern sah aus, als wäre er zurückgeblieben.

„Weißt du überhaupt auf worauf du hinaus willst?" fragte Denise.

Justin blickte hoch „Also ich habe mal ein bisschen herum gerechnet." Er hob exemplarisch seine Finger hoch. „Und ich war der Meinung, dass wir jetzt am Anfang eines neuen Jahres sind, wenn man die alte Zeitrechnung hernimmt. Also ich meine die alte alte, wo noch alles normal war und ohne Zombies. Mal abgesehen davon, dass wir, so wie es ausschaut, Weihnachten und Neujahr vollkommen übersehen haben, wenn das irgendwie stimmt, müsste ich irgendwann jetzt Geburtstag gehabt haben. Das heißt ich bin jetzt ein Teenager! Ich bin 13 geworden." sagte er voller Begeisterung.

„Das ist ja super. Alles Gute zum Geburtstag!!" gab Denise voller Freude und lautstark zurück.

„Danke." schoss aus Justin heraus.

„Na das bedeutet wir müssen feiern." sagte Adam. „Ich hol den Alkohol."

„Den Alkohol?" schrie Denise auf. „Du wirst jetzt mit den Kids saufen?" fragte sie nach.

„Nicht doch mit den Kids. Das hole ich für mich." gab Adam zurück.

„Du willst also, bevor wir abgelegt haben, gleich den ganzen Alkohol aufsaufen?"

„Nein. Ich saufe nicht den ganzen Alkohol aus. Und was habe ich gerade noch vor ein paar Minuten gesagt? Den Moment genießen. Wie oft wird schon heutzutage noch jemand ein Teenager? Das wird jetzt ausgenutzt."

„Das ist ja extrem nett." sagte Justin. „Aber sollten wir nicht erst was gegen das Grölen tun?" fragte er nach.

„Dem Grölen?" fragte wiederum Denise zurück.

Adam drehte sich und blickte Richtung Küste. „Es wird lauter. Ich habe es gehört. Du hast es wohl auch gehört."

Justin nickte.

„Es wird laufend gefährlicher. Irgendwas scheint diese Megaherde hierher zu locken. Vielleicht waren wir es. Egal..." er stockte kurz, fragte sich selbst, ob sie eventuell die Zombies ablenken hätten können, aber was brachte diese Frage jetzt noch. „Wir legen ab. Jetzt gleich. Justins

Geburtstag können wir auch noch auf hoher See feiern."

Denise blickt in die gleiche Richtung, in die Adam ge-schaut hatte, aber sie sah einfach nichts. „Bist du dir si-cher, dass dort etwas ist? Können wir so spontan einfach aufbrechen?" fragte sie Adam unsicher.

„Ja, da ist ganz sicher etwas und was da auf uns zukommt ist nicht wirklich wenig. Du wirst es sicher bald sehen." antwortete er zu ihrer ersten Frage, dann wandte er sich wieder in Richtung Steuerzentrale. „Wir werden uns jetzt wirklich fertig machen und so schnell wie möglich abrei-sen. Wir schaffen das." sagte er zur zweiten Frage.

„Denkst du wir schaffen das wirklich mit so wenig Leuten an Bord?" fragte Denise.

„Warum so negativ? Wir sollten es schaffen, immerhin ha-ben wir nicht gerade viel Alternativen?" gab er zurück. „Und wer weiß was uns da draußen auf dem Ozean alles erwartet." sagte er.

Diese Aussage war nicht gerade das, was Denise hören wollte. Sie schluckte und wagte es kaum nachzufragen: „Warum sagst du das so? Glaubst du da draußen ist ir-gendwas?"

„Na ja…" setzte Adam an. „Der Virus hat hier auf Land fast jedes Säugetier erreicht und so wie es ausschaut auch Vögel und gewisse Amphibien. Ich möchte nicht wissen wie der Ozean ausschaut, wenn die Meeressäuger und die Fische und was sonst noch hier herumschwimmt, von dem Virus wiederbelebt wurden. Das letzte was ich brau-che ist ein Riesenkraken, der tot ist und glaubt er könne unser Schiff auffressen."

Denise blieb fast ein Kloß im Hals stecken nach dieser Aussage, aber sie wusste, dass ein Ausweg daraus nicht wirklich gegeben war, also mussten sie aufs Meer. Sie nickte nur, denn sie wusste es war besser nachzuschauen was am und im Ozean wartete, als drauf zu warten was an

Land herankam, denn das vom Land kannten sie bereits. Sie hatte nicht wirklich Lust sich so wie Kai dieser Situation zu stellen, denn ansonsten hätten sie gleich mit Kai durchs Land wandern können.

Justin stand versteinert neben ihnen. Er hatte sich gerade bildlich vorgestellt, wie ein toter Kraken und ein toter Hai gegen einen toten, halbverfaulten Wal kämpften, bis sie das Schiff bemerkten und dann dieses in der Hoffnung auf leichtere Beute angriffen und er schüttelte sich vor Ekel. Dann wartete er auf Adams Befehl, welcher auch schon prompt kam: „Wir schauen sofort was mit den anderen los ist und dann werden wir ablegen. Wir werden fertig sein." Beide nickten und gingen unter Deck.

Das Grölen war lauter geworden, bis es auch alle anderen wahrgenommen hatten und dann bekam das Grölen ein Gesicht. Man konnte am Horizont erkennen wie die tote Masse sich Richtung Meer bewegte, ein toter Ozean bewegte sich unaufhaltsam Richtung blauen Ozean. Eines war jedenfalls jedem Einzelnen auf diesem Schiff klar, man wollte nicht abwarten was passierte, wenn diese Masse das Wasser erreichte. Adam fand es allerdings eine ausgezeichnete Situation, was die meisten nicht nachvollziehen konnten. Wasser war ein schwieriges Element, auch wenn sie vermutlich nicht ertrinken konnten und wenn sie vermutlich auch nicht so einfach sterben konnten, so war es für einen Zombie vermutlich äußerst schwierig sich im Wasser zu bewegen und zu navigieren, besonders dann, wenn die Gezeiten durchgehend Wellen über Wellen brachen. Das wiederum konnte dazu führen, dass die Zombies schlussendlich im Ozean untergingen oder umhertrieben, vielleicht sogar an Klippen zerschmettert wurden oder einfach nur durch das Wasser aufquollen und vor sich hintrieben, wie Plastikmüll.

Die Frage, die übrig blieb, war, ob auf lange Sicht das Land wieder sicher werden würde, wenn ein Großteil dieser Toten in dem Wasser verschwinden würde. Nur eine Möglichkeit es rauszufinden, allerdings wollte er es nicht jetzt sehen. Es war an der Zeit abzuhauen, denn wenn die Zombies im Wasser umher schwimmen und gleiten würden, wäre es nicht nur hier so, sondern weltweit dasselbe und sie würden es mit der Zeit rausfinden. Dann würden die Zombies das Wasser nutzen und sich darin fortbewegen können. Dadurch konnten sie eventuell das Schiff entern oder schlussendlich wieder an Land gelangen, um dort weiterhin nach Nahrhaftem zu suchen. Das würde die ganze Situation erschweren und zur Effizienz der Viren passen. Gab es eine Herausforderung, an der die Viren scheitern würden?

Das galt es rauszufinden, also legten sie ab. Sollte unerwarteterweise doch der blaue Ozean die Untoten beseitigen, eröffneten sich neue Optionen.

****

Es war schon wieder ein paar Tage später, als sie weit draußen am Meer waren und sich endlich zur Ruhe begaben, als sie keine akute Gefahr mehr spürten. Die Gefahr war immer da, doch der Ozean hatte aktuell nichts zu offenbaren. Gab es Ozeanzombies, Fischzombies, schwimmende Landzombies oder eine weitere Kategorie, welche ein Wissenschaftler für ein Fachbuch erfinden konnte? Bisher war nichts zu erkennen, also wartete man.

Zu diesem Zeitpunkt fiel Denise wieder ein was sie machen wollten, als sie überstürzt abgelegt hatten. Daher trommelte sie alle zusammen, gab ein paar Geburtstagskuchen in Auftrag und damit überraschten sie Justin. Es war nicht viel und es war nichts Herausragendes, aber es war in Summe sehr schön, für das was es noch an Möglichkeiten gab. Justin hatte die letzten zwei Geburtstage in Summe ignoriert bzw. auch nicht wirklich feststellen können, wann er Geburtstag hatte. Sie sangen ihm ein Ständchen, das einzige, neben Happy Birthday was ihnen einfiel, Dank Charlie Walker und sie sangen es mehrstimmig und schrecklich falsch.

For he's a jolly good fellow
He can laugh out loudest at them all
He's a jolly good fellow
But that jolly good fellow's world's about to fall.
Yes, that jolly good fellow's world's about to fall...

Sie merkten erst später die dumme Ironie dieses Textes im Vergleich zur untergegangenen Welt. Doch schlussendlich obsiegte der schwarze Humor und alle konnten darüber lachen. Was gab es sonst zu tun, so wie die Welt jetzt aussah.

Es gab ein gutes Abendessen und zur Nachspeise leckeren Geburtstagskuchen, die Erwachsenen öffneten sich den Alkohol und tranken ein bisschen. Adam trank dementsprechend viel, viel mehr und schlussendlich bekam Justin einen Kuss von Chestine auf die Wange, so dass er die nächsten 15 Minuten mit Schamesröte im Gesicht in der Ecke saß und sich freute. Die Feier war zur Gänze ein voller Erfolg. Denise hatte sich vorab mit den anderen Mädels Stories und Spiele überlegt und die Jungs stiegen alle darauf ein, sogar Adam war dabei. Es gab viel zu lachen und viel zu tun. Für einen Augenblick hatten alle die Strapazen und die Verluste der letzten Jahre in einem kleinen Bereich im Hinterkopf eingesperrt und genossen, dass sie noch am Leben waren und tauchten in diesem Moment ein.

Im Unterbewusstsein wusste jeder wie viel Schwieriges noch vor ihnen lag, jedoch kamen diese Herausforderungen und Momente von allein, also reichte es sich diesen dann zu stellen und das Jetzt und Hier in sich aufzunehmen, denn keiner wusste, wie das morgen aussah und ob es überhaupt ein Morgen gab. Mit der Zeit wurde es ruhiger und entspannter. Calvin war der erste, den die Müdigkeit einholte und in der Gruppe sitzend einschlief. Das fanden alle dermaßen süß, dass sie ihn noch eine Weile unter sich schlafen ließen und ihn dann in seine Kabine brachten. Recht bald dünnte es sich aus und Justin bedankte sich bei allen für das tolle Geburtstagsfest.

Als es bereits finster draußen war, schon lange finster, gingen alle, die noch durchgehalten hatten, gesammelt ins Bett. Adam brauchte aufgrund seiner Viren weniger Schlaf und zu seiner eigenen Traurigkeit wurde der Alkohol so schnell abgebaut, dass er so oder so nichts mehr spürte und vermutlich schon nüchtern war. Also beschloss er die Nachtschicht zu schieben und nach den Rechten zu sehen. Das Schiff war draußen auf dem weiten Ozean, es blies eine sanfte Brise und kaum Wellengang, es waren weder Land noch Zombies merklich in der Nähe. Sie navigierten nach den Sternen, da abgesehen vom Schiff keine nutzbare Technologie mehr vorhanden war.

Also stand er im Steuerraum, umgeben von nutzlosen Geräten, da es weder Satelliten gab, noch jemanden der zurückfunkte, und kontrollierte ob alles soweit im grünen Bereich war. Die Tür ging auf und Denise trat leise herein.

„Ich dachte du würdest schon mit den anderen schlafen." sagte er mit ruhiger Stimme zu ihr.

„Wann hast du eigentlich Geburtstag?" fragte sie ihn aus dem Nichts heraus.

Adam war verwirrt, er grübelte ein wenig und gab eine typische Adam-Antwort. „Bei der Häufigkeit, bei der ich sterben hätte sollen und dann noch bevor die Viren mir halfen, zufällig überlebt habe, und seit den Viren eigentlich tagtäglich überlebe, wo jeder andere sterben würde, ist so gut wie jeder Tag mein Geburtstag." Denise rollte die Augen bei seiner typischen, ausweichenden Antwort. Dann überraschte er sie: „Aber auf das was du ansprichst kann ich nicht exakt Antwort geben. Ich weiß nur als Kind hatten wir immer in meinen Schulferien gefeiert, also müsste es mitten im Jahr im Hochsommer sein."

Denise tat so, als würde sie nun selbst grübeln. „Dann haben wir deinen letzten eigentlich schon lange versäumt und deinen neuen müssten wir noch abwarten."

„Wieso fragst du das? Du hast doch wieder irgendwas vor." gab Adam zurück.

Denise lächelte, sie blickte in seine Augen. Sie waren dunkelgrün und sie verlor sich oft in diesen Augen. Dann hob sie plötzlich ein Buch hoch, welches sie zuvor hinter ihrem Rücken versteckt hatte. „Du hast vollkommen Recht, wir müssen jeden Tag genießen und keine Ahnung wie es bzw. ob es überhaupt weitergeht. Wenn du eh jeden Tag Geburtstag hast, dann kann ich es dir ja jetzt gleich auch so geben." Sie reichte ihm das Buch. „Alles Gute zum Geburtstag." schob sie hinterher.

Adam war komplett überrascht. Er nahm das Buch wortlos an und las den Titel:

Ausgabe zu
Flora und Fauna in Nordamerika
Band: Laubwälder des mittleren Ostens
Zusammenfassung der gängigsten Vegetationen

Er hob seinen Kopf und betrachtete Denise. Ihre Haut war so wunderschön schwarz, dass er nicht sagen konnte, ob sie verlegen war. Daher musste er auf ihre Mimik achten. Er hatte das Gefühl Verlegenheit zu sehen, war sich aber nicht sicher. Bevor er sich bedanken konnte, setzte sie an.

„Ich habe es zufällig bei einem unserer letzten Durchgänge in Norfolk gesehen, wo wir gesagt haben, wir suchen noch mal alles so gut es geht ab, damit wir auch nichts übersehen. Dabei bin ich in einer Bibliothek gelandet. Nicht dass es mich heutzutage noch interessiert hätte, aber dann ist mir zufällig dieses Buch ins Auge gesprungen. Es beinhaltet, habe ich gesehen, recht viel Informationen zu den nordamerikanischen Tulpenbäumen."

Adam lachte lautstark los. Denise dachte er lache sie aus: „Du bist einfach die Beste." sagt er zu ihr. „Ich habe dich einfach zum Fressen gern und ich glaube du weißt es eh, aber ich habe dich lieb." Jetzt war er sich sicher, sie war verlegen, und er gab ihr einen Kuss auf die Stirn, damit sie noch mehr verlegen sein konnte. Er bedankte sich bei ihr herzlichst, bis sie wusste das richtige Geschenk mitgenommen zu haben.

„Gehst du jetzt schlafen oder bleibst du noch ein bisschen bei mir und wir schauen uns die Dunkelheit und die Sterne darüber gemeinsam an?" fragte er.

Sie drehte sich, ohne ein Wort zu sagen, mit ihm zum Fenster und umschloss mit ihrer rechten Hand seine linke Hand und drückte so fest zu, wie sie konnte. Sie liebte die Wärme, die er ausstrahlte und zeitgleich die Wärme, welche er in ihr auslöste, die Wärme und Schmetterlinge in ihrem Brustkorb. Egal wie viel Momente sie noch hatte auf diesem Planeten, egal wie lange es noch dauerte, hier mit Adam zu stehen und zu wissen die Möglichkeit zu haben, Zeit mit ihm zu verbringen und Maurice und die anderen Kids aufwachsen zu sehen, war etwas was sie nie erwartet hatte. Sie war glücklich.

Nach all den Millionen und Milliarden Toten war sie eine der wenigen Menschen, die übrig waren, um solche Momente zu genießen. Beim täglichen Überlebenskampf waren diese Momente noch geringer als die Überlebenden auf der Erde. Wir hoch waren die Chancen als junge, schwarze Frau mit einem Teenagerbruder so lange zu überleben und sich dann auch noch in einen weißen Mann zu verlieben, der fast unsterblich war? Wie konnte das passieren? Wie konnte der Mann sie lieben? Aber er sah niemals die Hautfarbe, sondern die Person dahinter und das machte ihn einzigartig. Vielleicht war das ein Grund, warum gerade sie überlebt hatten. Eine bunt zusammengewürfelte Familie, welche jeder kulturellen Restriktion der Zivilisation und der neuen Weltordnung widersprach. Niemand konnte etwas dagegen sagen. Ein weißer Mann in seinen dreißiger Jahren hatte seine junge, afroamerikanische Frau an seiner Seite, einen schwarzen Teenager-Schwager mit einer Armprothese, einen hochintelligenten Adoptivsohn mit nur einem Auge, der sich in das liebliche Mädchen verliebt hatte, die ein Jahr älter war und ihren kleinen Bruder. Sie liebten sich alle und taten alles füreinander und wer wusste schon, wo sie das noch hinführte.

Sie dachte an den Moment, als sie versucht hatte ihren Bruder vor Zombies zu retten, bemerkte wie der kleine Junge in ein Haus verschleppt wurde, einen Bauchstich bekam und ein Mann mit Pfeil und Bogen ihnen alle das Leben gerettet hatte. Sie waren weit gekommen seither. Ihre Augen waren mit Feuchtigkeit benetzt, aber sie hatte so viel geweint in den letzten Jahren, dass sie keine Träne für so schöne Moment vergeuden wollte. In der Zombiewelt waren Tränen für die Trauer. Jetzt war sie nicht traurig, sondern glücklich, also lächelte sie und schaute mit Adam auf den Ozean.

ENDE